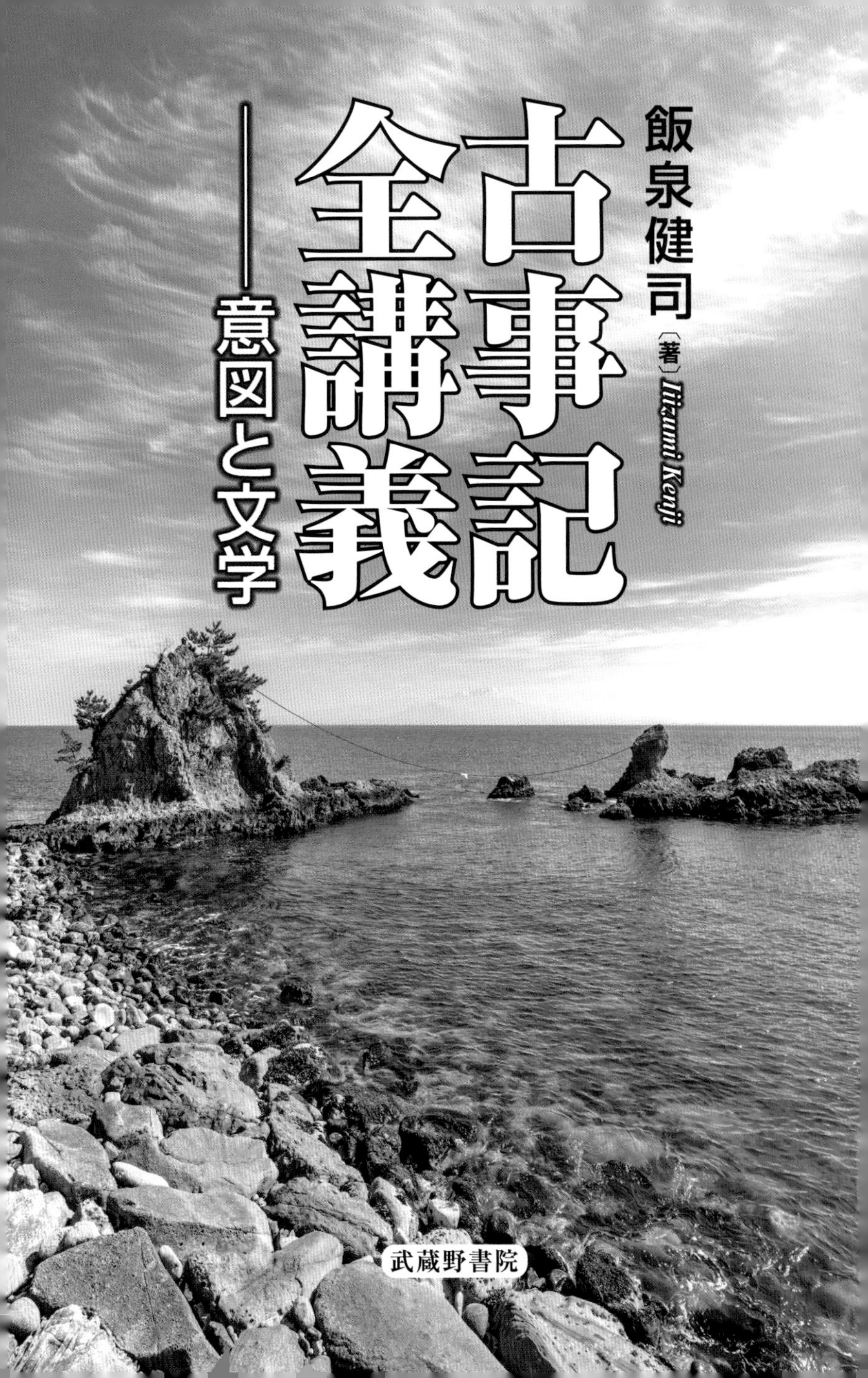
古事記全講義
――意図と文学
飯泉健司〈著〉
Iizumi Kenji
武蔵野書院

古事記全講義——意図と文学

飯泉健司

『古事記』

和銅《わどう》五〔七一二〕年。太安万侶《おお(ほ)のやすまろ》。元明《げんみょう》天皇勅命。天武《てんむ》天皇発案。稗田阿礼《ひえだのあれ》誦習。和習漢文。

帝紀《ていき》〔系譜〕・旧辞《くじ》〔物語〕。上〔神世〕・中〔1神武《じんむ》～15応神《おうじん》〕・下〔16仁徳《にんとく》～33推古《すいこ》〕3巻。

【参考】

『日本書紀』養老《ようろう》四〔七二〇〕年。舎人《とねり》親王他撰。30巻。漢文〔α群中国人筆、β群日本人筆か〕。

「風土記《ふどき》」和銅六〔七一三〕年以降。地誌。常陸国《ひたちのくに》・播磨《はりま》国・出雲《いずも》国・肥前《ひぜん》国・豊後《ぶんご》国・逸文《いつもん》。

『万葉集』大伴家持《おお(ほ)とものやかもち》編か。20巻約四五〇〇首。雑歌《ぞうか》〔儀礼歌等〕、相聞《そうもん》〔恋歌〕、挽歌《ばんか》〔葬礼歌〕。

古事記全講義――意図と文学　目次

中巻――神の助力を得た人の国作り

下巻――人の知恵と徳による国作り

【凡例】

・本書は『古事記』を国作りという観点から捉え、主に「意図」と「文学性」とについて解説する。85の章段に分けたが、冗漫になることを避けて基本的に一章段4頁にまとめた。よって紙面の関係上、本文（異同）・訓読文・訳文や、細かな語釈及び諸説等については省略した。

・引用した本文・訓読文は、角川文庫『新版　古事記』（中村啓信訳注、二〇〇九年九月）に拠った。ただし旧字体漢字や異体字は新字体漢字に改め、また論述上必要な箇所については、私に改めた。

・文脈読解にあたり、左の三書を多く参考とした。

西郷信綱『古事記注釈』一～四（平凡社、一九七五年一月～一九八九年九月）

三浦佑之『口語訳　古事記』（文藝春秋、二〇〇二年六月）

多田一臣『古事記私解』Ⅰ・Ⅱ（花鳥社、二〇二〇年一月）

はじめに

『古事記』の意図を極簡単に言うならば、序文の「稽古」「照今」に尽きるであろう。すなわち、過去の正しい歴史を今の世に生かして、秩序ある世を作ることである。

『古事記』における秩序は、二点あると考える。一は国作りによる秩序、二は人の世の秩序。

『古事記』は「天」の特別性から説く。唯一絶対の「高天原《たかあまのはら》」がまずあり、天つ神は国の「修理固成」（国作り）を命じる。伊耶那岐《いざなき》・伊耶那美《いざなみ》が国土・自然を作り、大国主神が環境を作る（上巻）。その「国」（葦原中国）を、武力的（神武天皇）、祭祀的（崇神天皇）に平定して大和国を作る。神の援助を得て領土を拡大する。神の助言によって外国（蕃国）を従えると、一通りハード面での国家（国作り）が完成する（中巻）。神の助力を得て人が行う国作りである。

そこで次はソフト面での国作り（人の世）。まず徳のある天皇（仁徳）が出現する。人の知恵によって世を治める時代となる。すると人の情が世の中を左右することとなる。嫉妬（石之日売）や骨肉の争い（皇族同士の争い）、愛憎劇・暴力等。こうした問題を解決すべく、「譲」という徳を持つ天皇（顕宗・仁賢天皇）の出現によって、秩序ある「人の世」ができあがる。「人の世の秩序」（人による国作り）ができあがったので、『古事記』はここで説話を終え、以降は系譜記事のみとなる（下巻）。

系譜記事が推古天皇で終わるのも、編纂時から見た過去が推古朝であったということ以上に、十七条憲法という秩序の制定と関わるのであろう。ただし『古事記』が十七条憲法を記さないのは、中国的な秩序であったこと、『古事記』成立時に既に大宝律令が施行されていたこと等が考えられる。

『古事記』は、あくまでも高天原による秩序、高天原の聖性を継ぐ天皇による秩序に拘る。そのことは、『日本書紀』にはない『古事記』独自の点、すなわち「高天原」の設定と、天の神による「修理固成」命令の設定とも通じる。高天原、及び高天原と結ばれている有徳天皇によって作られた正しい歴史。その歴史によって「今を照らす」、それが『古事記』の意図であった、と本書では考える。

『古事記』編纂時の天武朝。朝廷・畿内・国を二分した壬申の乱。さらに白村江での敗北による外国からの侵略危機。外国と通じる可能性のある豪族（筑紫磐井を前例として）。まさに内憂外患の状態であった。克服するためには日本独自の理念を打ち立てて秩序の回復をはかることが必要であった。

秩序の回復のために最も必要であったのが、天皇家による統治の正当性を世に示すことであった。その正当性とは、正しい歴史（国作りと人の世の秩序作り）の中に表れている。よって『古事記』は、正しい歴史を明らかにするために編まれたと考えられる。

もう一点。如上の意図・歴史観・必要性を表すために、『古事記』は〈文学〉的な技法を多く用いる。そこで本書では、〈文学〉という観点から『古事記』を読み解いていく。〈文学〉について一言。

『古事記』は、地の文・歌・系譜という三つの文体によって〈話〉を描いている。

地の文はいわゆる散文。〈話〉を展開させる機能をもつので、私は展開文と呼んでいる。歌はリズムをもつので韻文、律文と呼ばれる。歌は〈話〉の一場面に集中して、その場の雰囲気や心情を表現する（私は場面文と呼ぶ）。系譜は、神人名と簡単な事績とを列挙する。〈話〉のインデックスである。

〈話〉とは、「いつ」「どこで」「誰が」「何をした」という要素から構成される。ただし「今朝」「家で」「私は」「パンを食べた」だけでは〈文学〉とは言えない。日常ごくありふれた光景であるからだ。〈文学〉は非日常世界を描く。例えば、次のようになると〈文学〉となる。

・**いつ**……昔（今ではない時間）、　・**誰が**……桃から生まれた桃太郎が（異常出生した者）、

・**どこで**……鬼ヶ島で（異空間）、　・**何をした**…鬼退治をした（特別な出来事）。

右は、全てが非日常的な要因になっているが、日常を組み込むこともある。「どこにでもいるお爺さん」が「鬼のいる異空間で」「踊る」という内容であっても〈文学〉と言える。〈文学〉は、「いつ」「どこで」「誰が」「何をした」において、日常と非日常とを組み合わせて成り立っている。たとえ日常生活を描いていても、それは非日常的な出来事の前提となる日常である。

要するに〈文学〉は「特別な非日常の出来事」を描く。〈文学〉として『古事記』を読むというのは、『古事記』が「特別な非日常の出来事」について如何なる趣向を凝らすかを読み取ることである。『古事記』には、主に三つの文体を用いた、複数の文脈がある。さらに行間、伏線から浮かび上がる文脈もある。複数の文脈でもって「特別な出来事」を効果的に伝えようとしている。

本書では、以上のような文脈の読解を目的とする。よって〈文学〉という副題を設けている。

序文——稽《けい》古《こ》照《しょう》今《こん》

邦家の経緯
王化の鴻基
帝皇の日継
先代の旧辞
稗田阿礼
太安万侶
天武天皇
元明天皇

序文——稽古照今《けいこしょうこん》

今の規範となる歴史を伝える書である。ただし正しい歴史は、廃れてしまったものもある。邪を正すこと、正を伝えること、表現することの困難に触れ、編纂の意図と経緯とを述べる。

かつて『古事記』序文偽書説も提出されたが、現在は、和銅五（七一二）年一月二八日に太安万侶が書いたものと考えられている。序文は、次のような構成をとる。

Ⅰ『古事記』に書いた歴史の概要

A秩序に適った世界（正の世界）の生成

①混沌、②天地開闢、③造化三神、④男女神、⑤黄泉国訪問、⑥三貴子誕生、⑦海神誕生。

B邪を正した歴史

⑧天の石屋、⑨八岐大蛇、⑩安河、⑪国譲り、⑫天孫降臨、⑬神武天皇の経歴、⑭高倉下、⑮八咫烏、⑯八十建・登美毘古、⑰当芸志美々。

C地上での秩序（正を実現した歴史）

⑱崇神の天神地祇祭祀、⑲仁徳の人民慰撫、⑳成務の国境制定、㉑允恭の姓制定。

㉒以上の歴史（古）を稽《かんが》え、風俗道徳を正（縄）し、「今」に照らして正しい道とする（「稽古」「照今」「典教」）。

Ⅱ天武の経歴

①資質、②皇位を継ぐ時期を悟る、③吉野での準備、④準備が整い東国へ、⑤出陣、⑥進撃、⑦平定、⑧帰還、⑨即位、⑩有徳、⑪天日継、⑫教化、⑬天皇の歴史への見識、⑭詔勅（a諸家に諸伝、b虚偽が多い、c今正す必要、dこれは国家・天皇家の根本である）。

Ⅲ稗田阿礼

①人となり、②誦習、③未完成。

Ⅳ元明の経歴

①資質、②徳、③教化、④祥瑞（名君相続・天下泰平）、⑤祥瑞が続く様、⑥貢物の多さ、⑦名声と徳、⑧旧辞・先紀の誤りを正（縄）そうとする、⑨『古事記』編纂の下命。

Ⅴ太安万侶の編纂作業

①文字化の困難さ（上古の心と今の詞との相違、音の不便さ）、②表記方針（音訓交用、訓、注）、③原資料、④構成（全体、上巻、中巻、下巻）、⑤献上、⑥署名（年月・勲位・姓名）。

大まかにまとめると、次の三点を述べたのが『古事記』序文である。

1 邪を正し正を教えた歴史（歴史観。Ⅰ）、2 正の歴史を伝えようとする天皇（史書観。ⅡⅢⅣ）

3 今の世の規範（典教）

【序文の構造】

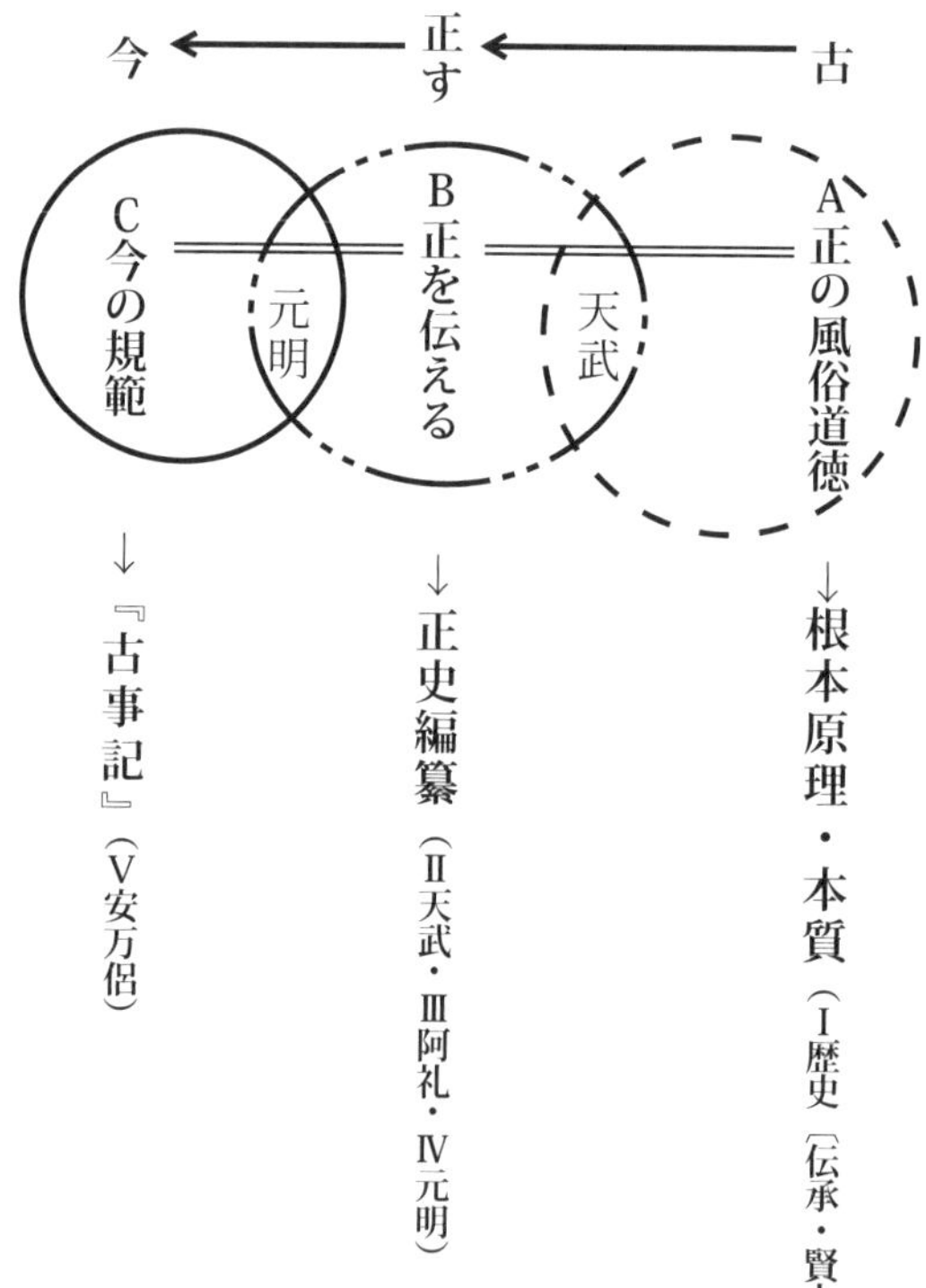

つまり「古」の秩序（＝正）を「稽《かんが》え」て、「頽《すた》れ」「謬《あやま》（失）」ったもの（邪）を「正《ただ》（縄）し」て、「今」に照らし（照今）、正しい道（典教）とするのが、国家の根本原理（邦家の経緯）、天皇政治の本質（王化の鴻基）なのである（武田祐吉『古事記研究 帝紀攷』青磁社、一九四四年一月）。

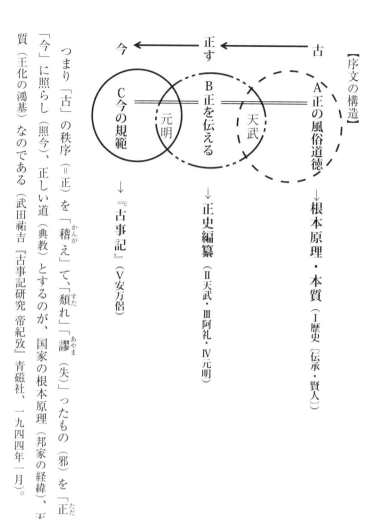

「古」の秩序（正）の「頽《すた》れ」「謬《あやま》り」（＝邪）を「正し」て、「今」の正しい道にするという態度は、序文独自の表現・表記にも表れている。以下、『古事記』本文には見られない、序文独自の表現。

1「熊と化れるもの爪を出して、天の剣を高倉に獲《え》」（序文・神武東征）の箇所。

「爪を出して」の部分は序文独自の理解である。『古事記』本文では「大熊、髣《ほの》かに出で入るすなはち失せぬ」と熊＝神の微かな出現の様子を描き、『日本書紀』では「時に神、毒気を吐きて」と神の攻撃性を描く。序文の「爪を出し」とは、『古事記』本文における「熊」出現の様子と、『日本書紀』における神の攻撃性とを重ねた表現といえる。『古事記』本文にない攻撃性を補ったのが「爪を出す」である。攻撃性をもった熊が、正されるべき邪なる存在であることを、序文では表現している。

2「尾生《お》ふるひと径《みち》を遮《さ》きりり、大き烏《からす》吉野に導く」（序文・神武東征）の箇所。

『古事記』本文では、「径を遮」えぎる「尾生《お》ふる」ものは、八十建《やそたける》のみである。「尾生ふる人」である井氷鹿《ゐひか》と石押分之子《いはおしわくのこ》とは服属する。『古事記』本文では神武軍が八十建を殺害するが、序文では、「大き烏」＝八咫烏＝天の使者が、「尾生る人」の難を回避させる。邪を正す主体が天であるかのように表現する。天によって邪を正すことが正当である、との認識が表れている。

3序文が、崇神（祭祀）・仁徳（人民慰撫）→成務（国境制定）・允恭（姓制定）の順に記す箇所。

『古事記』本文の即位順（記載順）は、崇神・成務・仁徳・允恭である。序文では、様々な国難（崇神朝の祟り、仁徳朝の貧窮等）を解決した後に、制度（成務朝の国境、允恭朝の氏姓制定）が整うという史観をもつ。国難（邪）を正して正の世界ができあがるという史観であろう。
これら三箇所の独自表現は、「古の秩序の中で、邪（頽れたもの）を正して、今の規範とする」という点で『古事記』序文の構想と関わる。「古の秩序の中で、邪（頽れたもの）を正し、古の秩序を今の規範とする」というのは、単純化すれば「古」の「頽れたもの」と「今」との関係を「正す」によって結びつけるということである。同様に「古」と「今」との関係を明確に意識したものとして、『日本書紀』や風土記における「訛《よこなま》り」という形式があげられる。

・「古（本質）の頽れ→正す→今」（『古事記』序文）
・「古（本来）の地名→訛り→今」（『日本書紀』・風土記）

「訛り」とは、「本来のもの（始原）が隠れている」ことによる「不完全」で「正当でない」ものの意である（近藤信義「地名起源譚と〈音〉―「訛」「誤」「改」をめぐって」〈『枕詞論』おうふう、一九九〇年一一月〉）。本来の地名が訛って現地名になった、とする。たとえば次のような例がある。

a「鳴く犬の声が止《や》む国」→「訛」→「養父《やぶ》国」（肥前国風土記養父郡）
b（軍が各々相挑む）「挑《いど》み河」→「訛」→「泉《いづみ》河」（崇神紀一〇年九月条）

aは、「ヤム」（止む）から「ヤブ」に「訛」ったとする。「ム→ブ」という同段での転移（段訛り・通韻）である。bは「イドミ」→「イヅミ」という同行での転移（行訛り・通音）である。bの地名起源は『古事記』本文（崇神記）にも記載される。だが『古事記』に「訛り」の語は見られない。

中に河を挟みて、対《むか》ひ立ち相挑《いど》む。故《かれ》其地《そこ》を号《なづ》けて、伊杼美《いどみ》と謂ふ。今は伊豆美《いづみ》と謂ふ。

類似音によって説明をするのは、記紀に共通するが、『古事記』本文では「古」と「今」との関係性を明確にしていない。感覚的に「古」(イドミ)と「今」(イヅミ)とを結びつけるが、両者の関係性については明確な説明はしない。いわば伝説における「古」と「今」との結びつけ方に似ている。

しかしa風土記b『日本書紀』の「訛」は、「古」と「今」との関係性を明確にしようとする意図が「訛」字にはっきりと表れている。ここで注目したいのが、『古事記』序文がやはり「古」と「今」との関係性に言及する点である。『古事記』本文にないものが、『古事記』序文、風土記、『日本書紀』に見られる。「訛り」は、『日本書紀』に13例、九州風土記に24例みられる。類似語としては、「改」(『播磨国風土記』に12例、『常陸国風土記』に2例)と、「誤」(『出雲国風土記』に4例)とがある。

『古事記』本文(七一二年以前)→『古事記』序文(七一二年)→風土記(七一三年以降)、『日本書紀』(七二〇年)という時系列の中で考えれば、「古」と「今」とを明確に意識する初期段階に『古事記』序文は位置づけられる。おそらく七一二(和銅五)年頃に、「古」と「今」との関係性を明確化することが、国家的に求められたのだろう。始動したばかりの律令国家は全国一律を目指す。すると空間的には「都と鄙」、時間的には「今と古」という異質なモノが出会ってしまう。官人たちは、その異質なモノを合理的に理解しようと努めたものと考えられる。

そのような風潮と、『古事記』序文の「古」「今」とは連動しているようである。

上巻——神の国作り

伊耶那岐・伊耶那美神の国生み
天照大御神の天の石屋隠り
須佐之男のヲロチ退治
大国主神の試練（稲羽素兎等）と国作り
国譲り・天孫降臨
山神・海神の娘との結婚
海世界との決別　等

1 天地初発《あめつちのはじめ》

天地の初めの時に、まず特別な五神が生じる。この五神を含めた七神は、男女の性を超えた神（独神《ひとりがみ》）で、高天原から身を隠した。次に男女の神が生じ、その中に伊耶那岐《いざなき》・伊耶那美《いざなみ》の神もいた。

「天地初発の時」で『古事記』は始まる。「初発」の訓には「開《ひら》けし」「別《わか》るる」「初めの」等がある。「開けし」「別るる」は、混沌とした天地が分離した天地剖判《ほうはん》神話（『淮南子』に「剖判、混分」）を踏まえた訓。『日本書紀』には「天地未だ剖《わか》れず、陰陽分《わか》れざりし」（本書）、「天地初めて判《わか》るる」（一書一、四、六）、「天地未だ生《な》らざる」（一書五）、「古に国稚《い》しく地稚しき時」（一書二）、「天地混《まろか》れ成《な》る時」（一書三）とあり、天地剖判神話の影響を受ける。『古事記』には天地剖判の表現が無いので、「はじめのとき」と訓むべきであろう。ただし神名の列挙によって天地が生じる様子を表現する。

【独神《ひとりがみ》】天御中主神《あめのみなかぬし》（**物体の発生**）
高御産巣日神《たかみむすひのかみ》・神産巣日神《かむむすひ》（**生成力、分離の兆し**）
宇摩志阿斯訶備比古遅神《うましあしかびひこぢ》・天《あめ》の常立《とこたち》神・国《くに》の常立《とこたち》神（**天地分離**）
豊雲野神《とよくもの》（**生気**）

【男女神】宇比地迩神《うひぢに》、妹・須比智迩神《すひぢに》（**土**）

角杙《つのぐひ》神、妹・活杙《いくぐひ》神（土固めの杙）
意富斗能地《おほとのぢ》神、妹・大斗乃弁《おほとのべ》神（男女の区別）
於母陀流《おもだる》神、妹・阿夜訶志古泥《あやかしこね》神（人体の完成）
伊耶那岐《いざなき》神、伊耶那美《いざなみ》神（男女の誘い、結婚）

天御中主神のモデルは、北極星とされる。夜空のような混沌の中、ひときわ輝く星（物体）が生じ、次第に天地の分離、大地の完成、男女・人体（人の形をした神）の生成、結婚、というストーリーがうかがえる。神の名によって天地の初めを語っているのであろう。『古事記』では神名・人名の列挙によって暗にストーリーを展開させることがある。同じような形式はシャーマンの語りにも見られる。

天御中主神は、本章段のみに登場する神だが、『古事記』では重要な神。『日本書紀』には一書四に登場するが、最初に生まれた神ではない。『日本書紀』で最初に生まれた神は、国常立尊（本書・一書一・四・五）、ウマシアシカビヒコヂの神（一書二・三）、天常立尊（一書六）。『日本書紀』で端役の神を、『古事記』では最初に生じた主役にする。天御中主神を祭る社は少なく、奉祭氏族も少ないこと（『新撰姓氏録』に五氏）から、中国の「元始天王」「太一」等を参考に、新たに創作された神という。現在、天御中主神を祭る神社は、中世の妙見信仰の影響を受けているとされる。

「高天原」も『古事記』独自の世界観である（中村啓信『古事記の本性』おうふう、二〇〇〇年一月）。『日本書紀』では一書四に見られるものの、本書には記されない。『古事記』は、高天原という神聖な世界の天神の指令・加護によって、天皇家は討伐や政治を行う。高天原は、天皇家の神聖性・正当性を保証する重要な世界である（神野志隆光『古事記の達成』東京大学出版会、一九八三年九月）。

このように『古事記』世界観の支柱である「高天原」の中心に生じた天御中主神も、やはり重要な役割を担っている。この神の業績は、①高天原の中心を示すこと、②身を隠すこと、の二つである。中心を定めることは、世界の確立にとって不可欠のものであったのだろう。

『日本書紀』では「六合《くに》の中心《もなか》」を求めて初代神武天皇は東征する。そして「六合の中心」を大和・橿原に発見して都を作る。「中心」が見つからなければ、国の統治と領域とが定まらない。「中心」は世界観の中枢を示す。『古事記』で「高天原」の中心を示す（①）天御中主神も、天皇統治にとって重要な存在であったことがわかる。では、②身を隠すことの意義は何か。

高天原の主宰神は、天照大御神である。天照大御神は、主宰神となるために高天原の中心にいなければならない。その中心を示すのが天御中主神である。前述『日本書紀』で神武天皇に「六合の中心」を示すのが饒速日命《にぎはやひのみこと》であった。天皇より先に大和に入り、「六合の中心」たる大和で待っている。天御中主神も天照大御神に「高天原」の中心を示す役割があった。だが、中心に君臨し続ける訳にはいかない。そこで身を隠して（②）、天照大御神に高天原を譲るのであろう。国譲りならぬ天譲りである。国譲りでも大国主神は「隠れる」ことによって国を譲る。

国譲りでは先住神がおり、葦原中国を譲る。先住神は葦原中国に居続けることはできない。完全に葦原中国から退去しなければならない。そうしなければ、天皇家の統治に支障を来すと大和朝廷は考えた（「20国譲り」段参照）。同じように高天原の先住神も、天照大御神が統治するためには、完全に退去しなければならない。それが「身を隠す」ということであろう。

このように天御中主神は、高天原の中心を示し、高天原を天照大御神に譲るために、『古事記』の最初に登場するのであろう。天照大御神の席を用意し、『古事記』の世界観の根本を支える神である。

天照大御神と同じように、『古事記』において、高天原で重要な役割を果たすのが、高御産巣日神である。天照大御神よりも上位に位置づけられ、天孫降臨の命令を出す。

高御産巣日神・神産巣日神の「むすひ」は生成力を意味するとされる。一対の神のように記されている。だが、カムムスヒの神は、『出雲国風土記』の「神魂命《かむむすひ》」が基になっていると考えられる。出雲国造の邸内社として神魂《かもす》神社（松江市）があることから、本来は出雲を中心とした信仰圏をもつ神で、祭祀は出雲国造が行っていたという（尾畑喜一郎「別天神五柱・神世七代」〔『日本神話要説』おうふう、一九九二年一二月〕）。本来、単独信仰であったカムムスヒの神を参考に、対になるようにタカミムスヒの神を創出し、天上界（高天原）の司令神にしたようである。

『古事記』初段は、高天原（天）の確立と、地の生成過程を神名によって表現している。男女の性（生殖）を超えた聖なる存在の「独神《ひとりがみ》」によって天と地とができあがり、男女神（伊耶那岐《いざなき》・伊耶那美《いざなみ》）の誕生によって、島生み・神生みをする。「国作り」の大前提を簡潔に述べた章段といえる。

2 島生《しまう》み

天つ神の命令により、伊耶那岐命《いざなきのみこと》・伊耶那美命《いざなみ》は国を作る。最初に、矛で海水をかき混ぜて塩を固め、おのごろ島を作る。その島に天降り、二神は協力して八つの大きい島（大八島国《おほやしまくに》）を生んだ。

天つ神は「漂へる国を修理《をさ》め固め成せ」と命じる。国作りの始まりである。『古事記』はこの世（葦原中国）の基準を「天」（高天原）に置くから、天つ神の命令によって「国作り」は行われる。対して『日本書紀』では伊耶那岐・伊耶那美二神の意志で「島生み」を行う。「海水が固まったのがおのごろ島」という伝えについては、原伝承があったとされる。大きく分けて国内伝承説（海人族（淡路・伊勢等）の伝承、製塩土器での製塩過程、等）と国外説（ポリネシア「島釣り」神話、ハワイ「島生みパパ」神話、南太平洋「原古の岩」等）とがある。

ただし「難波の埼《さき》よ。出で立ちて、我が国見れば淡島《あはしま》・おのごろ島……も見ゆ」（仁徳記53番歌謡）とあるので、おのごろ島は、難波から西方にある島と幻想されていたのであろう。

『古事記』では高天原の中心（天御中主神）を想定するので、その中心線を真下に降りると「天の浮橋」を経由しておのごろ島あたりに着くと考えた。天と地とを結ぶ橋は、風土記（播磨・丹後）にもみられる。ちなみに『日本書紀』では天の中心ではなく、「六合《くに》の中心《もなか》」（神武紀）を志向する。

伊耶那岐《いざなき》・伊耶那美《いざなみ》の名は、「誘う」男女の意。「キ」は男（オキナ）、「ミ」は女（オミナ）。兄妹とされる。大洪水で生き残った兄妹の結婚を人類の始まりとする洪水神話が原型とも。洪水神話では最初に肉の塊を生む。蛭子《ひるこ》（『日本書紀』第五段本書「三歳になるまで脚猶立たず」）の姿と通じる。

また伊耶那岐・伊耶那美は「天の御柱」（紀では「国の御柱」）を巡った後に「美斗《みと》の麻具波比《まぐはひ》」（交接）をして島々を生む。年始に全裸の夫婦が炉を廻って農耕予祝をする儀式（裸祭）と関わるという。

「2島生み」段での神は人の姿をしており、人と同じように結婚する。だが元来カミは肉体を持たない。だから動物やシャーマン・子どもの体に乗り移り、発言する。カミが人の姿をとるようになるのは、平安朝に流行った神像（仏像にならって作られる）の影響とされる。

	胞	1	2	3	4	5	6	7	8
A『古事記』		淡路	四国	隠岐	九州	壱岐	対馬	佐度	**本州**
B『日本書紀』（本書）	淡路	**本州**	四国	九州	隠岐	佐度	北陸	大島	吉備子州
C（一書一）		**本州**	淡路	四国	九州	隠岐	佐度	北陸	吉備子州
D（一書六）	淡路	**本州**	四国	九州	隠岐	佐度	北陸	大島	子島
E（一書七）		淡路	**本州**	四国	隠岐	佐度	九州	壱岐	対馬
F（一書八）	オノゴロ島	淡路	**本州**	四国	九州	吉備子州	隠岐	佐度	越
G（一書九）	淡路	**本州**	淡州	四国	隠岐	佐度	九州	吉備子州	大島

ところが『古事記』の神は人の姿をして人と同じような感情（喜怒哀楽）をもち、人と同じ言動をとる。前章の「独神《ひとりがみ》」（男女の性（生殖）を超えた神）との違いである。神が人の姿なのは、『古事記』が人の世の規範・起源を神の世に求めていたことによろう。人間と関わらない別世界のカミではなく、神は人に通じる、だから「国作り」も下巻における人の世に繋がっていく。

人の姿をした神が、日本を代表する島々（大八島）を生む。その順番は『古事記』と『日本書紀』諸伝とでは異なる。『日本書紀』では「先づ淡路州《あはぢしま》を以《も》て胞《え》とす。意《みこころ》に快《よろこ》びざる所《ところ》なり」（本書）とあるように「胞《え》」を設定する伝えがある。「胞」とは胞衣《えな》で、臍帯（臍の緒）を含む胎盤。民俗では、生まれた後も子どもを守るということで大切に保管する。「胞」のある伝えの多くは、最初に本州を生む（一書八以外）。本州を守るように、本州の前に「胞」の島が登場する。「胞」の島は、本州ではないので「意に快びざる所なり」（本書）ではあるが、島々を守るために重要な役割を果たす。その最も大切な本州（大倭豊秋津島）を『古事記』では最後に記す。これが第一の特徴である。

もう一つの『古事記』の特徴としては、各島について細かな名前を記すことである。『日本書紀』では島名のみ記し、国名を記さない。例えば「伊予二名島」について『古事記』は「伊予国を愛比売《えひめ》」「讃岐国を飯依比古《いひよりひこ》」「粟国を大宜都比売《おほげつひめ》」「土左国を建依別《たけよりわけ》」と各国の神名を記す。

そして土佐を一番最後に記す。土佐は『延喜式』によれば南海道の終点。同様に『延喜式』を参考とするならば「佐度《さど》」は北陸道の終点、「隠岐」は山陰道の終点。「筑紫島」の最後に記される「熊曽国」も西海道の九州における終点で、その後に壱岐・対馬を記して『延喜式』の西海道は終わる。『古事記』において国を細かく記すのも、大八島を律令の道と関わらせて捉えていたことによろう。最初（1淡道の穂の狭別島＝淡路）と、最後（8大倭豊秋津島＝本州）の間の島々は道と関わる。

2「伊予の二名島」（四国）……………南海道の終点（伊予→讃岐→粟→土佐の順）
3「隠岐の三つ子の島」（隠岐）………山陰道の終点
4「筑紫島」（九州）……………………西海道の南の終点（筑紫→豊→肥→熊曽の順）
5「伊岐島」（壱岐）……………………西海道の北の終点
6「津島」（対馬）………………………西海道の北の終点
7「佐度島」（佐渡）……………………北陸道の終点

律令政治において一番大切なのが、税収等、全国一律の政治を行うことであり、命令はいちはやく地方に届けねばならない。そのために道路は重要であった。早く届くように道路はほぼ直線であった。『古事記』の島の記載順は、朝廷の命令が地方に伝わる様子と重なる。都から鄙への拡散志向が背後に存在しよう。地方の島を先（主）、本州を最後（従）にするのも、税・労働を強いる律令社会を支えるのが、地方の島であるとの考えによるのだろう。「都もここ（越中）も同じ」（『万葉集』巻一九・四一五四）とする、都鄙の均一化が前提に存する。ちなみに類似点が指摘される『出雲国風土記』「国引き神話」では遠い国を自国に引寄せる。『古事記』の拡散志向とは対照的といえる。

3 神生《かみう》み

伊耶那岐《いざなき》・伊耶那美命《いざなみのみこと》は島生みに続き、神々を生む。人の生活に必要な、家屋の神、自然界の神、元素の神等を次々と生む。最後に火の神を生み、急所を焼かれた伊耶那美命《いざなみのみこと》は他界する。

伊耶那岐《いざなき》・伊耶那美《いざなみ》命が生んだ国と神の数を『古事記』は、「共に生みたまへる島壹拾肆、また神参拾伍の神」と記す。すなわち島は14島（大八島と吉備の児島・小豆島・大島・女島・知訶島・両児の島）、神は35という。島の数は記述と合致するが、記載された神の数は全部で40神なので合わない。また『古事記』では神々を区切って「○○神より△△神まで并せて□神」というように小計の数を記すが、その合計は38神（10神＋8神＋4神＋8神＋8神）となり、ここでも合わない。

伊耶那美が「病み臥」した後に、「多具理《たぐり》」（嘔吐物）に「生《な》れる」金山毘古と金山毘売の二神までは「生」の字で記される。それ以降の4神（波迩夜須毘古《はにやすびこ》神・波迩夜須毘売《はにやすびめ》神・弥都波能売《みづはのめ》神・和久産巣《わくむす》日《ひ》神）は「成る」と記され、『古事記』では表記上、区別をしている。「成る」神の4神と豊宇気毘売《とようけびめ》神（和久産巣日神の子）とを除くと、「共に生みたまふ」神は35神ということとなる。

最後の小計8神では10柱の神を記すが、一対神（波迩夜須毘古神・波迩夜須毘売神）を一神とし、子神の豊宇気毘売神（和久産巣日神の子）を除けば8神となる。計算違いというのは当たらない。

この章段でも神々の名によって物語が語られる。古代において名は霊魂（神格）を表すので、神名の列挙は自ずとストーリー性を持つ。神々の意味するところをまとめると、次頁のようになる。まず事業を行う神の総称として1大事忍男神《おほことおしをのかみ》を生む（数字は誕生順）。その後に以下の神々を生む。A家屋→B・C自然神→D食物→E元素→F穀物という流れで、生活に必要な神々を生む。家を作り、自然界の環境を整え、生活に必要な元素を揃え、食物・穀物を作る。まずは居住環境（第一段階）を、次に自然との共生（第二段階）、最後に文化的な生活（第三段階）、というように段階的に人間に必要な環境が整えられていく。その様子を神名の列挙によって語るのである。

そして各々の段階を蝶番《ちょうつがい》的に仲介するように、家屋と自然界と間で①風の神が、自然界と自然界と間で②風の神が、自然界と人間界との間で③鳥・船の神が生まれる。風・鳥・船は霊魂の乗り物。

　君待つと　我が恋ひ居れば　我がやどの　簾動かし　秋の風吹く（『万葉集』巻二・四八八）

「男の来訪かと思いきや風だった」という落胆の背後には、風が男（の気持ち）を運んでくるという俗信がある。風邪《かぜ》も、邪《よこしま》な霊魂を風が運んでくるという意味である。

船は神の乗り物である。出雲の大神は、出雲から播磨までの陸路を船に乗ってやってくる（『播磨国風土記』）。今日の祭礼においても、諏訪大社のお船祭りに見られるように神は船に乗って移動する。

鳥は霊魂の運搬者。しゃべれない誉津別皇子《ほむつわけのみこ》は、鳥を見て言葉を発する（『日本書紀』垂仁二三年一〇月条）。言葉の霊魂がない者は、その霊魂を見つけると健常者になる。鳥が霊魂を運ぶ。大空を自由に飛び渡る鳥の姿に基づく。鳥之石楠船神（天鳥船神）は国譲りの際に、建御雷神《たけみかづち》の乗り物として、天から地上に遣わされる。風・鳥・船の神を蝶番《ちょうつがい》的に用いて神々を体系的に繋ぎ合わせている。

A家屋の神（**土**＝2石土毘古神《いはつちびこ》、**砂**＝3石巣比売神《いはすひめ》、**戸**＝4大戸日別神《おほとひわけ》、**屋根葺**＝5天之吹男神《あめのふきを》、
屋根＝6大屋毘古神《おほやびこ》）。

①風の神（7風木津別之忍男神《かざもつわけおしを》）。

B水の自然神〔**親神**〕（**海神**＝8大綿津見神《おほわたつみ》、**湊**（**水戸**）**神**＝9速秋津日子神《はやあきつひこ》・10速秋津比売神《はやあきつひめ》）。
〔**子神**〕（**水面の神**＝11沫那芸神《あはなぎ》・12沫那美神《あはなみ》、**水泡の神**＝13頬那芸神《つらなぎ》・14頬那美神《つらなみ》、
配水神＝15天之水分神《あめのみくまり》・16国之水分神《くにのみくまり》、
柄杓神＝17天之久比奢母智神《あめのくひざもち》・18国之久比奢母智神《くにのくひざもち》）。

②風の神（19志那都比古神《しなつひこ》）。

C山の自然神〔**親神**〕（**木の神**＝20久々能智神《くくのち》、**山の神**＝21大山津見神《おほやまつみ》、**野の神**＝22鹿屋野比売神《かやのひめ》）。
〔**子神**〕（**山頂神**＝23天之狭土神《あめのさづち》、**山裾**＝24国之狭土神《くにのさづち》、
霧の神＝25天之狭霧神《あめのさぎり》・26国之狭霧神《くにのさぎり》、
谷の神＝27天之闇戸神《あめのくらと》・28国之闇戸神《くにのくらと》、
迷路（霧の谷間）**の神**＝29大戸惑子神《おほとまどひこ》・30大戸惑女神《おほとまどひめ》）。

③鳥の神（31鳥之石楠船神《とりのいはくすふね》〔天鳥船《あめのとりふね》〕）。

D食物の神（32大宜都比売神《おほげつひめ》）。

E元素の神（**火**＝33火之夜芸速男神《ほのやぎはやを》、**金**＝34金山毘古神《かなやまびこ》・35金山毘売神《かなやまびめ》、**土**＝36波迩夜須毘古神《はにやすびこ》・37波迩夜須毘売神《はにやすびめ》、**水**＝38弥都波能売神《みづはのめ》、**木**＝39和久産巣日神《わくむすひ》）。

F穀物神（40豊宇気毘売神《とようけびめ》）。

風土記において親子・夫婦という神々の系譜が見られるのは、出雲のオホアナムヂ大神等、広い信仰圏をもつ「大神」であることが多い。村落単位の素朴な信仰というよりも、広範囲に信者を有する宗教的な教団（主神・教祖・経典をもつ集団）に近い「大神」である。またシャーマンの語りにも、体系化された神の系譜が登場する。後世の陰陽師や修験道も神々を体系的に把握し、そして利用する。

神々を体系的に捉えるのは、天照大御神を頂点とする神祇政策によるのであろう。朝廷は、神々を総括的に掌握しようとしている。このことは、人間・朝廷によって良い神と悪い神とを選別することになる。国譲りや平定（神武天皇、ヤマトタケル等）において悪神を殺すことにも通じる。

『古事記』の神系譜に国家による神祇掌握の目論みを読み取ることができる。平安時代になると、人の位階同様に、神にも神位が与えられるようになる。神々の体系化は、人間社会と同様に神をランク付けることになる。『古事記』が人間的な神を描くのも、神々の体系化が影響しているのであろう。

伊耶那美命が他界する際の叙述は生々しい。「多具理《たぐり》」「屎《くそ》」「尿《ゆまり》」が排出される。現在でも葬儀の際は、同じ光景が見られる。人間的な神の姿がここにも見られる。

4 伊耶那美命《いざなみのみこと》の死

伊耶那岐命《いざなきのみこと》は伊耶那美命《いざなみのみこと》の死を嘆き、遺体を葬る。その後、妻を死に至らしめた火の神・迦具土《かぐつち》神を殺害する。斬られた迦具土《かぐつち》神の血と死体とから、岩・雷・剣・水・山の神々が生じた。

伊耶那岐《いざなき》は、妻の死を嘆き悲しむ。「愛《うつく》しき我がなに妹《も》の命」（愛しい我が妻）と述べ、死体の枕・足下を腹ばいながら泣く。その涙が泣沢女《なきさわめ》神となる。遺体にすがりつき泣く遺族の様子である。泣沢女神は、「泣き女」の習俗を反映しているとされる。泣き女は大きな声を出す方が良いとされ、職業としていた者もいた（能登半島）という。死者の霊魂は、死後直ぐは、幽体離脱状態にあり、死を自覚していない。だから泣くことによって霊魂に死を教えてやる。肉体から離脱していることに気づいた霊魂は、肉体に戻る。生者が泣くことは、蘇生法の一つであった。「魂呼ばい」（招魂）である。ところが霊魂が戻ってこないと、肉体は腐る。この状態で霊魂が戻っても蘇生はできない。そこで霊魂をあの世に送り届ける儀礼を行う。床の上に土や草を置いて荒野となったことを示し、異界に赴くことを悟らせる。「魂やらい」である。古代の葬儀は「魂よばい」と「魂やらい」とから成り立つ。

伊耶那美《いざなみ》の死をめぐる伊耶那岐の言動は、人間社会における葬儀の有り様を反映して表現されている。神は人間と同じ感情をもち、同じ言動をとり、同じ儀礼を行うのである。『古事記』の神観念が如実に表れた章段である。
伊耶那美は、出雲国と伯伎《ははき》国との堺にある比婆山に葬られる。『日本書紀』五段一書五では葬地を「紀伊国の熊野の有馬村」と記す。三重県熊野市有馬の「花《はな》の窟《いわや》」に比定される。熊野は熊野本宮大社・熊野速玉大社・那智大社が坐す霊地。出雲国にも熊野大社（意宇郡）がある。また紀伊国熊野では中世に補陀洛《ふだらく》渡海が行われた。浄土である補陀洛山を目指して船で旅立つという信仰である。異界と通じる場所であった。のみならず小栗判官が熊野の湯で蘇生するように、再生の場所でもあった。
伊耶那美《いざなみ》が出雲国に葬られたのも、異界（死者世界）に通じる場所との考えに基づく。出雲と熊野とに共通点があるのは、海人族の移住によるものという意見もある（松前健『出雲神話』講談社現代新書、一九七六年七月）。死者を葬り、迦具土《かぐつち》神を殺害すると同時に、新たな神々が生成する。まさに死と再生というイメージを持つ国が出雲と熊野であった。
この章段で生成した神は、まずは迦具土神の血から神が生成する。
A岩石神（石柝《いはさく》神・根柝《ねさく》神・石箇之男《いはつつのを》神）。＝刀の前（鋒《きつさき》）
B強力な霊力（甕速日《みかはやひ》神・樋速日《ひはやひ》神・建御雷之男《たけみかづちのを》神）＝刀の本
C水神（闇淤加美《くらおかみ》神・闇御津羽《くらみつは》神）＝刀の手上（柄）
その後、迦具土神の死体から神が生成する。
D山神（正鹿山津見《まさかやまつみ》神・淤縢山津見《おどやまつみ》神・奥山津見《おくやまつみ》神・闇山津見《くらやまつみ》神・志芸山津見《しぎやまつみ》神・羽山津見《はやまつみ》神・

原山津見神《はらやまつみ》・戸山津見神《とやまつみ》）

最後、斬った剣の名（E 天尾羽張《あめのおはばり》）を『古事記』は記す。

概してタタラ製鉄による、刀剣の制作過程が示されている。

岩石を粉砕して原料（鉄・砂鉄）を取り出す。砂鉄を炉に入れて溶かして鉄の塊（鉧《けら》）を作る。強い霊力によって鉄の塊（鉧《けら》）はできあがる。砂鉄を溶かす激しい火の様子は、雷の落ちる姿を想起させる。「甕速日《みかはやひ》」は強い霊力を、「樋速日《ひはやひ》」は溶かす力（「樋《ひ》」は「乾《ひ》」もしくは「火」）を、「建御雷之男《たけみかづちのを》」は雷を、それぞれ神格化したもの。

建御雷之男神は、国譲りの際、逆さにした「十掬《とつか》の剣」の鋒に座して、大国主神に国を譲ることを要求した神。神武天皇が熊野で神の毒に当てられて仮死状態になった時にも、天から「横刀《たち》」を降して窮地を救う。剣の鋭さとピカピカする姿とに雷を連想する。

炉から出された鉄の塊（鉧《けら》）は、水によって冷やされる。水の力も製鉄には必要である。そうしてできた鉄の塊（鉧《けら》）から少量の「玉鋼《たまはがね》」が得られる。玉鋼は日本刀の原料となる。

迦具土神の血から生じた神によって、刀剣の制作過程が語られる。その後、死体からは山の神が生じる。山の岩石から刀剣が作られ、死体は山に帰る、といった流れが神名によって語られる。死と再生である。死と再生は、出雲・熊野のもつイメージと通じる。

『日本書紀』では、一書六、一書七、一書八に類似の伝承が載る。ただA〜C（岩石神・強力な霊力・水神〔一書六・一書七〕）と、D（山神〔一書八〕）とを分けて記載する。『古事記』のような一連のストーリー性は見られない。

火神を生んで伊耶那美が死んだ話は、『延喜式』「鎮火祭」祝詞にも見られる。伊耶那美を焼き殺したのは「火結神《ほむすび》」であり「心悪しき子」とする。その「火結神」を鎮めるために「水・瓠《ひさご》（柄杓）・埴山姫（土）・川菜（水藻）」を用いることを伊耶那岐が教えた、と伝える。鎮火方法を語るのである。火は、製鉄、暖房、焼き畑、調理等、人間の文化的な生活には不可欠の存在である。だが操作方法を誤ると、人や世界を滅ぼすことになる。火の効力は、正しい操作方法によって得られる。祝詞の「火結神」は、「火」を生成する神の意。この神を『古事記』では「火の夜芸速男神《ほやぎはやを》」またの名「火の炫毘古神《かがびこ》」またの名「迦具土神」とし、三つの名を記す。「夜芸速男」は「焼く」状態の神格化、「炫毘古《かがびこ》」は火が輝く状態の神格化である。「迦具土」もカグ（輝く）＋ツ（連体助詞）＋チ（霊格）の意である。原義的には、すべて火の神を意味する。

ところが『古事記』の神話は「迦具土神」の名で進行する。伊耶那岐に殺害されるのは「迦具土神」なのである。そして『古事記』では「ツチ」に「土」字を宛てる。土は火を消す道具でもある。「迦具土」表記に鎮火のニュアンスを含めているのであろう。しっかりと火を管理・操作することによって、刀剣を得ることができるという文脈を意識して「土」字を用いているものと考えられる。

人間的な神の感情・言動と、人間の文化的な生活を支える製鉄過程とを述べる章段である。

5 黄泉《よみ》の国《くに》

伊耶那岐命《いざなきのみこと》は黄泉国（死者国）に行き、伊耶那美命《いざなみのみこと》の帰還を願う。だが変わり果てた姿を垣間見て逃げ出す。追ってくる伊耶那美を振り払い、伊耶那岐は黄泉坂を塞いで今生の別れを告げる。

従来、この章段には、さまざまな話型が指摘されている。まずは他界の女性を女房にするも、本性が露見して本国に戻るという話型。代表的な話としては、「狐を妻として子を生ましめし縁」（『日本霊異記』上巻二縁）や天人女房譚等がある。本章段には、異界からやってくるという要素はないが、最終的に男女が決別して別世界で生きるという点は共通する。

次に逃走譚。「三枚の御札」が代表例。鬼婆に追われた小僧が、三枚の御札によって逃げ切る話。物（縵《かづら》・櫛・桃）を投げて逃げる場面が似る。逃走譚では、中世・謡曲「黒塚」（安達ヶ原）も著名。また「見るなの禁」との類似もしばしば指摘される。本性を垣間見て、本性の違いから決別しなければならない運命を悟る、という話。鶴女房が代表例。

これらの話型に共通するのは、決別することを前提とする点である。本章段では、男と女とが、葦原中国と黄泉国とが、死者と生者とが、決別した起源を語る神話となっている。決別を脚色するために、決別をモチーフとする話型を少しずつ重ねているのであろう。文学的な技法といえる。

「死者世界（黄泉国）は往還可能である」との信仰は、古今東西に広く存在する。地獄に連れて行かれた女が、人違いであったために現世に戻る（『日本霊異記』中巻二五縁）。「黄泉の坂・黄泉の穴」と呼ばれる「脳《なづき》の礒《いそ》」に来た夢を見ると「必ず死ぬ」という。この礒にある松の様子は「里人が朝夕往来」しているように見えると記述される（『出雲国風土記』）。黄泉の世界との往来を思わせる。

黄泉との往来を可能とするのは、後期横穴式古墳や殯宮において、長時間、遺体と共に過ごす体験が基にあるのであろう。土葬を掘り返したり、遺体の腐敗を確認するために死者を覗き見たりする儀礼もある。死者世界は身近な存在であり、行き来できるとの感覚が普遍的に存在したようである。『古事記』（神武記）でも、御毛沼命《みけぬ》は「常世国に渡り坐し」、稲氷命《いなひ》は「妣《はは》（死んだ母・祖霊）の国と為《し》て海原に入り坐す」とあり、死者（祖霊）世界や理想郷との往来を可能としている。スサノヲも「妣《はは》（死んだ母）の国」に行こうとする。

ところが本章段では、黄泉坂を石で塞いで往来不可とする。『古事記』は天上世界（高天原）を聖なる世界とし、特定の資格を持つ者（天つ神の御子）は高天原と葦原中国との往来が可能であるとする。天皇家の神聖性、葦原中国の優位性を高天原が保証している。神聖な世界は穢されてはならない。

黄泉国は「うじたかれ」る（本章段）、「いなしこめしこめき穢き国」（「6禊ぎ」段）とする。穢れは封じ込めなければならない。そうしなければ葦原中国、さらに高天原の神聖性が穢されてしまう。同じ死者世界でも「妣《はは》（死んだ母）の国」（祖霊のいます国）とは異なり、黄泉国は穢れた世界であった。

黄泉国の設定は、天上世界と地上世界の神聖性を保証するためであったのだろう。『日本書紀』では、黄泉国訪問譚を本書（五段）には載せない。『日本書紀』五段本書では伊耶那美は死なず、六段本書では伊耶那岐《いざなき》は長く隠れたとする。『古事記』に最も近い内容は一書六に載るが、『日本書紀』本書では黄泉国には触れない。『古事記』はあえて黄泉国訪問譚を載せる。

『古事記』が世界観を確立するためには、衆人が知る死者世界にも触れざるを得なかったのであろう。だが死者世界とは決別しなければならない。塞いだ石（道反之大神《ちがへしのおほかみ》）と「黄泉戸大神《よもつとのおほかみ》」とによって二重に塞いでいる。本章段では往来不可を強調する必要があったのだろう。

伊耶那岐・伊耶那美《いざなみ》の決別は、黄泉国において妻の本性を垣間見たことに因る。自分の姿を「見畏みて逃げ還」る伊耶那岐に対して、伊耶那美は「恥」を感じて追っ手（ヨモツシコメ）を仕向ける。恥は、イハナガヒメ（23段）・トヨタマビメ（25段）・マトノヒメ（40段）の話にも見られるが、概していえば「一体感の欠如」といえる。他者が同じ価値観を持ってくれないことによって、一体感が欠如する。すると自分一人が浮いた存在となる。これが恥をかいた時の感覚である。

黄泉国で食事をして黄泉国の住人となった伊耶那美は、伊耶那岐とは価値観を異にし、一体感をもつことができない。黄泉国との精神的な決別を「恥」でもって語る。

「恥」を感じる主体は女性のようである。「婦人、甚だ以て慙《は》ぢ怨みて」（欽明紀二三年七月）とある。『万葉集』でも大伴坂上郎女（巻五・四〇一）、娘子（巻一六・三七九五、竹取翁歌）が「恥」を感じる。

「恥」は女性らしい感覚と考えられていたのだろう。

女性らしい感覚の表現は、本章段では他にも見られる。伊耶那岐が帰還を乞うと、伊耶那美は「恐《かしこ》き故に、還らむと欲《おも》ふ」と述べ、黄泉神に掛け合う。男に愛されていることを実感すると、心が動く。「女性は愛されることを好む」と考えられていたことは『万葉集』の挽歌からもうかがえる。死んだ女性を悼む挽歌では、生前に恋人や多くの男性に愛された様子を述べる歌（明日香皇女挽歌、吉備津采女挽歌等）が多い（実際には女性は受動的に愛されるの待っているのではなく、『伊勢物語』の「色好みなりける女」（恋上手）のように、愛されるように仕向けるのであろう）。一方男性が死んだ場合には、政治的な功績や資質の立派さを述べる（高市皇子挽歌、日並皇子挽歌等）。愛されることを実感して行動を起こし、恥によって決別するという点に女性的な表現技法が用いられる。

一方男性的な表現も用いられている。垣間見である。垣間見とは狭い空間から異界をのぞき見る行為である。狭い空間は聖なる場所であるから特別なものが見える。「鬼に瘤とらるる」翁が、鬼の踊りをみるのも「木のうつほ（洞）」（『宇治拾遺物語』巻一・三）。伊耶那岐も微かな光が作り出した狭い空間から伊耶那美の本性を垣間見る。垣間見の主体は男性が多い。男性の行動を示す表現である。

本章段では、愛されて還ることを決意する女性、本性を垣間見て逃げる男性という対比がなされている。人間的な神の姿である。高天原・葦原中国の神聖性を保証するために、あえて穢れた黄泉国を描き、その黄泉国と決別する様を男女の性差を用いて表現する。文学的な知恵が読み取れる。

6 禊《みそ》ぎ

伊耶那岐命《いざなきのみこと》は、禊ぎにより黄泉国の穢れを祓う。その際、天照大御神《あまてらすおほみかみ》・月読命《つくよみのみこと》・建速須佐之男命《たけはやすさのをのみこと》（三貴子）を生む。須佐之男は、死んだ母（妣《はは》）の国に行きたいと泣き続け、父から追放される。

「禊ぎ」は、「身削ぎ」「身滌《みそそ》ぎ」「水滌ぎ」の義とされるが、『古事記』の文脈では、「身を削ぎ」落とすようにして穢れが付着した服飾品を脱ぎ捨て、「身を滌」いで清浄な体となり、霊力ある「水」で身を「滌ぐ」ことによって力を得て（再生して）、聖なる神を生む、というストーリーを持つ。

禊ぎをする場所は、竺紫《つくし》の日向《ひむかの》橘《たちばな》の小門《をど》のあはき原。空想された聖地なのであろう。「上瀬《かみつせ》」「下瀬《しもつせ》」ではなく、「中瀬《なかつせ》」で禊ぎするのも、「中」が聖なる空間であったことによる。空間を三分割して真ん中をとる、というのは相撲の手刀（左、右、中）とも通じる。

最も貴い天照大御神が左目から出現するのも、盤古神話（盤古神の眼から太陽と月が生まれる神話。『述異記』等）を基にしながらも、左が聖なる方である（左方優先）ことが重要であったのだろう。神殿では、鎮座する神から見て左（参拝者から見て右）が上位である。舞台から見て舞台の左側を「上手《かみて》」ということ、右大臣より左大臣の方が平時は上位であることと同じである。

このように聖なる土地、聖なる空間、聖なる部位から、聖なる天照大御神は生まれるが、その前提として、伊耶那岐《いざなき》は自身の体を清浄な状態にしていく。禊ぎ段で、伊耶那岐は最初に身の物（杖・帯・嚢《ふくろ》・衣・褌《はかま》・冠・手纏《たまき》（腕飾り））を投げ捨てる。そこから神々が生成する。投げ捨てられた物品は、「衝立船戸神《つきたつふなとのかみ》」のような境界を守る防塞神となっている。祓い落とした穢れを遷《うつ》し却《や》るために生成した神々である（井手至『遊文録　説話民俗篇』和泉書院、二〇〇四年五月）。

装飾品は悪霊等から身を守る機能をもつ。神事芸能で翁がつける「面」は、穢れを吸収させて芸能者を守る防護品であった（鈴鹿千代乃『古代からの風』日本国語国学研究所、二〇一八年七月、468頁）。

伊耶那岐は、穢れから身を守る防護品（だから穢れが付着した物）を全て投げ捨てることにより、「素」の状態になる。「素」になった後に、身体の穢れや禍《まが》（曲がったこと、災い）を取り去る。その時に「八十禍津日神《やそまがつひ》」「大禍津日神《おほまがつひ》」が生まれる。そして「禍」を正しい方向に直すために「神直毘神《かむなほび》」「大直毘神《おほなほび》」が生まれる。その後、伊耶那岐は海の神（綿津見《わたつみ》三神・筒之男《つつのを》三神）を生む。取り去った穢れを大海に流し去ることを意味していよう。「六月の晦の大祓」（『延喜式』祝詞）において、「罪」が大海を経て「根の国・底の国」に放たれるのと同じである。穢れは完全に除去される。

以上の経緯により伊耶那岐は再生する。その段階になって、聖なる三貴子（天照大御神・月読命・建速須佐之男命）を生む。聖なる場所・空間で穢れを完全に除去し、「素」の状態で再生して聖なる存在を生む、というストーリーがこの章段での神名列挙に読み取れる。

伊耶那岐は三貴子に役割を与える。天照大御神には高天原を、月読命には夜の食国《をすくに》を、須佐之男命には海原を治めることを命じる。従来指摘されているように、応神記（60段）に類似する記述が載る。

神代記	応神記
高天原（天照大御神）	天津日継ぎ（宇遅能和紀郎子）
夜の食国（月読命）	食国の政（大雀命）
海原（須佐之男命）	山海の政（大山守命）

三界分治といわれ、神々の世界を三つに分けて、統治を三分割するというものである。

天津日継ぎは高天原の神聖性を受け継ぐ資質（天皇霊《てんのうれい》）をもつ者のことである。食国の政とは農耕民（稲を税として治める農耕社会）支配を指す。天皇家を支える税を納めるのは「食国」である。

食国の民以外には山海の幸を採取する海の民・山の民がいた（岡田精司『古代王権の祭祀と神話』塙書房、一九七〇年三月）。特に海の幸を納める民の国は「御食《みけ》つ国」と呼ばれる。「山海の政」とは海の民・山の民を治めることを指す。だが山海の民は移動するので、定期的な税収入は見込めない。「食国」以外を大和朝廷は実質的に掌握することはできない。周縁的な存在であり、異郷性をもつ。

ここで注目したいのが、三分割された世界観があることである。

天＝聖なる者の世界。　【高天原・天津日継ぎ】

地＝聖なる者が支配する社会　【食国】（聖なる者を支える社会。夜・月、農耕社会）

周縁＝異界（食国・太陽世界以外）　【海原・山海】

ギリシャ神話における、天界（ゼウス）、海洋（ポセイドン）、冥界（プルトン）と構造と同じである。

本章段では異界を海原とする。「山海」ではなく「海原」とするのは、穢れを放つ世界が海であることを踏まえている。その世界を須佐之男は任される。異界（海原）は、周縁で支配外の空間だから荒れている。だから「すざぶ」スサノヲが赴く。負のモノ（穢れ）を一身に背負って、追放される姿は、後の「8天の石屋」段で追放される伏線となっている。負の存在としてスサノヲを位置づける。

負は、通常の存在（正の存在）ではないから異常性が語られる。スサノヲの異常性は「八拳須《やつかひげ》（鬚）心前《こころさき》に至るまで」（成人するまで）「啼きいさちき」（泣きわめいた）ことで表されている。

スサノヲが「妣の国」に行こうとするのは、「六月の晦の大祓」（『延喜式』祝詞）において「罪」が「根の国・底の国」に放たれることと通じる。『古事記』のスサノヲは負（穢れ）を背負い、異界に赴く。負の存在が異界に行くことにより、聖なる天上世界（高天原）が確立することにもなる。

最終的に伊耶那岐も「幽宮《かくれのみや》を淡路の洲《くに》に構《つく》りて寂然《しづか》に長く隠れましき」（『日本書紀』六段本書）。『古事記』では「淡海の多賀に坐す」（真福寺本『古事記』）とする（伊勢本系『古事記』は「淡海」を「淡路」とする）。ここでの「あは」（淡海・淡路）は、禊ぎをした「あはき原」の「あは」と関わるようである。「淡い」場所は幽界であり、「幽宮」として相応しい聖なる場所であったのだろう。

島生み、神生みを終えた伊耶那岐は聖なる場所に隠れ、スサノヲは負の国に追放される。そのことによって天（高天原）と地（葦原中国）との神聖性が保たれる、と考えたのであろう。

7 誓約《うけひ》

妣《はは》の国へ赴く前に須佐之男《すさのを》は、姉の天照大御神《あまてらすおほみかみ》に挨拶に行く。しかし姉は高天原《たかあまのはら》を奪うという邪心が弟にあると疑う。清く明き心を証明するために、二神は所持品を物実《ものざね》として子を生みあう。

「清く明き心」を証明するために「宇気比《うけひ》」（『日本書紀』は「誓約」）を行う。ウケヒとは、予めaならばA、bならばBということを決めておいて占う方法である。「明日天気にしておくれ」といって、履き物を蹴り飛ばす占いが典型例。ところが『古事記』では予め何も決めていない。『日本書紀』ではスサノヲの生む子が男ならば「清き心有り」（第六段本書）、「悪しき心無し」（一書一）、「赤き心あり」（一書二）、「奸賊《あたな》ふ心有らざる」（一書三）と決めている。『日本書紀』によるならば、男神を生むことでスサノヲには、「清く明き心」であったことが証明されたことになる。『古事記』『日本書紀』本書では天照大御神はスサノヲの（所持品）で女神（宗像三女神）、須佐之男は天照大御神の物実で男神（天之忍穂耳《あめのおしほみみ》他）を生む。物実が子神の帰属にネジレを生じさせる。

ここで不思議なのは、①天照大御神も子を生むこと、②子を生む際にお互いの所持品（「物実《ものざね》」材料）を交換すること、③子神の帰属にネジレが生じていること。原伝承から数回の改変が予想される。

文脈上、天照大御神の正邪は問題とはなっていない。ならば天照大御神は正、すなわち「清く明き心」を有していることが前提になっていると考えるべきであろう。天照大御神は、女神を生む。女神が女神を生むことが、「清く明き心」の証であったはずだ（①）。だから逆に男神が男神を生むことが「清く明き」ことを証明するのである。天照大御神は「清く明き」存在なのである。

では②物実の交換は何故行うのか。「物実」は所有者の霊魂が籠もるものであった。倭の香山《かぐやま》の土は「是、倭国の物実」（崇神紀一〇年九月）であった。須佐之男の所持品には須佐之男の霊魂が籠っている。また交換とは、親しい間柄で行われる行為である。太刀を交換したヤマトタケルと出雲タケルとは「友《ともかき》を結」ぶ関係であったと記す（景行記45段）。つまり、天照大御神は、須佐之男（所持品）と親しく一体となって、女子を生んだことになる。物実を関与させた、男女による神生みである。

男女による神生みは、伊耶那岐・伊耶那美の島生み段でも行われた。「吾が身の成り余れる処を以ち、汝の身の成り合わぬ処に刺し塞ぎて、国土を生み成」した。男女が補完して子を生む。『日本書紀』に「姉」「弟」、『古事記』でも天照大御神が須佐之男を「なせの命」（女子から男子への称）と呼ぶように、天照大御神は女神、須佐之男は男神である。女神は、男神の物実で女神を生む。男女が補完し合って子が生まれる。男神も女神の助力を得て男神を生む。男女補完の関係において子どもが生まれることが特別な神（ニニギの父）の誕生には必要であったのだろう。天皇も結婚するからである。②物実交換は、男女補完による聖なる子の誕生を語ろうとしているものと考えられる。

だが、伊耶那岐・伊耶那美の国生みとは異なる点もある。補完する相手は異性本人ではなく、あくまでも異性の所持品である「物実」なのである。天照大御神・須佐之男の関係は、伊耶那岐・伊耶那美のような人間的な恋愛をする神とは趣を異にする。男女補完の関係で子を生むが、人間的な生み方ではない。本章段における男女の神は、男女の人間神とは言いがたい面がある。

本章段で天照大御神は男装をする。髪を「御みづら」（男子の髪型）に結い直し、武装する。女の男装、男の女装といった異性装は、信仰・宗教世界ではしばしばなされる。女装した男が田植えの早乙女役を演じる例がある。また近代では大本教の教祖・出口王仁三郎の女装は著名である。これらの異性装は、宗教的には、両性具有によって陰陽の気を獲得した聖者になることを意味するのであろう。

男装する天照大御神も両性具有の存在として描かれる。前述のように『古事記』の神は、男女の性（生殖）を超越した「独神」から、男女の性をもつ人間神へと展開する。その後、男女神は決別。すると男神伊耶那岐が単独で神生みを行う。そして本章段において天照大御神は両性具有の神となる。神が人間神となり、人間神を越えた聖なる存在へと昇華することを物語っているのであろう。

惣《すべ》ての「天神地祇」を祭ることを義務付けられた天皇（神祇令）は、男女両性を具有する聖なる存在であることが求められたようである。ちなみに律令では「女帝の子も同じ」（継嗣令）と、女帝の存在を認めている。両性具有の聖なる存在たる天皇（資格）であるならば、当然のことであろう。

「清く明き」神が聖なる子を生む。これが①天照大御神も子を生むことの意味である。そのような原話が、男女補完による聖なる神の子を生む話へと変貌して②物実交換の要素が加わる。さらに人間神から両性具有神へと展開するという神観によって、天照大御神に神聖性を付与する。

ただややこしいことに『古事記』では子の帰属にネジレ（③）を生じさせている。自分の「物実」から成った子を「我が子」として、天忍穂耳以下の男神を天照大御神の子と「詔《の》り別《わ》」ける。天照大御神の霊魂が籠もる物実によって生まれた天忍穂耳は天照大御神の霊魂を受け継ぐ聖なる存在とする。「女神が女神を生む」伝承を、「女神の子は男神」と言い直す。このネジレによって天忍穂耳は天照大御神の子となる。天孫ニニギと天照大御神とを結びつけるための系譜操作であったようだ。

同様に須佐之男の物実から成った宗像三女神を須佐之男の子と「詔《の》り別《わ》」ける。宗像三女神は須佐之男の霊魂を受け継ぐことになる。前段で述べた通り、スサノヲは穢れを背負って大海に赴く。宗像三女神は、玄界灘や朝鮮半島への航路を司る神である。この三女神が生まれる様子には、日本の北西の大海を流れていくスサノヲの姿が重ねられているのではなかろうか。北西は死者・祖霊の住む国で、死と再生とが繰り返される場所でもある（三谷栄一『日本文学の民俗学的研究』有精堂、一九六〇年）。

男神が男神を、女神が女神を生むのが「清く明き心」であるという原伝承（①）が基となる。それを男女補完によって生まれた聖なる子の誕生譚にする（②）。さらに男女の人間神から両性具有の聖なる神へと展開させ、天照大御神の神聖性を語る。その上で天照大御神系譜に天孫・天忍穂耳（子のニニギ）を位置づけるために「詔り別け」をする（③）。と同時に宗像三女神に、大海に流される須佐之男の姿を重ね、次段における追放の伏線とする。伝承操作の痕跡が見られる箇所である。

8 天《あめ》の石屋《いはや》

勝ちほこるスサノヲは暴れる。「見畏《みかしこ》」んだ天照大御神《あまてらすおほみかみ》は天《あめ》の石屋《いはや》に籠もり、高天原は暗黒の無秩序状態となる。神々がなんとか天照大御神を石屋から引き出して秩序が回復。スサノヲは追放される。

本章段の問題点は、①スサノヲは勝ったのか、②何故スサノヲは暴れるのか、③天照大御神は何故石屋に籠もるのか、④天照大御神を石屋から出す方法が『日本書紀』と異なるのは何故か、等である。

前章段で述べたように『古事記』では「ウケヒ」の前提（aならばA）を設定していないので、勝負の結果は判然としない。『日本書紀』では、スサノヲの生んだ子が女神ならば濁《きたな》き心、男神ならば清き心（六段本書、一書一）という前提を明記するので、スサノヲが勝ったことは明白。『日本書紀』によれば、『古事記』で「手弱女を得」たスサノヲは負けとなる。しかし『古事記』のスサノヲは、勝ったと言って暴れ出す。スサノヲは本当に勝ったのか。ヒントは「勝《かち》さび」という語にある。

「さぶ」は「それらしく振る舞う」意。『万葉集』に「娘子《をとめ》さぶ」（巻五・八〇四）、「翁《おきな》さぶ」（巻一八・四一三三）、「神《かむ》さぶ」（巻一・三七等）。スサノヲは、勝ったように振る舞う。曖昧なウケヒの結果に対して、スサノヲが勝手に勝ちと決めつけ、強引に勝利者らしい態度をとったのであろう（①）。

では、勝ったと決めつけたスサノヲは、何故暴れ出すのか。このことにも「さぶ」が関わる。この

「さぶ」は「鉄が錆びる」の「錆ぶ」と語源は同じとされる。製鉄される以前の姿、つまり鉄本来の姿に戻ることが「錆び」た状態である。鉄が本来持っている性質が表れるのが、「さぶ」であったと考えられる。娘子・翁・神の本質的な姿が最も表れた態度をとることが、「娘子さぶ」「翁さぶ」「神さぶ」なのである。演劇で役柄の特徴（本質）を最も端的に示す仕草をするようなものである。

「勝さぶ」も「勝ったように振る舞う」のであるが、勝って喜んだスサノヲが、スサノヲの本質的な性質を露わにしたのである。スサノヲの「スサ」は「荒《すさ》ぶ」であるから暴れたのであろう（②）。

スサノヲの犯した罪は、田の畦を壊す、神聖な祭（大嘗祭）の場を汚物で穢す、神聖な衣を織る家に逆剥ぎした馬を落とし入れる、それを見た機織りの神（天の服織女）を死に至らしめる、というものである。これらの行為は「六月《みなづき》の晦《つごもり》の大祓《おほはらへ》」（『延喜式』祝詞）の「天《あま》つ罪《つみ》」にあたる。「天つ罪」とは、「国《くに》つ罪」に対する罪で、畦放《あはな》ち・溝埋《みぞう》み・樋放《ひはな》ち（水路の破壊）・頻蒔《しきま》き（重ねて種を撒く）・串刺《くしさ》し（田畑に悪戯）・生《い》け剥《は》ぎ（生きたまま皮を剥ぐ）・逆剥《さかは》ぎ（逆さに皮を剥ぐ）・屎戸《くそへ》（聖域に汚物を撒く）をいう。人が生きる為に必要な自然（農耕・動物・神等）に対する破壊・冒瀆である。

そのような罪を犯す荒々しいスサノヲは追放される。この追放によって高天原には、自然を破壊・冒瀆するような神がいなくなり、高天原が清浄かつ神聖な場所であることが確定する。ひいては高天原に通じる（高天原の霊力を受け継ぐ天皇の治める）葦原中国（日本）においても、同様の罪は追放することができる、と考えたのであろう。『延喜式』祝詞と『古事記』とを結びつけると、そう理解できる。『日本書紀』第七段本書でも、スサノヲは天上世界の罪を一身に負って追放された、とする。

スサノヲの異常な畜殺に驚いた天服織女は「陰上《ほと》（急所）を衝きて死ぬ」。それを天照大御神が見て「畏《かしこ》」み、石屋に籠もる。スサノヲが畦・溝を壊し、神聖な神殿を穢す段階では、弟を庇《かば》い、石屋には籠もらない。異常な畜殺、殺人（神）行為を目撃すると「畏」んで籠もるのである。

「畏《かしこ》む」とは、通常ではないモノと接した場合に使用される語である。非日常的なモノに接して、我が身が消え入ってしまうような無力さを感じた時に「畏み」という。

田畑や神殿の破壊は直すことができる。だが、生物の殺害は元に戻らない。無残な殺害は非日常の最たるものである。天照大御神は、弟の犯した罪を修正することができない無力さを感じる。だから自身の存在を消すかのように石屋に籠もるのである（③）。

そして太陽神の天照大御神が籠もると、暗黒世界となる。様々な災いが起こり、無秩序状態となる。困った神々は、天照大御神を石屋から引き出そうとする。『古事記』では、

a夜明けを告げる常世の長鳴き鳥を鳴かせる。b占いに従って作った神聖な鏡・勾玉を榊に飾る。c祝詞を奏上する。　d天の宇受売《うずめ》が神懸かりして舞う。　eその様子を見て神々は笑う。
f笑い声に不審を抱いた天照大御神に「あなたより尊い神の出現に喜んで笑っている」と告げる。
g少しだけ顔を出した天照大御神に鏡を見せる。
h僅かに開いた石戸の隙間から、天の手力男が天照大御神の手を引っ張り、外に連れ出す。

i注連縄をはり、石屋に戻れないようにする。

a～iの多くが祭祀的な行為。『日本書紀』にはない『古事記』独自の記述はbefとなる。

b「占い」によって祭祀具を作成するのは、祭祀のあり方を反映する。祭祀は、途中で何回も「これで良いか」を神に問いながら進められる。神意に沿わなければ祭祀は上手くいかないからである。

e「笑い」は、邪気を祓う行為。『万葉集』巻一六で、身体的な欠点（ホクロ・肌色・痩身・赤鼻等）を笑うのも、身体的欠点には悪霊が取り憑くと考えられていたから。各地の悪口祭や悪態祭にも同様の意義がある。江戸時代、八坂神社（祇園社）では年末に悪口を言って笑い合い、邪気を祓った（『増補大日本行事大全』一八三二年）。笑いには災いを祓い、清浄化するという祭祀的な効果がある。

fでは「あなたより尊い神がいる」と心理作戦を用いる。このあたりも人間的な神を描いている。天照大御神を心理的に操作する。神霊を操作するというのは、祭祀の根本である。荒魂《あらみたま》を鎮めて和魂《にぎみたま》にし、逆に和魂を荒魂にして神霊を活性化させるという神霊操作が一般的な祭である。

befは祭祀的な観点から付け加えられたと考えられる（④）。本章段の基には冬に衰えた太陽の力を復活させる祭（冬至祭）が想定されている。天の石屋から出現する天照大御神に、祭祀で復活する太陽神を重ねる。befを付け足す『古事記』は、神霊操作（祭祀）を意識した脚色になっている。

『古事記』は、太陽の復活という原話に対して、祭祀的な観点から脚色を加え、高天原の清浄性（荒ぶ神がいない、という清浄性、神聖性）と秩序の確立とを描いている。

9 蚕《かいこ》と穀物《こくもつ》の種《たね》

スサノヲは罪を負って高天原から追放される。又スサノヲは大気都比売《おほげつひめ》が身体から食物を出す様子を目撃し、穢《けが》らわしさ故に殺害する。死体から生じた五穀を神産巣日神《かみむすひ》は人に与える種とした。

本章段は「又」で始まるので、後からの挿入話とされる。ただし「又」は、並列の接続を示すから、「内容的に類似する話」という認識の表現。前後の話との関連性を編纂者は考えていたようだ。『古事記』内で「又」で始まる物語は、神武記「30兄師木《えしき》・弟師木《おとしき》」条、崇神記「36建波迩安王《たけはにやす》の反逆」段、垂仁記「40丹波《たには》の四女王」段、垂仁記「41多遅摩毛理《たぢまもり》」段、応神記「63吉野の国主《くにす》」段、応神記「65天之日矛《ひほこ》」段、雄略記「80吉野童女と葛城山の一言主の神」段等。いずれも挿入と説かれるが、『古事記』の文脈上は、それぞれ前後と関わりがあると編纂者は認識していたようである。

追放されたスサノヲは、雨風の中、蓑笠を着て神々に宿を乞う。しかし神々は、スサノヲの穢らわしさを理由に拒否したという（『日本書紀』七段一書三）。『古事記』でも、放浪途中のスサノヲが大気都比売に食事を求めたというように、文脈上、読むこともできる。そして大気都比売は、体内から食物を出して振る舞うものの、スサノヲは穢らわしさを感じて殺害するのであろう。その死体から、蚕と五穀（稲・粟・小豆・麦・大豆）が生じる。食物を乞う主体を八百万の神とする意見（八百万の神が空腹のため、またはスサノヲのため）もあるが、『古事記』の文脈上は、無理がある。

『日本書紀』五段一書一一（三貴子分治）では、保食神《うけもちのかみ》が体内から食べ物を出す。月夜見尊《つくよみのみこと》は、穢らわしさを感じて怒り、殺害する。その報告を受けた天照大神は、月夜見尊を憎み、「一日一夜、隔て離れて住」むようになる（太陽と月が、昼夜異に出現することの起源）。殺害された保食神の死体からは牛馬・粟・蚕・稗・稲・麦・大小豆《まめあづき》が生じる。それを見た天照大神は、人間の「食ひて活《い》くべきもの」と言って喜んだ。人間の農耕環境が整えられたことを語る。

また『日本書紀』五段一書二（神生み）では、火神カグツチの子・稚産霊《わくむすひ》の身体から、蚕・桑・五穀が生じたという。いずれの伝えも、五穀以外に蚕の起源を語るのは、古代律令国家が農耕と養蚕とを並行して行うことを推奨した（「農桑」）ことによる。

死体から食物が生成する神話をハイヌウェレ型と呼ぶ。吉田敦彦『日本神話の源流』（講談社現代新書、一九七六年一月）に詳しい。インドネシア・セラム島のウェマーレ族の話として、椰子の木から生まれた女子・ハイヌウェレ（椰子の枝の意）は、身体から高価な品物を出す。あるとき舞踏の晩、ハイヌウェレは、踊る男たちに同じように高価な品を出して渡した。男たちは気味悪くなると同時に、妬ましく思い、彼女を殺害して埋めた。父親が掘り起こした死体からはヤム芋（主食物）が生じた。

そして吉田敦彦は、アードルフ・イェンゼン（ドイツの民族学者）の説を紹介して、ハイヌウェレ型神話を再現して、実際に殺害を行う儀礼があったという。

『播磨国風土記』には、鹿の腹を割いて得た血に稲を撒き、一夜で苗を生いさせた女神（讃容郡）、水の代わりに宍（鹿・猪）の血で田を作る神の話（賀毛郡）が載る。これらをハイヌウェレ型神話とするか否かはともかく、女性の死体から食物が生じる点で本章段はハイヌウェレ型神話と考えられる。イェンゼンによれば、ハイヌウェレは一名「ラピエ＝ハイヌウェレ」（月のハイヌウェレ）。『日本書紀』でも月夜見尊が関わる。農耕暦が太陰暦（月の運行）であることからすれば、月と五穀とが関わるのも理解できる。『日本書紀』の伝えもハイヌウェレ型神話と共通点を有する。

【ハイヌウェレ型神話の比較】

	殺害者	食物生成者	生成物
古事記	スサノヲ	大気都比売	稲・粟・小豆・麦・大豆
日本書紀五段一書十一	月夜見尊	保食神	牛馬・粟・蚕・稗・稲・麦・大小豆《まめあずき》
日本書紀五段一書二	（火？・カグツチ？）	稚産霊	蚕・桑・五穀
ハイヌウェレ型神話	村の男たち	ハイヌウェレ	ヤム芋
播磨国風土記・讃容郡	賛用都比売《きよつひめ》	鹿	苗
播磨国風土記・賀毛郡	太水《おほみづ》の神	宍（鹿・猪）	田作り（田の養分）

食物を司る女性が、体内から物（大切な物。食物や高価な品）を出す。その女性が殺害されると、死体から主食物が生成する。このような話が原話としてあったのだろう。それが農耕との関わりから

「月」が登場するようになり、さらに日月離反の神話（三貴子分治）となる（『日本書紀』五段一書一一）。女性の死という類似点から、伊耶那美の死後の話（神生み）に転用される（『日本書紀』五段一書二）。さまざまに転用された結果、少しずつ異なる内容となったのであろう。『日本書紀』が「蚕」の他に「桑」「牛馬」を加えているのも、律令国家の「農桑」政策が強く影響していよう。

各伝えは、それぞれの文脈に応じて原話を変形させているようである。では『古事記』はどうか。『古事記』では、鼻・口・尻から「味物」（美味しい物）を出すことを「穢汚」とする。『日本書紀』五段一書一一でも口から植物を出して「穢らわしきかな」と述べるが、『古事記』では口以外に鼻・尻から出すというように、よりいっそう「穢汚」の度合いを増している。

『古事記』の文脈では、スサノヲは「祓へしめて」追放される。「祓う」のは「穢れ」である。ならば『古事記』では、「穢れを祓う」という文脈において当該神話を理解すべきであろう。

食物を食べて排泄する。排泄物は肥料となり、食物を成長させる。食物をめぐる循環がある。「穢汚」の物は大地で浄化され、体内で「穢汚」となる。「穢汚」と浄化とを繰り返す。「穢汚」を生む身体を殺害することによって「穢汚」を取り去り、浄化されたものを残す。これは天上界の「罪」「穢れ」を背負ってスサノヲが追放されることによって、高天原の清浄化が訪れるという文脈と符合する。

スサノヲの追放という話の流れに、浄化された食物の生成起源と、人に必要な農耕環境が整ったことを、重ねて述べる意図が『古事記』にはあったようだ。その形跡が「又」なのであろう。

10 八俣《やまた》のヲロチ

追放されたスサノヲは出雲国の肥《ひ》の河上に降る。その地で、ヤマタノヲロチに娘たちを食われることを嘆く老夫婦と出会う。スサノヲはヤマタノヲロチを退治し、その尾から草薙剣《くさなぎのつるぎ》を発見する。

スサノヲは出雲に降臨する。『日本書紀』八段一書二では、安芸国の可愛《え》の川上（江《ごう》の川《かわ》上流）、同一書四では最初新羅の曽尸茂利《そしもり》に降臨するが、出雲国の簸《ひ》の川上に移動する。祓われる者の降臨には、天孫降臨とは異なるツールがあった。スサノヲの降臨地として中国山地が選ばれたのは、異界と通じる地というイメージによろう。西北の方角は異界性を持つ（三谷栄一『日本文学の民俗学的研究』有精堂、一九七〇年七月）。加えて鉄の産出が、中国山地の異界性を高める。

鉄鉱石がほとんど採れない日本において、鉄は砂鉄を用いるタタラ製鉄によって作られる。特殊な労働（火の管理、タタラを踏む）からタタラ師たちは異人性をもつようになる。一つ目、一本足の妖怪は、タタラ師の姿を反映するという。後世の鉄穴《かんな》流しのように、水路を利用する採集方法は河川を汚すために、流域農民との争いを起こす。鉄をめぐる集団は、農耕民とは異なる生活をする。

ヤマタノヲロチは、斐伊川がモデルとされる。斐伊川は中国山地から産出した砂鉄を含む。また斐伊川は暴れ川である。ヤマタノヲロチが血で赤く爛れていること、及びその尾から剣が発見されたことと重なる。ちなみに「高志《こし》のヤマタノヲロチ」とあるが、高志は出雲国神門郡古志《こし》郷のことども。

出雲の風土を反映した地方神話が基にあったと考えられる。ただし出雲地方の神話といっても、この神話の原話には複数の話型が重ねられている。まずは人身御供譚。足名椎《あしなづち》・手名椎《てなづち》の娘は八人おり、毎年ヤマタノヲロチが「喫《く》」いにやってくる。ヤマタノヲロチは、本来斐伊川の神という。暴れ川を鎮めるために毎年人身御供を差し出す話が基にあったようだ。走水の神を鎮める為に入水する「47弟橘比売命」段、河神を祭るために人身御供となる話（『日本書紀』仁徳一一年一〇月条）等がある。

その人身御供譚が斐伊川の神（ヤマタノヲロチ）退治の話に変わる。海の怪物を退治して王妃アンドロメダを娶るペルセウス（ギリシャ神話）、生け贄を要求する大蛇を斬る話（『捜神記』）等、世界的に分布する（三品彰英『建国神話の諸問題』平凡社、一九七四年九月）。

酒を飲ませるのは知将の退治方法。ヤマトタケル、酒呑童子等、英雄は皆知将。知恵によって自然（神）を制する。スサノヲは治水の英雄となる。出雲地方の英雄神話であったのだろう。その話が記紀に取り入れられて三種の神器・草薙剣発見譚となる。『古事記』ではスサノヲが「天照大御神のいろせ（弟）ぞ」と名告る。天照大御神との関係を標榜する。その流れから読めば、天上界の力（威厳・霊力）によりヤマタノヲロチを退治したことになる。『日本書紀』のスサノヲは名告りをしない。

つまり、『古事記』は、天照大御神・高天原の力で、地上世界の自然神を退治したことを表現している。天上界の力によって退治したヤマタノヲロチから得た剣（草薙剣）だから、天上界に献上するのである。その点、「吾は天照大御神のいろせぞ」と名告る『古事記』の記述は、整合性をもっている。高天原を頂点とする国家観を示す、国家神話であったことがわかる。

以上のように、本章段は、出雲地方神話の段階、記紀の国家神話の段階、さらに『古事記』独自の位置づけ（天照大御神・高天原との関係性の付与）という形成段階を経ていることが想定される。

記紀のヤマタノヲロチ神話の問題点は、天上界で暴虐であったスサノヲが地上世界で英雄に変身することである。しかしスサノヲは変身したのではなかろう。スサノヲの能力が、時と場に合うか否かなのである。強い力は平穏時には凶暴とされるが、非常時には有効に機能する。戦場における英雄は、平和時には凶器扱いされる。スサノヲの力は、平穏な高天原では凶暴であったが、地上世界では有効となる。高天原の神が支配する以前の地上世界において。このあたりは、西征・東征で活躍するヤマトタケルが、ヤマトに帰れず（ある種の排除）に死去するのと似ている。スサノヲの本質（荒び）は変わっていない。「荒び」が発揮される空間によって暴虐か英雄かに分かれるだけである。

もう一点問題となるのは、出雲地方神話の段階の話が、『出雲国風土記』に見られないことである。『出雲国風土記』にもスサノヲは登場するが、ヤマタノヲロチ神話は見られない。

『出雲国風土記』では、「スサノヲの御子〇〇」という系譜だけの記述が多い（意宇郡大草郷、神門郡八野郷・滑狭郷、島根郡方結郷・山口郷、秋鹿郡恵曇郷・多太郷、大原郡高麻山）。広大な信仰圏を有した神であったにもかかわらず、自身の話は、鎮座伝承（飯石郡須佐郷）、宿った話（大原郡御室山）、心が安らかになった話（意宇郡安来郷）、笹をかざして踊った話（大原郡佐世郷）、の四つしかない。ヤマタノヲロチ退治の如き特別な伝承はなく、普通の土地神と変わらない伝承を記載する。

『出雲国風土記』が記紀神話を記さないことについて、記紀の出雲神話は中央の空想とする説と、『出雲国風土記』編纂者があえて載せなかったとする説とがある。前説は大和人の信仰（異界に通じる国・出雲）を想定する。後説では『出雲国風土記』編纂者（出雲臣＝国造）の作為とする。

出雲には、鉄の産出、四隅突出型墳丘墓等、特異な文化があったことから、大和人が出雲という地に特殊なイメージを抱くことは容易に想像される。出雲の巫覡集団が全国にオホアナムヂ信仰を布教していたという説（松前健『出雲神話』講談社現代新書、一九七六年七月）もある。強大な武力を有していたか否かは不明だが、出雲は他の地域とは明らかに違うと思われていたようだ。

ならば出雲神話空想説が有利にも見えるが、重要なのは、出雲側も中央の見方を認識して逆に利用していたことである。出雲臣は記紀神話を都合良く変えた神話（国譲り等）を作って朝廷に報告している（出雲国造神賀詞。「19天菩比神と天若日子」段参照）。出雲臣は自覚的に神話操作を行う。

人身御供譚、退治譚等の型を用いた出雲の地方神話があった。それを記紀は草薙剣発見譚に用いる。特に『古事記』は、天照大御神の威力を背景に退治した点で、国家神話的な色合いが強い。一方出雲臣は、あえて記紀とは別の神話を風土記に記して報告する。自国のプライド、または朝廷への対抗心に基づく行為であったのだろう。本章段は地方の神話（風土記）にも影響を及ぼしたようである。

11 須賀宮《すがのみや》の聖婚《せいこん》

スサノヲは清々《すがすが》しい心になれた須賀《すが》の地に宮を置き、歌（「八雲立つ……」）を詠んで、櫛名田比売《くしなだひめ》を妻とする儀式を行う。スサノヲの子孫として大国主神が生まれる。大国主神は五つの名を持つ。

この章段で問題となるのが、①スガの地と結婚との関係、②「八重垣」を作る意味、③古事記最初の歌謡としての意義、④大国主神の系譜、⑤大国主神の別名、等である。

須賀の地が清々しいのは、菅が生えていたからであろう。菅の生える地の井の水と「清々《すがすが》し」と表現する（『播磨国風土記』揖保郡菅生山。近藤信義『音喩論』おうふう、一九九七年一二月、46頁）。清々しい場所は、聖なる婚姻をするのに相応しい場所であった（①）。神武天皇が伊須気余理比売《いすけよりひめ》と婚姻した際に、「菅畳《すがだたみ》　いや清敷《さや》きて　我が二人寝し」（神武記19番歌謡）と歌うのも同じ。

従来、本章段で「妻籠《つまご》みに　八重垣《やへがき》作る」と歌うことについて「神婚」と関わるという指摘はあったものの、具体的な様子は不明であった。ところが近年、花嫁を大きな籠の中に入れて置くという中国の少数民族（イ族）の習俗が報告された（工藤隆『古事記の起源』中公新書、二〇〇六年一二月）。花嫁と結婚する為の儀礼で、信仰的には花嫁はまず共同体の神と結婚して共同体の一員となり、その後に「人の嫁」になることが許されるのであろう。結婚に際して、嫁となる女性が逃げ隠れる話（隠《な》び妻型説話）も同様の儀礼を踏まえる（隠び妻型説話については、雄略記「81金鉏岡と天語歌」段）。

古事記の文脈からすれば、ヤマタノヲロチの嫁をスサノヲの嫁にするための儀礼的な手続き（②）ということとなる。聖なる八重垣を作り、その中に女性を安置して自身の嫁にするということであろう。歌謡で「その八重垣を」と詠むのは、八重垣の中にいる女性を慕う男心。男女の間を隔てる障害物となる戸を詠む歌（『古事記』神語、『万葉集』巻一三・三三一〇等）がある。儀礼とはいえ、隔離によって愛しい女性と逢えない。男の眼前には障害物。男は、女性を慕い、その障害物を詠むしかない。

「八雲立つ」は「出雲」に係る枕詞。『万葉集』には「八雲さす出雲」（巻三・四二九）。「出雲」に係る枕詞には、「八つ藻《め》さす」（景行記）もある。「雲」・「藻」が「出《い》づる」ので「出雲」に係る。本章段では男女を隔てる障害物なので、「八雲立つ」の方が相応しい。「雲」に心理的な距離感を感じさせる。目の前の垣根であっても、心理的には遥か遠くに感じる。絵画的・演劇的な雰囲気をもつ。

この歌謡は『古今集』仮名序では「人の世となりて、素戔嗚尊《すさのをのみこと》よりぞ三十文字あまり一文字はよみける」と短歌の起源とされる。ただし短歌体（五七五七七）の歌は、古くは長歌に付けられた反歌（要約）として附属的な存在であった。長歌から独立して短歌体が自立するのは持統朝あたりとされる（稲岡耕二「人麻呂の『反歌』『短歌』の論」〈『万葉集研究　第二集』塙書房、一九七三年四月〉）。それ以前の歌には不定型詩や長歌体が多いことによる。短歌体の「八雲立つ……」歌が「短歌の起源」とは考えられない。しかし『古今集』が素戔嗚尊を「人の世」の歌とするのは意味がある。「障害を前に、呆然と景を眺めて妻を慕う」人間の男らしい感情をもつのが「人の世」なのである。男の感情を通して舞台が「人の世」に移ることを歌で暗示する（③）。なお須我神社（島根県雲南市大東町須賀）は、和歌発祥の地とされる。『出雲国風土記』には「須我社《すが》」「須我山」「須我小川」が載る。

次頁系図のように、『古事記』ではオホアナムヂをスサノヲの六世孫とする。『日本書紀』一書一でもスサノヲの六世孫とするが、一書二では七世孫、さらに八段本書ではスサノヲの子とする。

スサノヲは、『出雲国風土記』によれば、本来飯石郡須佐郷を本拠とする神。現在でも、スサノヲを祭る須佐国造家が存在する。一方オホアナムヂは、出雲国出雲郡の出雲大社において出雲国造家が祭る神である。出雲地方において元来別個に信仰された二神を、系譜的に結び付けたようである。

記紀がスサノヲとオホアナムヂとを結び付けるのは、a地上世界の主として相応しい高貴な血筋を与えるためであろう。オホアナムヂが天孫に国を譲ることとの伏線となっている。ただしb六世孫とするのは、天の神・スサノヲの血を引きながらも、天とは区別するためであろう。六世孫は、律令でいえば皇族を離れて臣籍降下する立場にある（五世孫までが皇族）。その点、『日本書紀』八段本書が「子」とするのは、aのみを重視したことになる。『古事記』はabの二つ考えを併せ持つ（④）。

大国主神が五つの名（『日本書紀』八段一書六では、大物主・大国魂を加えた七つの名）をもつのも、本来別信仰であった神々を系譜的に結び付けたからとされる（⑤）。多くの神を集合した大国主神（集合神）だから、神々の総意によって国が譲られる、という構想に基づく系譜操作である。

結婚・系譜によって、天上世界の神（天つ神）と地上世界の神（国つ神）とを結び付け、かつ後の国譲りの伏線を設定するために、さまざまな操作を施した章段といえよう。

【スサノヲから大国主への系譜】

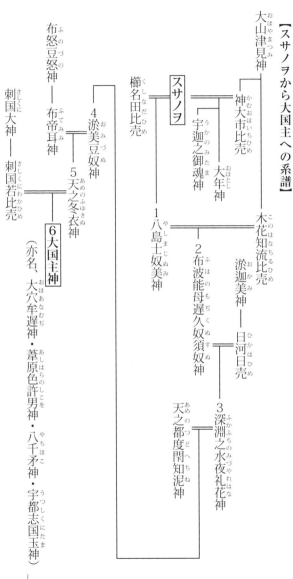

大山津見神《おほやまつみ》

神大市比売《かむおほいちひめ》

スサノヲ

宇迦之御魂神《うかのみたま》

大年神《おほとし》

櫛名田比売《くしなだひめ》

木花知流比売《このはなちるひめ》

1八島士奴美神《やしまじぬみ》

淤迦美神《おかみ》

日河比売《ひかはひめ》

2布波能母遅久奴須奴神《ふはのもぢくぬすぬ》

3深淵之水夜礼花神《ふかふちのみづやれはな》

天之都度閇知泥神《あめのつどへちね》

4淤美豆奴神《おみづぬ》

布怒豆怒神《ふのづの》

布帝耳神《ふてみみ》

5天之冬衣神《あめのふゆきぬ》

刺国大神《さしくに》

刺国若比売《さしくにわかひめ》

6大国主神

（亦名、大穴牟遅神《おほあなむぢ》・葦原色許男神《あしはらのしこを》・八千矛神《やちほこ》・宇都志国玉神《うつしくにたま》）

12 稲羽《いなば》の素兎《しろうさぎ》

八十神《やそかみ》とオホアナムヂとが八上比売を求婚しに因幡に行く。途中、騙したワニから仕返しを受けて赤裸になった兎と出会う。オホアナムヂの助言で兎は回復。兎は八上比売と結婚できると予言。

「兎とワニ」「因幡の素兎《しろうさぎ》」。「素兎《しろうさぎ》」の「素《しろ》」は毛が無く、存在感も無い状態。素人《しろうと》は技術がなく存在感を持たない者の意。反対の「黒」は存在感を示す。技術を有して存在感を持つ者を玄人《くろうと》という。動物は「人間社会に出現する際には毛皮（衣）を被る」という話がある。「毛」はその動物の存在感を示す。兎は野を代表する動物。「無」の状態の兎（野の代表）を、オホアナムヂが再生させる。

ワニは、実態説（アリゲーター説・鮫説）と想像説とがある。実態説では、遺跡からワニの化石が出土することや、鮫を山陰地方では「ワニ」と呼ぶことによる。想像説は、麒麟や龍と同じように、知識として知っていた外国の生物を想像したとする。『出雲国風土記』にはワニが娘を食い殺す話がある。本来的には海の神に捧げられる人身御供の話であったのだろう。ワニは海の神、海の代表者。

この章段は、①陸上生物が海上生物を騙す話、②医療神としてのオホアナムヂ、③八上比売の獲得、④八十神退治、の要素をもつ。①陸上生物が海上生物を騙す話は、インド・東南アジア・東北アジアに広く分布する。亀（猿）等の陸上生物が鰐を集めて、「数を数える」と騙して背中を飛び渡り、向こう岸（陸地）に渡るというもの。風土記逸文ともされる「因幡記」（『塵袋』所引）にも古事記とほぼ同じ話が載るが、「老いたる兎」が洪水で隠岐の島に流されたとする。

これらでは陸上生物の知恵が語られるが、本来は陸海双方の生物が知恵比べをする仏教説話であったとも（『今昔物語集』5―二五等）。また陸と海という点ではワニ（海の神）が川を遡り、山の神に会いに行く話（『肥前国風土記』佐嘉郡、『出雲国風土記』仁多郡恋山《したひやま》）とも通じる。ちなみに島根県出雲市（旧平田市）の鰐淵寺縁起では、滝壺に落とした仏具をワニが見つけて差し出したという。

いずれにしても、本章段①は、民間伝承を基にしていると考えられる。その話を、オホアナムヂが治療する話（②）へと転用する。オホアナムヂ（オホナムチ）は、もともとは出雲の神。

蒲黄《かまのはな》には止血作用、消炎作用があるという知識を、オホアナムヂは持っている。温泉の起源をオホアナムヂに求める伝承が各地（道後温泉、有馬温泉等）にあるように、医療神としての側面をもつ。オホアナムヂを奉祭する医療集団（巫医・呪医）が出雲にいたとも。『出雲国風土記』に薬草が多く記されているのは、この意見を補強する。ならば薬草を用いた医療集団が①の話を改良したと考えられる。兎（野の代表者）を蘇生させ、野の力を収めたことを意味しよう。野は傾斜地。野草採取の他、落ち葉や木材、水路等を確保できるので、農耕にとっても重要な場所。

オホアナムヂを祭る集団は全国を旅したようだ。各地をめぐる様子は、国を作る神の姿と重なる。

オホアナムヂと結婚する八上比売（鳥取県八上郡）と沼河比売（新潟県頸城郡）とは、ともに翡翠の産地の神という点で共通する。出雲大社の摂社・命主神社境内から発見された勾玉の原産は越国という。『出雲国風土記』でも「大穴持命《おほあなもち》、越《こし》の八口《やくち》を平《ことむ》け賜ひて」（意宇郡母理郷）と越の国に遠征したことが記される。古代出雲の民は、広範囲で活動していたことが分かる。八上比売との結婚（③）は、全国に進出したオホアナムヂ信仰集団による、翡翠獲得の歴史を反映していると考えられる。

①〜③までは、出雲地方の話であったのだろう。その出雲の神話を『古事記』では大国主神誕生の伏線とする。『古事記』では、本章段を八十神を「避《さ》りし所以《ゆえ》は」として記す（④）。この記述は「14根《ね》の堅州国《かたすくに》」段で大国主神が「八十神」を「追ひ撥《はら》ひて始めて国作りたまふ」と呼応する。一地方（出雲）の神であったオホアナムヂが、大国主神に成長して、八十神を払うまでの一過程の事柄として本章段を位置づける。大国主神（八十神を排除して国を作る神）になる過程を示す章段といえる。

『古事記』では兎を助ける（野の力の再生）のに加えて、兎の予言（八上比売を獲る）にも意味を持たせる。耳の長い兎は特別な声を聞けたのであろう。「耳」を名に負う者は神の声を聞けたという（尾畑喜一郎『古代文学序説』桜楓社、一九六八年四月）。予言通り八上比売は「大穴牟遅神《おほあなむぢのかみ》に嫁《あ》はむ」と答える。八上比売の力（因幡国魂、翡翠による財力）を掌中に入れる。袋を負う従者（弱い者）が、援助者（兎や八上比売）によって、徐々に力（野の力や財力等）を手に入れて成長する過程を描く。『古事記』では、オホアナムヂから大国主神に成長する過程に、本章段を位置づけるのである。

ところが『日本書紀』には、オホアナムヂ・大国主神神話を載せない。国作りの話は、八段一書六に一部載るが、『古事記』のような長大な大国主神神話は記さない。これは意識的な排除であろう。同様に『出雲国風土記』も記紀の出雲神話をほとんど載せない。出雲にとって負の要素が記紀神話には記されているためとする意見（神田典城『日本神話論考』笠間書院、一九九二年八月）がある。『日本書紀』も意識的に、オホアナムヂ・大国主神神話を避けたと考えられる。『日本書紀』は、天孫降臨以前の葦原中国の状態や前支配者（大国主神）の力や成長・功績には興味を抱かない。天皇が国を作る（徳でもって支配領域を広げる）ことに『日本書紀』は拘っているのであろう。

翻って『古事記』は、葦原中国の前支配者の話（オホアナムヂの成長と功績・国作り）を語る。葦原中国の成り立ちをしっかりと語る。これは天神が国作りを命じたこと（「2島生み」段）に基づくのであろう。『古事記』の設定としては、葦原中国が作られる過程を記す必要があった。

また、国を譲る者、すわなち敗れた者や弱者の視点で話を記述するのは、『古事記』全般に見られる態度である。たとえば、『古事記』では、父に疎まれたヤマトタケルの最期を、自身が歌う歌謡でもって叙情的に語る。『日本書紀』にはない歌謡物語である。『古事記』が弱者にスポットライトを当てるのは、物語による鎮魂の意を多分にもっていよう。大国主神も祟る（「39「本牟智和気の御子」段）ので、鎮魂が必要となる。『平家物語』を出すまでもなく、功績を語ることは鎮魂に繋がる。

出雲地方神話を用いてオホアナムヂの成長を語り、大国主神の国作りの前提を示し、かつ大国主神への鎮魂の意を籠めるために、本章段を含めた大国主神話は『古事記』に記載されたと考えられる。

13キサガヒヒメとウムガヒヒメ

兎の予言通り、八上比売はオホアナムヂを選ぶ。怒った八十神は、オホアナムヂに狩をさせ、騙して殺す。母神の懇願により、神産巣日之命《かむむすひのみこと》はキサガヒヒメとウムガヒヒメを派遣して蘇生させる。

本章段では、八上比売との結婚（の承諾）と狩とがセットで語られる。狩と恋とは、大人にのみ許される行為であったようだ。『伊勢物語』初段では、男が初冠（成人）すると、まず「狩」に出かけ、そこで「女はらから」に恋する。狩と恋とが成人の行為であったことが分かる。本章段におけるオホアナムヂも、子どもから大人へと移行する年頃という設定になる。

飛鳥・奈良時代でも皇族は成人になると、狩を行った。そこで獲物を仕留めることによって、一人前の成年皇族と認められたようである。『万葉集』には、狩をする皇族の様子を詠む賛歌が多く載る。民俗学的には、狩には成年式的な意味合いがあると説かれる。富士野の巻狩で、源頼家が鹿を射止めると、父頼朝は大喜びして狩を止めて山の神を祭る。この射止めには、将軍継承の有資格者（頼家）であることを神が認めた、という意味合いがあったとされる。また狩人の習俗でも、猪を捕らえることによって初めて一人前と認められるという（千葉徳爾『狩猟伝承研究』風間書房、一九六九年一一月）。古代でも「ウケヒ狩」（仲哀記・神功皇后紀）があるように、狩は神意を問う空間であった。

八十神はオホアナムヂに対して、山の上から追い降ろした猪を待ち受けて捕まえろ、と命じる。これは集団での狩の様を表す。追い込まれた猪は、ウヂと呼ばれる獣道を通るという。そこで待ち受けて捕まえるのである。獣を追う役と、仕留める役とで分担する。オホアナムヂは仕留める役となる。

オホアナムヂが狩に行き、仕留める役を任されるのも、一人前か否かを神に尋ねる意味があったのではなかろうか。だから、八十神は、猪を捕まえられなかったら「かならず汝を殺さむ」と発言するのであろう。一人前でないので、共同体の構成員としては認められないこと、八上比売と結婚することも認められないことを八十神は期待していたのであろう。共同体の構成員にならなければ、共同体で生きていくことはできない。だから共同体から追放される、つまりは死を意味する。狩という設定は、オホアナムヂが儀礼的に一人前になる段階にあることを意味しているのだろう。

オホアナムヂは、焼いた大石が山から転がる様子を、赤い猪が駆け下りる姿であると信じる。赤く焼かれた石は赤い猪に似ているという意見もあるが、実験しない限り、俄に信じがたい。

オホアナムヂは、八十神の発言を素直に信じる。「猪」と言われたら疑わない。次の章段でも、オホアナムヂは、危険な大木の隙間に入れ、という命令を素直に受け入れている。この素直さは、「愚《をこ》」なる側面を示している。「愚」と素直とは表裏一体。「愚」なる者が、あるとき「誠《まめ》」になり、出世するというのは「ものくさ太郎」（『御伽草子』）にもみられる。ものくさ太郎も最初は「愚」であり、都に上る「長夫《ながぶ》」になることを薦められると素直に聞き入れる。そして都では「誠」になる。物語の主人公には、「誠」になる前提として素直・「愚」という設置がなされることがある。「愚」で素直だから、人に好かれ、援助を受けることができ、「誠」なる者として成功する。本章段は、オオアナムヂが大国主神に成長する過程に載る話なので、「愚」から「誠」へという流れで捉えることができよう。

オホアナムヂが「愚」だから御祖《みおや》は援助者となり、蘇生を懇願するのだろう。オホアナムヂは末子で可愛かったという意見もあるが、前章段に「大国主神の兄弟八十神坐《いま》す」とあるので、当たらない。

オホアナムヂを蘇生させるキサガヒヒメとウムガヒヒメは、赤貝と蛤の神格化とされる。蛤は薬とであった（『延喜式』典薬式）。「岐佐宜集《きさげあつめ》」は「削り集めて」の意とされるが、貝殻を削り集めて塗ったのか、焼石に張り付いたオホアナムヂの身体をこそげ集めたのかは意見が分かれる。『古事記伝』は「集」を「焦」の誤字とみて「ささげ焦がして」（削った貝殻を焼き焦がして）の意とする。「待ち承けて」は、諸本に異同があり、「水を持ちて」「持ち来て」「水を待ちて」とする写本もある。

「母《おも》の乳汁《ちしる》」は、病で死ぬ間際に「母の乳を飲めば、我が命を延ぶべし」（『日本霊異記』中巻・二）と言うように、蘇生力があると信じられていた。蛤から出た汁を「乳汁」に見立てる。具体的な蘇生方法は未詳だが、キサガヒヒメが「きさげ」（削り）、ウムガヒヒメが「生む」というように、音による連想が働いている。さらにキサガヒ（赤貝）の縞模様に削る様子を、ウムガヒ（蛤）の貝汁に「乳汁」を重ねる。貝の形状・生態をも踏まえた表現である。オホアナムヂの蘇生を「出て遊び行《ある》く」と表現するのも、砂の中から出てくる貝の様子を重ねるのであろう。『播磨国風土記』にシジミ貝が

「御飯《みいひ》の筥《はこ》の縁《へ》に遊び上がりき」（美嚢郡志深里）とある。貝の動作を観察した表現と考えられる。

『出雲国風土記』では「宇武賀比売《うむかひめ》」「支佐加比売《きさかひめ》」が、「神魂命《かむむすひのみこと》」の「御子」として登場する。宇武賀比売は法吉鳥《ほほきどり》（うぐいす）になって飛び渡った（島根郡法吉郷）という。覚賀鳥《かくかのとり》（ミサゴ）を追うと白蛤《うむぎ》（ハマグリ）を得たという話（景行紀五三年一〇月）に通じる。支佐加比売は、海辺の暗い岩屋で、金の矢を射通して明るくして、佐太大神を生んだという（島根郡、加賀の神崎）。

この二神の神格は不明だが、海に関わる特殊な能力をもっていたようだ。山で死んだ者が、海の力で蘇生する。若水（霊力のある水）としての海水を求める習俗があるように、海には復活の力がある。また貝は生命力の象徴であったともいう（松本直樹『出雲国風土記註釈』新典社、二〇〇七年一一月）。

二神は、『古事記』『出雲国風土記』ともに、「カムムスヒの命」と関わる。カムムスヒは、出雲各地（出雲大社・佐太《さた》神社等）で行われる神在祭《かみありまつり》で訪れる神とされる。旧暦一〇月、偏西風に乗って、全国の神々が出雲に集まる。この祭は本来カムムスヒ（祖霊）が眷属を率いて訪れるという信仰であったという（尾畑喜一郎「別天神五柱・神世七代」〔『日本神話要説』おうふう、一九九二年一二月〕）。ムスヒは生成力の意。カムムスヒの眷属（さまざま生成力を有する神々）の中で、キサガヒヒメとウムガヒヒメは海に関わる生成力を有する神であったのではないか。だから蘇生ができるのであろう。

蘇生したオホアナムヂは「麗《うるは》しき壮夫《をとこ》」となる。「麗しき」が冠されるのは、霊力の強い者が多い。死と再生によって霊力も増強する。そうして「愚」なる者が偉大な国主（大国主神）へとなっていく。

14 根《ね》の堅州国《かたすくに》

母の助言でオホアナムヂは、スサノヲの根堅州国《ねのかたすくに》に行く。スセリビメの助力も得て、試練を克服。大国主神になることをスサノヲに認められる。八十神を払い、国を作る。八上比売とも結婚する。

異界の力を得て、大国主神となり、国作りを始める章段である。そのために以下の要因が機能する。①根堅州国に行く。②試練に耐える。③援助者が現れる。④呪力を収める。⑤国主として認められる。⑥地上に生還する。⑦宮殿と君臨。⑧敵対者（八十神）の排除。⑨国作り。⑩色好み（大王の徳）

①「根堅州国《ねのかたすくに》」（Bとする）は、「6禊ぎ」段にも見られた。そこでは「妣国《ははのくに》、根之堅州国《ねのかたすくに》」（Aとする）として、死者世界を意味した。『古事記』ではAB両国が重なるような書き方になっている。ともに「黄泉比良坂」を入口とする点、スサノヲと関わる点である。祝詞「大祓」に「根国《ねのくに》・底之国《そこのくに》」とあるような地下世界のイメージをもつ点でも共通する。

ただしやや区域は異なる。死んだ母（妣）の国がA「根之堅州国《ねのかたすくに》」で、スサノヲがいるのが「葦原中国」に隣接するB「根堅州国」。Aには「之」が入り、Bには「之」がないので、『古事記』は表記上一応の区別をしている。「ねのかたすくに」は複数存在し、特定の区域に限定されないようである。

本章段のB「根堅州国」は、「葦原中国《あしはらのなかつくに》」に隣接する異郷であり、「葦原中国」の神や人が行き来する空間ということになる。この点、石で塞がれたA「根之堅州国」（黄泉国）とは異なる。

本章段には「成年式」を反映しているという。成年式とは、若者が森林等で別居生活をして、大人に必要な知識（技術・知恵・掟・秘密・神話・儀礼等）を教わるために、試練が課される儀礼。この儀式が行われる空間は一種の異郷・聖域である。沖縄のナビンドゥも同じ機能をもつ場所である。ナビンドゥはニライカナイ（祖霊が住む理想郷）に通じる空間で、祖霊（八重山地方のアカマタ・クロマタ等）が豊年祭（プーリー）で出現する場所である。村落の外れにあるとされ、特定の秘密結社しか知らない秘密の場所である。「黄泉比良坂《よもつひらさか》」もナビンドゥのような場所なのであろう。

そのような場所を通ってB「根堅州国」に行く。祖霊のもつ根源的な力を付与されるための試練が課せられる空間であったのだろう。そこでオホアナムヂは試練に耐え、大国主神へと成長する。

試練（②）は、a毒性昆虫（蛇・ムカデ・蜂）の部屋に寝かされ、b野に火を放たれ、cスサノヲのシラミを取らされるというもの。aｃは妻スセリビメの助言、bは鼠の助言によって難を逃れる。ただし力によって乗り越えるというより、助言者の知恵によって何とか切り抜けるといった感じである。ヤマタノヲロチを切るスサノヲ、火を放った国造を滅ぼすヤマトタケルのような豪快さはない。

この章段でオホアナムヂは「葦原色許男《あしはらのしこを》」と呼ばれている。「シコ」は「強い」の意。異界性をもつ語とされる。だがこの章段では肉体的な強さは見られない。むしろ耐えるという精神的な強さである。『播磨国風土記』にもアシハラノシコヲが登場する。ここでもアシハラノシコヲの戦いぶりは何となく弱々しい。宿敵・アメノヒボコに対して劣勢の感がある。しかし最終的には播磨の国主となり、アメノヒボコを但馬に追いやることに成功する。やはり精神的なタフさが描かれる。それが国主に必要な「シコ」＝強さであると考えられていたのであろう。国は一人では成り立たない。支えるモノが必要である。腕力だけではなく精神力の強さが、他者を引きつけ、③援助者を引き寄せるのであろう。

精神的に鍛えられたオホアナムヂは、最終的には力強くなり、スサノヲの髪を結い着けて、五百引《いほびき》の石《いは》でスサノヲの室を塞ぎ、スセリビメを背負って逃げ帰る。その際、八十神を追い払う武器（生太刀《いくたち》・生弓矢《いくゆみや》）と、神霊を操作する呪具（天《あめ》の沼琴《ぬごと》）を持ち帰る。軍事力・宗教力、さらに異界の呪力（スセリビメ）を獲得（④）したことを意味していよう。異界の力が籠もるモノを盗んで持ち帰るのは、神話のパターンである。稲や蚕を隠しもって逃げて、持ち帰るという神話がある。

心身の強さと呪力とを身につけた段階で大国主神となることが認められる（⑤）。スサノヲが言う。

「おれ大国主神と為《な》り……我が女《むすめ》須世理比売《すせりびめ》を嫡妻と為《し》て、……是《こ》の奴《やつこ》」

この発言には、オホアナムヂを大国主神にするための意図的な試練であったという意味合いが窺える。⑥地上に生還すると、宇加能山本《うかのやまもと》に宮殿を構える。「宇賀郷《うかのさと》」には異界に通じる「黄泉《よみ》の穴・黄泉の坂」（『出雲国風土記』）があった。「高天原《たかあまのはら》に氷椽《ひぎ》たかしりて」は、宮殿の賛美表現で、高天原に届くほど高い宮殿の意。高く立派な宮殿は、国主としての威厳を世に示すことになる。

そのように力と呪力、及び国主たる環境を得て、⑧「八十神を追い避《さ》くる」ことに成功する。オホアナムヂを苦しめた八十神は、簡単に払われてしまう。大国主神の強さが「坂の御尾《みを》毎に追ひ伏せ、また河の瀬毎に追ひ撥《はら》ひて」という短文に凝縮される。八十神は国作りに邪魔であった。このあたりが国譲りとは異なる。有益な神や転向した神を残さない。国作りに有益な八十神はいなかったのだ。

有害な八十神を払った後に⑨国作りに着手する。実際の国作りは、沼河比売《ぬなかはひめ》の求婚、子孫系譜の後に記される。これは国作りの前提として、ヌナカハヒメと子孫との存在が必要であったことによろう。

本章段でも八上比売との「期《ちぎり》」を記す。この結婚は前々段で決まっていたのに、あえて本章段に記す。次の沼河比売の求婚に揃えたとも考えられるが、国主の結婚には、もう少し重要な意味がある。

天子や国主には、慈しみの心が求められる。その慈しみを表すのが、「色好み」。天子は徳があるので人民に慕われる。その人民を天子は慈しむ、という構図がある。『孟子』（梁恵王）には、「好色」を理由に即位を断る者に対して、孟子が「愛人を慈しむあなたならば、人民も慈しむことができるはず」と諭す話が載る。中国的な天子観からすると、「好色」は「慈しみ」の一例ということになる。

日本でも大王（景行・雄略・仁徳等）が「色好み」をする。光源氏も「色好み」。天武朝に全国の采女（各地の祭祀権を持つ）が集められるのも、「色好み」を制度化したものと考えられる。天子からすれば、各地の呪力を掌握することになるが、国全体からすれば、多くの人を平等に愛することが世の乱れを防ぐことになる（長恨歌、『源氏物語』桐壺）。人民への慈しみであり、国主の徳でもある。

大国主神が心身・呪力・環境・慈しみを備えたことを物語り、国作りの前提を記す章段である。

15 八千矛神《やちほこのかみ》

八千矛神《やちほこのかみ》が高志《こし》の沼河比売《ぬなかはひめ》に求婚。最初の晩は室内に入れないが、翌晩結ばれる。それを聞いた嫡妻・須世理毘売《すせりびめ》は嫉妬。八千矛神は困り大和に行こうとする。二神は歌を詠み合い、和解する。

「神語《かむがた》り」と呼ばれる。オホアナムヂは八千矛神の別名で登場する。『万葉集』では八千矛《やちほこの》神を、船旅をする神（巻六・一〇六五）、「ともし妻」（なかなか逢えない妻）を思う神（巻一〇・二〇〇二）と詠む。本章段における神の姿（遠路旅する姿、逢えない妻を思う姿）と重なる。本来八千矛神神話は、オホアナムヂ神話とは別に存在しており、大国主神神話として統合されたことがわかる。

「八千矛神」は多くの矛の神格化。矛・剣といえば、一九八四年、荒神谷《こうじんだに》遺跡（島根県出雲市斐川町神庭）から発見された358本の銅剣、6個の銅鐸、16本の銅矛が有名。祭祀用と考えられる大量の銅剣・銅矛・銅鐸が埋められた理由は謎である。『出雲国風土記』には、天の下造らしし大神（オホアナムヂ）が「御財《みたから》を積み置き給ひし処」（大原郡神原郷）とある。祭祀具等の宝を埋めたのか。

荒神谷は、『出雲国風土記』の建部郷《たけるべ》（軍事集団の郷）に属する。南西には「神名火山《かむなびやま》」（神が降臨する山。仏経山《ぶつきょうさん》）が聳える。軍事に関わる祭祀があったか。八千矛神も軍事的な神と考えられる。

『出雲国風土記』には「天の下造らしし大神、大穴持命《おほあなもち》、越《こし》の八口《やくち》を平《ことむ》け賜ひて」（意宇郡母理郷）

とある。オホアナムヂは「越＝高志《こし》」（北陸・新潟）に遠征に行く。出雲と越とには交流があった。沼河《ぬなかは》（瓊《ぬ》＝玉の河）比売、則ち翡翠を求めた遠征であったとされる。今でも新潟県糸魚川市の姫川では翡翠が採れる。出雲人が遠征する際に、旅する軍事神として祭ったのが八千矛神であったのかもしれない。本章段前半部は、沼河比売との結婚によって、高志の翡翠を獲得した歴史を神話的に表現する。

『古事記』の結婚パターンは、①妻問い型（特定の女性を求婚する）、②邂逅型（たまたま女性と出会い、求婚する）、③喚上型（地方の女性を都へ呼び寄せる）、④神婚型（神と人との結婚）がある（冨士原伸弘「古事記における婚姻伝承」〔『古事記年報』36、一九九四年一月〕）。③は天皇、④は神の結婚で、庶民は①②が主であった。本章段は、①妻問い型になる。人間が結婚するように描く。

内容的にも人間的な心理が描かれている。八千矛神は、沼河比売の寝ている部屋（「寝すや板戸」）には入れない。押したり引いたりするが、開けてくれない。そのうち朝を告げる鳥が鳴きだす。朝は男が帰る時間。これ以上待てない。苛立つ心が鳥に八つ当たりをする。「こんな鳥殺してしまえ」と。鳥が鳴かなければ朝は来ない。だからまだ女性にアタックできる。後朝《きぬぎぬ》の別れ（朝方に男女が別れる）を惜しみ、鳥を鳴かせない歌（『万葉集』巻一〇・二〇二一、巻一一・二八〇七、巻一二・三〇九五等）がある。朝、別れ、障害（鳥）、という環境での男の苛立ちが表現されている。

これに対して沼河比売は「あなたが殺そうとしている鳥は、実は私なのです」と述べる。鳥に成り代わることで男の苛立ちを押さえようとする。そして「次の夜がきたならば、あなたと愛し合いましょう」と述べ、果たして次の夜に二人は結ばれる。

女性は、男性を嫌いなわけではない。結ばれることを許している。しかし最初の晩は男性を拒む。これは、「初夜の忌み」の習俗が背後に想定されている。「初夜は、花嫁を恵比寿さんにあげる」といって同衾を避ける習俗がある。一度神様の嫁にして神の許可を得てから、人間の嫁にするのである（「隠《な》び妻」伝承も同じ信仰）。人間の結婚習俗を踏まえているのである。類似歌が『万葉集』に載る。

……さよばひに　我が来れば……野つ鳥　雉《きぎし》はとよむ　家つ鳥　かけも鳴く……この夜は明けぬ　入りてかつ寝む　この戸開かせ　（巻一三・三三一〇）

「初夜の忌み」に対する男性の苛立ちを歌う。往生際の悪さが出ている。これも人間的な心理である。ちなみに『日本書紀』継体天皇条の類歌（紀96番歌謡）には女性の拒否はなく、「板戸を押し開き我が入り坐し」と入室して、愛の交歓が歌われる。王朝交替にあたり、前王朝の女性との強い絆を示すための意図的な改竄とされる（北村進『古代和歌の享受』おうふう、二〇〇〇年一一月）。

後半部では、適后《おほきさき》の須勢理毘売《すせりびめ》が聞きつけて嫉妬する。嫉妬は力のある女性の怒りを表すという。越から出雲に帰ってきていたのだろう、男神は困りはて、出雲から倭国に上ろうとする（逃げる）際に歌を詠む。妻にお似合いの服を述べ、二人が離ればなれになることへの嘆きを詠む。

須勢理毘売も返す。官能的な表現を用いて、「私には貴方しかいません」と。

なぜか八千矛神は出雲国から倭に向かう。話が飛んでいるのは、もともと「神語り」が『古事記』

とは別に存在していた資料だったことを示す。官能的な表現は山上憶良（『万葉集』巻八・一五二〇）にも影響を与えており、憶良は宮中に蔵していた「神語り」資料を見たものと推測される。

オホナムヂが出雲を出立する際に馬の鞍に足をかけて歌い、妻が返歌する。ミュージカルの一コマのような設定である。「神語り」が演劇で上演されていたとする説がある。なお「あまはせつかひ」については、「海人」説・「鷹」説もあるが、演劇に登場する鳥役の登場人物とする意見もある。

鳥が朝を告げる表現にも演劇性が感じられる。山の鵼《ぬえ》→野の雉→庭の鶏、と山の方から次第に夜が明ける様子を、鳥が鳴く順番で表現する。鳥の鳴き声を真似る効果音が用いられたのかもしれない。

「神語り」は通常の文章とは異なる。「八千矛神」と三人称で始まるが、いつの間にか「我が」と一人称になるのは、臨場感を演出する語りの手法とされる。演劇の台本的な語りであったとも。「語り」は「其の音、祝《はふり》に似たり。又哥声《かしやう》に渉《わた》る」（『北山抄』）とあるように、祝詞や歌のようなリズムを持つ。能や歌舞伎の「謡い」を連想させる。「語り」の実態はなお未詳であるが、もう一つの「語り」の「天語り歌《あまがた》」（雄略記）とは、「怒る者を鎮める」という点で共通する。「語り」本来の機能は、怒りを鎮めることで、「物語」もモノ（霊的存在）を「語り」によって鎮める意、とされる。

前段同様、大王の徳（色好み、慈しみ）を表すために、『古事記』の大国主神神話に取り入れられたのであろう。官能的、抒情的な表現をもつ演劇的な「語り」によって、大国主神の国主としての資質を文学的に述べる章段である。

16 大国主神《おほくにぬしのかみ》の系譜

スサノヲから大国主神を経て遠津山岬多良斯神《とほつやまさきたらし》に続く「十七世の神」系譜。時間的（十七世）、空間的（宗像・大和）広がりをもち、主として自然界、及び祭祀具関係の名をもつ神々の誕生を描く。

スサノヲと櫛名田比売《くしなだひめ》の子・八島士奴美神《やしまじぬみ》を一世として十七世までの系譜を「十七世の神」と呼ぶ。『日本書紀』には無い。実際は十五世だが、大国主神の子「阿遅鉏高日子根神《あぢすきたかひこね》」と「事代主神《ことしろぬし》」とを加えて「十七世」とする。天皇の兄弟・子が特別視されるのと同じ。この系譜のうち本章段では、六世・大国主神〜十七世・遠津山岬多良斯神を載せる。一世〜五世は「11須賀宮の聖婚」段に載る。

スサノヲの子神系譜は二つに分かれる。一つは本章段「十七世の神」で、①櫛名田比売との子孫「スサノヲ→大国主神」系譜。もう一つは②神大市比売《かむおほいちひめ》との子孫「スサノヲ→大年神〜」系譜。②は後段の「18大年神《おほとしのかみ》の系譜」段に記される。①②を併せた系譜が、スサノヲ系国つ神の全体像である。

系譜（帝紀）上ではスサノヲを始祖とする国つ神世界が描かれる。物語（旧辞）上では、大国主神が主役であるが、系譜上はスサノヲが頂点。ただし①系譜で大国主神の妻子が多い点は他神と異なる。①系譜は、物語に登場する適后《おほきさき》・須勢理毘売《すせりびめ》や八上比売《やかみひめ》（子の木俣神《きまた》）・沼河比売《ぬなかはひめ》を記さず、物語には登場しないA「多紀理毘売命《たきりびめ》」、B「神屋楯比売命《かむやたてひめ》」、C「鳥取神《ととり》」との婚姻を記す。

Ａ多紀理毘売は、スサノヲの娘にあたり（「7誓約《うけひ》」段）、大国主神とは異世代婚となる。系譜的な操作がうかがえる。Ｂ神屋楯比売とＣ鳥取神とは、①系譜のみに見える神である。

Ａ多紀理毘売は、「19天若比子」段に登場する阿遅鉏高日子根《あぢすきたかひこね》神の母。Ｂ神屋楯比売は、「20国譲り」段に登場する事代主《ことしろぬし》神の母。なので物語（旧辞）からすれば、記された理由も理解できる。

しかし子孫の活躍もないＣ鳥取神系統の神々が大国主神の直系なのは、物語（旧辞）からすると理解しがたい。物語とは異なる文脈でＣ鳥取神系譜は読み解く必要があろう。系譜としては、あくまでもＣ鳥取神系譜が主役なのだ。むしろＡ多紀理毘売とＢ神屋楯比売とは、子神が登場するという物語の展開上、後から挿入されたと考えるべきであろう。ならばＡ多紀理毘売との異世代婚も理解できる。

Ｃ鳥取神系の神々は、自然環境（国、日、海・浪・島、山・河・沼、水・風（科《しな》）・霧、花・木）、祭祀関係（甕・玉・鳥（霊魂の運搬）・柊）の言葉を含む神が多い。大国主神が国を作った後に、祭祀を通して、人の住む自然環境が整ったことを表現しているようである。

ただし名義は分かりにくい。大系本はほとんどの神を名義未詳とする。神格と関わらない語を含み、言葉遊び的な神名が多い。Ｃ鳥取神系譜の神名について西郷信綱は、多比理岐志麻流美《たひりきしまるみ》神を「無意味な名」、比々羅木之其花麻豆美《ひひらぎのそのはなまづみ》神を「思いつきの感を免れない」、美呂浪《みろなみ》神を「特別な意味はなさそうだ」、青沼馬沼押比売《あをぬうまぬおしひめ》神を「何ということのない名」といい、系譜全体について「語呂合わせによるか、オートマチックな連想になるもの」（『古事記注釈　第二巻』平凡社、一九七六年四月）とする。

「麻豆美」「美呂」「馬沼」等は美称のようだが、未詳。不明な音を含む神が多いということは、見方を変えれば神格云々よりも、音の面白さ（言葉遊び）を重視した神名なのではないか。さらにいえば面白い音で神名を脚色し（音の世界に転移して）、神格の曖昧化を意図したのではないか。

大国主神は「八十坰手《やそくまで》」（遠方にある幽界。「20国譲り」段）に身を隠す。子孫で葦原中国に残るのは、建御名方神《たけみなかた》（科野国《しなののくに》から出ないと誓う）と、事代主神（最初に国土献上を宣言する）だけである。天皇家に背く国つ神がいないように、大国主神はあえて事代主神を残す。つまり事代主神を筆頭に、国つ神（大国主神の子孫）は天皇家に仕え奉ることを約束する。逆らわず従順かつ主体性のない神々でなければならない。主体性をもつのは天つ神であって、国つ神は沈黙する方が、天皇家・朝廷にとっては望ましい。現実には国つ神（の子孫）が「祟り」を利用して、朝廷に反抗するからである。

この背景から、西郷が指摘する「意味のない」「語呂合わせ」「連想」的な神々について考える。主体性のない曖昧な神格にするために、神名に面白い音を含ませる（音の世界に転移する）。そうすることによって神の霊力が主体的に働かないように（ある種の無力化）を目論んでいるのではないか。

①系譜では、阿遅鉏高日子根神（迦毛大御神《かものおほみかみ》。賀茂氏の祖。葛城王朝を支える）、事代主神（託宣神として朝廷でも重視される）は、朝廷でも必要とされた。だがこの二神には子孫がいない。必要な神には子孫がいない、それ以外は無力化された神々ということを意図した系譜であったのではないか。

スサノヲを祖とする国つ神体系の中に大国主神を位置づける。大国主神が国作りをした後に、自然環境が整ったことを示す、子神系譜が基にあったのだろう。その原系譜を、『古事記』は音（の連想）を利用して、意味が曖昧な神名に変える。大国主神系譜の霊力の無力化を目論んだのであろう。

【大国主神系譜・十七世の神】

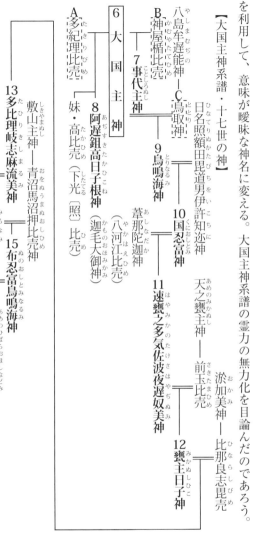

淤加美神《おかみ》—比那良志毘売《ひならしびめ》

日名照額田毘道男伊許知迩神《ひなてりぬかたびちをいこちに》

天之甕主神《あめのみかぬし》—前玉比売《さきたまひめ》

八島牟遅能神《やしまむぢの》—C 鳥取神《ととり》

10 国忍富神《くにおしとみ》

12 甕主日子神《みかぬしひこ》

B 神屋楯比売《かむやたてひめ》

9 鳥鳴海神《とりなるみ》

11 速甕之多気佐波夜遅奴美神《はやみかのたけさはやぢぬみ》

7 事代主神《ことしろぬし》

葦那陀迦神《あしなだか》（八河江比売《やかはえひめ》）

6 大国主神

8 阿遅鉏高日子根神《あぢすきたかひこね》（迦毛大御神《かものおほみかみ》）

A 多紀理毘売《たきりびめ》

妹・高比売《たかひめ》（下光《したてる》〔照〕比売《ひめ》）

敷山主神《しきやまぬし》—青沼馬沼押比売神《おをぬうまぬおしひめ》

13 多比理岐志麻流美神《たひりきしまるみ》

15 布忍富鳥鳴海神《ぬのおしとみなるみ》

14 美呂浪神《みろなみ》

16 天日腹大科度美神《あめのひばらおほしなどみ》

比々羅木之其花麻豆美神《ひひらぎのそのはなまづみ》—活玉前玉比売神《いくたまさきたまひめ》

若尽女神《わかつくしめ》

17 遠津山岬多良斯神《とほつやまさきたらし》

天狭霧神《あめのさぎり》—遠津待根神《とほつまちね》

17 大国主神《おほくにぬしのかみ》の国作《くにつく》り

大国主神は少名毘古那《すくなびこな》神（神産巣日《かむむすひ》神の子）と出会う。協力して国を作るが、半ばで少名毘古那神は常世国に行ってしまう。困っていると御諸山神《みもろやまのかみ》が訪れ「自分を祭れば統行できる」と告げる。

A少名毘古那神との国作り、B御諸山神との国作りという二段階の国作り。二回にするために、少名毘古那《すくなびこな》神は姿を消す。Aは全国の国作り、Bは大和の国作り、ということのようである。

A大国主神と少名毘古那神との国作り譚は、当時全国に流布していた。二神が稲種を齎《もたら》す話（『播磨国風土記』揖保郡稲種山、『出雲国風土記』飯石郡多祢郷）、病を治す温泉を作った話（『伊予国風土記』逸文）がある。農耕・医療に関わる国作りである。これらが流布した背景には、薬草を持って全国を回った出雲の巫医集団がいたとも。また少名毘古那神を顕した久延毘古《くえびこ》（山田の曽富騰《そほど》）は案山子《かかし》のことでカカシの原義は「香具師《かぐし》」（薬草売り）とも（前掲、鈴鹿千代乃『古代からの風』532頁）。

『日本書紀』八段一書六では、人民と家畜の為に「病《やまひ》を療《をさ》む方《のり》を定め」、鳥獣昆虫の災害を祓う「禁厭《まじなひ》の法」を定め、百姓に恩恵を施すと記す。病を治す医療神、害獣・害虫を駆除する農耕神の姿を具体的に書く。人が生きる為に必要な食料確保（農耕）と生命保持（医療）との方法を人に与えた。

大国主神と少名毘古那神とがセットになる伝承は、国作り以外にも、我慢比べの話（『播磨国風土記』神前郡堲岡里《はにをかのさと》）、求婚譚（『播磨国風土記』餝磨《しかま》郡筥丘《はこをか》）がある。また『万葉集』でも神世のことを「大汝《おほなむち》・少彦名《すくなびこな》」の坐《いま》す世（巻三・三五五、巻六・九六三、巻一八・四一〇六）と詠む。いずれも始原を二神に求める伝えである。人が生活できる状態を作った神だから始原神になる。

始原神（祖神）を二神にする信仰がある。沖縄県八重山地方の来訪神（アカマタ・クロマタ）等。神を一対で捉える信仰については、男女神、ヒメヒコ制、陰陽説等と関わるというが、未詳。ただし大国主神と少名毘古那神との場合、さまざまな対比がなされている。大と小、力と知恵、愚鈍と悪戯、ゆっくりと俊敏、おおらかさと細やかさ等、記紀風土記から窺える二神像である。始原神であるから、人の多面性を二神は象徴しているのであろう。その点、その他の二神一対信仰とは多少異なる。

B御諸山（三輪）神との国作りは、大和地方の国作り。大和は国の中心で、特別な地。大和を象徴する山、守護する山が御諸山即ち三輪山である。大和盆地の東の山になる。日の出る方向、天照大御神を祭る伊勢神宮が鎮座する方角にあたる。神武天皇が「東に行かむ」と言って九州を出立する（神武記）ように、「東」は大和朝廷にとって太陽神・天照大御神と通じる特別な方角である。その東にある霊山たる三輪山（山自体がご神体の山。現在でも禁足地）を大和朝廷も重要視する。

天智六（667）年の近江遷都の際、三輪神を分祀して比叡山（日吉大社）に祭る。額田王が遷都で大和を去る際、三輪山を見たいと願う（『万葉集』巻一・一七）のも、大和の国魂であったことによる。都を置く特別な大和は、他所とは区別して、大和の象徴たる三輪の神と作る必要があったのだろう。

以上の理由によって二回（全国と大和）の国作りを記紀では記すと考えられる。ただし、『古事記』と『日本書紀』とでは、記述内容に大きく異なる点がある。次に記紀の相違点について考えてみる。『古事記』では、神産巣日神が「兄弟《えおと》と為りて、其の国を作り堅めよ」と命じたことを受ける。伊耶那岐・伊耶那美が「是のただよへる国を修理《をさ》め固め成せ」と天つ神から命じられたのを継承する。『古事記』の国作りが、天の意志を反映している点で、『古事記』の主旨は一貫している。対して『日本書紀』（八段一書六）では、少彦名命《すくなひこな》は「最悪《いとあ》しき」子で、高皇産霊尊《たかみむすひのみこと》の「教養《をしへ》」に従わない神とする。天つ神の中でも「最悪」の神とともに大国主神は国を作る。天の意志とは無関係。『日本書紀』では、八段一書六に国作りの伝えが載るが、それ以外（本書・一書）では大国主神の国作りを書かない。『日本書紀』神代巻上はスサノヲの話（ヤマタノヲロチ退治とクシナダヒメとの婚姻）で終わり、神代巻下は国譲りから始まる。『日本書紀』で国を作るのは天皇なのだ。よって天孫降臨以前の国作りには興味がない。「天と連動する国（葦原中国）」という観念はないことがわかる。『日本書紀』の国作りの特徴は、①三諸山の神は大国主神の「幸魂《さきみたま》・奇魂《くしみたま》」とする、②三諸山神を大三輪神とする、③大三輪神の娘が神武天皇の后となる、④大三輪神は甘茂《かも》・大三輪氏の始祖である、等があげられる。『古事記』では③④を神武天皇条に記すが、本章段（国作り段）には記さない。

①〜④の記述をまとめると、大国主神を三輪山の神（大物主）と同神として、その神の子が初代天皇の后となり、子孫の筆頭が甘茂《かも》（賀茂）氏であるということになる。

三輪神を祭るのは三輪氏だから、三輪氏が記されるのは当然である。だが④では甘茂氏を筆頭に記す。『古事記』では美和山《みわやま》の神の子孫を「神君《みわのきみ》・鴨君《かものきみ》」として「神君」を筆頭にあげる（「35三輪山説話」段）。『日本書紀』八段一書六は、甘茂氏が関与した伝承なのだろう。ちなみに『古事記』「35三輪山説話」段にあたる崇神紀八年一二月条には、賀茂（鴨・甘茂）氏は記されない。

賀茂氏は、「高鴨阿治須岐託彦根命《たかかもあぢすきたかひこねのみこと》神社」（『延喜式』神名帳、名神大社）とあるように、葛城の鴨の地を本貫としてアヂスキタカヒコネ（迦毛大御神《かものおほみかみ》）を祭る一族であった。その賀茂氏が、三輪神（大和の象徴・国魂）の系譜に自家を位置づける。本来、別信仰であった大国主神と同神とすれば三輪氏独占の神ではなくなる。そのために三輪神を大国主神の幸魂・奇魂に変えたのであろう。甘茂氏が三輪神の祭祀氏族の筆頭になるためには、三輪神を三輪氏の独占状態から解放しなければならない。

なお「幸魂・奇魂」は「和魂《にぎみたま》」とされる（西宮一民『上代祭祀と言語』桜楓社、一九九〇年一〇月）。オホナモチの「和魂を……倭《やまと》の大物主《おほものぬし》くしみかたまの命と名を称へて大御和《おほみわ》の神《かむ》なびに坐《ま》せ」（「出雲国造神賀詞」）とある（この「出雲国造神賀詞」の記述は『日本書紀』を踏まえている）。

在地伝承（A大国主神・少名毘古那神による国作り）に、B大和の国作りを加えて朝廷神話を作った。その朝廷神話を『古事記』は天つ神の司令として、葦原中国の形成に高天原の影響力があったことを示す。一方で、叙上の朝廷神話を利用して、三輪神祭祀に入り込もうとした甘茂氏の氏族伝承があった。それが『日本書紀』八段一書六に引用された、と考えられる。

18 大年神《おほとしのかみ》の系譜

スサノヲの子・大年神の系譜。穀霊の操作、農耕空間、豊作の様子、農耕作業を表す神を記す。農耕生活の方法と次第とを語る。この系譜をもってスサノヲ系による、帝紀上の国作りが終わる。

具体的な農作業に必要な神々を記し、信仰的な農作業の過程を描く。その点、大国主神が邪を祓い、害虫を駆除し、病を癒やす方法を教えた国作りとは趣きを異にする。大国主神は農耕民の安全（食糧確保と生命保持）を主としたが、スサノヲ・大年神系譜は農耕サイクルの教科書のような役割をもつ。

かつてこの系譜に「韓神《から》」（外国神）、「曽富理神《そほり》」（韓国語で王都の意「ソフル」「ソウル」とも）が存在することが問題となった。また「松尾《まつを》」の神と「曽富理神」とは平安朝に重視された神であることから、この系譜は『古事記』成立後の挿入とする説（西田長男『日本神道史の研究　一〇』講談社、一九七八年八月）も提出された。かつては『古事記』偽書説の根拠として用いられたこともある。ただし現在では、「韓神」「曽富理神」は奈良朝に既に存在したとされる（上田正昭「古事記の神々―大年神の系譜を中心として」〈『文学』48―4、一九八〇年四月〉）。また神数の「九柱」が、実際には十柱であることも問題となるが、竈《かまど》の神（奥津日子《おくつひこ》神と奥津比売《おくつひめ》命）を一柱に数えたとされる。

「韓神」の「韓」は、風土記では「漢」とも記される。渡来系であることを示す。『日本霊異記』には聖武朝に漢神の祟りを鎮めるために牛を殺して祭った話（中・五）がある。『日本書紀』にも牛馬を殺して社を祭ることが記される（皇極紀元年七月）。これは中国式の雨乞い儀礼という（大系本『日本書紀　下』241頁頭注）。『古語拾遺』でも、御歳神の祟りを鎮めるために「白猪」「白馬」「白鶏」を奉ると、御歳神が「牛の肉を溝の口に置く」ことを告げる。すると豊かな稔りになったという。

以上の例からするに平安朝以前、牛を生け贄とする農耕祭祀があった。それは外国伝来で「漢神」が好む祭祀であったようだ。ならば本章段の「韓神」も雨乞いと関わる祭祀であったと考えられる。この神の後に「白日神《しらひ》」が登場することも日の輝きを連想させる。「白日」は、「白」（存在感がないことから、聖なるものに近づく際に用いられる）が付くので、聖なる日差し、つまり日照りのような異常気象ではなく、農耕に適した日光の意であろう。「曽富理」は「そほつ」「そほふり」ではないか。

大山咋神《おほやまくひ》・山末之大主神《やますゑのおほぬし》は、日吉大社・松尾大社の祭神。日吉大社では、五月に男女の山神が里に降りて子どもが生まれる祭りが行われる。農耕に必要な霊力が山から里に齎《もたら》される過程を示す。

松尾大社は秦氏の氏神。秦氏は渡来系で開拓民であった。灌漑・農耕・養蚕・酒作り・採掘等、さまざまに活躍をした。さまざまな神を祭る必要があったので、多くの神を集めて祭る総合祭祀を行った。秦氏は総合祭祀具（三つ山〔稲荷山・双岡〕、三つ鳥居〔蚕の社〕）を用いて神霊操作をしていたと考えられる。鳴鏑も、平安朝の鳴弦のように、音によって邪霊を祓うという神霊操作の呪具である。

要するに本系譜には、渡来系の秦氏が関わっていたようである。

以上のことを基に、試みに神名の意味するところ考える。なお神々の名義については、志水義夫（「大年神系譜の考察」〔『美夫君志』55、一九九七年一〇月〕）が要領良くまとめているので、参考にした。

①穀霊を操作する系統（神活須毘神《かむいくすび》）で、年頭に寝ている穀霊（伊怒日売《いのひめ》）を起こして、穀霊に霊力を与える（大国御魂神《おほくにみたま》）。旱魃《かんばつ》時には、動物供犠（韓神）をして適度な雨を降らせる（曽富利神《そほり》）。農耕に良い日差しの日（白日神）を分析して（聖《ひじり》神）農耕を行う。そのようにして豊作へと導く。

②豊作を示す系統（香用比売《かぐよひめ》）で、豊作の神が現れて（大香山戸臣神《おほかぐやまとみ》）、稔り（御年神《みとし》）を迎える。

③農耕空間の様子を示す系統で、天から降った聖水（天知迦流美豆比売《あまちかるみづひめ》）を用いて、聖なる空間（奥津日子神《おくつひこ》・奥津比売命《おくつひめ》）で米を炊く（大戸比売神《おほとひめ》、竈《かまど》の神）。米作りには、まず山の神（大山咋神）、山頂の神（山末之大主神）の力を借りるために、邪霊を祓い（鳴鏑を使用する神）、聖なる農作業の空間を作り（庭津日神《にはつひ》）、住居の土地神（阿須波神《あすは》・波比岐神《はひき》）を祭る。すると山の神の援助で、神が出現して（香山戸臣神《かぐやまとみ》）、山頂から端の山（羽山戸神《はやまと》）に伝わり、農作業の空間にくる（庭高津日神《にはたかつひ》）。稔りを導く良い土壌ができる（大土神《おほつち》・土之御祖神《つちのみおや》）。以下具体的な農作業へと系譜は繋がる。

④農作業を示す系統で、山の力から授かった霊力（羽山戸神）を稔り（食物＝大気都比売《おほけつひめ》）へと導くためには、まずは活力ある山の神（若山咋神《わかやまくひ》）と稔りの神（若年神《わかとし》）とを迎え祭り、聖なる早乙女（妹若沙那売神《いもわかさなめ》）が田植えをし、田に水を張り（弥豆麻岐神《みづまき》）、高く輝く太陽の神（夏高津日神《なつたかひ》・夏之売《なつのめ》神）を祭り、無事に稔りの秋を迎えられるように祈る（秋毘売《あきびめ》）。そのようにして稲の茎が十分に成長

して（久々年神《くくとし》）稔りを迎えたら、最後に新室（久々紀若室葛根神《くくきわかむろつなね》）を作り、感謝の祭りを行う。

【大年神の系譜】

- 大山津見神《おほやまつみ》—神大市比売《かむおほいちひめ》＝スサノヲ
  - **大年神**《おほとし》
    - ①神活須毘神《かむいくすび》—伊怒日売《いのひめ》
      - 大国御魂神《おほくにみたま》
      - 韓神《から》
      - 曽富理神《そほり》
      - 白日神《しらひ》
      - 聖神《ひじり》〔五柱〕
    - ②香用比売《かぐよひめ》
      - 大香山戸臣神《おほかぐやまとみ》
      - 御年神《みとし》〔二柱〕
    - ③天知迦流美豆比売《あまちかるみづひめ》
      - ④
      - 奥津日子神《おくつひこ》・奥津比売命《おくつひめ》（大戸比売神《おほとひめ》、竈《かまど》の神）
      - 大山咋神《おほやまくひ》（山末之大主神《やますゑのおほぬし》、日枝《ひえ》・松尾《まつを》に坐、用鳴鏑神）
      - 庭津日神《にはつひ》
      - 阿須波神《あすは》
      - 波比岐神《はひき》
      - 香山戸臣神《かぐやまとみ》
      - **羽山戸神**《はやまと》＝大気都比売《おほけつひめ》
        - 若山咋神《わかやまくひ》
        - 若年神《わかとし》
        - 妹若沙那売神《いもわかさなめ》
        - 弥豆麻岐神《みづまき》
        - 夏高津日神《なつたかつひ》（夏之売神《なつのめ》）
        - 秋毘売《あきびめ》
        - 久々年神《くくとし》
        - 久々紀若室葛根神《くくきわかむろつなね》〔八神〕
      - 庭高津日神《にはたかつひ》
      - 大土神《おほつち》（土之御祖神《つちのみおや》）〔九神、計十六神〕

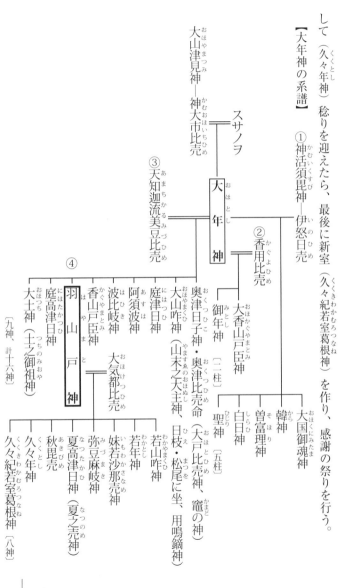

19 天菩比神《あめのほひのかみ》と天若日子《あめわかひこ》

天照大御神《あまてらすおほみかみ》は葦原中国《あしはらのなかつくに》平定を命じるが、二回も失敗。天菩比《あめのほひ》神は大国主神に媚び、天若日子《あめわかひこ》は国を我が物にしようしたので処罰される。喪に訪れた阿遅志貴高日子根《あぢしきたかひこね》神は死者に間違われて怒る。

葦原中国に天孫が降る。しかしその国はたいそう騒がしい状態であった。「蠅声《さばへな》す」（『日本書紀』九段本書）、「磐《いは》ね樹立《こだち》ち、草《くさ》の片葉《かたは》」が「語問《ことどふ》」（『延喜式』祝詞「大殿祭《おほとのほかひ》」・「六月晦《みなづきのつごもり》の大祓《おほはらへ》」）状態、つまり不愉快な音がして、枯死状態の植物が意味不明の言葉を発する状態であった。「8天《あめ》の石屋《いはや》」段で、天照大御神が隠れて無秩序状態になった時と同じ状況。大国主神が作った国（大年神系譜も含めて）は、動植物と人とが共生できない状態であった。「国作り」は未だ完成していない。

天孫の降臨は三段階を経る。①視察神（天忍穂耳命《あめのおしほみみのみこと》）、②平定神（建御雷神《たけみかづち》）、③降臨神（迩々芸命《ににぎのみこと》）である。この三段階は天皇の行幸過程（視察、安全確保、行幸）と重なる。

本章段で②平定神の天若日子が「国を獲《え》むと慮《おも》」い、天上に戻らないのは、任務の不履行である。天菩比神も大国主神に「媚び附きて」天に戻らない。ただし二神の戻らない理由には違いがみられる。

律令では八虐（支配秩序を揺るがす罪）の筆頭に「謀反《むへん》」（「国家を危《あやうく》せむを謀れる」）をあげる。天若日子の罪である。対して天菩比神は「謀叛《むほん》」（「圀《くに》を背きて偽《ぐゐ》〔不当な者〕に従へんと謀れる」）に当たる。律令上、二神の罪は異なる。天若日子の方が罪は重く、徐々に罪が重くなるように描く。

「不復奏《かへりごとまをさず》」（復命しないこと）も罪だが、「不復奏」の理由が判明してから処罰される（『日本書紀』雄略一八年、菟代宿祢《うしろのすくね》）。「雉《きぎし》」の派遣も、天若日子が「不復奏」である理由の確認であった。

一方、天菩比神には「不復奏」の調査がない。この点に抜け道がある。「出雲国神賀詞《いづものくにのかむよごと》」では、天菩比神は大国主神を「媚び鎮め」た功労者とする。記紀では大国主神に「媚び附き」（『古事記』）、「佞《おもね》り媚」びる（『日本書紀』九段本書）不名誉な存在であるのに、出雲国造は、国譲りの功労者とする。「出雲国造神賀詞」は、国造が代替わりの際に朝廷に出向いて奏上する詞。朝廷神話とは異なる内容をあえて奏上し、朝廷も黙認する。「媚」一字をめぐり、朝廷と出雲国造との駆け引きがある。

朝廷が黙認するのは、『日本書紀』九段一書二に「汝（大己貴《おほなむち》神）が祭祀を主らむは、天穂日命《あめのほひ》」とあるように、天菩比神（出雲国造の祖）が大己貴神（大国主神）祭祀を行うことによる。大国主神の祟りを回避するために、出雲国造の主張を黙認したのであろう。朝廷は地方神の祟りを恐れている。逆に地方豪族は、神の祟りを楯にして主張してくる。風土記神話にはそのような構図が見て取れる。

ただし出雲国造の主張にも一理ある。祭祀は何度も神意を確認しながらご機嫌を損ねないように行われる。厄介な疱瘡《ほうそう》神を褒めそやして隣村に追い祓う祭り（鹿児島県）もある。まさに「媚び」る状態である。「媚び」は祭祀上、重要な行為であった。「媚び」る天菩比神は、祭祀的には功労者となる。

記紀が「媚び」を不可とするのは、儒教的な判断であったようだ。「妄《みだりがは》しく人を説《よろこ》ばせる」

（『礼記《らいき》』曲礼）のが「佞媚《ねいび》」（後漢・鄭玄《じょうげん》注）であり、儒教的には非難される行為であった。「天菩比神が大国主神を祭る」という伝承を、儒教的観点の「媚び」（良くない行為）に変えたようだ。

天若日子（死者）と阿遅志貴高日子根神（蘇る者）との関係については、同神と理解して死と再生を想定する説がある。しかし二神の話は分けて考える必要がある。天若日子の伝承も本来は、天から降った美しい天人の話であったという（『宇津保《うつほ》物語』俊蔭の巻、『狭衣《さごろも》物語』巻一等）。中世になると、天から降りてきて長者の娘と契り、また天上界に戻る話となる（お伽草紙「天若御子」等）。本来、「天降した天若日子が、自身の名を明かした下照比売と結婚する」という話であったようだ。

同様に阿遅志貴高日子根神にも神明かし伝承があったのだろう。「阿遅志貴高日子根神ぞ」と名を明かす歌詞をもつ「夷振《ひなぶり》」があるからだ。歌曲名（夷振）がある歌謡は宮中に存した資料からの引用とされる。高日売《たかひめ》が阿遅志貴高日子根神の名を明かす話と、下照比売が天若日子の名を明かす話という二つの伝承があったのだろう。下照比売と高比売とを別名で結び付けるのも二つの伝承を示唆する。

名を明かす伝承は、シャーマンが一人前になる儀式（成巫式）が基にあると考えられる。神は顔や名を隠して訪れる。シャーマンは神の素姓を明かして神と結婚する。つまりシャーマン（嫁）が、素姓不明の神（夫）の名を明かすというのが本来的な形である。それを記紀では旧知の妹が兄の名を明かす話とする。異なる二伝承を結び付けた結果、別神であることを明確にする必要が生じたのだろう。

では、何故二つの神明かし伝承は結び付けられたのか。天若日子は反逆者だから、死後も罪を受けなければならない。だから喪屋を破壊する。その破壊者として選ばれたのが、類似の神明かし伝承をもつ阿遅志貴高日子根神であったのだろう。阿遅志貴高日子根神は破壊力を有する雷神とされる。

天若日子を反逆者にするために、記紀はこの他にもいくつかの工作を施す。一つは天若日子が天の言葉（雉の言葉）を理解できないとする点。「国を獲む」という邪心のため、天の心と言葉を失う。よって天佐具売《あめのさぐめ》（真実を探る者）が嘘を附いても分からないのである（ちなみにアメノサグメは、アマノジャクの語源とも）。その二は返し矢に当たって死ぬという話。「ニムロッドの矢」（メソポタミアの説話）。天に刃向かい、矢を放ち、その矢が自分に当たり死ぬ、というもの。「ニムロッドの矢」型の話は中国（『史記』殷本紀。高所に吊した天の形代を射ると、雷に当たって死ぬ）にもある。

記紀編纂者は天菩比神と天若日子とを裏切り者・反逆者に仕立て上げる。それは事業の困難さを示し、次の建御雷神の成功を劇的にするための演出であったと考えられる。昔話「隣の爺」型のように、成功者を際立たせる為に失敗者を登場させる話型（比較成就譚）がある。

記紀の差異は、『日本書紀』（九段本書）が、天若日子の遺体を天上に戻す点、葬儀の詳細を記す点、「天離れ……寄し寄せ来ね」（紀3番歌謡、死者の魂を呼び戻す歌）を載せる点等である。天若日子（の霊）が天に戻るとし、葬儀に機能する歌を載せるあたり、『日本書紀』の方がやや古体を残すか。『古事記』では、反逆者故に遺体を天に戻さず、霊魂も呼び戻さない。徹底して反逆者像を貫く。原伝承（天若日子降臨譚・天菩比神功労譚）を失敗譚（反逆者）に変えて、平定成功を劇的に描く。

20 国譲《くにゆず》り

三度目の使者建御雷《たけみかづち》神が威嚇的に大国主神に迫る。二柱の子神（託宣神の事代主《ことしろぬし》神、武力神の建御《たけみ》名方《なかた》神）が、国を譲ることを誓う。これに従い、大国主神は宮殿の造営を条件に国を譲り、身を隠す。

「国譲り」と呼ばれるが、本章段の目的は、大国主神をトップとする反天孫系国津神の追放にある。天孫・天皇家の支配に対抗しうる勢力の排除である。その過程を段階的に描く。

まずは剣を「逆《さかしま》に浪の穂《ほ》に刺し立て」て、その鋒《きつさき》に胡座《あぐら》をかく。この所作は新羅から輸入した曲芸を基にした叙述とされる（近藤喜博「剱尖に坐す神」（『國學院雑誌』61―5、一九六〇年五月））。次に事代主神が譲ることを進言。事代主神は託宣神。壬申《じんしん》の乱時、高市県主《たけちのあがたぬし》許梅《こめ》に懸かって託宣をする（『日本書紀』天武元年七月）。「鳥の遊び・取魚《すなどり》」をするのは、託宣に備えて心を鎮めていたのであろう。「魚沼・鳥池」を見て怒りを鎮めた話もある（『日本書紀』仲哀八年正月）。

事代主神は、国譲りの是非について、宗教（もしくは信仰）的な回答を出したことになる。

次に建御名方神が、「誰ぞ我が国に来て、忍び忍びかく物言ふ」（我らが国に来て、ひそひそと妙な話をするのは誰だ）と述べ、力比べ（相撲）を要求する。拒否である。『日本書紀』（九段一書二）でも大己貴神《おほなむち》は「吾が処に来ませるには非《あら》じ。故《かれ》、許すべからず」（私に従うためにやってきたのではないようだ。ならば許さない）と拒否する。だが建御名方神は負ける。これは武力的な服従を表している。

宗教的・武力的な服属が示され、大国主神は国を譲る。そして立派な宮殿を求める。出雲大社造営の起源。『日本書紀』（九段一書二）では、天穂日命が大国主神の祭祀をすることになっている。

二〇〇〇年、出雲大社境内から、杉の大木三本を金輪で括《くく》った柱が発見された。「雲太、和二、京三（高い建物は、出雲大社、奈良大仏殿、京都御所）」（『口遊《くちずさみ》』九七〇年）、「金輪御造営図」（『玉勝間』一三）等に巨大神殿の存在が伝わる。それが実際に見つかった。実は出雲大社が建つ地は、川に挟まれた場所で地盤も弱いという。だから巨大神殿は倒れる。そのような地に建てたのは、建て替えを想定した一時的な社殿（伊勢神宮の遷宮。諏訪大社の御柱等）であったことを思わせる。

「出雲国に対する概念的支配」から「実質的支配へ」移行したとして、国譲り神話に基づいて出雲大社を創建したという意見がある（尾畑喜一郎「大和朝廷対出雲国造家論の計画」『記紀万葉の新研究』桜楓社、一九九二年一二月）。記紀成立の頃に、出雲国造が東出雲の「神魂《かもす》神社」から西出雲の「出雲大社」に移り住んだこと（「出雲国造世系譜」）に基づく。神話（神の啓示）に基いて祭祀場所が定められるという現象は、シャーマン世界ではしばしば見られる。神話が聖地を生み出す。

要するに出雲大社関係の事柄（社殿倒壊が予測される地、一時的な社殿、出雲国造家の移住、神話に基づく聖地作り、等）からすると、神話が先に作られ、後に出雲大社が作られた可能性があるのだ。

このことは、国譲り神話が、記紀編纂時からみて比較的新しい時代に作られたことを予想させる。

国譲りは国占め神話（地方神話）を基にする。国占め神話では、外部からきた者が土地神を祭る（『播磨国風土記』揖保郡伊勢野等）。また土地神が外部神を撃退する（『播磨国風土記』揖保郡粒丘、同讃容郡首等）。土地神は外部者を拒否し、居住を認めた後も残留して祭祀を要求する。現代の地鎮祭に通じる。記紀で建御名方神・大己貴《おほなむち》神が拒否する姿、大国主神が祭祀を要求する姿と通じる。ところが国譲り神話では、大国主神を異界（八十坰手《やそくまで》）に追放する。のみならず、「順《まつろ》はぬ鬼神等《かみたち》」を誅し（『日本書紀』九段本書）、「逆命者《まつろはぬもの》」を「加斬戮《きりころす》」（『日本書紀』九段一書二）。神殺しは国占め神話には無い。ヤマトタケルも「王化」のために神を殺す（景行紀四〇年条）。天皇家に刃向かう神を葦原中国から抹殺する。本章段は、全ての国津神が天皇に従うことを説く起源神話なのだ。

「祟《たた》り神を遷《うつ》し却《や》る」祝詞（『延喜式』）は、国譲り神話の引用から始まる。「天皇に逆らう悪い神は、国譲りの時にいなくなったはずである。だから貴方（神）が祟るのは良くない」ということを祟り神に知らしめるための引用とされる。国譲り神話が、祟り神を鎮める特効薬であったことが分かる。

神が祟る背後には氏族がいる。要求を朝廷に認めさせるために、氏族は祟りを突きつける。比叡山の僧侶が強訴《ごうそ》の際、神社から奪った神輿を担いで都に来るのも、神の祟りを演出するためであった。「天皇に逆らうモノは神でも殺す」という国譲り神話は、氏族を黙らせるために有効な神話であった。朝廷支配の根本理念を支える神話なのである。実際には、祟り神に特別待遇（天津神に格上げ、手厚い祭祀、神領地を与える等）を施すが、理念上は祟り神の存在を認めない。朝廷の表と裏の顔がある。氏族もそのあたりを熟知して、表面上は朝廷の理念に従うも、裏では祟りを上手く利用する。

そのような駆け引きに直面するのが国司であった。国司は任国で、祟りを理由に抵抗する土着豪族を説得する。その際、目の前で神（動物等）を殺して、天皇に勝る神がいないことを見せつける（『文徳実録』仁寿二年二月二五日、藤原高房伝）。朝廷が神を殺すのは、国譲り以来正当な行為となった。国譲り神話は、「邦家《くにいへ》の経緯《たてぬき》（国家の成り立ち）」「王化《みおもぶけ》の鴻基《おほきもとゐ》（天皇徳化の根本理念）」（『古事記』序文）を示すために、重要な国家神話であった。当時最新の驚異的な曲芸の技を取り込み、神殺しや神の追放を盛り込み、国占め神話にはない新しい神話を作った。各地の神や氏を掌握するために。

特に『古事記』では、「鑽火詞《ひきりのことば》」を載せる。神聖な火で作った食べ物を神に捧げるという内容。鑽火詞は、出雲国造家が大国主神祭祀に使用する祝詞であったといわれる。出雲国造が火の儀式（毎日、また代替わりでも神聖な火で作った食べ物を神と共食する）を行うことによる。大国主神祭祀の根幹を示す詞を『古事記』に載せることによって、大国主神の祭祀を掌握する意図があったのだろう。

国造（各地の祭祀権を有する）たちを中央に集めて、国譲り神話を読み聞かせたとも（岡田精司「記紀神話の成立」（『岩波講座　日本歴史2』一九七五年一〇月））。国譲り神話は地方に伝わる。国譲り神話の影響を受けた話が風土記に載る（『播磨国風土記』揖保郡粒丘、『伊勢国風土記』逸文「伊勢津彦」、『常陸国風土記』行方郡「夜刀神」等）。地方→中央→地方という神話循環が見られる。

国譲りは地方神話を基にしながらも、朝廷支配の根本理念を示す、最も重要な国家神話であった。

21 天孫降臨《てんそんこうりん》

葦原中国《あしはらのなかつくに》の平定を受けて、三種神器を携えた迩々芸命《ににぎ》が、父・天忍穂耳命《あめのおしほみみ》に替わり、日向《ひむか》の高千穂《たかちほ》の久士布流多気《くじふるたけ》に降臨する。国津神の猿田毘古《さるたびこ》神が先導し、天の石屋段で活躍した祭祀神が随伴する。

始祖が天上から降る話型はアジア各地に広く分布する。古朝鮮の「壇君神話」(『三国遺事』)も始祖が天から降りてくる。東アジアの王権の多くが、中国にならって「天」の思想を持つことによる。始祖が「天」から降りてきたから、子孫の天子は天から選ばれた存在になる。

日向が降臨地に選ばれたのは、「日に向かう」地だからとされる。加えて九州が日本固有の領土であることを示そうとしたようだ。高千穂は九州の真ん中。九州豪族が外国と提携すれば、九州はすぐに陥落。そして山陽道から大和に侵入。大和朝廷は外国からの攻撃に敏感であった。新羅と連携した筑紫君磐井《つくしのきみいはゐ》の反乱(527年)、白村江《はくすきのえ》での敗北(663年)は危機感を強めさせた。防人《さきもり》を東国から選んだのも九州豪族への警戒心であった。大宰府は東国兵士を強く望む(『続日本紀』天平神護二〔766〕年)。

実は『古事記』では迩々芸命・思金《おもひかね》神と登由宇気《とゆうけ》神とは伊勢(伊須受《いすず》の宮、外宮《とつみや》の度会《わたらひ》)にも降臨している(鈴鹿千代乃『古代からの風』93頁、日本国語国学研究所、二〇一八年七月)。天の中心(淡路島の上空辺り)から、隕石が飛び散るように西(日向)と東(伊勢)に分かれて降臨する。同様に『伊予国風土記』逸文（『釈日本紀』）でも、天のカグヤマが東（大和）と西（伊予）に天降っている。伊勢は東国への出発点。九州は西の境界。天武朝における、日本の領土観であろう。

九州は天皇家が降臨した聖地。だから日本の領土であると内外に主張する。なかでも『古事記』は、多くの神を従えて仰々しく降臨する。華々しい天孫降臨を描く。諸伝と比較すると明白になる。

三品彰英『建国神話の諸問題』（平凡社、一九七一年二月）を参考にして諸伝を比較する（次頁）。『古事記』は、③真床追衾以外の全要素をもち、最も整えられた形とされる。①司令神（天照大御神）、⑥三種の神器、⑦神勅の背景には、天照大御神を高天原の最高神とする神祇体系や、即位式（大嘗祭）を反映していることが指摘されている。ともに天武朝に整備された制度と言われる。

また②降臨神の交替は、若く力のある神を降臨させるためとされる。春日大社の若宮のように、「若」は漲《みなぎ》る力を表す。③真床追衾《まどこおふふすま》は赤子の産着で、大嘗祭の装束とされる。『古事記』には③がない。赤子ではなく、若く強く更新された神のイメージを付与する。『古事記』で⑤随伴神が多いのは、始祖注を多く載せる（203氏）ことと軌を一にする（『日本書紀』の始祖注は93氏）。⑤随伴神には、神祇系氏族（中臣氏・忌部氏）、軍系事氏族（大伴氏・久米氏）、「天の石屋」神話系氏族（思金神他）の三系統がある。祭祀・軍事氏族は、即位式で神璽献上に携わる。天の石屋神話は、大嘗祭を反映しているとされる。天皇の即位儀礼と関わる家柄であることは、朝廷の中枢に位置することになる。

この神話が有力氏族たることを示す根拠となるので、氏族側からの働きかけもあったようだ。『古事記』もそのことを承知していて、小書双行の氏族注記は「氏族の追加もありうる」書式で、「系譜中に組み入れる」余地を作っているという（中村啓信『古事記の本性』おうふう、二〇〇〇年一月）。

諸伝は、①司令神、②降臨神の交替、③真床追衾、⑥神器の有無から、A天照大御神系（『古事記』、『日本書紀』九段一書一・二）、B高皇産霊系（『日本書紀』九段本書、一書四・六）の二つに分かれる。『古事記』と最も近いのは一書一。諸伝の先後関係、形成過程は、左のように推定される。

B高皇産霊系（一書六・本書→一書四）→A天照大御神系（一書二→一書一→古事記）

アジアに流布する始祖天降臨の王権神話を基に、領土意識や即位儀礼を反映させて、『古事記』は天孫降臨を脚色する。そこに氏族たちも介入して自家の地位確保を画策したのであろう。

【天孫降臨段・諸伝比較】

	『古事記』	『日本書紀』一書一	一書二	本書	一書四	一書六
①司令神	天照大御神 高木神	天照大神	高皇産霊尊《たかみむすひ》 天照大神	高皇産霊尊	高皇産霊尊	高皇産霊尊
②降臨神の交替	○（父→ニニギ）	○（父→ニニギ）	○（父→ニニギ）	×（ニニギ）	×（ニニギ）	×（ニニギ）
③真床追衾《まどこおふふすま》	×	×	×	○	○	○
④降臨地	日向《ひむか》の高千穂《たかちほ》の久士布流多気《くじふるたけ》	日向の高千穂の槵触峰《くしふるのたけ》	日向の槵日《くしひ》の高千穂峯	日向の襲《そ》の高千穂の峰	日向の襲の高千穂の槵日二上峰	日向襲の高千穂の添上峰《そほりのやま》

⑤随伴神		⑥神器	⑦神勅
一二神	天児屋根命《あめのこやね》（中臣） 布刀玉命《ふとたま》忌部） 天宇受売命《あめのうずめ》（猿女） 伊斯許理度売命《いしこりどめ》（作鏡） 玉祖命《たまのおや》（玉祖） 猿田毘古神《さるたびこ》 思金神《おもひかね》（伊須受の宮） 手力男命《たぢからを》（佐那々県） 天石戸別神《あめのいはとわけ》 登由宇気神《よゆうけ》（外宮度会） 天忍日命《あめのおしひ》（大伴） 天津久米命《あまつくめ》（久米）	鏡・璁《たま》・剣	○
六神	天児屋根命 太玉命《ふとたま》 天鈿女命《あめのうずめ》 石凝姥命《いしこりどめ》 玉屋命《たまや》（玉作） 猿田彦大神	鏡・玉・剣	○
二神	天児屋根命 太玉命 （諸部神）	鏡	×
		×	×
二神	天忍日命（大伴） 天槵津大来目《あめのくしつおほくめ》 （来目部）	×	×
		×	×

22 猿女《さるめ》の君《きみ》

天孫降臨後、天宇受売命《あめのうずめ》は猿田毘古神《さるたびこ》を伊勢まで見送るよう命じられる。猿田毘古神に因んで「猿女《さるめ》」の名をもらう。猿田毘古神が海で溺れる挿話の後、全ての魚が天孫に服属することを誓う。

本章段は三つの話からなる。①天宇受売命《あめのうずめ》が猿田毘古神《さるたびこ》を送り届ける話、②猿田毘古神が溺れる話、③全ての魚が「天つ神の御子」(天孫)に仕えようになった話である。①③は天宇受売命の話として繋がりがあるが、②は逸話挿入的な感を与える。だが、②を差し挟むことに『古事記』の意図はある。

①では猿田毘古神の名前を明かしたことにより、天宇受売命の子孫「猿女君《さるめのきみ》」が、「猿」の付く名を負うようになったとする。「猿女君」の命名起源である。

名を明かすことは、そのものの本性を知ることを意味する。求婚の際、男はまず女性の名を尋ねる。「この岡に　菜摘《なつま》ます子　家聞《いへき》かな　名のらさね」(『万葉集』巻一・一)というように。名はその人の魂の一部が籠もり、その人の本性を示す。呪詛等、悪用されると身に危険が及ぶ。だから親兄弟以外に本名を語ることはない。本当に気を許した人にだけ、女性は自分の名を告げる。

同様に、神の名を明かすことも神の本質を知るための重要な一過程であった。神を祭るためには、神の性質を知らなければならない。まずは名を知ることから始める。神祭りでは、何度も「復《また》(亦)

神有《ま》すや」と神の名を問う（『日本書紀』神功摂政前紀三月条）。
猿田毘古神の名を明かすのは、神の性質・本質を把握したことを意味する。そしてその名の「猿」を子孫が受け継ぐことによって、猿田毘古神の本質を「猿女君」が現在も把握していることを語る。「猿」は山の神の使い（日吉大社等）との伝えがあるように、「猿田」は山の神の力の籠もる田を意味するとされる。猿があっという間に田植えを終えたという昔話（猿婿入り）も、山の神の特別な力を猿が有するからである。猿女君は、猿田毘古神のもつ霊力を把握していることになる。

その猿田毘古神が溺れる（②）。「猿婿入り」で猿が溺れる姿、「24海幸と山幸」段で溺れた海佐知毘古《うみさちびこ》が服属を誓う姿と通じる。沈んだ時の霊魂（底度久御魂《そこどくみたま》。体の奥底にある魂）、息の泡がブツブツと弾けた時の霊魂（都夫多都御魂《つぶたつみたま》・阿和佐久御魂《あわさくみたま》。体外に表出した魂）が表出する。

猿田毘古神は天孫の先導役。先導神は「ミサキ神」とよばれ、強い霊力を持つ。行く手を阻むものを容赦なく切り捨てる。祭礼で猿田毘古が神輿の先導役を勤めるのもこのため。猿田毘古神の強い霊力が、溺れるという窮地で表出する。その強い魂を掌握することは、猿田毘古神の服属を意味する。

つまり②は①に続き、猿田毘古神の具体的な魂を猿女君が掌握したことを意味するのであろう。

そして③では、海の生物が服属する。唯一抵抗した海鼠《こ》（なまこ）にも、口（服属を述べる）を裂いて服属が完了する。海の生物（海の神の使い）と、猿田毘古神（山の神の使い）とを掌握したことを述べる。天宇受売命による国譲りの如き神話である。これは天孫が、後段「23木花之佐久夜毘売」で山の神の娘と結婚すること、「24海幸と山幸」で海の神の娘と結婚することとの伏線となっている。山海の神の支配下のモノが服属しているから、山神、海神と関係性を築くことができるのである。

『古事記』の①〜③の構成には、山の神の使いと海の生物とが併記される。山の栄養分が川を伝わり海に流れ、豊富なプランクトンを生み、豊かな漁場を作る。本章段で、②猿田毘古神（山の神の力）が海で溺れ、③「悉《ことごと》く鰭《はた》の広物《ひろもの》・鰭の狭物《さもの》（大小の魚）を追い聚め」るという流れには、山と海との自然連鎖を連想させる。山の神を祭る海の民の信仰と関わっているのではないか。

銚子市に「猿田神社」が鎮座する。漁業の盛んな銚子市郊外の下総台地に猿田毘古神が祭られるのは、海の民による山神祭祀を暗示する。なお伊勢市の猿田彦神社は宇治土公《うぢのつちぎみ》家の邸内社という。

猿女君は山海のモノを掌握する。「島の速贄《はやにへ》」を猿女君が賜るのはその功績によると『古事記』は記す。本章段の原資料は、猿女君が提出したものであろう。

『古事記』を「誦習」した稗田阿礼《ひえだのあれ》（序文）は、「天鈿女命《あめのうずめ》」の末裔という（『弘仁私記』序）。稗田阿礼は猿女君の一族であった。それ故に、『古事記』は猿女君の功績譚を載せるのであろう。

ただし『古事記』は、『古事記』に必要な文脈の中で猿女君が有する功績譚（山海の力の掌握）を利用している。『日本書紀』（九段一書一）には、②と③「島の速贄」の話は載せない。山海のモノを掌握する点と、後段の布石とする点は、『古事記』特有の構想に基づく。

一方『日本書紀』では猿田彦大神の事跡を中心に記す。「大神」とするのも、この男神を主役にすることによるのであろう。神の具体的な容姿を語る。

其の鼻の長さ七咫《ななあた》、背の長さ七尺《ななさか》余り。当《まさ》に七尋《ななひろ》と言ふべし。且《かつ》、口・尻・明耀《あかりて》れり。眼は八《や》咫《た》鏡の如くにして　絶　然《てりかがやけること》　酸醤《かがち》に似《の》れり。（九段一書二）

「咫《あた》」は広げた親指と中指の幅（一八㎝）。鼻は一二六㎝。「尋《ひろ》」は両手を広げた長さ（二ｍ）。身長は一四ｍ。「口・尻・明耀《あかりて》」る姿と赤い眼は猿を連想させる。猿田彦＝大天狗は、この記述に基づく。『日本書紀』九段一書一では、「天神の子」は「筑紫《つくし》の日向《ひむか》の高千穂《たかちほ》の槵触峰《くしふるのたけ》」に降臨し、猿田彦大神は「伊勢の狭長田《さながた》の五十鈴《いすず》の川上《かはかみ》」に到ると述べる。ここでも東西二つに分かれて地上に到る（「21天孫降臨」段参照）。天孫降臨後、天鈿女命《あめのうずめ》が猿田彦大神を送るのは『古事記』と同じ。

猿田の名義については、「サ（神稲）ル（の）田」で、「狭長田《さなだ》」も「神稲の田の意」（大系本『日本書紀　上』頭注）という。この他「佐《さ》太《た》大神」（『出雲国風土記』）と同神として太陽神としたり、「サルダ」（琉球語の「前駆する」）、「去る」、「戯《さ》る（道化）」と結び付ける意見もある。

海の民が山神を祭るという信仰を基にした功績譚（山海のモノの掌握）を、猿女君は有していた。その功績譚を『古事記』は利用して、天孫降臨と次段（山神・海神との結婚）とを結びつける。猿女君の功績譚を採用した契機には、猿女君一族の稗田阿礼の存在が考えられるものの、『古事記』はその文脈の中で氏族伝承を上手く活用する。そうして、天皇家による、山海（空間）支配の過程を描くのである。

23 木花之佐久夜毘売《このはなのさくやびめ》

迩々芸命《ににぎのみこと》は木花之佐久夜毘売《このはなさくやびめ》（栄える力）と結婚する。石長比売《いはながひめ》（永遠の命）を返却したので、天皇にも寿命が生じる。夫に懐妊を疑われた妻は、火中で出産することにより潔白を証明する。

前半はバナナ型。神が天から下した石とバナナの内、人間はバナナを選択する。結果、石のような永遠の命を得ることが出来ないという起源神話である。食べ物か否かを、記紀では美醜に変える。ただし現代的な美醜観とは異なる。木花之佐久夜毘売が「栄える」ことの象徴、石長比売が「天皇等の長い命」を象徴するように、美も醜も霊力の強さを表す。「美人」の「伊須気余理比売《いすけよりひめ》」は「神の御子」（「31富登多々良伊須々岐比売《ほとたたらいすすきひめ》」段）。オホアナムヂは異郷で「葦原色許《あしはらのしこ》（醜）男《を》」（「14根《ね》の堅須国《かたすくに》」段）と呼ばれる。異郷から来るので「色許《しこ》（醜）ほととぎす」（『万葉集』巻八・一五〇七）と詠む。「醜《しこ》」は異郷性をもつ（並木宏衛「『しこ』の系譜」（『國學院雑誌』71―7、一九七〇年七月））。異郷の力を「シコ」と呼ぶ。強い霊力は同じ世界にあっては「美」、異郷にあっては「醜」と呼ぶ。

迩々芸命《ににぎのみこと》は、同じ世界で暮らす木花之佐久夜毘売を「美」と感じ、父の国に返す石長比売を「凶醜《みにくき》」と感じた。同様に「美」を残し、「醜」を戻す話としては「40丹波の四女王」がある。垂仁天皇は比婆須比売《ひばすひめ》と弟比売《おとひめ》を止め、「凶醜《みにくき》」歌凝比売《うたこりひめ》と円野比売《まとのひめ》とを返す。返すのは、地方の祭祀を存続させるためともいう（鈴鹿千代乃『古代からの風』448頁、日本国語国学研究所、二〇一八年七月）。
「醜」（強い霊力）を返すのは、天皇が全ての霊力を身につけていないことを物語るためであろう。『日本書紀』（九段一書二）では磐長姫《いはながひめ》自身が「顕見蒼生《うつしあをひとくさ》（この世の人）」は「衰《おとろ》去へなむ（命が衰えるだろう）」と述べ「世人《よのひと》の短折《いのちみじか》き縁」とする。人間全般の寿命とするのは、バナナ型と同じである。対して『古事記』では「天皇命等《すめらみことたち》の御命《みいのち》長くあらざるなり」とし、「天皇命等の御命」に限定する。『古事記』は、天皇に寿命がある起源を説く。「天神の子」である天皇も現実には死ぬ。神が死ぬことの矛盾を解消すべく、神たる天皇が死ぬ理由を『古事記』は説く。

後半では、迩々芸命が「一宿《ひとよ》」で木花之佐久夜毘売を懐妊させる。「一宿《ひとよ》に妊《はら》める」（一夜婚）ことができるのは神に限られる。神の時間、聖なる時間は「一夜」と表現される。「一宿」「一夜」という短い時間で、事を成し遂げるのは神である証拠である。祭りの酒は「一夜酒」（通常ではありえない短い時間で発酵した酒）。逆に神の聖なる時間だから、人は「一夜」を避ける。なので「一夜づけ」は良くない。迩々芸命が神であることを「一宿」は表している。

その「一宿」婚を、迩々芸命は疑う。「疑う」という行為は人の行為である。『丹後国風土記』逸文「奈具社《なぐのやしろ》」では、天女が「信《まこと》」の心を持つのに対して、この世の老人と老女とが「疑う心」を持ち「信《まこと》」がないことを描く（サリバン・キャサリン「「奈具社」説話における老夫と天女の問答箇所とその意義―「許」と天人の性質を中心に」（『風土記研究』31、二〇〇七年六月））。「疑う心」は人間がもつ心なのである。本章段でも、疑う迩々芸命は、人の心を持っていることを示している。

「一夜婚」をする神の迩々芸命が「疑い」を抱く。神が人間の心をもつようになる。『日本書紀』一書五で、「天津神は一夜妊みすることを周知するためにあえて疑った」とするのは、神が「疑う」ことの不自然さに対する牽強付会的な説明。そのことから逆に、疑う心を持つ迩々芸命は、人の心を持ったことが分かる。なお『日本書紀』一書六では、疑ったことにより、皇孫（ニニギ）夫婦は打ち解けることがなくなったという。異類婚のように、人の世界と神の世界との分別が暗示されている。

前半と後半とは、ともに迩々芸命が神から人に変換する話である。人と同じ寿命をもち、人と同じ心を持つ。神として降臨した迩々芸命が人間になる過程を描く。ここに『古事記』の意図がある。

疑われた木花之佐久夜毘売は、迩々芸命の子であることを証明する。戸のない密室建物に入り、土で「塗り塞」いで火を付けて出産する（『日本書紀』では「無戸室」とだけ記す）。火中出生譚は本牟智《ほむち》和気《わけ》の出生（「38沙本毘古《さほびこ》命の反逆」段）にもみられるが、本章段では母自ら火を放つ点、密室度が高い点に特徴がある。密室性は、イリュージョンの如き秘儀で特別な子を生むことの演出であろう。

『古事記』では「盛りに燃ゆる時」に三柱が生まれるが、『日本書紀』では燃え始め、盛り、衰え、という三段階を設ける。『古事記』でも神名から推察するに、火の進行状態と対応している。

1火が明るく燃え初め（火照《ほでり》命）、2火が盛る（火須勢理《ほすせり》命）、3火が燃え尽きる（火遠理《ほをり》命。火折）。点火から鎮火までの過程である。出産の過程を火の進行状態に喩えているようにも読める。

【火中出生の状態と出生順】

		ホデリ	ホスセ（ソ）リ	ホヲリ（ホホデミ）	ホアカリ
『古事記』		1盛り燃ゆる時	2盛り燃ゆる時	3盛り燃ゆる時	
『日本書紀』	本書		1始め起る煙	2熱を避け	3熱を避け
	一書二		1炎の初め起時	3火の盛なる時	2火の盛なる時
	一書三		2火炎盛なる時	3火炎避る時	1火炎明る時
	一書五		2火の盛なる時	3火炎衰ふる時	1火の初め明る時

ただし『古事記』は「火の盛り燃ゆる時」として三柱を区別しない。強い火を意識する。火明《ほあかり》命（『日本書紀』）ではなく、『古事記』が火照命とするのも、「照り輝く」強い火を求めたことによろう。

火中出生は、東南アジアで行われる産婦焼きと関わるとされる。産後の産婦の近くで火を起こして、火の霊力で新生児を強くする習俗（『日本神話事典』大和書房、一九九七年六月）。生まれた子を一旦捨てる習俗のように、死と再生を経て子を強くするのであろう。『古事記』は強い子にするためにあえて三柱を「盛り燃ゆる時」に同時に誕生させている。密室の秘儀による特別な子の誕生と連動する。

バナナ型を用いて、神たる天皇家が放棄した霊魂（永遠の命）があることを説く。後半は迩々芸命（天皇家）が人の心（疑い）をもつとともに、強い皇孫が誕生して皇統が続くことを述べる。

24 海佐知《うみさち》と山佐知《やまさち》

火遠理命《ほをりのみこと》（山佐知《やまさち》）は、兄の火照命《ほでり》（海佐知《うみさち》）に借りた釣り針を失う。兄は許さない。海に探しに行く。海神《わたつみ》の娘・豊玉毘売《とよたまびめ》と結婚。海神の援助により釣り針を発見。帰還して兄に返却。復讐する。

山佐知毘古《やまさちびこ》、海佐知毘古《うみさちびこ》の「佐知《さち》」は「幸《さち》」で霊力の籠もる道具。他人の「幸《さち》」と交換する（借りる）「幸《さち》換え説話」と、異郷での結婚を通して特別な力を得て帰国する「異郷訪問譚」とを重ねる。

同様の話は、東南アジアに広く分布する。類話は、大まかに二種類、海洋型と陸上型とに分かれる。海洋型は鹿児島県喜界島《きかいじま》にも伝わる。漁師が友人から釣り縄を借りるが、無くしてしまう。友人は自分の物を返せと怒る。しかたなく海中へ探しに行く。「ねいんや」（異郷）に着く。歩いていると、無くした釣り縄を見つける。返してくれるよう「ねいんや」の神様に頼むと、釣り縄を返してくれた。その上ご馳走までしてくれる。神様は、漁師が地上に帰る際、嵐の日を教える。地上に戻り、友人に釣り縄を返す。神様が教えてくれた日には漁に出なかった。だが友人は漁に出て死ぬ。だから釣り道具の返済物は受け取るものではない、という言葉があるという（『日本昔話集成』二部2）。

陸上型は、田を荒らされた若者が叔父から槍を借りて猪を仕留める。しかし猪は槍が刺さったまま逃走。叔父は返却を求める。若者は下界に行き、王と王女に会う。王女には槍が刺さっており、怪我をしている。若者は槍を抜く。王は若者を王女と結婚させる。その後若者はこっそり地上に帰ろうとするが、見つかる。妻と追っ手が追跡する。若者は地上に登る綱を切り、追っ手を払う（スマトラ島）。海洋型は、紛失した道具の発見・返却後、復讐するというもの。結婚しない話が多い。海洋型の中には「幸」交換の話もある（鹿児島県沖永良部）。陸上型は、道具が刺さった獣の世界に探しに行き、その世界の娘と結婚する。返却・復讐はしない。陸上型は異類婚・異郷訪問譚の要素をもつ。

本章段は、異界での結婚、返却・復讐があるので海洋型（復讐譚）と陸上型（異類婚）とを重ねる。原伝承は、安曇《あづみ》氏の氏族伝承とされる（次田真幸『日本神話の構成』〔明治書院、一九七三年八月〕等）。安曇氏は志賀島《しかのしま》（「漢委奴国王印」〔金印〕が発見された島）を拠点として、全国に進出した海人族であった。長野県安曇野は安曇氏が開墾したという。多くの海人族を統率していたとされる。海人族ということで、東南アジアに広く分布する海洋型（「幸換え説話」）を伝承していたのであろう。

「幸換え説話」の「幸」は獲物を捕る霊力が籠もる道具。「得物矢《さつや》手挿《たばさ》み」（『万葉集』巻一・六一）、「佐《さ》都《つ》夜《や》手挟み」（『万葉集註釈』所引「伊勢国風土記」逸文）とある。「幸」は猟師の民俗に残っている。猟師は山に入る際、必ず「しゃち玉」と呼ぶ玉を持参する（高崎正秀「葉守神考」〔『金太郎誕生譚』桜楓社、一九七一年九月〕）。獣を捕まえる霊力が籠もる玉なので、決して使用することはない。

兄の海佐知毘古（火照命）が代用品を認めないのは、魚を捕る霊力が籠もる特別な釣り針であったから。他の釣り針ではダメなのだ。交換した「幸」で獲物が捕れないのは、その「幸」を使いこなす能力がなかったことによる。山佐知毘古は海の「幸」を、海佐知毘古は山の「幸」を使えない。昔話「金の斧、銀の斧」で、異なる斧を断るのも、自身が使える能力に見合った斧を選んだからである。

異郷訪問譚は浦島子伝説（『日本書紀』雄略二二年、『万葉集』巻九・一七四〇、『釈日本紀』所引「丹後国風土記」逸文）のように、異郷で結婚して特別なモノや能力を授かる話。『古事記』では、復讐の方法と「塩盈《み》つ珠」「塩乾《ひ》る珠」を得る。別世界同士の結婚なので、最終的に夫婦は離別する。

前段「23木花之佐久夜毘売」で山の神の娘と結婚し、本章段で海の神の娘と結婚するのは、皇孫が山と海の力を得たことを物語る。古代政治には、農産物を納税させる「食《を》す国の政《まつりごと》」と、山の世界と海の世界とを治める「山海《やまうみ》の政」（「60応神天皇の系譜・三皇子分掌」）とがある。皇孫は、山海の力を掌握する必要がある。天皇が地上の霊力を身につける過程を描く。

本章段では山佐知毘古を「人」と表現する。これ以前に「人」と記されるのは「10八俣のヲロチ」段の足名椎《あしなづち》・手名椎《てなづち》。天上世界から見た国津神を「人」と表現。父迩々芸命《ににぎのみこと》は人とは記されない。海の世界から見て山佐知毘古は「人」であった。『日本書紀』も「人」とする。神から人へと移行する。

ただし普通の人ではない。「骨法《かたち》常《ただひと》に非ず」（『日本書紀』一書二）、「常之人《ただひと》に非ず」（一書二）と記す。「麗しき人（壮夫《をとこ》）」「貴い人」で、「異奇《あや》し（霊妙）」と思わせる存在である（『古事記』）。「天垢《あまのかほ》」「地垢《つちのかほ》」を越えた「妙美《まぐはしさ》」（一書一）、天と地とを兼ね備えた、神的な尊さと美しさをもつ人である。

『古事記』で、山佐知毘古を神的で特別な人とする要素をあげてみる。

①豊玉毘売の従婢《つかひめ》に水を乞い、玉器《たまもひ》（美しい椀）に唾《は》き入れた璵《たま》が付着して取れなくなる。
②名告《なの》らずとも、海神は天孫であることが分かる。
③「みちの皮の畳八重」に「絁《きぬ》畳八重」を重ねて敷き、厚遇される。
④地上世界に送るワニの首に紐小刀《ひもかたな》を着ける。そのワニは「佐比持《さひもち》神」になる。

①④は山佐知毘古の不思議な力を物語る。「天津日高《あまつひこ》の御子、虚空津日高《そらつひこ》」というように、神聖な空＝高天原から降ってきたので幻術的で不思議な現象を起こす。②は従婢《つかひめ》の報告後、海神自身が見ただけで確信する。神は自ら名告《なの》らないことが多い。姿形に神聖さ尊さが表れている。『日本書紀』一書一では、自ら「吾は是、天神の孫なり」と述べる（また一書四では「真床追衾《まどこおふふすま》」の上に座っていたことから「天神の孫」と知る）。『古事記』では山佐知毘古が神的で特別な人だから、③「みちの皮の畳八重」に「絁《きぬ》畳八重」を重ねて敷き、厚遇する。高天原の神聖さと威光とを受け継ぐ人なのである。

ちなみに『日本書紀』独自の記述は、塩土老翁《しほつつのをぢ》と出会う前に罠にかかった川鴈を助ける話（一書三）、塩土老翁が竹林を出現させて、皇孫の乗り物となる籠を作る話（一書一）、鯛は釣り針を飲み込んだので天皇の御膳に献上しなくなった縁（一書二）、無くした針を責めないという世の中の風習の縁（一書三）がある。なお諸伝の比較は、梅沢伊勢三『続記紀批判』（創文社、一九七六年三月）に詳しい。

安曇氏の「幸換え説話」が朝廷に伝わる。記紀は異郷訪問譚風に潤色し、天孫が海の霊力を得る話に変える。そして『古事記』は①～④の要素を加え、山佐知毘古（火遠理命）を神的な人に脚色した。

25 豊玉毘売命《とよたまびめのみこと》

豊玉毘売《とよたまびめ》が海から地上にやってきて、日子穂々出見命《ひこほほでみのみこと》（山佐知毘古《やまさちびこ》）に妊娠を告げる。鵜葺草葺不合命《うかやふきあへずのみこと》を生む。夫は、出産の様子を見ないという約束を破る。二人は決別するが、歌によって睦ぶ。

「見るなの禁」の一種。類話はヨーロッパにもある。「入浴中の姿を見るな」と妻が夫に言う。だが夫は見てしまう。妻の下半身が蛇であった。妻の名にちなんでメルシナ型と呼ばれている。日本では、鶴女房、蛤女房等の昔話に見られる。メルシナ型の背景に、族外婚において本国の神祭りを夫に秘密にすることを想定する意見もある。また神の御子を出生するミアレ秘儀に関わるともいう。

禁・タブーは秘儀の神聖性と表裏一体の関係にある。神聖である故に秘密となり、見たり言ったりすることが禁じられる。宗像《むなかた》の沖ノ島《おきのしま》は「お言《い》わず様」とよばれ、島で見聞したことは口外できない掟がある。松尾芭蕉が『奥の細道』で「語られぬ……」と詠んだ湯殿山《ゆどのさん》も他言を禁じている。「名知らず」と呼ばれるものも、聖なる存在ゆえに、その本名を口にすることを避けるためである。聖なるものは、見たら言ってはいけない、さらに見てはいけない、という信仰に基づく。

特別な霊力を有するモノが、本性を現して霊力を発揮するという秘儀が、「見るなの禁」の発生基盤に想定できる。本章段の場合、海の力をもった豊玉毘売が本性の「ワニ」の姿となって、海の力を有する聖なる子ども（鵜葺草葺不合命《うかやふきあへずのみこと》）を生むことを意味する。「櫛」に火を灯して覗く（一書一）のも秘儀を想起させる。『日本書紀』本書では「竜」に変身する。「ワニ」も「竜」も海の神の姿。海神が子を生む秘儀は石川県輪島市重蔵《じゅうぞう》神社の祭りに伝わる。海を渡ってきた女神が男神と結ばれて子どもを産む。この祭りは、豊玉姫が「大亀」に乗ってやってくる（一書三）姿を彷彿とさせる。

そのような秘儀によって誕生した聖なる子が鵜葺草葺不合命。産屋に鵜の羽を用いる。鵜は、簡単に魚を吐き出すので安産を意味するとも。また鵜＝ウむ＝生むという音の連想とも。本来「生む屋」であったが、「ウガヤ」になり「鵜葺《うがや》」と表記されると「鵜の羽を以《もち》て葺草《かや》と」する話に変じたか。だが『古事記』において「鵜」には意味がある。鵜は「20国譲り」段で櫛八玉《くしやたま》神が「鵜と化り海の底に入り」とあるように水陸空に通じる存在。天から来た祖父の迩々芸命《ににぎのみこと》、山神の血を引く父の火遠理《ほをり》命、そして海神の母を持つ鵜葺草葺不合命が、天山海の力を身につけたことを象徴する。迩々芸命の降臨から神武まで二代を挿むのは、初代天皇に必要な能力を付与するための期間であったようだ。ただし鵜葺草葺不合命の生誕を産屋完成前とする点は注目に値する。天皇家の持つ不完全性へと繋がる。山海の霊力を継承しているはずの神武天皇は、熊野山中で迷い、海で暴風に遭う。天皇であっても山海の力を制御できない。天皇の不完全性を暗示する。『日本書紀』一書三で、豊玉姫がウガヤフキアヘズの命名をしているのは、母神自身が御子の不完全性を宣言していることになる。

出産後、豊玉毘売は見られたことを恥じて海に帰る。「恥」は「5黄泉の国」段にもあったように、一体感の欠如である。約束を破ることによって同じ価値観が持てなくなり、一体感が失われる。「恥」を感じると二パターンの行動をとる。一は外向的に相手を攻撃したり、破壊する。伊耶那美はこのパターン。二は内向的に「恨む」。「恨む」場合は、自虐的になったり、引きこもったり、呪い等の間接的な攻撃をしたりする。本章段では、恨んで自国に帰る。同様の話は、海神を母にもつ三毛入野《みけいりの》命が、海で暴風に遭ったことを恨んで「常世郷《とこよのくに》」に行く話がある（『日本書紀』神武前紀戊午年六月）。

豊玉毘売は「海坂を塞ぎて」海に帰る。これは海陸が通わなくなった起源（一書四）を表している。海の霊力は授かるが、海の世界とは決別する。換言すれば、人間の世界の確立である。

本国に帰ることでメルシナ型は終わる。だが『古事記』と『日本書紀』一書三とでは、その後に夫婦の歌問答を載せる。ただし『日本書紀』（一書三）では、歌の順を『古事記』とは逆にして、天孫が「沖つ鳥……妹は忘れじ」と詠み、その後に豊玉姫が「赤玉の……君が装し貴くありけり」と詠む。この歌謡の順の違いについては、『古事記』の方が物語性が強いとされる（瀧口泰行「神話から歌謡物語へ—豊玉姫伝承における奇跡」（『國學院大學大学院文学研究科論集』5、一九七八年三月））。

離別後に男が歌を詠む話がある。女に化けた狐と結婚し、後に正体が分かる。狐は去っていく。離別後、男は歌を詠む（『日本霊異記』上・二）。残された男が去った妻を慕い歌を詠むというのが本来的な形と考えられる。ならば、『日本書紀』一書三の方が原伝承に近いことになる。『古事記』では恨みよりも愛情が勝り、豊玉毘売が日子穂々手見命の尊さを褒める歌を最初にあげる。天孫讃美の歌に対して、日子穂々手見命は豊玉毘売を大切に思うことを詠む。蘇我馬子が天皇讃美の歌を詠み（紀102番歌謡）、それに対して天皇が蘇我を大切に思うことを詠む（紀103番歌謡、推古二〇年正月条）のと同じ構造。天子と臣下が和気藹々とする君臣和楽の考えが背後に存する。『古事記』は、海の姫に慕われて海の姫を大切に思う、貴い天孫といった演出をするために、歌謡の順を逆にしているだろう。

豊玉毘売が去った後、御子養育のために、妹の玉依毘売《たまよりびめ》がやってくる。一書三では、「亦云」として乳母の起源として記す。皇子・皇女はそれぞれに宮を与えられる。同時に亡くなる危険性を考慮し、血統の存続を確実にするための別居であろう。そして宮を経営するための経済的な負担もあり、養育氏族を設ける。だから皇子女は養育氏族名を負うことが多い。養育氏族にとっても天皇家と親密な関係を築ける。天孫降臨に随行した神の末裔氏族以外でも、氏族が天皇家と接近できるように、神話的根拠を記述している。氏族支配を目論んだ大和朝廷の、氏族への配慮であったのだろう。

見るなの禁の秘儀を背景に成立したメルシナ型を、記紀は、海神の霊力を有する天孫の出産に用いる。出産に秘儀性・神聖性を付与しつつも、天皇の不完全性を暗示させる。

天孫が天山海の力を授かりつつも、海の世界と決別して、人間世界が確立する。これらの過程を、『古事記』は愛情物語に仕立てる。さらに歌謡によって、海神の娘と天孫とが君臣和楽しているように描き、天皇家の尊さを主張する。

人の世の前提、初代神武天皇誕生の前提を記した章段といえる。

26 鵜葺草不合命《うかやふきあへずのみこと》

鵜葺草葺不合命《うかやふきあへずのみこと》は、叔母の玉依毘売《たまよりびめ》と結婚。四柱の子が生まれる。五瀬命《いつせのみこと》・稲氷《いなひ》命・御毛沼《みけぬ》命・神倭伊波礼毘古《かむやまといはれびこ》命（神武天皇）である。御毛沼命は常世国《とこよのくに》に渡り、稲氷命は妣《はは》の国がある海原に入る。

『古事記』では神武天皇を若御毛沼《わかみけぬ》命とし、亦の名に豊御毛沼《とよみけぬ》命と神倭伊波礼毘古《かむやまといはれびこ》命とを記す。『日本書紀』一書一では「神日本磐余彦《かむやまといはれびこ》尊」の幼名を「狭野尊《さののみこと》」とするが、他の伝えは「神日本磐余彦《かむやまといはれひこ》尊」（本書）、「神日本磐余彦火火出見《ほほでみ》尊」（一書三）、「磐余彦《いはれびこ》尊、亦の号は神日本磐余彦火火出見尊」（一書二）、「磐余彦火火出見尊」（一書四）というように、「磐余《いはれ》」を名のる。『古事記』でも中巻になると「神倭伊波礼毘古命《かむやまといはれびこのみこと》」と記される。「磐余」という地名を含む点は、他の御子の名とは異なる。

この系譜には、異なる二つの系譜を繋ぎ合わせた形跡が見られる。一は、鵜葺草葺不合命から神倭伊波礼毘古命に続く皇統譜。二は、「ミケ」を名にもつ系譜である。一書三には「神倭磐余彦火火出見尊」の次に「稚三毛野《わかみけの》命」が生まれ、一書四でも「磐余彦火火出見尊」の次に「稚三毛野命」が生まれている。『古事記』が神武天皇の亦の名とする「若御毛沼命」はもともと別人であったようだ。同じく亦の名の「豊御毛沼《とよみけぬ》命」も別人であろう。「御毛沼《みけぬ》命」「若御毛沼命」「豊御毛沼命」という「ミケ」を名にもつ兄弟系譜があったのであろう。このミケ系譜は「御食《みけ》」と関わるものと考えられる。御毛沼命が常世国に渡ることから、理想郷の常世国から齎《もたら》される豊かな食事を意味していよう。

【鵜葺草葺不合命系譜】

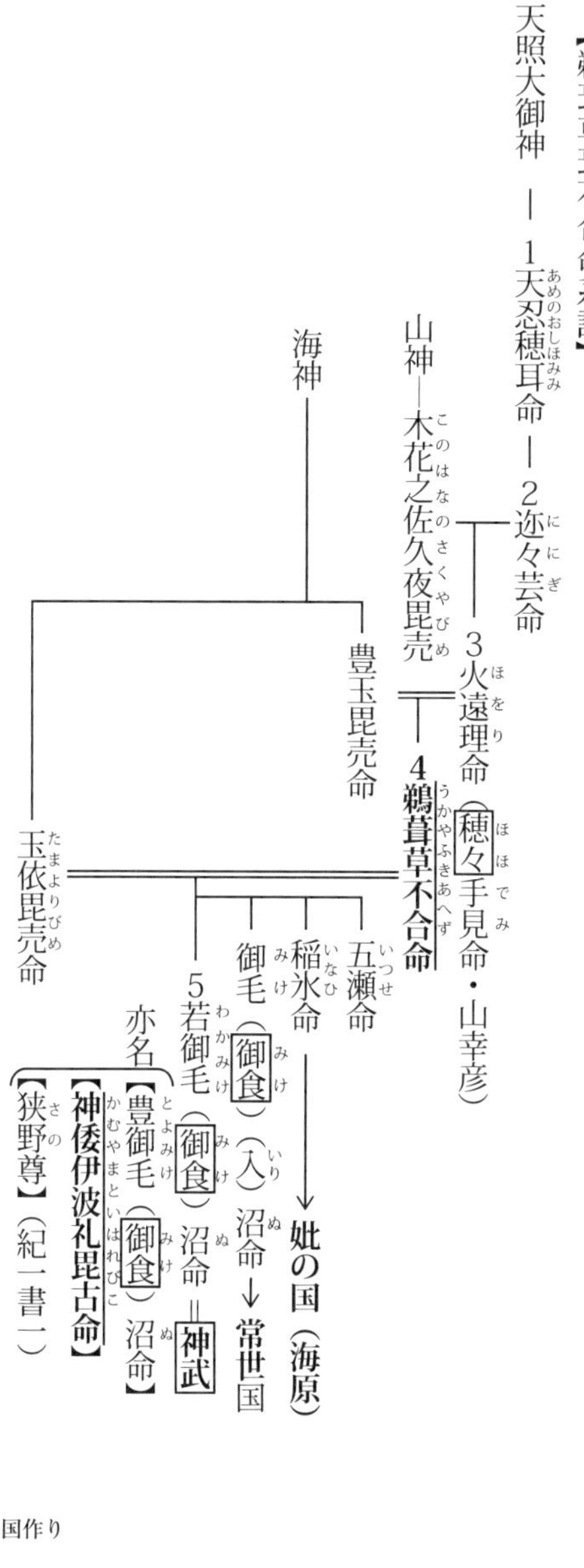

五瀬命は「厳稲《いつせ》」、稲氷命《いなひ》は「稲霊《いなひ》」の義。「厳稲」に「稲霊」が宿ると稔って「御食」になるという過程が系譜的に語られる。稲に関わる系譜と神倭伊波礼毘古命を結び付けたのが『古事記』である。

この二つの系譜の接点は、祖父の火遠理命が「穂々手見《ほほでみ》」と呼ばることが関わる。「穂《ほ》」は「稲穂」。『日本書紀』一書二・三・四では神武天皇を「神倭磐余彦火火出見尊《ほほでみ》」として、祖父名「彦火火出見」

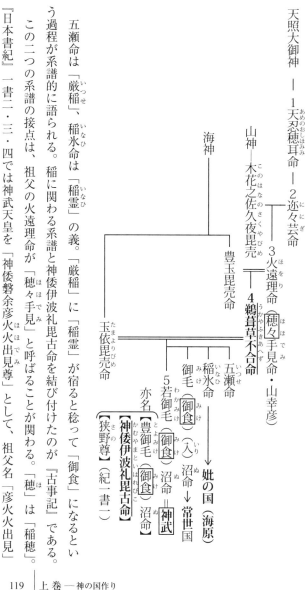

（火遠理命）をプラスする。神武天皇にホ（火）＝「穂」のイメージを付与しようとしたのであろう。

神武天皇に稔り豊かな力が備わると、稲氷命（稲霊）と御毛沼命（御食）は異界に姿を消す。五瀬命も後の「28五瀬命」で崩じる。結局、四柱の御子のうち、神武天皇だけが残ることになる。

記紀全ての系譜で、鵜葺草葺不合命の第一子は五瀬命とする。また多くの伝えが、神武天皇を末子とする（『古事記』、『日本書紀』本書、一書一、一書二）。全ての霊力が神倭伊波礼毘古命に備わっているようにするために、神倭伊波礼毘古命を末子として最後に記したのであろう。

神武天皇は、天照大御神から五世孫に当たる。継体天皇が応神天皇の五世孫であったのと同様に捉える見方がある。継体天皇は、王朝交替があったとされる天皇である。律令（継嗣令）では、天皇から五世孫までを皇族とする。そのことを踏まえ、継体天皇を即位可能な皇族とするのである。

だが逆に考えることもできる。降臨神の交替、山海の霊力の付与等を描くために神話上での系譜操作をした。結果、神武天皇は天照大御神の五世孫になった。それを踏まえて、律令は皇族の範囲を五世孫とするのではないか。律令が参考とした唐令封爵法には「五世孫」は見られない。日本独自の制度と言える。日本が「五世孫」までを皇族とした根拠は、神武天皇が五世孫であることによったか。

初代神武天皇が高天原・山・海の力、さらに稲に関わる霊力を付与されたことを示す系譜である。

本章段で上巻が終わる。上巻では神聖な高天原の命令で、伊耶那岐《いざなき》・伊耶那美《いざなみ》、スサノヲ・大国主《おほくにぬし》神が、自然環境・生活環境を作る。人が住まう国土ができ、天孫が降臨して山海の力を獲得する。

『古事記』上巻は神世である。神世を示すことは、人の世との違いを示すことになる。神世と人世、さらに神世と天皇との関係を図式化すると次のようになる。

【上巻まとめ】神世と天皇との関係

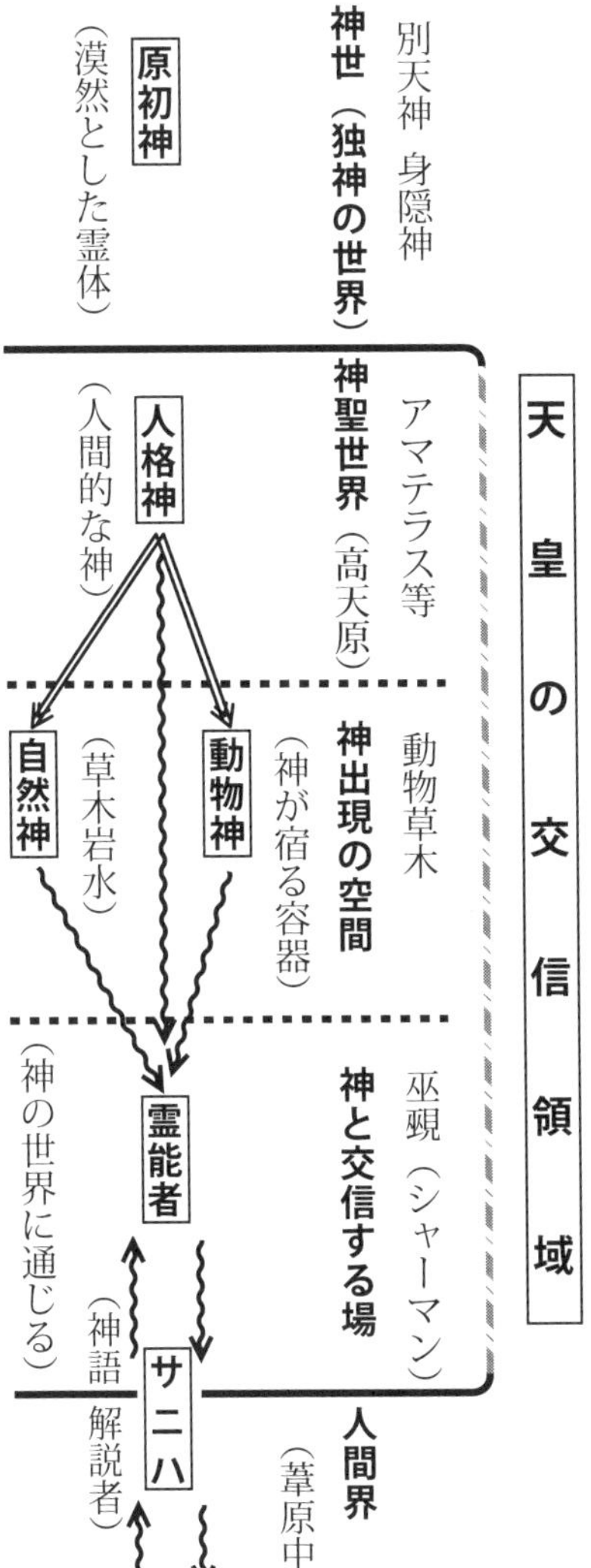

『古事記』では、神が身を隠す神世と、高天原（神聖世界）とを設定する点に独自性が見られる。そして天照大御神の霊力を継ぐ天皇は、巫覡やサニハ（神語解説者）を介さずに夢等によって高天原と交信ができる。よって中巻の天皇は高天原の援助を受けて国を作る。神の援助を得た国作りである。

中巻——神の助力を得た人の国作り

神武天皇の東征
崇神天皇の祭祀
欠史八代
沙本毘古の反逆
倭建命の東征
神功皇后新羅遠征
応神天皇の婚姻
天の日矛
秋山の下氷壮夫・春山の霞壮夫　等

27 神武天皇《じんむてんわう》の東征《とうせい》

神倭伊波礼毘古命《かむやまといはれびこのみこと》（神武天皇）と五瀬命《いつせ》が平安な政治が行える場所を求めて、高千穂から東に向かう。阿岐国《あきのくに》・吉備《きび》等を経て速吸門《はやすひのと》で国つ神が出迎える。先導役を務めて槁根津日子《さをねつひ》の名を賜う。

「天《あめ》の下《した》の政《まつりごと》を平《たひ》らけく」行う場所について『古事記』は、「東《ひむかし》に行かむと思ふ」とだけ述べて出発する。「東」という曖昧な方角のみ示す。その点『日本書紀』は、明確に「六合《くに》の中心《もなか》」を目指す。「六合」は天地と東西南北に囲まれた空間。そして「六合の中心」には、先に降臨した「饒速日《にぎはやひ》」がいることを天皇は予知している。『日本書紀』は目的地を明確にしている。

対して『古事記』は「東に行かむ」とだけ記す。根本的には、アジア各地に広く流布する東方憧憬の考え方を踏まえているのであろう。仏教東漸に代表されるように、アジアでは東を目指す志向が多い。韓国・済州島でも、最初の人（三聖人）の妻は東からやってくる。太陽信仰と関わるようである。

日本でも天照大御神は、宮中から出て「東の美濃」を廻って伊勢国に到る（『日本書紀』垂仁二五年三月）。伊勢神宮の起源である。また東方を視察した武内宿祢《たけしうちのすくね》は「東《あづま》の夷《ひな》の中に日高見国《ひだかみのくに》」があり、土地が肥えて広いので、「撃ち取る」ことを進言する。この言を踏まえて、日本武尊の東征が行われる（『日本書紀』景行二七年二月）。『伊勢物語』で、「身をえうなきもの」と思った男が漂うのは、「東の方」であった。東に希望・復活等の幻想があったことがうかがえる。

『古事記』でも「……上《ほ》つ枝《え》は天《あめ》を覆《お》へり　中つ枝は東《あづま》を覆へり　下枝《しづえ》は鄙《ひな》を覆へり……」（雄略記・天語歌《あまがたりうた》）と、「東」は、「天」「鄙」とともに統治空間の一角を担う重要な空間であった。

古代日本における東方憧憬は、東国に豊かな物資があること、壬申の乱で天武天皇が尾張氏等の東国氏族の加勢を得たこと等を契機として、蝦夷政策になっていく。因みに近年、柵の発掘調査から、蝦夷討伐は計画的に進められ、蝦夷を饗応をする等、融和政策も行われていたことが指摘されている。

『古事記』が「東」とだけ記すのは、東に延びていく天皇の威光（教化・風化・皇化）を踏まえた表現なのだろう。無限に広がる土地の開発や、豊富な物資の確保は、『古事記』成立時に現在進行中の国作りであった。西の高千穂を出発点として、大和朝廷・天皇家の勢力が将来的にも東に拡大することへの期待が、「東へ行かむ」という神武天皇の発言には籠められているのであろう。

東に進む行程は『古事記』と『日本書紀』とでほぼ同じ。だが在留期間と速吸門《はやすひのと》の位置とに違いが見られる。速吸門で先導役の国つ神と出会う。『日本書紀』は「珍彦《うづひこ》」という神が「椎根津彦《しひねつひこ》」の名を賜る。『日本書紀』では潮流を知る「海導者《みちびきひと》」が最初に登場するので旅程もスムースである。だから各地の在留期間も「一ヶ月」「三ヶ月」と短い。「菟狭津彦《うさつひこ》・菟狭津媛《うさつひめ》」の服従もスムースさを表す。

『古事記』は、母から付与された海の力によって「一年」「七年」「八年」と、じっくりと確実に進むような描き方をとる。天孫自身の力によって進むことが表現されている。先導役は最後に登場する。

【神武天皇東征の比較】

『古事記』	『日本書紀』
×	**速吸之門（豊予海峡）**
竺紫《つくし》の岡田宮　（一年）	筑紫国岡水門《をかのみなと》　（一ヶ月）
阿岐国の多祁理宮《たけりのみや》　（七年）	安芸国埃宮《えのみや》　（三ヶ月）
吉備の高島宮　（八年）	吉備国高島宮　（三年）
速吸門（明石海峡）	×
浪速渡→白肩津《しらかたのつ》	浪速国→白肩之津

国つ神の子孫「倭国造《やまとのくにのみやつこ》」（記）と「倭直部《やまとのあたひら》」（紀）とは、同じ大和氏である（『国造本紀』「大和宿祢」）。ただし登場箇所が記紀で異なるのは、大和氏の支配領域の設定に違いがある。『日本書紀』では、豊後水道を含めた瀬戸内海全般の海域を支配する。一方『古事記』では明石海峡から東となる。後世の村上水軍の如き一族が瀬戸内海各所に盤踞していたであろうから、実際には大和氏以外の支配者が多くいた。『日本書紀』は大和政権が瀬戸内航路を掌握していることを示したかったのであろう。

大和に住む官人たちは、明石海峡を越える際、往路では異郷に来たと感じ、復路では帰京したことを感じる（『万葉集』巻三・二五四、二五五等）。『古事記』が速吸門を明石海峡に設定するのは、大和人の郷土感覚を踏まえる。現代人が「この川（山）を越えると帰ってきた」と思うのと同じ。

明石海峡は、今日でも潮の流れが速く、沖辺と浜辺とでは潮の流れが異なるという。明石海峡を越えるのは専門的な知識と感覚が必要となる。船頭は朝廷に対する帰属意識が低く、天皇の使臣ではないから渡し料を支払えという者もいる（『播磨国風土記』比礼墓条）。西国に下る大和の官人たちは、そのような船頭たちを目の当たりにしたことであろう。船頭は異人的な存在であった。

本章段の国つ神も異人的イメージをもつ。『古事記』では、亀の甲に乗って、釣りをしながら「打《う》ち羽《は》挙《ふ》き来《く》る」と表現する。水鳥が羽ばたきする姿とも言われる。水に浮く鳥の姿に舟を連想して、舟に鳥の名をつけることが多い（天の鳥舟、速鳥等）。鳥人的なイメージが語られる。

文体的にも異人との出会いに際した驚きが表れている。天皇が上って行くと「打ち羽挙き来る人、速吸門に（天皇に）遇《あ》ふ」（「打羽挙来人、遇二于速吸門一」）というように、突如「打ち羽挙き来る人」が主体となる。「主体が進むと、客体が主体に会う」というもので、主客の転換が起こっている。

古代には同じような構文が見られる。「（倭建命）騰《のぼ》る時、**白猪**、山の辺に（倭建命に）**逢へり**」（「白猪逢二于山辺一」『古事記』景行天皇）、「品太《ほむだ》天皇、巡り行でましし時、**猓**《さる》、竹葉《ささ》を噛みて（天皇に）**遭ひき**」（「猓、噛二竹葉一而遇之」『播磨国風土記』揖保郡佐々村）、「もの心細くすずろなるめを見ることと思ふに、**修行者**、**会ひたり**」（『伊勢物語』九段）等。全て霊的な存在との意外な出会いを示す。

文中で、いきなり主客を入れ替えることによって、驚きを示す文体（主客転換文）なのである。

天孫たる神武天皇・五瀬命自身が東征する様子を、確実な歩みとして表現する。そこに大和在住の官人たちがもつ東方憧憬、郷土感覚、海民に抱く感覚（異人性）を加えた章段といえよう。

28 五瀬命《いつせのみこと》

神武天皇一行は、河内国白肩津《しらかたのつ》に着く。登美能那賀須泥毘古《とみのながすねびこ》の襲撃に遭い、五瀬命《いつせのみこと》は痛手を負う。日の神の御子が日に向かって戦うのは良くないと悟り、南に迂回する。だが途中で五瀬命は崩じる。

順調に東にやってきた神武天皇だが、河内以降、大和に入るまでに様々な試練が待ち受ける。「登美《とみ》」を冠する那賀須泥毘古《ながすねびこ》は、奈良市富雄《とみお》あたりの在地豪族であった。『日本書紀』によれば長髄彦《ながすねひこ》は「国を奪われる」と思って攻撃をしかける。神武天皇による国譲り・国作り的な様相をもつ。「20国譲り」段以降、神話上では天皇に反抗する神はいないことになっているが、実際には抵抗勢力がいる。国土は全て天皇のものであるとする天皇支配は、原則的には私有地は認めない。領土を有する在地豪族は、天皇に抵抗する。だから那賀須泥毘古も抵抗する。大和に入るための国作りである。古代の大阪には河内湖があり、生駒山の麓まで舟で入れた。『日本書紀』では、上陸後「孔舎衛坂《くさえ》」から生駒山を越えようとしたが、道が険峻だったので南の道（暗峠とも）に変更して襲撃を受ける。『古事記』では生駒山の麓の「白肩津《しろかたのつ》」（東大阪市日下《くさか》）に停泊中、待ち構えていた那賀須泥毘古の攻撃を受ける。上陸せずに海に停泊する神武天皇は「20国譲り」段における建御雷神の姿と重なる。記紀では地名起源を織り交ぜて戦いの様子を語る。物語の現前性や信用性を高めるためであろう。ただしその使用方法は相違する。『古事記』では、「楯津《たてつ》」で上陸前に襲撃を受け、楯で防戦する。「血沼海《ちぬのうみ》」で傷ついた手を洗い「男《を》の水門《みなと》」で雄叫びする。奇襲→負傷→奮起というストーリーを地名で語る。

一方、『日本書紀』では、襲撃を受けて撤退した後に①「楯津」で士気を鼓舞するために楯を立てる。①の前、襲撃時に②「母木邑《おもきのむら》」で母のような大樹に隠れて身を守る。さらに絶命直前の五瀬命が、③「雄水門《をのみなと》」で無念の雄叫びをする。時間的には②→①→③であるが、①②③の順で記す。その点、戦闘記としての現前性は高められているものの、地名起源による物語展開はさほど意識していない。

『古事記』で五瀬命は、那賀須泥毘古のことを「賤しき奴」と呼ぶ。聖なる神武軍との対比を意識した発言である。『日本書紀』では長髄彦《ながすねびこ》を「虜《あた》」（敵）と記し、天孫の饒速日《にぎはやひ》命に仕えているとする。『古事記』でも「迩芸速日《にぎはやひ》命」が那賀須泥毘古の妹と結婚する系譜（帝紀）を記す（「30久米歌」段）。だが物語（旧辞）においては関係性を持たない。『古事記』の物語（旧辞）では、那賀須泥毘古に賤しいイメージを与えるために、聖なる天孫との関わりには触れない。

聖なる戦いであるから、高天原からの援助を受ける。次の「29高倉下」段では、高天原が援助の手を差し伸べる。しかし本章段では五瀬命が深手を負ってしまう。それは「日に向かひて戦うこと」が良くなかったからであった。「日の神の御子」は「日」を背に負わねば、援助が受けられない。だから南に迂回して東から西に向かい大和に入る。「21天孫降臨」段で、天照大御神の霊力が籠もる「鏡」が、東方の伊勢・伊須受能《いすずの》宮に降臨したように記述されるのも、本章段の前提として機能している。

「日の神の御子」（『古事記』）、「日の神の子孫」（『日本書紀』）というように、記紀では「日の神」の霊力によって勝利できることを確信している。『日本書紀』では、「背に日の神の威《みいきほひ》を負い、影《みかげ》の随《まにまに》に」敵にむかえば、血を流さずとも敵は負けるだろうと天皇は述べる。

戦いでは、軍隊の威光を見ただけで降参することがある。沖永良部島《おきのえらぶ》には、王の世《よ》の主《ぬし》が琉球の船団を見ただけで降伏して自害してしまう悲劇が伝わる。実は和睦の船団であったことが後に分かる。古代から日本の戦いは、守護神による霊力合戦的な様相を帯びていた。だからシャーマンが同行する。琉球による八重山征伐の際、久米島の巫女・君南風《ちんべえ》が舟の先頭に配されたという。神武天皇が有していた「女軍《めいくさ》」もシャーマンとされる（神武前紀戊午年九月五日条）。シャーマンが、神降ろしの呪具である鼓を打ち合って戦ったという伝えもある（『播磨国風土記』揖保郡鼓山）。

武力の強弱は、守護神の威光・霊力によって決まると考えられていた。「背《そびら》に日を負ひて撃」つのは、シャーマンが鏡で日光を反射させながら進む軍団の様子を想像させる。

『古事記』では、「日の神の御子」という語を使用する。類似語として「高光る日の御子」という語がある。『日本書紀』では使用されない、『古事記』と『万葉集』とに用いられる語である。下界から見て高く光る日の輝かしさや尊さを、天孫に譬える。

「高光る日の御子」という語は、持統朝になると「高照らす日の御子」という語に変わる。持統朝の政策に沿って柿本人麻呂が多く使用した。「高照らす」は、天界から下界を照らす光景である点、「高光る」とは、観点が異なる。「高光る」は下から上、「高照らす」は上から下を見た光景である。「日を負う」という表現は、聖なる高天原の威光から「賤しき」地上を撃つという点で、上から下即ち「高照らす」に近いニュアンス。高天原が葦原中国を照らすと、その威光によって国つ神や豪族は自ずから服従するのである。『日本書紀』でいうところの「刃を血《ちぬ》らずして」勝つことができる。

ただし、「日を負う」ことを悟る人物は、記紀で異なる。『古事記』は五瀬命、『日本書紀』は神武天皇とする。『日本書紀』では、五瀬命は偶然「流れ矢」に当たったように記す。そのことから神武天皇が、人知を超えた「神策《あやしきはかりこと》」によって南への迂回を決断する。主人公は神武天皇である。

対して『古事記』では五瀬命が迂回すべきことを悟る。本章段における主人公は五瀬命である。最期を迎えた五瀬命にスポットライトを当てる。脇役に見せ場を作り、演劇的な演出を施す。

五瀬命もいなくなる。先に稲氷《いなひ》命は妣《はは》の国へ、御毛沼《みけぬ》命は常世国《とこよのくに》に姿を消した。自ら身を引く姿は、身を隠す独神に似ている（「1天地初発」段）。『日本書紀』では、熊野沖で暴風に遭い、海神の母が苦しめることを嘆き、稲飯《いなひ》命と三毛入野《みけいりの》命は姿を消す。一人残された神武天皇は苦難を強いられる。

だが、兄たちが姿を消すのも、神武天皇を即位させるためには必要なことであった。末っ子の神武天皇が、争わずに即位するためには。下巻のように兄弟が争って皇位を奪い合うことはない。

苦難を乗り越えて即位する神武天皇が、高天原の威光を負って「日の御子」として国譲り・国作りを行う。その様子を地名起源や演劇的な手法を用いて効果的に語ろうとした章段である。

29 高倉下《たかくらじ》

神倭伊波礼毘古《かむやまといはれびこ》（神武天皇）は熊野で荒ぶる神の毒にあたり仮死状態となる。高天原から下された霊剣を高倉下《たかくらじ》が奉ると、復活して荒ぶる神を倒す。八咫烏《やあたがらす》の導きで宇陀《うだ》に出る。国つ神が出迎える。

熊野村で「大き熊」がふと現れると、一行は「をえ」（仮死状態）となる。『日本書紀』では、荒坂《あらさか》津《のつ》で丹敷戸畔《にしきとべ》を誅した時に神が出現して「毒気」を吐き、人々が「をえ」たとする。神は鹿猪の姿で出現することがある。ただし熊を神の化身とするのは古代文学では珍しい。「熊」は、「荒熊の住むといふ師歯迫山《しはせやま》」（『万葉集』巻一一・二六九六）、「布留《ふる》の山の熊が爪」（『琴歌譜』）とあるように、荒々しい存在で、凶暴な爪に特徴がある。序文でも本章段の熊が「爪を出し」たと凶暴性を表現する。

「くま」は大きいの意で「葉広熊白檮《はびろくまかし》」（垂仁記）、「八尋熊鰐《やひろくまわに》」（神代紀八段一書六）等の例がある。大きく、荒く、凶暴な神が出現した。強大な霊力をもつ。天つ神の御子の天皇は苦難を強いられる。

「瘼《を》ゆ」は、力と気力を失い衰弱して病む意。仮死状態を意味する。信濃坂を越える人の多くが、「神の気」で「瘼《を》え臥せ」たという（『日本書紀』景行四〇年是歳）。境界となる峠や坂には、行路妨害神がいると信じられていた。「通る者の半数を殺す」という類型表現が用いられる。

聖なる「天つ神の御子」が、初めて国つ神の毒にあたる。神武天皇にとって葦原中国はまだ異界であった。特に熊野はひときわ異界性が強い。後世、熊野霊山と呼ばれ、浄土を願う僧侶が補陀落渡海《ふだらくとかい》を行うように、異界に通じる場所である。伊耶那美の埋葬地を「熊野の有馬村」（『日本書紀』神代・五段一書五）とするのも熊野が異界に通じることを示している。異界性の強い熊野の神の毒を受ける。『古事記』では、高天原の高木神が、これ以上、奥の方には立ち入らないことを忠告する。『古事記』は熊野の異界性をことさらに意識する。天皇が足を踏み入れない空間が残されることになる。

異界であるから国譲り・国作りが必要な状態であった。だから天照大御神は、建御雷神が国譲り（葦原中国平定）の際に使用した剣を下す。この剣「布都御魂《ふつのみたま》」は石上《いそのかみ》神宮で保管すると記す。石上神宮は全国から集められた神宝を収める（『日本書紀』天武三年八月）。普通の人では管理不能な強い霊力をもつ神宝を管理する。布都御魂も、荒ぶる神が「自《おの》づからみな」切り倒されるという力を持つ。

剣が高倉下に下される場面では、記紀で表現に違いが見られる。『古事記』では、「倉の頂《むね》を穿ち」、そこから堕とし入れる。雷が落ちるような光景である。「建御雷神」の神名からの連想であろう。対して『日本書紀』では、剣は「庫《くら》の底板《そこいた》」に逆さまに立っていた。『日本書紀』の国譲りで、剣を「倒《さかしま》に地《つち》に植《つきた》」てたのと通じる（九段本書）。記紀ともに国譲りのイメージを重ねて表現している。

高天原の天照大御神は、二回にわたり神武天皇を援助する。布都御魂（剣）を下すことと、八咫烏《やあたからす》を派遣することである。仮死状態であったので、剣を下す際、高倉下に夢で神託を下す。夢《いめ》の語源は「寝目《いめ》」とされ、寝ている間に実際に目で見ている現象と考えられていた。古代人にとって夢は、一種の体験であった。高倉下も、天照大御神と建御雷神との会話を見ていたかのように語る。夢で会うことは実際に会っていることと同等の意義があった。『万葉集』の歌をみてみよう。

国遠み　直には逢はず　夢《いめ》にだに　我に見えこそ　逢はむ日までに（巻一二・三一四二）

（遠いので直接には逢えないけれど、せめて夢だけでも逢わせてほしい。逢える日までは。）

ただし相思相愛でなければ、夢で会うことはできない（巻四・七二二）。小野小町の著名歌「思ひつつ寝《ぬ》ればや人の見えつらむ……」（『古今集』巻一二・五五二）も夢歌の系譜に連なる。信仰的には、夢は予兆であり、「夢解き」によって判明する。中世では夢の売り買いをしたり（『宇治拾遺物語』巻一三・五）、悪い人に語ると罪を得たりする（『宇治拾遺物語』巻一・四）。

積極的に夢での交信をはかることもある。崇神天皇は「神牀《かむとこ》」に寝て、祟り神に祭祀方法を教わる。法隆寺の夢殿も、神との交信場所という。通常の人は、夢で神と交信する。高倉下も夢であった。しかし神武天皇は、八咫烏の派遣について夢を用いず神の声を直接聞く。神武天皇は神の言葉を理解できる。邪心をもった天若日子が、天の言葉を理解出来なかった（「19天菩比神と天若日子」段）のとは対照的である。この場面、『日本書紀』では、天照大神は「夢」で天皇に告げている。『古事記』では神武天皇を、神と直接交信できる能力をもつように描く。天孫として神に近い人なのである。

八咫烏の先導後は、順調に進む。途中の吉野で、国つ神の「贄持之子《にへもつのこ》」「井光鹿《ゐひか》」「石押分之子《いはおしわくのこ》」と出会う。魚を取る人、尾が生えている人であった。異人性が語られる。吉野の在地勢力が服属する。

吉野は、神仙郷のイメージをもっていた。味稲《うましね》という男が、吉野で仙媛と出会う話がある（柘枝《つみのえ》伝『万葉集』巻三・三八五、『懐風藻』）。吉野は、明日香から近く、山中の大自然を感じ取れる場所であった。信仰的には吉野水分《みくまり》神社・丹生《にう》川上《かわかみ》神社があるように水の聖地であった。民俗行事としては「オナンジ参り」がある。南大和の人が吉野川の水と小石を持ち帰るというもので、熊野川の潮がかかっているという（尾畑喜一郎『古事記の成立と構想』桜楓社、一九八五年九月）。霊力あるものは熊野から吉野を通り大和にやってくる。神武天皇の足取りは大和の人が抱いた信仰的な道筋と重なる。

天武天皇は、天智天皇の平癒を願い吉野に隠棲する。また即位後は、中心となる皇子たちを吉野に集めて忠誠を誓わせる（『日本書紀』天武八年五月）。持統天皇も三〇数回、吉野に行幸をする。柿本人麻呂は吉野に行幸する様子を「神の御代」と詠《うた》う。現人神思想は吉野において実感される。天子南面という思想とも重なり、天武・持統朝において吉野は、天皇家にとっての聖地となる。

古代吉野は、大和人が霊力を感じる土地、天皇が神になる聖地、神仙の地であった。神たる人である神武天皇が大和入りする経路として相応しい土地柄であった。

天皇は吉野を通り、宇陀に着く。いよいよ大和に入る。敵となる「賤しき奴」を撃ち取る聖戦に挑む。吉野は神倭伊波礼毘古命《かむやまといはれびこのみこと》（神武天皇）を天皇として強くさせる空間であったのだろう。

苦難を克服し、日の力を得た天皇が、賊を伐つために必要な力を身につける。天武・持統朝に作られた現人神思想とも連動する、神の援助を受けられる天皇像を示す章段と考えられる。

30 久米歌《くめうた》

神武天皇は知略や歌によって兄宇迦斯《えうかし》、八十建《やそたける》、兄師木《えしき》・弟師木《おとしき》を撃つ。宿敵登美毘古《とみびこ》も倒す。天孫の後を追って天降った迩芸速日《にぎはやひ》命が神宝を献上。荒神と賊を平定して、白檮原宮《かしはらのみや》で即位する。

神武天皇が「伏《したが》はぬ人」を「退《そ》け撥《はら》」う。「荒ぶる神」も「言向《ことむ》け平和《やは》」す。「言向け」については「言葉によって相手をこちらに向ける（服属させる）」説、「服属を誓う相手の言葉をこちらに向けさせる」説等がある。いずれにしても言葉による平定を重視した用語である。

本章段でも兄宇迦斯《えうかし》・弟宇迦斯《おとうかし》に八咫烏《やあたからす》を派遣して服属するか否かを尋ねる。先ずは言葉による平定を試みる。上手くいかない場合には武力を用いる。弟宇迦斯は服属するが、兄宇迦斯は言葉による平定を拒否したので殺害する。兄宇迦斯は八咫烏を鏑矢《かぶらや》で射返す。「19天菩比神と天若日子」段で、天から遣わされた雉の言葉を理解できない天若日子の姿とも通じる。

次の八十建は「尾」が生えており、動物のように唸る。言葉は通じない。「今撃《う》たば善《よ》らし」の歌を合図に攻撃する。饗宴において突如奇襲する。奇襲や騙し討ちは知将の証である。

『日本書紀』では八十梟帥《やそたける》を攻撃した際の歌を「密旨《しのびのみこと》を承《う》けて歌ふ」とする。これは神武元年正月条の「密《しのび》の策《みこと》を奉承《う》けて」「諷歌倒語《そへうたさかしまごと》」をもって「妖気《わざはひ》を掃《はら》」うのに対応するという（多田元『古代文芸の基層と諸相』おうふう、二〇一一年九月)。『日本書紀』では、歌に「諷《なぞら》」えて語を「倒《さかしま》」にして、相手に分からないような歌い方をしたとする。知将たる神武天皇のなせる技である。八十梟帥は「妖気」と同等の扱いを受けている。言葉による平定は無用なのである。因みに『日本書紀』では八十梟帥を集めて反抗した兄磯城《えしき》が、言葉による平定の使者である八咫烏を射返している。兄宇迦斯・八十建平定後、いよいよ宿敵の登美《とみの》那賀須泥《ながすね》毘古《びこ》を倒す。この場面、『古事記』では歌謡によって語る。地の文では「登美毘古を撃たむとする時に、歌ひて」とのみ簡潔に記述する。異臭を発する憎い敵を探しだし(記11番歌謡)、復讐心を思い出し(記12番歌謡)、神風の援護を受けて這いつくばって(記13番歌謡)、「撃ちてし止まむ」(総攻撃しよう)と歌う。

対して『日本書紀』では、記13番歌謡「神風の……」を、八十梟帥平定時(紀8番歌謡)に詠んだことにする。長髄彦《ながすねびこ》(記の登美毘古)平定時には、憎さ(紀13番歌謡)と復讐心(紀14番歌謡)を述べる歌謡だけを載せる。記紀では、歌謡の用い方に差が見られる。『古事記』では戦闘の過程を描くために、『日本書紀』では感情を表現するために歌謡を用いる。そのことは『古事記』に無い、相手を笑う歌「今はよ……」(紀10番歌謡)と、敵の無力さを詠む歌「蝦夷を……」(紀11番歌謡)からもうかがえる。兵士が鬨《かちどき》の声をあげるような歌謡である。『日本書紀』は兵士の感情面を歌謡で語る。『古事記』でも相手を笑う歌が載る。兄宇迦斯殺害後の「宇陀の……」(記9番歌謡)の「ええしやごしや　ああしやごしや」の歌詞に対して、「此はいごのふぞ」「此は嘲笑ふぞ」と注記する。相手を馬鹿にして嘲笑する歌と『古事記』は記す。この文言と注記とは、『日本書紀』での類似歌謡「宇陀の……」(紀7番歌謡)には無い。『古事記』だけが嘲笑の歌とする。「押機《おし》」(罠)を仕掛けて騙そうとした兄宇迦斯に対する嘲笑である。天皇を偽ろうとする言葉を発する者に、『古事記』は容赦なく罵声を浴びせる。「言向け」が重要であるから、偽りの言葉は徹底的に排除する。それが歌謡の文言を嘲笑・罵声として示した理由であろう。兄猾《えうかし》の計画を『日本書紀』では道臣《みちのおみ》命が察するのに対して、『古事記』では弟宇迦斯が密告するのも「言葉」による平定=「言向け」に拘るからだろう。

『古事記』が嘲笑歌とする「宇陀の……」(記9番歌謡、紀7番歌謡)は、先妻《こなみ》には少ない実を与え、後妻《うはなり》には多い実を与えるという内容。先妻が後妻を懲らしめる「後妻打ち」(室町期)があるのも、後妻が優遇されているからである。先妻を離縁して若い後妻を選ぶ話(『宇治拾遺物語』巻四・七「三河入道遁世の事」)もある。若い後妻を愛するという愛欲・欲望は、本能である。

嘲笑も本能的なものである。『万葉集』巻一六には身体的欠陥を嘲笑する歌が多く載る。信仰的に考えれば欠陥を笑うことは、身体の邪気を祓うことになる。だが他人の身体的な欠陥を子どもが笑うように、単純に笑ってしまうのも事実である。善し悪しはさておき、嘲笑も本能的な行為である。そして人が戦いをするのも本能と説かれる。嘲笑・愛欲・戦闘という、葦原中国の人の本能が描かれる。

下巻では内乱や愛憎劇が繰り返される。人の本能の教化や管理も国作りの一環であったようだ。『日本書紀』では、嘲笑する歌(紀10・11番歌謡)に対して、天皇は「驕ること無き」よう指導する。

『古事記』では登美毘古討伐によって平定が終わる。『日本書紀』ではその後も土蜘蛛《つちぐも》平定を行う。ただしニギハヤヒの参上後に、神倭伊波礼毘古《かむやまといはれびこ》（神武）が天皇に即位する点は、記紀で共通する。

『古事記』では迩芸速日命は、「天津瑞《あまつしるし》」を献上する。「天津瑞」を『先代旧事本紀』では「天璽《あまつしるし》瑞宝十種《みづたからとぐさ》」とし、「生玉《いくだま》」「死玉《みまかるたま》」を含む。迩芸速日命と登美夜毘売《とみやびめ》との子宇麻志麻遅《うましまぢ》命は、鎮魂祭の創始者（『先代旧事本紀』）。鎮魂祭は天皇・皇后の霊魂が遊離した際に体内に戻す儀礼。迩芸速日命・宇麻志麻遅《うましまぢ》命の子孫物部連《もののべのむらじ》は天皇家の霊魂を操作できる。霊魂《もの》＝「モノの部」である。

五瀬命を死に至らしめた登美毘古の血を引き、天皇家の霊魂操作もしうる物部氏の主張が、この「天津瑞」の献上と、系譜・始祖注にはこめられているのであろう。

『日本書紀』では「天津瑞」にあたる「天羽羽矢《あめのははや》」「歩靫《かちゆき》」を天皇に見せるだけで献上はしない。物部氏が今でも所有しているかのような叙述である。『日本書紀』の饒速日命は、神武天皇が都とすべき「六合《くに》の中心《もなか》」を示すために大和に天降る。天皇家と同じ降臨神話を有することをアピールする。

『日本書紀』は天皇家への牽制、『古事記』は天皇家への忠誠というニュアンスなのであろう。いずれも物部氏の主張。古代氏族は、忠誠と反抗という二面性を有する。氏族には必要な知恵であった。

言葉による平定（言向け）に従わない賊を平定し、神武天皇は即位する。その平定過程を歌謡を用いて語る。人のもつ本能的側面に触れるのは、人心の教化・管理による国作りの第一歩と捉えることもできよう。その教化・管理に対して、氏族の意地を示すかのように物部氏が関与している。

31 富登多々良伊須々岐比売《ほとたたらいすすきひめ》（伊須気余理比売《いすけよりひめ》）

神武天皇は大后に相応しい女性を求める。大久米命《おほくめの》の進言・媒《なかだち》により、大物主《おほものぬし》神の御子である富登多々良意須々岐比売《ほとたたらいすすきひめ》と聖婚。天皇は聖婚したことを公言する。綏靖《すいぜい》天皇を含む三皇子が生まれる。

即位した神武天皇は跡継ぎを設けるため、聖なる女性（大后）と聖なる婚姻を行う。「大后《おほきさき》」という称号は、天皇と同等の働きをして皇位継承や祭祀において重要な役目を果たす、特別な后をいう（山﨑かおり『『古事記』大后伝承の研究』新典社、二〇一三年一二月）。『古事記』には七名しかいない。天皇は日向にいる時に阿比良比売《あひらひめ》と結婚し、多芸志美々《たぎしみみ》命が生まれている。だがこの皇子は跡継ぎとしては相応しくない。母は「大后」ではない。不満を抱いた多芸志美々命は、次段で反乱を起こす。跡継ぎに相応しい皇子を生むのは、日向の女性ではなく、都の大和を代表する女性でなければならなかった。大物主《おほものぬし》神は大和を象徴する神で、三輪氏が祭る。神武天皇は都の土地神の力を手に入れる。天皇は、都の地力を得るために土地神を祭祀する。大津京では比叡《ひえ》の神、平安京では賀茂《かも》神社を祭る。藤原京・平城京でも「宮」と「京」の神をそれぞれ鎮め祭っている。土地神が祟ればその土地に住むことはできない。土地神祭祀に成功した場合のみ住むことができる（『播磨国風土記』揖保郡伊勢野等）。「34 崇神天皇の祭祀」段では、大物主神も祟っている。土地神は継続的な祭祀を要求する。平安朝、毎年、賀茂神社の葵祭《あおいまつり》に勅使が参るのも継続的な祭祀が必要であったことによる。

政治の中心、大和の土地神の娘と婚姻することによって都を手に入れ、神武天皇の東征は完了する。神武天皇の正妃を『日本書紀』では事代主《ことしろぬし》神の娘「媛蹈鞴五十鈴媛命《ひめたたらいすずひめ》」とする（神代紀八段一書六、神武紀）。事代主神が八尋熊鰐《やひろくまわに》となって溝樴姫《みぞくひひめ》（玉櫛媛《たまくしひめ》）に通ったとする。事代主神は、大和国葛城郡鴨地方の神とされる（『延喜式』に「鴨波八重事代主命神社《かもはやへことしろぬし》」）。鴨氏が関与した伝えであろう。

ただし、神が通う娘の父は、記紀ともに「三島溝クヒ」とする点は共通する。三島の溝クヒは、大阪府茨城市五十鈴町の溝咋《みぞくひ》神社（式内社）あたり。葛城の鴨氏と三島の豪族との交流があったか、中臣氏の別荘があったこと（『藤氏家伝』鎌足伝、皇極紀三年正月）と関わるか、溝（用水）の儀式（矢取の神事）があったか等、さまざまに考えられるが、何故三島の女性に通うのかは未詳。

各氏族の関与によって複数の伝えがあったようだが、本章段の目的は第二代綏靖天皇の出生にある。『古事記』では聖婚後に、生まれたことを強調して「阿礼坐《あれま》せる御子《みこ》」と一字一音表記で記す。「一宿御寝《ひとよみね》ね坐《ま》しき」は一夜婚のこと。一夜という短時間に事をなすのは、神のみに許された行為（「23木花之佐久夜毘売《このはなさくやびめ》」段参照）。神武天皇は神として神の嫁と婚姻する。すなわち聖婚である。

聖なる婚姻であるから「菅畳《すがたたみ》」を清らかに敷いて共寝する。共寝自体が聖なる行為であることを強調するために上の句では「しけしき小屋」（穢く狭い家）と歌い始める。聖徳太子が厩《うまや》の前で生まれたという伝承（『日本書紀』推古元年四月）とも重なる。狭く穢い場所が聖なる誕生を演出する。

聖婚の舞台狭井河《さゐかは》は神が籠もる「狭い」空間をイメージさせる。また山百合《やまゆり》（さゐ）が自生するので「狭井河」と名づけたという地名起源を記す。百合は、『万葉集』に「道の辺の草深百合《くさぶかゆり》」（巻七・一二五七）、「夏の野の繁みに咲ける姫百合《ひめゆり》」（巻八・一五〇〇）とひっそり咲くが、「灯火《ともしび》の光に見ゆるさ百合花《ゆりばな》」（巻一八・四〇八七）のように、暗闇でも光を発するような美しさをもつ。『古事記』は美しい伊須気余理比売《いすけよりひめ》（富登多々良伊須々岐比売《ほとたたらいすすきひめ》）との聖婚空間を、百合という小道具で飾る。

「葦原の……」（記19番歌謡）は婚姻を公言する歌である。古代の婚姻成立には、①素姓を明かす（名を知る）、②共寝、③婚姻の公言（平安朝の「露顕《ところあらはし》」）という三段階があった。このうち③公言が婚姻の成立を確定したようだ。『落窪物語』において、面白駒《おもしろのこま》と四《し》の君《きみ》との「露顕」を母親が嘆くのも、露顕が婚姻の確定を意味したためという（江守五夫『日本の婚姻』弘文堂、一九八六年五月）。

伊須気余理比売自身も「神の御子」であるから、聖なる出生をする。父大物主神と母の勢夜陀多良《せやだたら》比売《ひめ》との神婚譚は厠《かはや》の出会いから始まる。異界から来たことを再現して生まれた子を厠に連れていく（厠参り）。厠は異界への通路であった。また厠では下半身を露わにする。神招《かみお》ぎするシャーマンが同じような所作をするという（鈴鹿千代乃『古代からの風』日本国語国学研究所、二〇一八年七月、493頁）。

聖なる丹塗り矢が「ほと」（陰部）を突くと「立ち走りいすすく」。これは神憑依の所作（瀧口泰行「神武天皇皇后の誕生伝承の性格とその要素」〔『古代伝承論』桜楓社、一九八七年一二月〕）という。

神と神の嫁との婚姻を語る。類話は『山城国風土記』逸文（『釈日本紀』所引）等。そこでは、川上から流れてきた丹塗り矢を床辺に置くと、懐妊して男子を産む。男の素姓は分からない。そこで父神探しを行う。聖なる建物で聖なる酒を造り、神々に振る舞う。子は、父と思う神に酒を注ぐよう命じられる。すると天に向かって祈り、昇天した。天にいる火雷《ほのいかづち》の命が父神であることが判明する。

本章段では、神は「麗《うるは》しき壮士《をとこ》」となって結ばれる。記述はないが、この段階で①名告りが行われて神の素姓（大物主神）がわかったのであろう。よって父神探しの要素はない。これらの話にはシャーマンの習俗が反映している。同じことは、神の子出生譚の「35三輪山説話」段にも読み取れる。

大后候補を推薦した大久米命は、自身が伊須気余理比売に求婚するかのような歌謡を詠む。大久米命との婚姻を想定する意見もあるが、『古事記』の文脈上、大久米命は仲立ち（媒《なかだち》）としての役割を果たす。貴人の出会いは、男女が直接交渉するのではなく、仲立ちが女性の意向を確認した後に結婚する。本人が直接相手を尋ねる「自媒《じばい》」は恥ずべき行為であった（『万葉集』巻二・一二六左注）。

伊須気余理比売は、大久米命に「なぜ入れ墨をしているのか」と問う。これは代理の仲立ちを試しているのである。大久米命は「あなたに直に逢うために目を見開いているのです」と機転の利いた歌を返す。これによって伊須気余理比売は媒の大久米命さらには天皇を認め、仕えることを約束する。女性が男性に謎をだして、答えられたら結婚できる習俗がある（催馬楽12歌、高知県民俗等）。

婚姻の習俗を反映しつつ、聖なる女性と聖なる婚姻をして、聖なる綏靖天皇が生まれることを語る。その際、小屋・百合・狭い空間等の小道具を用いて、神聖性を演出している。

32 当芸志美々命《たぎしみみのみこと》の反逆

神武天皇が崩御。多芸志美々命《たぎしみみのみこと》が異母弟の殺害を計画して皇位を狙う。母の伊須気余理比売《いすけよりひめ》は危機を歌で伝える。神八井耳命《かむやゐみみのみこと》は怯えて多芸志美々命を殺害できない。神沼河耳命《かむぬなかはみみのみこと》が殺害して即位する。

神沼河耳命《かむぬなかはみみのみこと》（綏靖天皇《すいぜい》）即位の経緯を語る。即位前記的な章段。日向の阿比良比売《あひらひめ》の子（多芸志《たぎし》美々命《みみ》）は即位できず、正妻伊須気余理比売の子（綏靖天皇）が即位に相応しい資質を持つことを述べる。

古代の相続は長男に限らない。より強く賢い皇子が位に即く。即位候補者の「太子《ひつぎのみこ》」が複数存在することもあった（景行記系譜）。末子相続、兄弟相続の場合もある。嫡子相続が制度化されたのは、天智天皇の「不改常典《あらたむましきつねののり》」（『続日本紀』慶雲四年七月条）といわれる。内容は未詳で諸説あるが、弟の大海人皇子《おほあま》（天武天皇）ではなく、子の大友皇子《おほとも》に位を譲るための法令という意見がある。

実際には、強く賢い皇子が即位するが、その理由づけとして各天皇即位には様々な説話が作られる。信仰的には、天皇霊を身につけた者が即位できるという考え方がある。天皇霊とは、天照大御神から付与された霊魂で、各天皇の肉体は天皇霊を収める容器とする考え方である。崩御すると天皇霊は次の天皇の肉体に移る（霊継《ひつ》ぎ＝日嗣）。「天皇は死なない」という幻想は「天皇霊は変わらず存続する」という考えに基づく。皇子女は、天皇霊を受け入れる容器としての資質を持つ者である。

因みに律令では「女帝」（継嗣令1）とあることから、「女帝」の存在を公に認めている。推古・皇極（斉明）・持統・元明・元正・孝謙（称徳）等の女帝がいる。皇女でも天皇霊を身につければ即位できる。天皇霊を身につける儀礼が大嘗祭であったともいう（折口信夫「大嘗祭の本義」〔『全集』三〕）。

先帝の崩御から新帝の大嘗祭までの期間、天皇霊を一時的に保管するのが后であったという（大久間喜一郎『古事記の比較神話学』雄山閣、一九九五年一〇月）。本章段でいえば「大后」の伊須気余理比売が天皇霊を保管していたことになる。だから当芸志美々命は「適后《おほきさき》伊須気余理比売を娶《めと》」るのである。開化天皇《かいかてんのう》も「庶母《ままはは》、伊迦賀色許売《いかがしこめ》命」を娶る。先帝の后と結婚するのは天皇霊を身につけるためなのであろう。皇位を狙う穴穂部皇子《あなほべのみこ》は、先帝・用明天皇の后炊屋姫《かしきやひめ》皇后を「奸《をか》さむとして」用明天皇の「殯宮《あらきのみや》」に強引に入る。「殯宮」は死者霊を操作する儀式の場。このような非常識な行動をとるのも、先帝の后が天皇霊を一時保管していたと考えるならば、一応は理解できる。当芸志美々命は、天皇霊を身につけるために伊須気余理比売と結婚する。皇位継承に優位な立場を得る。

『日本書紀』には、手研耳命《たぎしみみ》が先帝の后を娶る話はない。そのかわり手研耳命が長らく政事に携わっていたことを記す。記紀ともに、皇位継承の有力者であった。しかし手研耳命は「仁義」に背き、邪心をもっていたので弟の殺害計画を企てたと『日本書紀』にはある。神渟名川耳尊《かむぬなかはみみのみこと》（綏靖天皇）はそのことを察知する。常人が知り得ない神の声を聞く能力をもっていたのであろう。その能力を「耳」という名が示している。『日本書紀』では、手研耳命が天皇位に相応しくない人物であること、神渟川耳尊の資質が優れていることを明記する。

『古事記』では、当芸志美々命の不適格性に関する記述はない。ただし文脈上、継母との結婚と、弟の殺害計画とに「仁義」に悖るかのようなニュアンスを読み取ることもできる。当芸志美々命の妻となった母が、夫の計画を子どもに知らせてしまうことも、当芸志美々命の徳の無さを暗示する。

「狭井河よ……」（記20番歌謡）、「畝傍山……」（記21番歌謡）は、風景を詠む中に、予め事件を知らせる予兆歌である。同様の歌謡は「36建波迩安王《たけはにやすのみこ》の反逆」段の「御真木入日子《みまきいりひこ》はや……」（記22番歌謡）にもみられる。『日本書紀』の「童謡《わざうた》」（事件の予兆歌）との共通点が指摘される。「童謡」は事後に「あの歌はこの事件の予兆だった」と分かるものである。歌が流行った時点では常人には理解できない。神沼河耳命たちは歌を理解して、計画を知る。「耳」の能力をもつ。特殊能力をもつことは即位者として資質の高さを表す。信仰的には、天皇霊を保管する后の援助を受けたことになる。

さらに神沼河耳命（綏靖天皇）には勇気がある。兄の神八井耳命は、手足が震えて当芸志美々命を殺すことができない。神沼河命はすぐに武器を手に取り、殺害に成功する。勇気と行動力とを有する。

勇気ある者が即位するのは、天皇の子孫であることを名告った弟の袁祁命（顕宗天皇）が即位するのと似る（「82袁祁命《をけのみこと》と歌垣《うたがき》」段）。邪悪な者を殺害するという点では、蘇我入鹿《そがのいるか》殺害の場面とも類似する。佐伯連子麻呂《さえきのむらじこまろ》が怖じ気づく。見かねた中大兄《なかのおほえ》（天智天皇）は突如入鹿の頭肩に切りかかる（『日本書紀』皇極四年六月）。武勇譚は強い天皇像を彩る。『日本書紀』綏靖前紀では、雄々しく、武芸に優れる、と褒め称える。綏靖天皇が天皇となるのに相応しい資質をもつことを述べる。

一方、即位しない兄の神八井耳命は位を譲る。「譲る」とは徳のある者の言動とされる。前述の袁祁命（弟）に位を譲る意祁《おけ》命（兄・仁賢天皇）、天下を譲りあった大雀《おほさざき》命（仁徳天皇）と宇遅能和紀郎子《うぢのわきいらつこ》（「64大山守《おほやまもり》の命《みこと》」段）等の例がある。神祭りに専念する「忌人《いはひひと》」として、天皇を支えて仕えることを誓う。この場面「24海佐知《うみさち》と山佐知《やまさち》」段において、海佐知が「守護人」として仕えることを誓うのと似ている。だが、「譲る」徳の有無という点では、両者は異なる。

神八井耳命は一九もの氏族の祖であると記す。それだけ多くの氏族が始祖とすることを望んでいたことが分かる。その筆頭に『古事記』は「意富臣《おほのおみ》」をあげる。『日本書紀』でも「多臣の始祖」とする。「意富臣」は、『古事記』を編纂した太安万侶《おほのやすまろ》が属する氏である。安万侶は、霊亀二（七一六）年九月、太《おほ》氏を統率する「氏長《うぢのかみ》」になる（『続日本紀』）。『日本書紀』の編纂にも携わったとされる（「弘仁私記序」（国史大系8『日本書紀私記』））。弟に仕えるという点では同じながらも、海佐知とは異なり、神八井耳命に徳があるように記すのも太安万侶の意向であろう。

末子が即位する。末子相続は、安定的かつ長期的な継承方法という。末子は長男より相続期間が長いからである。不穏分子を排除し、兄の協力を得て、末子天皇は安定した御代を築く。

本章段では、神沼河耳命（綏靖天皇）即位の正当性と、兄たちの不適格性とを述べる。『古事記』では母の援助を得られる人物であること、神の声を理解できる資質を有することを歌謡によって描く。

33 欠史八代——綏靖《すいぜい》〜開化天皇《かいくわてんわう》

2代綏靖《すいぜい》天皇〜9代開化《かいか》天皇の帝紀《ていき》（系譜記事）。旧辞《くじ》（物語）はない。重大事件のない平穏な治政を描く。始祖注が多く、「大倭《おほやまと》（根子《ねこ》）」を冠する天皇も多い。後代の系譜操作が指摘される。

2綏靖《すいぜい》、3安寧《あんねい》、4懿徳《いとく》、5孝昭《かうせう》、6孝安《かうあん》、7孝霊《かうれい》、8孝元《かうげん》、9開化《かいくわ》の八代の系譜。父子相続。物語（旧辞《くじ》）が無いので「欠史八代《けつしはちだい》」と呼ばれる。7孝霊記に「吉備国《きびのくに》を言向《ことむ》け和《やは》しつ」とある以外は、特別な事件はない。平和な時代が続く。『日本書紀』によると御代の合計は四八三年間になる。平穏な時期であるから、この期間の皇子女を始祖とする氏族が多い。『古事記』では九〇もの氏族を記す。特に孝元記の建内宿祢《たけしうちのすくね》系譜には、「蘇我《そが》臣」をはじめ二六の始祖注が集中する。景行・成務・仲哀・応神・仁徳の御代に仕えた「世《よ》の長人《ながひと》」である賢臣は人気が高い。

始祖注として記載された氏族以外にも、后を出す氏族がいる。師木県主《しきのあがたぬし》・十市県主《とをちのあがたぬし》・丸迩《わに》・葛《かづら》城《き》・穂積《ほづみ》・物部《もののべ》・息長《おきなが》等から后を迎える。大和地方の在地豪族が多い。

特に注目されるのは息長氏の関与。開化記の日子坐王《ひこいますのみこ》系譜に「息長水依比売《おきながのみづよりひめ》」「息長宿祢王《おきながすくねのみこ》」「息長日子王《おきながひこのみこ》」の名がみえる。息長氏は舒明《じよめい》天皇（天武天皇の父）の養育氏族。舒明天皇の和風諡号《しごう》は「息長足日広額《おきながたらしひひろぬか》」。日子坐王系譜は「息長帯比売《おきながたらしひめ》」（神功皇后）・応神天皇、さらに応神天皇の五世孫継体天皇、そして舒明天皇・天武天皇へと続く。息長氏による系譜操作は、ヤマトタケル系譜にも見られる。大がかりな操作が可能だったのは舒明天皇との関係によるのであろう。

また欠史八代の天皇の和風諡号には、「大倭《おほやまと》」「大倭根子《おほやまとねこ》」「若倭根子《わかやまとねこ》」が多い。大倭は4懿徳・6孝安・7孝霊・8孝元・9開化の五天皇の名に含まれる。10崇神《すじん》天皇は「イリヒコ」を冠す。「イリ」系譜と呼ばれ、系統を異にする。類似の和風諡号としては、**大倭根子**《やまとねこ》天之広野日女《あまのひろのひめ》(41持統)、**倭根子**《やまとねこ》豊祖父《とよおほぢ》(42文武)、**日本根子**《やまとねこ》天津御代豊国成姫《あまつみしろとよくになりひめ》(43元明)、**日本根子**《やまとねこ》高瑞浄足姫《たかみづきよたらしひめ》(44元正。『続日本紀』)がある。『古事記』が作成された頃の天皇ということになる。持統朝に造形された天皇名ともいう。ただし欠史八代天皇の実在・非実在については説が分かれる。

「帝紀」記事は、①天皇関係(御名・先帝との続柄・皇后の名称・治天下・治天下年数)、②皇妃皇子女関係(皇子女の数・皇子女に関する重要事項)、③その治世における国家的重要事項、④天皇の享年(崩御年月日、宝算・御陵)の四項目からなる。欠史八代では、宮と御陵は、畝傍山・葛城周辺が多い。葛城王朝とも呼ばれ、葛城氏・鴨氏と深く関わる天皇たちという。宝算は『日本書紀』より、やや短命。天皇の平均年齢は『古事記』で七二・六歳、『日本書紀』では約一〇二・八歳。ところが『古事記』では旧辞のある神武・崇神天皇の享年を『日本書紀』よりも長くする。旧辞の有無によって欠史八代と差をつける。「初国知らす」天皇の神武・崇神天皇は神に近い存在。対して欠史八代の天皇は人間的な寿命とする。「神の世」から「人の世」へと移行する中巻世界を示している。

【欠史八代と、神武・崇神天皇】

漢風諡号	和風諡号	宮（治天下）	御年 記	御年 紀	世 紀	御陵	后の出身	祖 注
1 神武	神倭《かむやまと》伊波礼毘古《いはれびこ》	畝火《うねび》の白檮原《かしはら》	137	127	76	畝火山北方白檮《かし》の尾《を》の上	三輪氏	31
2 綏靖	神沼河耳《かむぬなかはみみ》	葛城《かづらき》の高岡《たかをか》	45	84	33	衝田岡《つきだのをか》	師木県主《しきのあがたぬし》	0
3 安寧	師木津日子玉手見《しきつひこたまてみ》	片塩《かたしほ》の浮穴《うきあな》	49	57	38	畝火山の美富登《みほと》	師木県主	3
4 懿徳	**大倭**日子鉏友《おほやまとひこすきとも》	軽《かる》の境岡《さかひをか》	45	77 ?	34	畝火山の真名子谷《まなこたに》	師木県主	3
5 孝昭	御真津日子訶恵志泥《みまつひこかゑしね》	葛城の掖上《わきがみ》	93	113 ?	83	掖上《わきがみ》の博多山《はかたやま》	尾張連《をはりのむらじ》	16
6 孝安	**大倭**帯日子国押人《おほやまとたらしひこくにおしひと》	葛城室秋津島《むろのあきづしま》	123	137 ?	102	玉手岡《たまてのをか》の上	（姪）	0
7 孝霊	**大倭根子**日子賦斗迩《おほやまとねこひこふとに》	黒田《くろだ》の廬戸《いほと》	106	128 ?	76	片岡《かたをか》の馬坂《うまさか》	十市県主《とをちのあがたぬし》・春日・師木県主	8
8 孝元	**大倭根子**日子国玖琉《おほやまとねこひこくにくる》	軽の堺原《さかひはら》	57	116 ?	57	剣池《つるぎのいけ》の中の岡	穂積臣《ほづみ》・物部《もののべ》	3
建内宿祢《たけしうちのすくね》系							（九柱の子）	27
9 開化	**若倭根子**日子大毘々《わかやまとねこひこおほびび》	春日《かすが》の伊耶河《いざかは》	63	111 ?	60	伊耶河の坂上	丸迩臣《わに》・物部・葛城・旦波大県主《たにはのおほあがたぬし》	0
日子坐王《ひこいますのみこ》系							息長《おきなが》・丸迩・	23

							春日・三上祝《みかみのはふり》	
10崇神	御真木入日子印恵《みまきいりひこいにゑ》	師木《しき》の水垣《みづかき》	168	120	68	山辺道《やまのへのみち》 勾崗の上《まがりのをか》	尾張・木《き》・丸迩	3

欠史八代の中で、唯一記される③国家的重要事項は、孝霊記の吉備国平定記事。大吉備津日子命《おほきびつひこ》と若建吉備津日子命《わかたけきびつひこ》とが「針間《はりま》の氷河之前《ひかはのさき》に忌瓮《いはひべ》を居《す》ゑて、針間を道《みち》の口《くち》と為《し》て、吉備国《きびのくに》を言向《ことむ》け和《やは》しつ」とある。吉備国には造山古墳、作山古墳等、巨大古墳が多い。大和朝廷に対抗しうる勢力が存した。温暖な気候で山海の幸に恵まれ、鉄も産出する吉備国は豊かな経済力を有する。桃太郎伝説の原話ともいわれる「温羅《うら》伝説」が発生するように、異界のモノが存するかのようなイメージをもつ。「道の口」針間（播磨）は畿内に接する畿外。播磨も豊かな国力をもつ。「氷河《ひかは》」は「霊河《ひかは》」の意で、現在の加古川に比定される。祭祀用具の「忌瓮」を据えるというのは、「氷河」の霊力による平定である。古代の戦いは霊力合戦的な一面をもつ。『日本書紀』では崇神天皇一〇年九月条に「吉備津彦《きびつひこ》」を「西道《にしのみち》に遣《つかは》す」（四道将軍）とある。『古事記』が孝霊記にするのは、系図の如き資料に記された「大吉備津日子・若建吉備津日子」の名の脇に平定の記述があったことに拠るのであろう。

大和地方における勢力基盤の安定、西の大国である吉備の平定によって、平穏な時代を描く。神から人へという『古事記』の流れにも一役買っている。そのような時代に始祖を求めて、氏族たちは系譜操作をする。また『古事記』編纂と関わりの深い天皇の影響も多く受けているようである。物語（旧辞）はなくとも、天皇家と氏族とが、ともに重要視した系譜記事（帝紀）であった。

34 崇神天皇《すじんてんわう》の祭祀《さいし》

国内に疫病が流行る。天皇は夢告で原因と対処法とを知る。大物主《おほものぬし》神の祟りで、意富多々泥古《おほたたねこ》が祭れば鎮まるという。意富多々泥古を探し出して祭祀を行う。他の神々も祭り、国内は平安になった。

大物主神《おほものぬしのかみ》は、大和の国魂《くにたま》を司る神。三輪山に鎮座。大国主神とともに国作りをした「御諸山《みもろやま》の上に坐《ま》す神」(「17大国主神の国作り」段)と同じ神とされる。

普通の土地神ではない。都の土地神なので強大な霊力をもつ。国魂・土地神を越える特別な存在。近江・大津京遷都の際、比叡山に分祀。大比叡神として手厚く祭られる。平安京の賀茂神社同様、宮中や天皇家と深く関わる。本章段の疫病のように、国家の存続を危うくさせる神なのである。

通常土地神は、住む者による定期的な祭祀を要求する。大物主神も定期的な祭祀を受けていたはずである。ただしそれだけでは満足しなかった。『日本書紀』崇神五年条では、「天照大神《あまてらすおほみかみ》・倭大国魂《やまとのおほくにたま》」の二神を宮中で一緒に祭ることに神は不満を抱く。二神を別々に祭祀したが、日本《やまとの》(倭)大国魂神は、祭祀を受け入れなかった。祭祀者を担当した渟名城入姫《ぬなきいりひめ》は、髪が落ちて痩せ衰えた。これは神が祭祀者を嫌っていることを表す。沖縄でも、神が気に入らないシャーマンには同じ現象が起こるという。

『日本書紀』によれば、天皇家は土地神の「倭大国魂神」が疫病を起こしていると思っていたようだ。だが、実は「大物主神」であった。大物主神が、倭迹迹日百襲姫命《やまとととひももそひめ》に憑依して、「我は是、倭国の域《さかひ》の内に居る神、名を大物主神と為《い》ふ」と名告る。単なる国魂ではなく、ありとあらゆるモノを司る神（大モノ主）であった。モノとは、人以外の霊的な存在全般を指す言葉である。

祟り神を多く記載する『播磨国風土記』を見ると、祟る対象は特定個人である。土地神は祭祀をしない居住者に、行路妨害神は通行人に、女神は恨む男神（と同じ出身地の人）に祟る。

ところが大物主神は国民全体に祟る。平安時代の御霊《ごりよう》神に似ている。御霊信仰の淵源を大物主神に求める意見もある。都の土地神だから、全国に影響力を与える力を有する。

『古事記』では、国家の危機を嘆いた崇神天皇が、神と交信する神牀《かむとこ》で夢告を受ける。特別な装置によって神と交信するのはシャーマン的だが、神ではない。神から援助を受けことのできる人である。神としての側面をもつ神武天皇とは異なり、欠史八代を経て、天皇が人間的になったことがわかる。

人だから神の心を知るのに苦心する。そのあたりは『日本書紀』に詳しい。人による神祭りの様子が書かれている。崇神天皇は疫病発生や背く者の出現に対して、自身の不徳を嘆く。そして亀卜（命神亀《うらない》）をして神意を問う。大物主神が現れ、祟る主体が判明する。この神を祭るが、上手くいかない。再度、神の教えを乞う。神は夢告して、大田田根子《おほたたねこ》を祭祀者に指名する。同じ夢を見た臣下が三人もいたので、夢の教えが、本当であることが分かる。神への捧げ物を取り扱う人を選ぶと、この人物でよいかを占う。大物主神と倭の大国魂神とを祭った後に、他の神を祭祀してよいかを占う。

神は多くを語らないので、人は何回も占いを通して神意を問いながら、祭祀を進める。『肥前国風土記』姫社郷《ひめこそのさと》条でも、段階的に祟り神を明かしていく。天皇は人と同じ祭祀を行っている。

神が鎮まると、『日本書紀』では神との饗宴を行う（崇神紀八年四月）。いわゆる「直会《なおらい》」である。今日我々が使用する「直会」は打ち上げ的なニュアンスをもつが、本来の「直会」は、神を招いて神をもてなす、という祭りの根幹であったとされる。『日本書紀』では神をもてなす様子を描く。

土橋寛『古代歌謡全注釈　日本書紀編』角川書店、一九七六年八月）が的確に解説する。まず神に酒を勧める「勧酒歌」（紀15番歌謡）を詠む。そして神と楽しんだ後、神は退出を宣言する「立ち歌」（紀16番歌謡）を詠む。人は「送り歌」「引き留め歌」を詠む。因みに『万葉集』における宴席歌も、基本的には神との饗宴の構造を引き継ぐとされる（近藤信義『万葉遊宴』若草書房、二〇〇三年二月）。

神祭り、神との饗宴を経て、天皇は神と睦び、神の加護を得ることができるようになる。つまり『延喜式』祝詞「出雲国造神賀詞《いづものくにのみやつこのかむよごと》」に、「倭の大物主くしみたまの命と名を称《たた》えて、大御和《おほみわ》の神《かむ》なびに坐《ま》せ」て「皇孫《すめみま》の命《みこと》の近き守神」とあるように、大物主神は天皇家の守り神となる。

大物主神祭祀の後、他神も祭る。天神《あまつかみ》と地祇《くにつかみ》とを区別して、神々に秩序を設ける。東の境宇陀《うだ》の墨坂神《すみさかのかみ》、西の境大坂神《おほさかのかみ》、さらに全ての坂や河に坐す境界神を祭る。大和に邪霊が入らないようにする。境界神が境界を守護するのも、大物主神が守神になったことが前提になっている。こうして国家は「安らかに平らか」になる。平安京の「畿内堺十処疫神祭」（『延喜式』臨時祭）とも通じる。

意富多々泥古《おほたたねこ》命が祭祀者に指名される理由は次段に述べられるが、本章段で注目したいのは意富多々泥古命の出身地。『古事記』には「美努村《みののむら》」とあるが、『日本書紀』では「陶邑《すゑむら》」とする。『古事記』でも大物主神が娶った活玉依毘売《いくたまよりびめ》の父は「陶津耳《すゑつみみ》命」とあり、「陶《すゑ》」と関わる人物が記される。「陶」「陶邑」は、陶器《すゑき》（須恵器）を作成したことと関わるようである。須恵器は高温で焼くために、多くの燃料と登り窯とを必要とする。燃料の採れる傾斜地が、須恵器作りには求められる。「陶邑」は、大阪府堺市泉北丘陵で発見された「陶邑窯跡群」に比定されている。大和に近く、須恵器生産に適した立地ということから、古代の須恵器の多くがこの地で作られたともいう。

そして三輪山の山頂付近から須恵器が出土している（佐々木幹雄「三輪と陶邑」〈『大三輪神社史』一九七五年一〇月〉）。紀15・16番歌謡に「味酒《うまさけ》三輪《みわ》」とあるように、三輪の神は酒の神。酒を入れる祭祀容器として須恵器を使用する。特別な霊力をもつ大物主神であるから、土師器ではなく高価な須恵器で祭ったのであろう。また逆に陶邑の須恵器職人が、強い燃料となる木を得るために、三輪山を拝むことがあったのかもしれない。鍛冶師は、型に使う土の霊力を得るために、伏見稲荷神社の土を持ち帰る。同様に須恵器職人が燃料の霊力を得るために三輪山の木（杉）で祭祀をしたとも考えられる。『万葉集』には、禁足地の三輪山で薪を取って叱られる歌が載る（巻七・一四〇三）。

神から人の世へと移り、天皇も人となる。人が祭祀によって神を鎮める。国家を脅かす大物主神を鎮めることによって、人間界における神の秩序を作り、都・大和・国家に平安が訪れたことを語る。

35 三輪山説話《みわやませつわ》

正体不明の男が訪れ、活玉依毘売《いくたまよりびめ》は懐妊する。男に糸を付けて跡を追うと、美和山《みわやま》に着く。大物主《おほものぬしの》神《かみ》であった。神の正体を明かした活玉依毘売の子孫意富多々泥古《おほたたねこ》は神の子と呼ばれ、祭祀を成功させる。

正体不明の神が、美和山の神であることを明かす話。神は正体を隠してやってくる。仮装神も笠・蓑で顔を隠している。盆行事の踊り衆が、笠を被って顔を見せないのも祖霊を装うため。光源氏が夕顔を訪れる際「顔をもほの見せたまはず」と顔を見せない。光源氏は覆面で神を装ったとされる。

神との婚姻を神婚という。①伊耶那岐・伊耶那美のような神と神との結婚、②本章段のような男神と巫女との結婚、③天人女房譚のような女神と人間の男、という三パターンがある。

男神と巫女とが結婚する様子は、シャーマンの資格を得る儀式（成巫儀礼）に伝わっている。青森のイタコや、山形のオナカマ等がいる東北地方では、シャーマンの志願者は師匠の家で修行する。志願者に霊感がついてくると、師匠は実際に神を憑依させる。どの神かは分からない。神懸かった志願者に「何様だ」と尋ねる。すると神懸かった者の口を通して、神が「観音さまだ」「十八夜さまだ」と答える。この時の神が生涯の守り神となる。この儀式を経て一人前のシャーマンになる。

一方、沖縄では、原因不明の病（巫病）になった女性がユタに相談する。ユタは「あなたを求めている神がいる」と告げる。島の各地を巡り、その神を探す。神に誘われるように、ある森に着く。不思議と病が治る。その場所を拝み、神の教えを得てシャーマンとなる。

シャーマンは神との結婚を幻想する。汎世界的に見られる現象。人との結婚は「仮の姿」。「神の嫁」である。神に選ばれたシャーマンにのみ、神の素姓や正体が明かされる。

「玉依毘売《たまよりびめ》」は「魂寄《たまよ》り」ビメ。三輪山説話もシャーマンが神の正体を明かす儀礼を基にしている。三輪山説話では、糸を用いて神の跡を追う。ただそれ以前に、紡いだ糸が三つ残されていた。これが神の啓示なのだ。「三勾《みわ》」だから「ミワ」の神を暗示する。糸を辿ると果たしてミワ山に到着。神の糸だからとてつもなく長い。「ミワ」は単なる駄洒落ではない。東北では、シャーマンが神降ろしをする際、麻糸を供えるという報告もある。糸は神と人とを結ぶ呪具だから、神の啓示に使用される。

シャーマンが神の正体を明かすという類話は、『日本書紀』崇神一〇年九月条の「箸墓《はしはか》伝承」、『播磨国風土記』託賀《たか》郡の「荒田村伝承」、『山城国風土記』逸文の「丹塗矢《にぬりや》伝承」(『釈日本紀』所引)、『常陸国風土記』那珂《なか》郡茨城里の「哺時臥山《くれふしやま》伝承」等がある。「箸墓伝承」では、倭迹迹日百襲姫命《やまとととひももそひめ》が大物主神の正体である「美麗《うるは》しき小蛇《をろち》」を見て驚く。神は天空に上り御諸山《みもろやま》に登る。驚いた倭迹迹日百襲姫命は尻餅をつく。そこには箸があり、急所を突いて死んだので墓を作る。卑弥呼の墓とも言われる箸墓古墳の起源。箸は、柱や櫛同様、神降ろしの呪具。神を招く為に立ててあったから急所を突く。シャーマンの死は神の世界に行くことを示す。だから「日《ひる》は人が作り、夜は神が作る」墓になる。

これらの伝承では、神の正体を明かすことが主たる目的である。子どもの出産は付帯事項である。「荒田村伝承」「丹塗矢伝承」でも、子どもは神明かしのために登場する。三輪山説話の類話である昔話の「蛇婿入り」では子どもを堕ろしてしまう型もある。子の出生自体を本来的な目的としない話型なのである。子の出生を目的とする話の場合、桃太郎のように生まれる方法に異常性を求める。異常出産である。三輪山説話等の正体を明かす伝承は、父と母との関係性を重視して、懐妊に異常を求める異常懐妊である。『先代旧事本紀』『新撰姓氏録』に載る三輪山説話では、子の出生を語らない。

要するに、話型という点からすれば、本章段でいう「神の子」とは、「神から生まれた子」という意味ではないことになる。正体を明かすことを主眼とする話型であることからすれば、「神の正体を知る子」の意味と理解すべきであろう。その点、「31富登多々良伊須々岐比売《ほとたたらいすすきひめ》（伊須気余理比売《いすけよりひめ》）段」における「神の御子」（神から生まれた子）とは意味が異なる。『古事記』が「御子」と「子」とを区別するのも、そのことを暗に示している。

つまり本章段では、意富多々泥古が大物主神の正体を知っていることを説く。正体を知っている家系なのである。前章段で「活玉依毘売《いくたまよりびめ》・櫛御方《くしみかた》命・飯肩巣見《いひかたすみ》命・建甕槌《たけみかづち》命・意富多々泥古」という系譜を述べるのも家系を意識している。『日本書紀』で大田田根子を大物主神の娘とするのとは異なり、『古事記』では家系を意識する。家系すなわち始祖注で示される子孫の「神《みわ》君・鴨《かも》君」が大物主神の正体を知っていること、この神の祭祀を行う適任者であることを主張しているのであろう。

出雲の大国主神を祭る出雲国造家は、都で就任式を行う等、特別な地位に置かれる。同じように大物主神を祭る「神君・鴨君」も、特別な地位であることが本章段では示される。大国主神も大物主神も強大な霊力をもち、時に祟る神であるから、祭祀ができる家は特別な待遇を受ける。

能力主義の律令制にあっても、古代日本は旧来の氏族連合体制が色濃く残っている。氏族の権威と正当性が朝廷内での地位に影響する。『古事記』は氏族が作った「帝紀」と「本辞（旧辞）」との偽りを糺すことを目的の一つとする（序文）。家系の正しさと権威とが『古事記』に記載されれば、朝廷での立場が優位になる。そのような「神君・鴨君」の思惑が本章段には隠されている。

本章段の話は『日本書紀』にはない。『日本書紀』では「箸墓伝承」において大物主神の正体が判明する。だが、そのことと疫病とを関わらせない。『古事記』では神の正体を知る者が疫病神が鎮める。子孫「神君・鴨君」の主張を受入れたことによる。これは朝廷にとっても有意義であった。

神の本性を知る家系を朝廷が把握する。だから今後大物主神は祟らない。大物主神の名を騙《かた》って、祟りを楯に要求してくる氏族を一蹴できる。「20 国譲《くにゆず》り」段で、大国主神祭祀の根幹を示す「鑽火詞《ひきりのことば》」を載せることによって、『古事記』が大国主神祭祀を掌握しようとしたのと同じ態度である。

国家的な疫病災害を鎮めるために、神の本性を知る家系の者が祭祀をする。その祭祀は今日も有効なので、大物主神は朝廷に祟らない。大和が祭祀的に安定した国になったことを述べるにあたり、その根拠を明示するために記載された章段なのであろう。

36 建波迩安王《たけはにやすのみこ》の反逆

大和の安定後、地方を平定。高志国《こしのくに》に派遣された大毘古命《おほびこ》は、少女が歌う不思議な歌を聞く。報告を受けた天皇は、建波迩安王《たけはにやすのみこ》が反乱する予兆と判断して伐つ。平定後、税制を整えて国家が成立する。

崇神天皇は「初国知《はつくにし》らす御真木《みまきの》天皇《すめらみこと》」（『日本書紀』に「御肇国天皇《はつくにしらす》」）。神武天皇も「始馭天下之《はつくにしらすすめら》天皇《みこと》」（神武元年正月条）。初代神武天皇と10代崇神天皇とが、ともに「はつくにしらす」と呼ばれる。

神武天皇は初めて大和に入り、政権を旗揚げしたので「はつくに知らす」天皇。崇神天皇は全国を平定し、税制を確立。国家の体裁を整えたので「はつくに知らす」天皇。段階的に国作りがなされる。

崇神天皇の国作りは、①祭祀、②全国平定、③税制の三点からなる。①は前々段「34崇神天皇の祭祀」段のこと。本章段は②と③。②全国平定は、北陸道の高志道《こしのみち》、東方十二道を平定する。前者は若狭・越前・加賀・能登・越中・越後・佐渡の七カ国（『延喜式』）。後者は東海道の伊勢・志摩・尾張・参河・遠江・駿河・甲斐・相模・武蔵・上総・下総・常陸の十二カ国を指すという。ただし福島県「相津《あひづ》」まで進むので陸奥国も含む。ならば近江・美濃・飛騨・信濃・上野・下野・陸奥・出羽といった東山道の範囲をも含んでいよう。「十二道」は都の東の方角全てを象徴している。

『日本書紀』では「北陸」「東海」「西道」「丹波」の四道に将軍を遣わす。『古事記』が「西道」を省くのは、神武天皇が東征時に、既に平定したからであろう。また「丹波」は開化天皇が「旦波《たには》の大県主《おほあがたぬし》」の娘を召し入れていることから、『古事記』は平定済みと判断しているようだ。

『古事記』は大和から東の国々を平定する。これは神武天皇が「東に行かむ」と言って九州を出立したこと、及びヤマトタケルが東国平定するのと重なる。『古事記』は東方憧憬をもつ。「81金鉏岡《かなすきのをか》と天語歌《あまがたりうた》」段に「上《ほ》つ枝《え》は　天《あめ》を覆《おほ》へり　中《なか》つ枝《え》は　東《あづま》を覆《おほ》へり　下枝《しづえ》は　鄙《ひな》を覆《おほ》へり」とあるように、天（都）、鄙とともに、東は『古事記』の支配領域の一角を担う重要な空間であった。『日本書紀』景行二七年条に、東国は「土地《くに》沃壌《こ》えて広」い良い地であると記される。『伊勢物語』で「身を要《えう》なきものと」思った男が東下りするのも、東国での再起を期待したからである。歌枕（歌に詠むべき地名）には東国の地名が多い。平安朝になっても都人が東国を憧憬していたことがわかる。東方憧憬は太陽信仰とも関わり、東アジアに広く見られる考え方である。

東国平定によって得られる莫大な資源は、大和朝廷の財政を支える。壬申の乱では尾張氏等の東国氏族が、天武天皇に加勢する。東国には牧がある。騎馬による軍事力も有する。天武朝は東国の重要性を再認識する。そのような背景から『古事記』は東の地域の平定を前面に主張するのであろう。

ここで気づくのは、大和の北隣山城が抜けていることだ。都のお膝元も平定しなければならない。よって建波迩安王《たけはにやすのみこ》は山城で反乱を起こし、平定される。挑み・猛攻・殺害の様子に現前性をもたせるために、山城国内の地名の起源を記す。山城の平定を地名が保証する。これで全国平定が完了する。

平定完了により、税を徴収することが可能となる。崇神天皇は③税制を確立する。税を意味する「男《をとこ》の弓端《ゆはづ》の調《みつき》」は弓で収穫した物、「女《をみな》の手末《たなすゑ》の調《みつき》」は手で作った物。肉・毛皮、糸・織物を指す。「弓端《ゆはづ》」は「弓弭《ゆはづ》」とも書く。ハヅは、弓に弦をつなぎ止める場所で霊力がこもる所と考えられた。弓の霊力を象徴する。梓巫女《あずさみこ》等のシャーマンは弓を弾いて降霊を行うが、霊魂はハヅに降りてくると考えられている。六条御息所《ろくでうのみやすんどころ》の怨霊は「梓《あづさ》の弓の末筈《うらはづ》に、立ち寄り憂きを語」る（謡曲『葵の上』）。狩猟に関わる霊力の掌握を意味する言葉である。

「手末の調」は麻や絹による生産物。特に絹は、蚕を育てるために桑《くわ》を植える。律令国家の根本的な政策である「農桑《のうそう》」の「桑《そう》」である。農業と養蚕とを推奨する。国司は天皇の名代として、任国に「農桑」を教え広めることが重要任務であった（職員令70、戸令33）。

そして、律令国家の税として一番重要な「農」（五穀等）についても本章段では記す。崇神天皇は「依網池《よさみのいけ》」「軽《かる》の酒折池《さかをりのいけ》」を築いている。池は旱魃時の備えとなり、安定的な収穫を支える。自然任せではなく、人が知恵を用いて計画的な収穫を得る。それが安定した税収入となる。天皇の徳ということである。『日本書紀』には、天地の神が柔和になり、風雨が必要な時に発生したので作物が豊作であった、と記す。これにより崇神天皇は「御肇国天皇」と呼ばれるようになる。「農桑」と狩猟物によって、国家の税制が確立する。天皇は人として知恵を働かせて政治を行う。

ただし、まだ神の援助を必要とする国作りであった。そのことを示すのが反乱の前兆を伝える

「御真木入日子《みまきいりひこ》はや……」（記22番歌謡）である。天皇に迫る危険を天が歌で知らせる。「天」とは書かれてはいないが、天地の神（天照大御神等）からの援助が前提にあるから、予兆歌は詠まれる。

予兆歌を『日本書紀』では「童謡《わざうた》」と呼ぶ。神は肉体がないから、動物や子に憑依して発言する。昼寝をする猿が予兆歌を詠む（『日本書紀』皇極三年六月）。本章段では、「少女」に憑依している。

『日本書紀』では「姫遊びすも」（紀18番歌謡）というように天皇が暢気に遊ぶことを揶揄する歌詞となっている。「遊ぶ」とは、兵を派遣した天皇が「遊ぶ」ようにゆったりすることによって、いとも簡単に平定が成功することを予祝する行為であったようだ。聖武天皇は地方に派遣する節度使に対して「汝等《いましら》が　かく罷《まか》りなば　平《たひ》らけく　我は遊ばむ」（『万葉集』巻六・九七三）と「遊ぶ」ことを宣言する。勝ったように振る舞う天皇を、女性と遊んでいるかのように「姫遊び」と揶揄する。

『古事記』では、「盗み殺《し》せむ」（こっそり殺そうとしている）ことを天皇は知らないと歌う。しかし天皇は歌を聞くと、建波迩安王の反乱の予兆を瞬時に判断する。『日本書紀』では、天皇自身は歌を理解できず、倭迹迹日百襲姫《やまとととひももそひめ》命が予兆内容を解いている。天の声を天皇は理解できない。

対して『古事記』の崇神天皇は、天の声を理解できる。人として知恵を絞って政を行うが、天地の神が援助してくれ、天皇もまた天地の声を理解する力をもつ。天地の神に選ばれた天子像を描く。

神の援助を得た天皇が、全国を平定し、豊かな資源を手に入れる。池を作る等、安定的な税制度を確立し、知恵によって国家の基礎を築く。国家体制を作った「初国を知らす」天皇であることを説く。

37 垂仁天皇《すいにんてんわう》の系譜

垂仁天皇は七人の妃との間に一六の皇子女を設ける。イリヒコ・イリビメ名が多いが、タラシ名（次代以降の天皇名）も混在。印色入日子《いにしきいりひこ》の事跡に触れ、皇女の嫁ぎ先を注する等、独自の要素を持つ。

崇神天皇（御真木《みまき》入日子《いりひこ》印恵《いにゑ》命）から続くイリヒコ・イリビメ系と、景行天皇以降のタラシ系との連結点となる系譜。イリヒコ・イリビメ系譜は、垂仁天皇（伊久米《いくめ》伊理毘古《いりびこ》伊佐知《いさち》）、沼羽田之《ぬばたの》入毘売《いりびめ》命、阿耶美能《あざみの》伊理毘売《いりびめ》命、布多遅能《ふたぢの》伊理毘売《いりびめ》命、印色之《いにしきの》入日子《いりひこ》命、若木《わかき》入日子《いりひこ》命の六名。タラシ系は、景行天皇（大《おほ》帯日子《たらしひこ》淤斯呂和気《おしろわけ》命）をはじめ、五十日《いか》帯《たらし》日子《ひこ》王、沼《ぬ》帯別《たらしわけ》命、伊賀《いが》帯日子《たらしひこ》命の四名だが、この後、成務天皇（若《わか》帯日子《たらしひこ》命）、仲哀天皇（帯中津日子《たらしなかつひこ》命）、神功皇后（息長《おきなが》帯比売《たらしひめ》命）と続く。

【垂仁天皇系譜】

（日子坐王）
- 沙本毘古《さほびこ》命
- 佐波遅比売《さはぢひめ》命（沙本毘売《さほびめ》）
- 氷羽州比売《ひばすひめ》命

- 品牟都和気《ほむつわけ》命〔一柱〕
- 印色之入日子《いにしきのいりひこ》命【造池・横刀・河上部】
- 大帯日子《おほたらしひこ》淤斯呂和気《おしろわけ》命【治天下・身長】
- 大中津日子《おほなかつひこ》命【山辺之別・三枝之別・稲木之別・阿太之別・尾張国三野別・吉備石无別・許呂母之別・高巣鹿之別・飛鳥君・牟礼之別の祖】

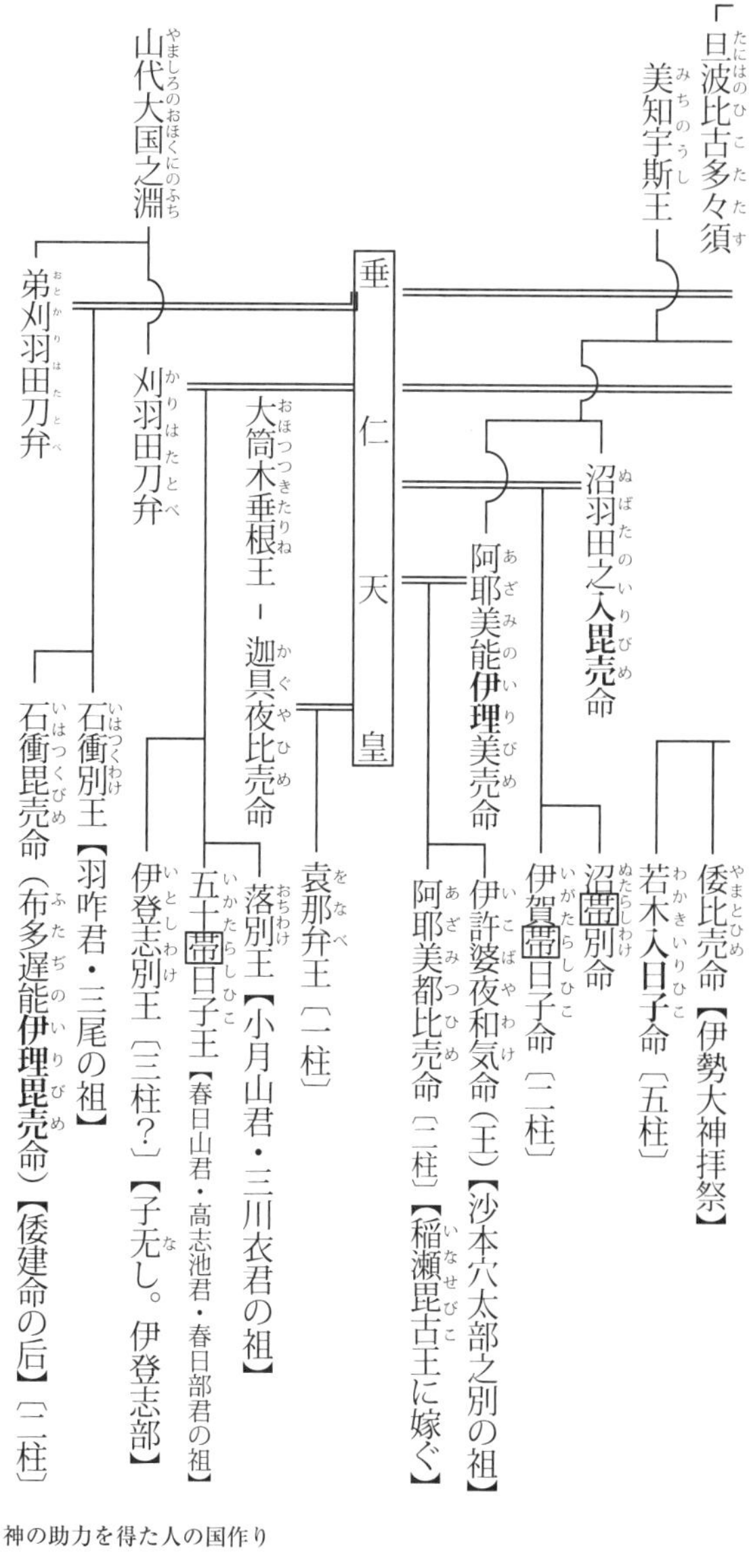

大まかに崇神・垂仁朝がイリヒコ・イリビヒメ系譜、景行・成務・仲哀王朝がタラシ系譜のようである。ただし比婆須比売命《ひばすひめ》からはイリヒコもタラシも生まれており、両者は入り混ざっている。峻別は困難である。だがそれだけ巧妙に系譜操作が行われている可能性もある。

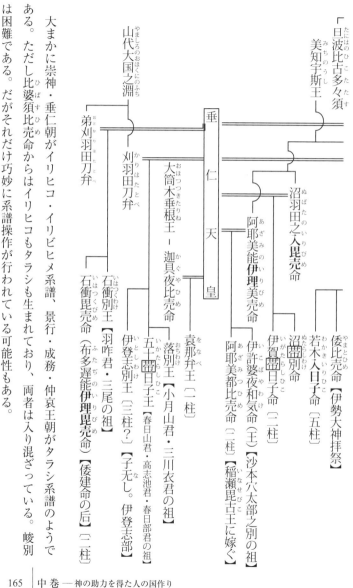

佐波遅比売命《さはぢひめ》（沙本毘売命《さほびめ》）は、開化天皇皇子の日子坐王《ひこいます》と沙本之大闇見戸売《さほのおほくらみとめ》との間に生まれた娘。次段で兄の沙本毘古命《さほびこ》に付いて反乱に加担する。皇位を継承する景行天皇の祖父も、日子坐王と息長水依比売《おきながのみづよりひめ》との間に生まれた旦波比古多々須美知宇斯王《たにはのひこたたすみちのうし》。同じ日子坐王系だが、反乱者と継承者とに分かれる。「息長」が関わる点、「33欠史八代」段同様、息長氏による系譜関与がうかがえる。

本系譜における第一の特徴は、印色之入日子命《いにしきのいりひこ》の事績を載せること。池を作り、横刀を千口作り、石上神宮に奉納する。鳥取《ととり》の河上宮《かはかみのみや》のあった大阪府和泉地方を開拓して、この地方に多くいた鍛冶（小鍛冶）を掌握していたのだろう。『日本書紀』垂仁三九年条には、剣千口を作り、石上神宮に納め、石上神宮の神宝管理を任されたとある。石上神宮は武器庫で、霊力の強い神宝をも納める。前段で崇神天皇が行った池作りの事業を引き継ぐ。イリヒコを名に負う者が、父の跡を継ぐ。原系譜では印色之入日子命が皇位を継いだか。このあたりにもイリ系譜からタラシ系譜への改竄をうかがわせる。

第二の特徴は、景行天皇（大帯日子淤斯呂和気命）の身長と脛《はぎ》（すね）の長さを記す点である。一寸は一九・九㎝とされる。一丈二寸は約二三九㎝。かなりの大男であった。脛は約八一・六㎝。他に『古事記』で身長の記述があるのは反正天皇である。「九尺二寸半」というから約一八四㎝。『日本書紀』では日本武尊の身長を「一丈」（約一九九㎝）とする。それより高い景行天皇は、かなりの大男である。大きさもさることながら、身長と脛の長さとを記載するのは、極めて異例。印色之入日子命を圧倒する、もしくは上回る存在であることを主張するかのようである。

『日本書紀』垂仁三〇年条には、天皇が五十瓊敷《いにしき》命と大足彦尊《おほたらしひこ》（景行天皇）とに欲しいものを尋ねる。兄の五十瓊命は弓矢を、弟の大足彦尊は皇位を願った。天皇は願い通りにする。弓矢を願うのは印色之入日子命が横刀千口を作ったのと通じる。武力を支配しても皇位には即かない。景行・成務・仲哀天皇のタラシ時代における政治観は、タラシ（皇位）とタケ（武力）とを分離する（「52成務天皇の系譜」段等）。タラシの時代の政治観で印色之入日子命を皇位から遠ざけたのだろう。そのかわり印色之入日子命に負けない力をもつよう、景行天皇を大男とする注が付されたのではなかろうか。

第三の特徴は、皇女の事績を記す点。倭比売《やまとひめ》命は伊勢大神を拝《いつ》き祭る。天照大神は倭姫命に憑依して諸国を巡り、伊勢に鎮まる（『日本書紀』垂仁二五年条）。伊勢神宮の起源は、天皇と天照大御神との分離を意味する。印色之入日子命の注に「政・武」分離の意図があるならば、倭比売命の祭祀も「政・祭」分離を意味していよう。倭比売命は、倭建命東征の際に草那芸剣《くさなぎのつるぎ》等の霊力を授ける。

また阿耶美都比売《あざみつひめ》命は稲瀬毘古《いなせびこ》王に嫁ぎ、石衝毘売《いはつくびめ》命（布多遅能伊理毘売《ふたぢのいりびめ》命）は倭建命の后となり、仲哀天皇を生む。稲瀬毘古王は稲背入彦《いなせいりひこ》皇子（『日本書紀』景行四年条）とも。稲背入彦は播磨別《はりまのわけ》の始祖。倭建命の母も針間《はりま》出身。事績を記す皇女は倭建命（武）と関わる。「政・武」分離と関わるか。なお伊登志別《いとしわけ》王に子が無いので子代《こしろ》を設けたのは、子の多い景行天皇との対比か。子代記事の初出。

イリ系の崇神・垂仁天皇と、タラシ系の景行天皇とを結ぶ系譜である。さらに「政・祭・武」を分離するという政治観を踏まえて、様々な操作がなされた系譜記事であるようだ。

38 沙本毘古命《さほびこのみこと》の反逆

后《きさき》の沙本毘売命《さほびめ》は、兄の沙本毘古王《さほびこ》に垂仁天皇殺害を強いられる。いざ殺害の瞬間、天皇は予兆夢を見る。后は白状。兄妹は伐たれる。死に臨み后は火中で本牟智和気命《ほむちわけ》を生み、天皇に後事を託す。

夫への愛か、兄への愛か。煩悶する女性が、子を残して死を選ぶ悲劇。『古事記』の中でも、ひときわ文学性の高い章段。歌謡を用いず、散文だけで悲劇を語る。『古事記』を代表する章段ゆえ、多くの論考がある。荻原千鶴『日本古代の神話と文学』（塙書房、一九九八年一月）が要点をまとめる。

ストーリーは記紀でほぼ同じだが、心情描写を中心に『古事記』の方が文学性・悲劇性を意識しているという。沙本毘売は「哀《かな》しき情《こころ》に忍《あ》へず」天皇を殺せない。かといって兄を愛する心も「忍《あ》へず」して密かに宮中を抜け出して、兄の陣営に飛び込む。天皇も三年間ともに暮らした沙本毘売への愛情に「忍《あ》へず」、攻めることを躊躇う。中西進が指摘するように、『古事記』では「忍《あ》へず」という言葉が、登場人物の緊迫した心理を的確に表現する（『大和の大王たち』角川書店、一九八六年一月）。

『日本書紀』には天皇からの愛情表現がない。一方『古事記』は、天皇と兄との間で愛に悩み苦しむ悲劇を文学的に描く。かような文学性を獲得するまでには、何段階かを経ていることが想定される。

原話（第一段階）としては、夫より兄を選ぶ話であったとされる。沖縄のオナリ神に代表される、家や家人の安全を守るために神祭りをする女性の姿を基にする（倉塚曄子『巫女の文化』平凡社、一九七九年一月）。古代王権が「兄の霊的守護者」である妹を「兄から引き離す」。守護者の召し上げは王権の安定に繋がる。しかし「兄妹の古代的紐帯」の方が強かったので、妹は兄のもとに戻る。

この兄妹の関係は、神と神の嫁という関係に置き換えることもできる。沙本の神に仕える沙本毘売（神の嫁）が、天皇の后となる。沙本家の神は嫉妬して、沙本毘売を呼び戻す。神に逆らうことは出来ないので、沙本毘売は実家の神のもとに戻る。神のもとに赴くことは、人間界から見れば、死ぬことになる（崇神紀・箸墓伝承等）、といった原話（第一段階）があったのであろう。

そのような神と人との話が、人同士の話（第二段階）へと変わる。神の意志を兄の沙本毘古が代弁する話となる。嫉妬のあまり神＝兄は、天皇を殺すことを妹に命じる。反逆の話に変貌する。兄の発言は神の意志だから、妹は従う。しかし妹はすでに人間を愛する心を持ってしまった。天皇は殺せない。愛情の板挟みで悩む沙本毘売像が造形される。愛に翻弄されて死を選ぶ女性の悲劇が誕生する。

そして第三段階では、さらに悲劇性や文学性を求めて脚色するようになる。天皇を愛おしむゆえに刃を振り下ろすことができない沙本毘売。『古事記』では「三度《みたび》挙《ふ》りて、哀《かな》しき情《こころ》に忍《あ》へず」、天皇を殺せない。そのことを天皇は夢で悟る。この部分は、『経律《きょうりつ》異相《いそう》』等の漢訳仏典を参考に脚色されたようである（瀬間正之「沙本毘売物語と漢訳仏典」（『古事記年報』三〇、一九八八年一月）。

また『古事記』で、母子ともに助けようとする天皇軍をかわすために、沙本毘売が衣に細工を施す場面は『捜神記』を参考にしたようだ（神田秀夫「羅雀記一」（『古代文学』二、一九六二年一二月））。

さらに『古事記』では、悲劇を強調するために会話文を有効利用する。天皇が発する愛の言葉を記し、沙本毘売は兄の発言をそのまま繰り返して天皇に伝える（二重会話）。『日本書紀』にはない。青木周平は説得性を増すための自覚的な表現と説く（『古事記研究』おうふう、一九九四年一二月）。

以上のような段階を経て、「天皇を愛する妹が、最終的には兄（神）のもとに戻って死ぬ」という原話を、文学性の高い悲劇に作り変えたのであろう。この段階で、天皇と后との話は、一応終結する。

ただし物語は御子出生へと展開する。出雲大神を鎮める次段「39本牟智和気《ほむちわけ》の御子《みこ》」段の伏線として、本牟智和気御子に神聖性を付与する。火の着いた稲城から御子が登場する場面である。「23木花之佐久夜毘売」段で、「天つ神の御子」であることを証明するために、産屋に火を放つ場面と似る。『古事記』では燃え盛る火の中で御子を出産したとする。そのことを確認するように、本牟智和気の「ホ」が「火《ほ》」の意味であることを、沙本毘売自身が解説する。『古事記』には、特別な聖なる御子を演出しようとする意図が見受けられる。一方、『日本書紀』では、既に御子は稲城で生まれており、天皇軍が火を点けた際に、皇子が稲城を出た、とする。落城寸前に皇子が危機一髪で救出されたことを述べる。出産の場面を語らないので、誕生の場面に神聖性を付与する意図はない。そして『古事記』では、御子の養育者として「大湯坐《おほゆゑ》・若湯坐《わかゆゑ》」を設ける。御子が成長することを重視する。『古事記』では「御子が生きのびて成長する」いう設定を設けて、次段に繋がるように叙述する。

『古事記』は、悲劇性・文学性を高めるように脚色すると同時に、後段と連結するための伏線を記す。では、このような話を『古事記』が載せる理由はどこにあるのか。

先に、后が実家に去るという話を原話として想定した。去る際、沙本毘売は「旦波比古多々須《たにはのひこたたす》美智宇斯王《みちのうし》」の娘に後宮を託すよう進言する。『日本書紀』でも「丹波道主王《たにはのみちぬし》」（紀）の娘に「后宮《きさきのみや》の事」を授けるよう進言する。後宮の主が、沙本の家から丹波の家に変更されたことになる。

皇位を継承する景行天皇の母は、旦波比古多々須美智宇斯王の娘「氷羽州比売《ひばすひめ》」。沙本系氏族を退け、丹波系氏族が後宮における自家の立場を確立させるために、伝承を作ったとも考えられる。だが「40丹波《たには》の四女王」段でも、半数の女王が帰国させられる。実家に去るという点では同じと言える。后が去り、別の后が後宮の主となる。前后が、後任の后を「浄《きよ》き公民《おほみたから》」と認定する。健全な後宮運営がなされる。特定氏族による後宮の独占ではなく、公平な後宮の継承・運営を物語るのであろう。

『古事記』では、「地《ところ》得ぬ玉作り」という諺が記される。「玉作り」集団は定住しないとされる。『古事記』の文脈からすれば「地得ぬ」すなわち「定住しない」ことに意味があるのではないか。特定一族出身の后が後宮に定住（独占）しないことを暗示した諺とも考えられる。健全な後宮を保つために、后が入れ替わる。そのことを語るために「后が去る話」を利用したのであるまいか。

天皇家・後宮から実家に去っていく后の姿を、文学的な悲劇として脚色する。歴史叙述の範疇を超えて、『古事記』の文学意識が如実に表れた章段である。

39 本牟智和気《ほむちわけ》の御子《みこ》

本牟智和気《ほむちわけ》の御子は、出雲大神の祟りにより話すことができない。大神を拝むと御子は話せるようになる。御子は肥長比売《ひながひめ》と一夜婚をするが、正体（蛇）を知り逃げる。天皇は大神の神宮を造営する。

言葉を発することが出来ない御子が話せるようになった経緯を語る。話すことができないのは、言葉に関わる霊魂が欠如しているから。不具者は特定の霊魂が不足していると考えられていた。その霊魂が備われば、健常者になる。「二俣小舟《ふたまたおぶね》」で遊ぶのも、不足している霊魂を身につけさせるため。『出雲国風土記』の類話では、舟に乗せて八十島《やそしま》を巡らせる（仁多郡三沢郷）。必要な霊魂の在処《ありか》を探す。

本牟智和気の御子は、鵠《くぐひ》（白鳥）を見て口をパクパクさせ（「あぎとひ」）、話し出しそうになる。鳥は霊魂の運搬者であった。『日本書紀』では鵠を見て「是何物《これなに》ぞ」と話したので、鵠を追いかけて出雲で捕まえると話すことができるようになったとする。必要な霊魂は出雲にあったのだ。

だが『古事記』では鵠を見ても話はできない。木国《き》・針間国《はりま》・稲葉国《いなば》・旦波国《たには》・多遅麻国《たぢま》から東に行き、淡海国《あふみ》・三野国《みの》・尾張国《をはり》・科野国《しなの》を経て、高志国《こし》でやっと鵠を捕獲する。苦労して捕まえても、御子は話すことが出来ない。高志国には、探し求める霊魂はない。求める霊魂は出雲にあるからだ。

不具者に霊魂が欠けているのは、その不具者を好く神が霊魂を隠しているからと考えられていた。

好きな子の大切な物を隠すのと同じ。神の存在に気づくように神は霊魂を隠す。だから、神を見つけて祭れば霊魂を返してもらえる。沖縄ではシャーマンになる前に原因不明の病（カミダーリィ・巫病）になると、神探しの旅に出る。神に取り上げられた霊魂を見つける旅である。霊魂の不足は神に好かれている証拠であるから、シャーマンたちは「自分は特別に選ばれたのだ」という選民意識をもつ。

本牟智和気の御子も、選ばれた存在だから大神は霊魂を隠す。異伝が載る『尾張国風土記』逸文（『釈日本紀』所引）では、七歳まで口がきけなかった「品津別《ほむつわけ》の皇子」は、「多久《たく》国」の「阿麻乃弥加都《あまのみかつ》比女《ひめ》」神を祭ると治ったという。「神に選ばれた者が呼び寄せられる話」が原型であったと推定される。因みに『出雲国風土記』には「天甕津日女《あめのみかつひめ》」（秋鹿《あいか》郡伊農《いぬ》郷）が登場し、「阿遅須枳高日子命《あぢすきたかひこ》」の類話（仁多郡三沢郷）が載る。言葉の霊魂と出雲との関わりを考えさせる。

神に選ばれた本牟智和気の御子は、出雲国造の祖・岐比佐都美《きひさつみ》が神との間を取り持つと、言葉を発するようになる。御子が神と出会う。出雲の大神を拝む場所は肥河《ひのかは》（斐伊川《ひいかわ》）。出雲国を代表する大河。その肥河を象徴する女性が肥長比売《ひながひめ》。肥長比売の正体が「蛇」というのは、砂鉄を含む暴れ川である斐伊川の姿とも通じる。ヤマタノヲロチ（「10八俣のヲロチ」段）の女性バージョンであろう。

その肥長比売と、本牟都和気の御子は聖なる婚姻（一宿婚《ひとよこん》）をする。出雲の大神の土地を象徴する女性と結ばれる。出雲の大神を祭る者、シャーマン（男覡）になるかのような儀式である。

だが『古事記』では御子はシャーマンにならない。御子は出雲と決別する。肥長比売の正体を見て逃げる。「5黄泉の国」段、「25豊玉毘売」段と同じ「見るなの禁」である。驚いた男は、謡曲「黒塚」の鬼婆、昔話「三枚の御札」等のように逃げる。逃げ切った男は生還する。逃げ切れないと、道成寺（『法華験記』下・一二九、『今昔物語集』一四巻・三話等）のように、男は死ぬ。

本牟智和気の御子は逃げ切る。出雲の大神から必要な霊魂を手に入れて逃げる。大国主神の根の国訪問譚のように、異界の力を獲得して（盗んで）逃げる話型（逃竄譚）を用いる。「神に選ばれた者が呼び寄せられる話」に、逃竄譚を付け加えて、御子が祭祀者（シャーマン）とならないようにする。

御子がシャーマンにならないために『古事記』では出雲国造の祖「岐比佐都美」を登場させる。祭祀はあくまでも出雲国造が行う。出雲国造が取り持ち、出雲の大神の霊力を天皇家に付与するという構図になっている。この構図は「出雲国造神賀詞《いづものくにのみやつこかむよごと》」（『延喜式』祝詞）にも見られる。オホナモチは、「皇孫」の「守り神」として、大物主・アヂスキタカヒコ・コトシロヌシ・カヤナルミを奉って、杵築《きづき》の宮に鎮まる。その仲介を出雲国造が務める。祭祀氏族は神と天皇家との間を仲介した功績を主張する。中臣も「中執《なかと》り持ちて」（『延喜式』「中臣の寿詞」）と主張する。天皇家が祟り神を祭らなくても平穏に過ごせるのは、我が一族がいるからである、とする。氏族の主張を『古事記』は受け入れる。

ただし見方を変えれば、天皇家は祟り神に翻弄されないことになる。天皇はあらゆる天つ神・国つ神を祭ることを任務（神祇令10）とするが、祟り神とは直接関わらないですむ。「34崇神天皇の祭祀」段でも、祟る大物主神を祭るのは「神の子」である意富多々泥古《おほたたねこ》。祟りを起こす神は、専属の祭祀氏族に任せれば良い。祟り神と直接交渉しなければ、天皇家は被害に遭わない。穢れも受けない。

本牟智和気の御子は、祟り神の祭祀者にはならない。天皇家は祟り神の霊力を獲得しても、祟り神とは直接関わらない。それが「逃げる」ということであったのだろう。しかし御子は本性を知っている。神の本性を知ることは、神を操作することが出来ることを意味する。本性を表す本名を他人に知られると、他人に霊魂を操作されてしまうので、本名を明かさないという信仰と同じである。

天皇家は、祟り神の霊力を得ながらも、祟り神の負に接触しない。しかも祟り神の本性を掌握している。そのために本牟都和気の御子は、神から霊魂を得つつも、本性を見て逃げるという話になっているのだろう。肥長比売の話には、以上のような意図があったと考えられる。

本牟智和気の御子は「八拳《やつか》鬚《ひげ》心《こころ》前《さき》に至るまで」話せない。スサノヲも「八拳須《ひげ》心前に至るまで」泣く。そのスサノヲから、大国主神は呪具と姫とを盗むように持ち出す。そして本牟智和気の御子は、出雲の大神（大国主神）から言葉の霊魂を持ち出す。『古事記』では、スサノヲに重ねられた本牟智和気の御子が、大国主神に盗まれたスサノヲの呪力を取り戻すかのような形になっている。

天皇は神に感謝して神宮を造営する。「20国譲り」段で大国主神の宮殿を造営するのと同じである。

神に選ばれた御子が、祟り神から霊魂を授かる。だが祟り神とは決別しなければならない。だから肥河から逃げて霊力だけ持ち帰る。あたかも大国主神に盗まれた呪力をスサノヲが取り戻すかのように。

不具者の話に逃竄譚を付加して、天皇家と出雲の大神との関係を説く。垂仁朝の国作りの一コマ。

40 丹波《たには》の四女王

沙本毘売命《さほびめ》の進言を受け、天皇は美知能宇斯王《みちのうし》の娘四人を召し上げる。だが三女歌凝比売命《うたこりひめ》と四女円野比売命《まとのひめ》とは醜いので帰される。恥じた円野比売命は自害を決意。堕国《おちくに》の険しい淵に堕《お》ちて死ぬ。

醜いことを理由に入内が認められず、帰された女性が自害する。醜い石長比売が帰される話（「23木花之佐久夜毘売」段）と似る。「醜《しこ》」は、異郷の強い呪力を有する存在に対して使用される語。地方には祭祀を司る女性がいる。そのような女性を全て天皇に奉り、服属の意を表す（川上順子『古事記と女性祭祀伝承』高科書店、一九九五年六月）。だが、そうすると地方の祭祀を行う者がいなくなってしまう。そこで地方の祭祀を存続するため、中央祭祀を身につけさせた上で、半数の女性を戻すのだともいう（鈴鹿千代乃『古代からの風』日本国語国学研究所、二〇一八年七月、448頁）。献上された姫たちの父旦波比古多々須美知能宇斯王《たにはのひこたたすみちのうし》は、淡海《ちかつあふみ》の御上祝《みかみのはふり》が祭祀する天之御影神《あめのみかげ》の娘・息長水依比売《おきながのみづよりひめ》の子。「御上」は滋賀県の御上神社。祭祀の血を引く。鈴鹿説には一理ある。

本章段には不可解な点がある。「大した意味はない」ともいうが、考えてみる価値はありそうだ。

①沙本毘売命は「兄比売《えひめ》・弟比売《おとひめ》、茲《こ》の二柱《ふたはしら》の女王《ひめみこ》」を推薦するのに、四柱が召し上げられる。

②『古事記』では、帰されたもう一柱の歌凝比売《うたこりひめ》についてはなにも記さない。

③系譜では三柱（氷羽州比売命《ひばすひめ》、沼羽田之入毘売命《ぬばたのいりびめ》、阿耶美能伊理美売《あざみのいりびめ》）が入内（『日本書紀』の系譜も同じ）するが、本章段では二柱（氷羽州比売命と弟比売命）のみの入内を記す。

④『日本書紀』では五柱の妃が奉られ、一柱（竹野媛《たかのひめ》）のみが帰され、四柱が入内する。

⑤帰されるのが『古事記』では円野比売、『日本書紀』では竹野媛、と異なる。

⑥『日本書紀』では真砥野媛《まとのひめ》は帰されずに入内したことになっている。子はいない。

①は先にあげた川上順子の意見によれば、服属の意を表すために全ての娘を献上したと理解できる。

②についても鈴鹿説によれば、歌凝比売は無事に帰国して自国の祭祀を継承したのであろう。沙本毘売命は半数が帰ることを予め知っていたので「浄《きよ》き公民《おほみたから》、二《ふたはしら》の女王」を推薦したことになる。

問題は③〜⑥。入内者については、説話・伝承よりも系譜記事の方が資料的には確かであろう。③のように三柱が入内した伝えを基本として考えた方がよかろう。『古事記』説話では氷羽州比売の妹を「弟比売」として一括しているようだ。氷羽州比売命は「皇后」（垂仁紀）なので弟比売命とは別格であった。因みに、日葉酢媛命《ひばすひめ》が薨じた際、野見宿祢《のみのすくね》は殉死をやめて代わりに埴輪を墓に建てるよう進言する（『日本書紀』垂仁三二年七月）。著名な氷羽州比売命以外は弟比売命として一括する。

入内した三柱と自害した一柱、それに鈴鹿説を踏まえると自国に戻って祭祀を継承した歌凝比売が献上されたことになる。合計五柱。三柱が入内、二柱が帰されるという形が原伝承として想定される。

その点で『日本書紀』が④五柱献上というのは数的には意味がある。ただし五柱を献上したのが本来的な伝承であったとしても、『日本書紀』では帰国したもう一人の歌凝比売については記載がない。おそらく自殺もせずに無事帰国したので、『日本書紀』が見た原伝承には、記載がなかったのだろう。

⑤帰された女性が異なるのは別名と考えてはどうか。真砥野媛の別名が竹野媛であったと。それを『日本書紀』は二柱と理解したので真砥野媛を入内させた（⑥）。結果、④四柱の入内、五柱の献上となったのでだろう。なお開化天皇妃に竹野比売がいる。系譜の混乱か。以上のことまとめる。

【原伝承】A五柱献上（氷羽州比売命、沼羽田之入毘売命、阿耶美能伊理美売命、円野比売、歌凝比売）

B三柱入内（氷羽州比売命、沼羽田之入毘売命、阿耶美能伊理美売命）

C二柱が帰される（円野比売、歌凝比売）。

D帰る途中で自害した一柱（円野比売）。

E帰されて自国の祭祀を継承した一柱（歌凝比売）。

【垂仁記系譜】 B三柱入内。（ACDEが欠）

【古事記】C二柱が帰される。

D帰る途中で自害した一柱（円野比売）。

E帰された〔自国の祭祀を継承〕一柱（歌凝比売）

※変型＝沼羽田之入毘売命と阿耶美能伊理美売命を「弟比売」として一括して四柱に。

＝歌凝比売の事績〔自国の祭祀を継承〕を省略。

【日本書紀】Ａ五柱献上。
Ｄ帰る途中で自害した一柱（竹野媛＝真砥野媛の別名）。
※変型＝竹野媛と、その別名・真砥野媛を二柱と理解。
↓Ｄ帰る途中で自害した一柱の名が『古事記』と異なる。
↓Ｂ三柱入内に、竹野媛の別名・真砥野媛を加えて四柱の入内とする。
↓結果、五柱が献上されたことになる。
＝Ｅ帰されて自国の祭祀を継承した一柱（歌凝比売）が省略された記録が基。
↓帰されたのはＣ二柱ではなく、一柱になる。

次に円野比売が死ぬ理由。一人だけ帰されたことを恥じたためと一応は理解できる。ただし前述のように円野比売は、祭祀の家柄の女性であった。巫女の死は、神の国に行くことを意味する。大物主神《おほものぬし》の妻・倭迹迹姫《やまとととびめ》（『日本書紀』崇神一〇年九月）、川の神に遺体を奪われる印南別嬢《いなみのわきいらつめ》（『播磨国風土記』）、山の神が沼に引き込んだ弟日姫子《おとひひめこ》（『肥前国風土記』）等、巫女が神の国に行くことは、人間界から見れば「死ぬ」ことになる。『古事記』では真福寺本他多くの写本が「本主《もとつぬし》に返し送りき」とある。円野比売の「本主」は神であったか。「醜」は異郷＝神の国に赴く資格を示すか。

神の嫁を天皇に献上する。だが自国の祭祀継続のために半数を帰国させる。一人はこの世で祭祀をし、一人は強い呪力（異郷性）を持つので神の国に赴く（死ぬ）。それを心情を交えて悲劇的に描く。

41 多遅摩毛理《たぢまもり》

多遅摩毛理《たぢまもり》は、天皇の命令で常世国《とこよのくに》の「ときじくのかくの木実《このみ》」を採りに行く。だが帰国すると天皇は既に崩じていた。天皇陵の前で木実を捧げ、叫び泣き、ついに自害する。この実は今の橘である。

広く一般に「不老不死の薬を得る直前に崩御してしまう天皇と、殉死する忠臣との悲劇」とされる。「ときじくのかくの木実《このみ》」は、『日本書紀』に「非時香菓《ときじくのかくのみ》」（垂仁紀九九年明年三月条）とあることから、「時を定めず香っている実」の意とされる。『古事記』『日本書紀』では、「今の橘」と注する。「今」とは記紀編纂時の「今」。この注記は、説話内容と編纂時の理解とにギャップがあり、そのギャップを合理的に解決しようとした編纂者の解釈である。だが説話上の「ときじくのかくの木実」と「今の橘」とは同一ではない。「橘」とは切り離して「ときじくのかくの木実」を捉えるべきである。

ただし、編纂者が「今の橘」と理解したことには訳がある。「ときじくのかくの木実」と橘とには類似するイメージがあった。常に橘の樹に生る虫を「常世の神」と崇めるように（『日本書紀』皇極三年七月）、橘は常世を感じさせる木であった。常緑樹の橘は、永遠性や繁栄のイメージをもつ。

葛城王が臣籍降下して橘姓を賜る際、聖武天皇は、実・花・葉を褒めて橘一族の繁栄を祈念する（『万葉集』巻六・一〇〇九）。また『続日本紀』によれば、この時天皇は勅語して橘の実・枝・葉が、いかなる気候でも萎まずに茂っている様子は、珠玉や金銀と等しい価値をもつと述べる（『続日本紀』天平八年一一月）。視覚的な観点から、橘に永遠性を見出す。

しかしながら、やはり本章段での「ときじくのかくの木実」と「橘」とは区別を要する。前掲の橘では視覚的な側面に興味が集中する。対して「かくの木実」は「かく」＝香りに着目している。大伴家持も「橘の歌」で、タジマモリの故事を引用した上で「かぐはしみ」と匂いの良さを詠む。

……田道間守《たぢまもり》　常世に渡り　八矛《やほこ》持ち　参ゐ出来《でこ》し時　時じくの　かくの菓実《このみ》を　恐くも　残したまはれ……白たへの　袖にも扱《こ》き入れ　かぐはしみ……（『万葉集』巻一八・四一一一）

多田一臣が指摘するように、ここでの匂いとは、嗅覚・視覚を含めた「全身的な感覚」で「周囲に浸透するような霊力・霊質」（『古事記私解』花鳥社、二〇二〇年一月）のことであろう。

古代において、視覚と嗅覚とは別個のものではなく、一体化した感覚であった。我に迫ってくるモノを主体にすると「にほふ」、迫まられる我を主体にすると「見ゆ」と表現するようだ。視覚・嗅覚に限定されない、ググッと迫ってくるモノに対する身体的な感覚が基盤に存する。

「ときじくのかくの木実」が発する、肉迫してくるような感覚を、この説話の根底に見据える必要がある。常世の国の霊的なモノが迫ってくるようにやってくる感覚である。

常世は理想郷ともされるが、沖縄のニライカナイ（ニール・ネンヤ）と同じように、混沌とした世界であったようだ。死者が赴く国、死者が祖霊となる国、祖霊は不老不死、祖霊の国だから豊かな国、その国から時を定めて祖霊がやってきて富（根源的な力）を与える。豊かな反面、死者世界とも関わり、怖い側面も有する。常世の国も、同様の複層性を持っていたと考えられる。
常世の霊力がこの世にやってくる。常世の国には不老不死の霊力もあった。

我妹子は　常世の国に　住みけらし　昔見しより　をちましにけり　（『万葉集』巻四・六五〇）

（あなたは、常世の国に住んでいたようだ。前に会った時よりも若返っているぞ。）

多遅摩毛理は「木実」を縵八縵《かげやかげ》、矛八矛《ほこやほこ》にして帰国する。縵と矛とは、「干し柿」のように「木の実を縄に下げて輪にしたもの」と「串に木の実を刺し通したもの」（三浦佑之『口語訳古事記』文藝春秋、二〇〇二年六月）という。二種類の形状にして持ち帰る。

『日本書紀』によれば、常世国は神仙が隠れ住む場所にあり、一〇年の歳月を要して帰国する。天皇崩御の約八ヶ月後とする。天皇は受け取ることが出来ない。結局常世の力は天皇には齎《もたら》されない。『古事記』では、縵八縵・矛八矛のうち、半分の縵四縵・矛四矛を大后（比婆州比売命《ひばすひめ》）に献上する。ならば、大后を介して天皇家に常世の霊力は届けられたことになる。

しかし「ときじくのかくの木実」の効果を『古事記』は記さない。しかも受け取った大后も他界してしまう。不老不死の力は天皇家に齎されていない。「23木花之佐久夜毘売」段で、「天皇命等《すめらみことたち》の御命《みいのち》長くあらざるなり」というように、天皇家の人たちの生命には限りがある、という状態は続く。

縵と矛とは、半数では効力が無かったことになる。「大八島《おほやしま》」「八百万《やほよろづ》」というように「八」は聖数。

霊力が満ちて足りて、その霊力を発揮して効果を現すことのできる数が「八」であったのだろう。何故「八」なのかは未詳だが、「縵八縵・矛八矛」という数がそろって初めて効果を発するのであろう。

多遅摩毛理は、常世の力を無力化する。霊力は使用する者によって悪用される。使用することが許される資格がなければ授与されない。そのことを、神仙に足を運んだ多遅摩毛理は承知している。だから霊力を発揮しない状態の縵四縵・矛四矛にして献上した。実物を献上することによって任務を遂行したことを報告する。不老不死等の常世の霊力を封印することによって、人は人であり、永遠の命は得ることができないことの起源を語る。神の世ではない、人の世の出来事である。

垂仁朝は、政・武・祭の形が一応整う（「37垂仁天皇の系譜」）。後宮の運営方針も決まり（「38沙本毘古命の反乱」）、地方神及び祭祀者との関係も整備される（「39本牟智和気の御子」「40丹波の四女王」）。一定の安定が齎される。それを言祝ぐように、常世から霊験あらたかな「木実」がやってくる。霊力を発しながら迫ってくる。常世の霊力が届けられて、満ち足りた世の中になるはずであった。だが、天皇はその霊力を受け取る寸前に崩じる。常世の霊力を天皇は掌中に納めることが出来ない。国作りは未だ途中である。国作りは、次の景行朝に引き継がれる。

概して垂仁記では、人の世だから起こる悲劇を描く。実家と天皇家、神と天皇、地方と中央、常世とこの世、生と死、といった二つの世界の中間で悩む人々の苦悩と悲劇である。狭間で揺れ動く人の苦悩と悲劇。人間にとって根本的な命題である。

42 景行天皇《けいかうてんわう》の系譜

景行天皇の御代。八〇名の皇子女が生まれる。そのうち本系譜では、七名の妃との間に生まれた二一名を記す。三名が太子となる。七七名の王《みこ》が国造《くにのみやつこ》・和気《わけ》・稲置《いなき》として全国に分かれていった。

子だくさんの景行天皇の子孫が全国に広がっていき、国内に一応の安定が訪れたことを語る系譜である。無論その前提には、本章段で「小碓《をうす》命は、東西の荒ぶる神と伏《まつろ》はぬ人等を平《ことむ》けたまふ」と記されるように倭建命が武力平定を行う。国境制定（成務朝）、海外進出（神功朝）の前提をつくる。

景行天皇（大帯日子《おほたらしひこ》）・成務天皇（若帯日子《わかたらしひこ》）・仲哀天皇（帯中日子《たらしなかつひこ》）はタラシヒコ三代とよばれ、「帯《たらし》」を名に負う天皇である。仲哀天皇の大后（神功皇后）も「息長帯比売《おきながたらしひめ》」と「タラシ」を名にもつ。垂仁朝のイリ系譜からタラシ系譜へと移行する。「タラシ」は「足らし」の義で「充足する」「満足する」の意（川副武胤「古事記における『帯』『多羅斯』の用法」〔『日本歴史』320、一九七五年一月〕）。満足できるような国の状態を作った天皇ということになる。それは武力を伴うものであった。

タラシ天皇は、「タケ」の名を持つ者とパートナーとなるという為政者観があったようだ。『日本書紀』によれば、景行天皇は「日本武《やまとたける》の功《いさみ》を美《ほ》めたまひて異《こと》に愛《めぐ》みたまふ」（景行紀二八年条）と述べ、日本武尊《やまとたけるのみこと》が崩じた後は「今より以後、誰人《たれ》と与《とも》にか鴻業《あまつひつぎ》を経綸《をさ》めむ」（景行紀四〇年条）と嘆く。

成務天皇は同じ日に生まれた武内宿祢《たけしうちのすくね》を「異《こと》に寵《めぐ》みたまふ」（成務前紀）。武内宿祢は気息足姫《おきながたらしひめ》とともに新羅遠征を果たす。仲哀天皇は父日本武尊を慕うことから始める。『日本書紀』におけるタラシ天皇は、タケ（武力）とセットになって国を治める、という為政者観があったようだ。

ところが『古事記』では天皇と倭建命とは分離している。「44倭建命の西征」段では、兄を殺害する倭建命の「建《たけ》く荒《あら》き情《こころ》を惶《おそ》りて」、遠ざけるかのように西国平定に向かわせる。「46倭建命の東征」段でも、天皇は倭建命に頻りに東国平定を命じる。倭建命は父に嫌われていることを実感して「天皇既に吾の死ぬことを思ほす」（天皇は、私が死ねばよいとお思いだ）と嘆く。『古事記』の文学性を端的に示す場面である。『日本書紀』とは異なり、『古事記』では、タラシとタケとが分裂する。

タケの力を疎んじる天皇像である。しかし、タケの力が無ければ「タラシ」の状態は維持できない。疎んじたタケの力を天皇自身が獲得する必要性が生じる。そこでタケの力を有する者と結婚する。それが倭建命の曽孫訶具漏比売《かぐろひめ》との異世代婚であったのだろう。この異世代婚は『古事記』のみ記す。訶具漏比売は、東征時に人身御供となった弟橘比売（「47弟橘比売命」段）と倭建命との間に生まれた若建《わかたける》命の孫にあたる（「51倭建命の系譜」段）。倭建命のタケ（武）を継承する血筋である。

結婚によって女子の霊力を身につけ、王になるという信仰がある。出雲国造が百姓の女子を娶り、「神宮の釆女」とした（『類従三代格』延喜一七年一月一一日太政官符）のも同じ信仰による。異世代婚はしばしば見られるが、自分の玄孫《やしやご》を娶るのは尋常ではない。信仰的な理由によるのであろう。

【景行天皇系譜】

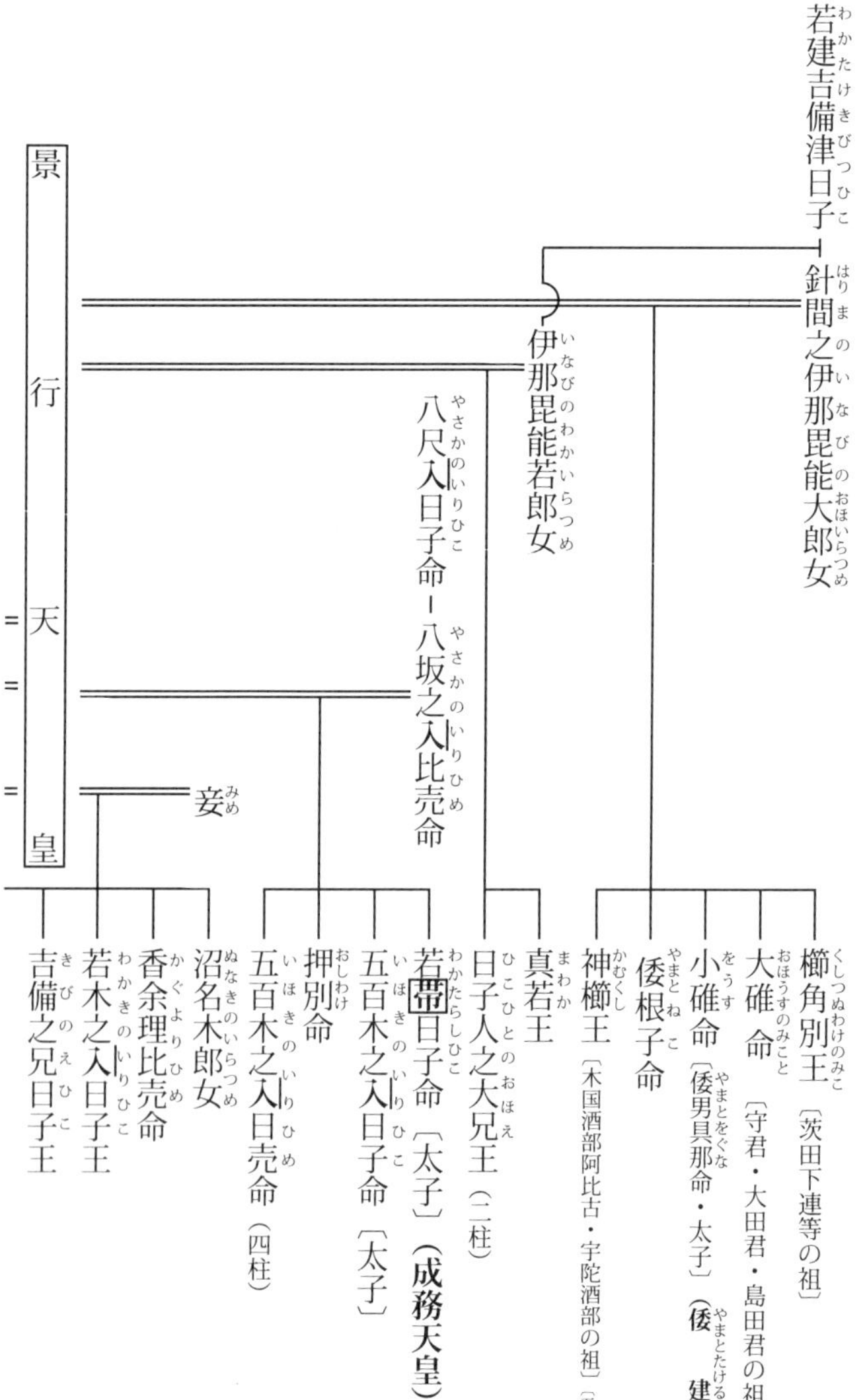

若建吉備津日子《わかたけきびつひこ》
針間之伊那毘能大郎女《はりまのいなびのおほいらつめ》
伊那毘能若郎女《いなびのわかいらつめ》
八尺入日子命《やさかのいりひこ》
八坂之入比売命《やさかのいりひめ》
景行天皇
妾《みめ》
櫛角別王《くしつぬわけのみこ》〔茨田下連等の祖〕
大碓命《おほうすのみこと》〔守君・大田君・島田君の祖〕
小碓命《をうす》〔倭男具那命《やまとをぐな》・太子〕（倭建命《やまとたける》）
倭根子命《やまとねこ》
神櫛王《かむくし》〔木国酒部阿比古・宇陀酒部の祖〕〔五柱〕
真若王《まわか》
日子人之大兄王《ひこひとのおほえ》〔二柱〕
若帯日子命《わかたらしひこ》〔太子〕（成務天皇）
五百木之入日子命《いほきのいりひこ》〔太子〕
押別命《おしわけ》
五百木之入日売命《いほきのいりひめ》〔四柱〕
沼名木郎女《ぬなきのいらつめ》
香余理比売命《かぐよりひめ》
若木之入日子王《わかきのいりひこ》
吉備之兄日子王《きびのえひこ》

（大帯日子淤斯呂和気天皇《おほたらしひこおしろわけ》）
＝高木比売命《たかきひめ》
＝弟比売命《おとひめ》（六柱）
＝妾《みめ》
　├豊戸別命《とよとわけ》
　└沼代郎女《ぬしろのいらつめ》（二柱）
＝日向之美波迦斯毘売《ひむかのみはかしびめ》
　└豊国別王《とよくにわけ》〔日向国造の祖〕（一柱）
＝訶具漏比売《かぐろひめ》〔倭建命の曽孫〕
　└大枝王《おほえ》（一柱）

倭建命＝弟橘比売命《おとたちばなひめ》
　└（若建王《わかたける》）－須売伊呂大中日子王《すめいろおほなかつひこ》）－**訶具漏比売**

倭地方を鎮めた「イリ」系天皇の国作りを踏まえ、全国を平定する武力（タケ）によって充足した「タラシ」の世となる。『古事記』が太子を三人置くのも、「イリ」を継承し（五百木入日子）、タラシ（若帯日子＝成務天皇）とタケ（小碓命＝倭建命）とを分担する為政者観が基に存するのであろう。だが、『古事記』の景行天皇は、「タケ」の者を遠ざける。「タラシ」＝充足した世になれば、「タケ」の者は不要となる。ただ「タケ」の霊力は保有しなければならない。天皇は「タケ」の霊力を自分の身につけために「タケ」の血筋の娘と結婚する。「タラシ」と「タケ」とが一体化した天皇となる。それは壬申の乱で勝ち、平安を築いた天武天皇の姿とも重なる。全国の安定という点で両天皇は似る。『古事記』独自の国作り観・景行天皇像に基づき、編纂者が操作を行った系譜記事といえよう。

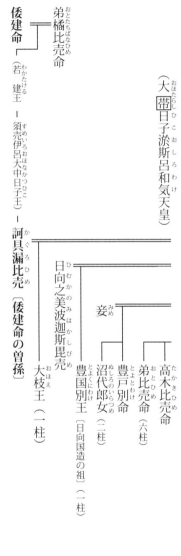

43 大碓命《おほうすのみこと》

大碓《おほうす》命は、天皇が召し上げようとした三野《みの》国造の娘を横取りして、自分の妻としてしまう。その後、大碓命は朝夕の食事に来なくなる。天皇は「諭せ」と小碓《をうす》命に命じる。小碓命は大碓命を殺害する。

大碓《おほうす》命の徳の無さと、小碓《をうす》命（倭建命《やまとたける》）の凶暴性とを語る。

『日本書紀』によると、二人の皇子の母は、皇后・播磨稲日大郎女《はりまのいなびのおほいらつめ》で、大碓皇子と小碓皇子とは双子であった。双子を不審に思った天皇は、誕生時に碓《うす》に雄叫びしたので大碓・小碓と名づけた。二人の皇子の母は皇后だから皇位継承の最有力候補者である。特に小碓命＝ヤマトタケルは、武力に秀でて、血筋も資質も天皇になる可能性が高い。事実ヤマトタケルの息子・仲哀天皇は即位する。だが二人の皇子は即位しない。即位するのは八坂之入日売命《やさかのいりひめ》の子・若帯日子命《わかたらしひこ》（成務天皇）である。兄の大碓命は天皇としての資質（徳）がないこと、弟の小碓命は凶暴性ゆえに疎んじられる。二皇子が即位できないのことの理由を述べた章段と考えられる。

大碓命の徳の無さは、二つのエピソードで語られる。一は、天皇が召し上げようとした女性を横取りすること。天皇が妃を迎える場合、「媒《なかだち》」が双方に意向を伝えて仲介する。その「媒」が女性を勝手に横取りしてしまうことがある。「媒」となった隼別皇子は、妃候補の女性をこっそり自分の妻にしてしまい、任務遂行の報告をしない（「密《ひそ》かに親《みづ》ら娶りて、復命《かへりごとまう》さず」）。天皇は恨む（『日本書紀』仁徳四〇年二月）。また「媒」のオホサザキ（仁徳天皇）は、献上すべき女性を見そめてしまう。そこで、正直に下賜を申し出る（応神記）。またはオホサザキの恋心を天皇が察して下賜する（応神紀一三年九月）。この場合、罪にはならない。ところが黙って横取りするのは反逆行為である。「復命」（任務遂行の報告）をしないのも罪に当たる。『日本書紀』では「密かに通《たは》けて」復命しない大碓命を、天皇は恨む。『古事記』でも罪を隠蔽しようとして偽って別の女性を献上する。二重の罪を犯す。天皇は大碓命の偽りを察知して、身代わりの女性とは結ばれない。

二つ目のエピソードは、朝夕の食事の挨拶に参上しないことである。「大御食《おほみけ》」とは神や天皇に奉る食事のことであるが、単なる食事ではない。「大御食」の献上は、恭順の意を示すことを表す。「大御食」に参上しない大碓命は、天皇に恭順の意を示さなかったことになる。文脈上は、兄比売・弟比売を横取りしてしまったことから天皇に顔向け出来なかったものと読み取れる。

二回にわたり、大碓命は天皇の意向に従わない。処罰されても致し方ない。『日本書紀』では、東征に派遣されそうになると、驚愕して草むらに逃げ込む大碓皇子の姿が記される。天皇は無理強いせずに、皇子が横取りした女性の国（美濃国）を与えて治めさせた。東征には日本武尊が行くことになる。大碓皇子と対比される日本武尊の勇猛さと、景行天皇の寛大さ（徳）とが強調される。

大碓命は天皇にふさわしくない。だから小碓命が大碓命を殺害するのは、父・天皇の気持ちを推し量ってことであったとも言える。天皇から「ねぎ教へ覚《さと》せ」と命じられると、小碓命はすぐさま行動を起こす。厠に入った時に手足をもぎ取る。中村啓信（角川文庫『古事記』）が指摘するように「ねぎ」には「懇切丁寧に」の意と、「もぎ取る」の意とがある。天皇は「懇切丁寧」に教えるように指示したつもりであった。だが小碓命は「もぎ取れ」の意で理解する。現代語でいえば、「やさしくする」の意味の「かわいがる」が、反語的に「痛めつける」という意味で用いられるようなものである。

景行天皇は、小碓命（倭建命）の暴力性を認めない。彼の「建《たけ》く荒《あら》き情《こころ》」を「惶《おそ》」れる。小碓命は、天皇の真意を読み取れない。天皇のために良かれと思って行ったのに、天皇の心は離れていく。悲劇の始まりである。『古事記』の景行天皇は、倭建命（小碓命）の暴力を疎む。だから西征から帰国しても褒めない。また死後も、白鳥となった倭建命の霊魂は、故郷を通り過ぎて倭国に戻れない。英雄を悲劇的に描こうとする『古事記』の文学意識が、そのようにさせたのである。

排除される者や弱者にスポットライトを当てるのは、『古事記』の特徴。その代表例が允恭記の「76軽太子《かるのひつぎのみこ》と軽大郎女《かるのおほいらつめ》」段である。『古事記』は、罪を犯して流される軽太子の悲劇を語る。おそらく「モノ（死者）語り」としての鎮魂を意図しているのであろう、悲劇的なストーリー展開となる。『古事記』における悲劇的な倭建命像は、日本武尊を賛美して天皇の徳を描く『日本書紀』とは対照的である。倭建命の悲劇性に焦点を絞るために、景行天皇の影は薄くなる。

旧辞（物語）では存在観のない『古事記』の景行天皇だが、帝紀的な部分（系譜）では功績を記す。

農耕民を組織化（田部《たべ》）して朝廷の直轄領（倭の屯家《みやけ》）を定める。また東国の水路（東《あづま》の淡《あは》の水門《みなと》）を整備して海産物の支配（膳《かしはで》の大伴部《おほともべ》）を確立する。さらに堤防に竹を植えて頑強な池（坂手池《さかてのいけ》）を作る。農耕・水産の献上ルートを確立する。狩猟品（男《をとこ》の弓弭《ゆはづ》の調《みつき》）と、織物・糸（女《をみな》の手末《たなすゑ》の調《みつき》）との徴収制度を作った崇神朝の国作り（「36建波迩安王の反逆」段）を一歩進める。

さらに『日本書紀』『豊後国風土記』における景行天皇は、自ら戦うという積極性をもつ。豊後国の血田では、土蜘蛛と呼ばれる原住民を殺戮する。その際、大量に流された血は踝《くるぶし》に及んだとする。

一方『古事記』の景行天皇は、穏やかで攻撃性を持たない。大碓命が別の女性を献上しても、面と向かって激昂することはない。諸本に異同はあるが、角川文庫本の訓読に従えば、

恒《つね》に長き恨みを経《へ》しめ、また婚《ま》きたまはずて、惚《なや》みたまふ。

というように、景行天皇は大碓命や替え玉の女性たちを攻撃しない。『古事記』では、内向的な性格で、感情を表に出さずに一人悩むといった人物に造形する。行動的で感情を露わにする倭建命とは対照的な存在である。見方を変えれば、倭建命の引き立て役とも言えそうである。前段で述べたように、武力（タケ）とは分裂した天皇（タラシ）である。

『古事記』は排除される者や敗者に光をあてる。その理由は鎮魂等さまざまに考えられるが、結果的に悲劇性や文学性が増すことになる。狡猾で臆病な大碓命、国作りに功績はあるものの感情をうまく表現できない景行天皇。即位できない悲劇のヒーロー倭建命のために作られた脇役的な存在である。

44 倭建命《やまとたけるのみこと》の西征

天皇は小碓命の凶暴性を恐れ、「礼無《ゐや》き」熊曽建《くまそたける》征伐を命じる。小碓命は女装して熊曽建の室に侵入。殺害する。最期に熊曽建は「倭建御子《やまとたけるのみこ》」の名を献上。帰国の途中、山河の神々を言向《ことむ》けする。

小碓命が圧倒的な力で熊曽建《くまそたける》を倒す。戦闘能力の高さとともに、暴力性も描かれることになる。ただし小碓命は自身の力のみによって熊曽建を倒すのではない。『古事記』では女装する際に、叔母の倭比売命《やまとひめ》の「御衣《みけし》」「御裳《みも》」を身に付ける。倭比売命は、伊勢の大神の宮を拝き祭《いつ》る（「37垂仁天皇の系譜」段）。『日本書紀』では「髪を解き童女《をとめ》の姿を作り」とだけあり、倭比売命については触れない。『古事記』は、天照大御神の力、加護によって熊曽平定を成し遂げる、という文脈をもつ。高天原の威光、神の援助によって成し遂げる国作りである。『古事記』中巻のテーマとも合致する。

女装・男装は、陰陽具有の聖なる存在を示す。天照大御神も戦闘時に男装する（「7誓約」段）。男女を具有した聖なる存在が熊曽建を伐つ。さらに『古事記』では伊勢大神の加護をも加える。

「熊曽」は南九州の民族で、反朝廷的な一族とされる。同じ南九州でも従順な者たちは「隼人《はやと》」と呼ばれる。「2島生み」段で「熊曽国」は生まれる。大八島国の一つなので、反抗は許されない。『古事記』の中で「大八島国」が記述されるのは、本章段と「2島生み」段のみ。「大八島国」は伊耶那岐・伊耶那美神が生んだ空間だから、高天原の神の支配を受けることになる。だから高天原の神の血を受け継ぐ天皇家に従うのが、大八島国に住むための絶対条件なのである。つまり「礼無《ゐや》き」者は大八島国に必要ないので殺害する。『日本書紀』で、日本武尊が帰路に殺した「悪《あ》しき神」も「礼無き」神ということなる。「従わないものは神でも殺す」という、国譲り以来の王権論理である。

ちなみに『日本書紀』では、帰路での神殺しによって「水陸」の道が開けたとする。西国が全て平定される。『古事記』では、この後に出雲平定（「45出雲建《いづもたける》」段）があるので、西国観に違いがある。

「礼《ゐや》」とは、敬意・恭順を示す作法。十七条憲法（『日本書紀』推古一二年四月）に「礼」は民を治める根本であり、上の者に「礼」が無いと下の者の秩序が乱れ、下の者に「礼」が無いと罪を犯すとある。「礼」が無い熊曽建は国家の秩序を乱すから殺害する。儒教に倣った王権の論理である。

十七条憲法では上の者の「礼」についても触れる。「礼」は下の者だけではなく、上の者にも必要なのである。『日本書紀』で日本武尊《やまとたける》が「天皇の神霊《みたまのふゆ》に頼《よ》りて」（天皇のご加護によって）熊曽国を平定したと報告する（景行二八年二月）のは、天皇に「徳」と「礼」が備わることを前提としている。

両性具有の聖なる小碓命が天照大御神の威光によって「礼無き」熊曽建を誅する。ただし『古事記』にはもう一つの文脈がある。倭建命が悲劇を迎えるという文脈である。倭建命は兄の大碓《おほうす》命を殺害する（「43大碓命」段）。これは「礼」といった観点からすれば「礼無き」にあたるのではないか。

参考となる例が『日本書紀』に載る。父の八十梟帥《やそたける》（熊曽）殺害を誘導する娘・市乾鹿文《いちふかや》に対して、景行天皇は「不孝の甚だしき」と誅する（景行二二年一二月）。景行天皇のことを思って父の殺害を誘導したにもかかわらず、天皇は「不孝」とする。『日本書紀』ではこの記事に対して「礼」とは書いていないが、十七条憲法を参考にすれば、天皇に礼を尽くさない八十梟帥は「礼無き」存在である。父に「礼」がないから、娘も「親不孝」という「礼無き」行動をとる。ともに秩序を乱す存在である。

これを念頭に置いて『古事記』を読んでみると、兄を残酷に殺害し、天皇を「惶《おそ》れ」させた小碓命も、同様の者ということになるのではないか。この一件以降、小碓命は凶暴性を増していく。

本章段では、逃げる熊曽建の「背の皮を取りて、剣を尻より刺し通」す（大系本）。動物のように扱い、酷い殺し方をする。異人性を示す比喩表現だが、「尻より剣を刺し通す」というのは、凶暴性を示しているとしか考えられない。さらに最期は「熟瓜《ほそぢ》の如く振り折《さ》きて殺」す。熟して蔕《へた》の落ちた瓜を引き裂くように殺す。『日本書紀』には「胸を刺す」とだけあり、残忍な表現は見られない。

そのような凶暴性をもつ小碓命を「礼無き」熊曽建は称えて、「倭建御子《やまとたけるのみこ》」の名を献上する。熊曽の「建《たける》」が、大倭国《やまとのくに》の「建き男《たけ》」に「建《たける》」の名を献上する。名は、そのものの本質であり、霊魂の一部である。「建」の名の献上は、熊曽建の霊力の献上を意味する。その霊力とは、屈強さであり、凶暴さであろう。とともに「礼無き」側面も付与されてしまったのではないか。「建」の名の献上をうけて、小碓命は、より強い霊力をもつ「倭建命」となる。だが同時に「礼無き」者の皮も被ることにもなってしまう。「倭建」という名の献上によって倭の男（倭男具那《やまとをぐな》）が英雄になったとする意見もあるが、名のもつ信仰的な意味合いを考慮すれば、熊曽建の霊魂が小碓命に移譲されたと理解すべきであろう。その際、「礼無き」性質、つまり秩序を乱す性質も受け取る羽目になってしまった。

要するに『古事記』には、倭建命が凶暴性を増して秩序を乱す「礼無き」者になるという文脈が潜伏する。多田一臣（『古事記私解』花鳥社、二〇二〇年一月）が指摘するように、倭建命は「反社会的な」「暴力性」をもつ。だから最終的に倭建命の霊魂（白鳥）は倭に帰ることができない（谷口雅博『古事記表現と文脈』おうふう、二〇〇八年一一月）。『古事記』で、父の景行天皇が倭建命を邪険に扱うのは、暴力性・凶暴性に加えて反秩序的・反王権的な「礼無き」者であったからだろう。

一方『日本書紀』の景行天皇は、日本武尊の「雄々《をを》しき気」（屈強さ）を英雄として讃美する。父と子は支え合い、ともに国作りを行う。日本武尊は「武」（タケ）と徳とを兼ね備えた「神人《かみ》」であって、天皇位に即くべき英雄なのである（景行四〇年七月条）。そのような臣下をもつ景行天皇も有徳の天子であって、君臣の理想的な在り方を描いている。父子は深い愛情によって結ばれている。

『古事記』は二つの文脈を重ねる。一は、男女を具有した聖なる小碓命が伊勢の大神の援助を得て「礼無き」熊曽建を伐つ、という文脈。二は、暴力性をもつ小碓命が「礼無き」熊曽建の霊力を受け継ぎ、「礼無き」者になって排除されるという文脈。後者は排除される悲劇の伏線となっている。

天照大御神の加護を得ながらも、「礼無き」者となって排除される。国家のために働く者が反国家的になっていく。そのような悲劇が『古事記』の文学性を支えている。

45 出雲建《いづもたける》

倭建命が出雲建《いづもたける》を伐つ。まずは友となる。沐浴、刀の交換をして信頼関係を作った後、不意打ちをする。倭建命が渡したのは木刀。抜刀できない出雲建は斬られる。「あはれ」の歌を詠み、復命する。

本章段での倭建命は二つの顔を持つ。騙し討ちする武人の顔と、「友」を作る人間的な顔とである。『古事記』では熊曽平定後、倭建命は出雲に立ち寄る。これは垂仁記で出雲大神の神宮を造営すること（「39本牟智和気の御子」段）と関わるのだろう。「20国譲り」段では、事代主神が神託によって宗教的（信仰的）な国譲りをした後、建御名方神が武力的に国を譲る。宗教と武力という二回の国譲りを行う。大国主神のお膝元の出雲は、宗教・武力の二回の平定が必要と『古事記』は考えたようだ。本章段では、倭建命が武力で出雲を平定することを語る。騙し討ちをする武人（タケ）の姿をもつ。もう一つの倭建命像は、出雲建と「友」を結ぶ姿。「結友」は「歓語して時を移し予に友《とも》を結び」（『後漢書』五四・呉祐伝）とあるように親しく付き合うこと。「友」とは「ともに行動し、考えを同じくする仲間や友人の意」で「中国文人の『交友』の影響を受けたもの」（『万葉語誌』筑摩書房、二〇一四年八月、塩沢一平執筆）である。同じ価値観をもつ者が友。本章段の「結友《ともがきをむすぶ》」も、中国的な「交友」の意。「友」が「沐《かはあみ》」をする。「沐」は清めるの意。「其の身を潔くし、香水を澡浴《かはあ》みて」（『日本霊異記』上・八)、「乃《すなは》ち沐浴斎戒《ゆかはあみものいみ》して、殿の内を潔浄《きよまは》りて、祈《の》みて」(崇神紀七年二月)、「浄沐《ゆかはあみゆするあみ》して祈みて」(崇神紀四八年正月)等。身も心も清めて刀を交換する。「裸の付き合い」である。

交換とは、文化人類学が指摘するように、極めて親しい間柄で行われるコミュニケーション方法である。信仰的には、互いの霊魂を交換することを意味する。つまり同じ霊魂を共有するのである。

そのように価値観、心身、霊魂を同じくする「友」が、突如決闘する。『日本書紀』の類話(崇神六〇年七月)には、「游沐《かはあみ》」した後に勝手に相手の真刀を取って斬り殺す。信頼関係に基づく交換の場面はない。『古事記』では、信頼関係を築き、倭建命と出雲建とが睦ぶ過程を描いて友を強調する。

そのように信頼関係を結んだ友を倭建命は騙して裏切る。本章段の倭建命について、諸注は知将とするが、卑怯な感は拭えない。本当に「知将」と言いうるのか。確かに騙し討ちを知将とする考えがある。『古事記』でも「応神天皇と神功皇后は既に崩じた」というデマを流して、敵を騙し討つ(「57 香坂王《かごさかのみこ》と忍熊王《おしくまのみこ》」段)。だがこの場合「疑ふ」心が前提にあり、信頼関係はない。

騙し討ちの可否は、信頼関係の有無と関わるのではないか。ここで中世の騙し討ちの例を参考にしてみたい。名告り、霊力合戦等、中世の戦いは、古代的な要因を多分に残すからである。

『平家物語』(巻九)で騙し討ちとして名高い例をあげる。一ノ谷の戦いで、越中前司盛俊《もりとし》(平家方)に押さえつけられた猪股則綱《ゐのまたのりつな》(源氏方)は、「まさなや、降人《かうにん》の頸《くび》かく様《やう》や候」(降参した者の頸を斬るは間違いです)と言う。すると、盛俊は則綱を助けてしまう。二人で畔に腰掛けて休んでいると、源氏方の人見四郎《ひとみしろう》が近づいてくる。四郎に気を取られている盛俊の隙を狙って、則綱は盛俊の頸を捕る。「大力《おほちから》」の盛俊を知恵によって則綱は騙し取る。ただし、盛俊はすでに敗走中で逃げ切れないことを自覚している。騙されたといっても、既に死を覚悟しており、最期の武功として敵が来るのを待ち構えていただけである。だから則綱の屁理屈にすぐに応じる。二人に友情や信頼関係はない。

対して本章段は、友情を裏切るという点で異なる。裏切りによる騙し討ちは、中世においても正当な行為では無かったようだ。敗走中の源義朝を匿《かくま》っていた長田忠致《おさだのただむね》は裏切って、義朝を騙し討つ。後年、頼朝によって処罰される（『平治物語』）。信頼関係がある間柄での騙し討ちは不当なのである。

古代でも中世でも、騙し討ちを知将とする考え方は、信頼関係が無いことが条件であったようだ。ならば、本章段において倭建命に知将というイメージは抱き難い。むしろ「友」を裏切る不義理な者と理解すべきではないか。前段における「礼無《ゐや》き」者のイメージとも重なる。崇神紀の類話でも、弟を騙し討つ出雲振根《いづもふるね》は朝廷に誅殺される。友や弟を騙し討ちにするのは「礼無き」者なのである。騙し討ちをする倭建命は「礼無き」者というイメージをもつ。このことは本章段の歌謡解釈とも関わる。

やつめさす　出雲建《いづもたける》が　佩《は》ける太刀　黒葛多纏《つづらさはま》き　さ身無《みな》しにあはれ　（記23番歌謡）

（出雲建が身につけた刀は、中身がなくて、ああ可笑しい。）

諸注、結句の「あはれ」を「可笑しい」と理解し、出雲建を嘲笑した歌謡とする。一方、『日本書紀』崇神六〇年七月条に載る、ほぼ同一の歌謡（紀20番歌謡）では、「時人」（世間の人）が詠むことと、出雲振根が誅されたこととから、「あはれ」を「かわいそう」の意として出雲建（飯入根）への同情の歌とされる（土橋寛『古代歌謡全注釈　日本書紀編』角川書店、一九七六年八月）。文脈から「あはれ」の解釈を変えて、『古事記』は嘲笑歌、『日本書紀』は同情歌とする。「あはれ」は、「その旅人《たびと》あはれ」（紀104番歌謡）のように感情移入して得られる情感である。喜びにも哀れみにも使われる。

初句の「やつめさす」（記）、「やくもたつ」（紀）以外は同一の文言であるのに、記紀間で解釈が異なる。二通りの「あはれ」解釈は、本章段における倭建命の二面性と連動しているようだ。『古事記』においても同情という文脈はあり得る。倭建命が信頼関係を築いた友（出雲建）の最期を哀れむといった文脈である。この場合、「かわいそう」という意味になる。崇神紀20番歌謡と同じように理解できる。武力平定のために、やむなく殺害したが、友を鎮魂するという文脈になる。

一方で騙された出雲建を嘲笑するという文脈も存する。騙して嘲笑する姿は「礼無き」者に通じる。嘲笑は信仰的には邪気祓いだが、騙した親友を笑って払いのける「礼無き」者といった文脈である。歌謡をめぐって二通りの文脈が併存し得る。それは人として信頼関係を築きながらも、武人として裏切るという矛盾による。矛盾する倭建命の二面性が、「あはれ」に二つの解釈を許容させる。

信頼関係を築いても、平定のために友を裏切ってしまう「礼無き」倭建命。出雲平定をめぐり、武（タケ）のもつ凶暴性と、「友を結ぶ」人間的な側面とが、本章段には併存する。悲劇のヒーローが抱えるそのような二面性を、「嘲笑」「同情」という二様に解釈しうる歌謡によって締めくくる。

46 倭建命《やまとたけるのみこと》の東征

帰国間もない倭建命に、天皇は東征を命じる。倭建命は非情さに泣く。伊勢神宮に参拝して倭比売《やまとひめ》から剣と火打ち石を授かる。相模《さがむ》では国造《くにのみやつこ》に騙《だま》されるが、倭比売の剣と石により難を乗り越える。

「天皇既に吾の死ぬることを思ほす」。父から疎まれ、「死ね」と思われる息子。これほど悲しいことはない。『古事記』の中で最も悲しい章段である。親に見捨てられる「礼無《ゐや》き」子の孤独感を描く。

倭建命は父から疎まれていることを自覚する。具体的には、①東国平定即ち「悪しき人」の国を討伐に行かせること、②「頻り」に命じること、③西征から帰国して時が経っていないこと、④「軍衆《いくさびとども》」（軍隊・兵士）を賜らないことから、自分の死を望む父に気づく。倭建命は嘆いて泣く。

『日本書紀』でも同様の記述がある。①東国の蝦夷は、凶暴で秩序がなく、動物のような生活をしているとする。③も西征から間もないので「労《いたは》し」とある。似た状況にありながら、『日本書紀』の日本《やまと》武尊《たける》は前向きに東征に行き、父からの信頼も篤い。それに対して『古事記』の倭建命像は正反対である。

④軍隊・兵士を賜らないと述べるが、『古事記』では御鉏友耳建日子《みすきともみみたけひこ》と、膳夫《かしはて》の七拳脛《ななつかはぎ》（「50八尋白智鳥《やひろしろちどり》」段）とが副えられている。『日本書紀』でも吉備武彦《きびたけひこ》と七掬脛《ななつかはぎ》が随行する。「軍衆を賜はず」と嘆くのは、父から突き放された孤独感に基づく。②「頻り」の表現も愛情の無い父を連想させる。

『古事記』では、大和に戻れないことの伏線として、愛されない孤独な倭建命像が設定されている。
ただし景行天皇は、倭建命を「惶《おそ》れる」という理由だけで東国平定を命じるのではない。東国は豊富な資源を有する。『日本書紀』では、「土地《くに》沃壌《こ》えて曠《ひろ》」い「日高見国《ひだかみのくに》」を撃《う》ちて取《と》るよう武内《たけしうちの》宿祢《すくね》が進言する（景行二七年二月）。日本武尊東征は、日高見国を手に入れることであった。

日高見国とは太陽が高く上がって見える方角の国、つまり東国の意。『常陸国風土記』逸文（『釈日本紀』所引）には、常陸国信太郡を「日高見国」とする。信太郡は「常陸路《ひたちぢ》の頭《はじめ》」（『常陸国風土記』信太郡）に位置する。日高見国とは、常陸国から東北にかけての領域。山海の幸、宝石等を豊富に産出する。東国経営、蝦夷征伐の拠点は、信仰的には軍神の鹿島神宮・香取神宮とされる。

『日本書紀』では陸奥国まで平定している（景行四〇年是歳）。『陸奥国風土記』逸文（伴信友『古風土記逸文』所引「大善院旧記」）によれば、日本武尊は福島県白川郡棚倉町《たなぐらまち》八槻《やつき》あたりまで来ている。また吉備津武彦を越へ派遣して平定する。日高見国を中心に広く東の国々を平定している。

『古事記』本章段では、日高見国に限定せず、「東の方《かた》十二道」とあるように伊勢国以東の国々をさしている。その中でも相模から東を本格的な東国と考えていたのだろう。倭建命の最初の到着地を「相模」とするからである。『古事記』の東国観による。『日本書紀』では「駿河」にする。ちなみに『万葉集』では遠江以東から防人を選出している。万葉時代の東国観による。

古く東国経営の拠点は、尾張国の熱田神宮であったとされる。本章段で、尾張国造の祖の美夜受比《みやずひ》売《め》の家に立ち寄るのも、東国経営の拠点が尾張国であったからであろう。

東国を平定する背景には、資源確保ということ以外に、東アジアに広く存する東方憧憬の考えも影響していよう。神武天皇も九州から「東に行かむ」といい、東を目指す（「27神武天皇の東征」段）。『伊勢物語』も東下りをする。東には広い野があり、野焼きをするというイメージがあったようだ。

武蔵野は　今日はな焼きそ　若草の　妻も籠もれり　我も籠もれり（『伊勢物語』一二段）

（今日、武蔵野を焼くのはやめて。妻も私も籠もっているから。）

そして、焼かれる野では、男女の逢瀬があるというように都人は想像した。この想像は『古事記』にも見られる。次の「47弟橘比売命《おとたちばなひめ》」段で、入水する際に弟橘比売命が詠む。

さねさし　相模の小野に　燃ゆる火の　火中に立ちて　問ひし君はも（景行記）

（相模の小野で火を放たれた危機の中でも、あなたは私の名を叫んで愛情を表してくれました。）

この歌によれば、本章段で、相模国造に騙された時に、弟橘比売命も同じ野にいたことになる。野では男女が逢って愛を確認する、との認識が『古事記』にも見られる。そしてその愛の炎を象徴するかのように、野火が燃える。火に囲まれるといった困難に直面した倭建命は、妻に愛を求める。父の愛を受けられない倭建命に、愛を与える妻が登場することになる。

倭建命は、伊勢神宮を祭る倭比売から授かった草那芸剣と火打ち石とを利用して困難を克服する。伊勢大神の加護を受ける。神と女性たちの援助を受けると言うのは、英雄伝承のパターンである。

苦難克服の話は、オオアナムヂが強くなって大国主神になった、というように成功への展開もあり得る（「14根の堅州国」段）。しかし倭建命はそうはならない。苦難が正（プラス）に機能しない。景行天皇が倭建命を疎む原因は「惶れ」によるが、それ以外の要因も本章段には潜んでいる。

それは伊勢神宮参拝と関わる。というのも皇族が個人的に伊勢神宮に参拝することは禁じられていたからだ（私幣禁断）。皇后・皇太子等が個人的に参拝する際には、天皇の許可が必要であった（『延喜式』伊勢大神宮）。後に皇后・皇太子を含めた皇族や氏族の個人的な参拝は全面的に禁じられる（『皇大神宮儀式帳』）。天照大御神の霊力を個人的に利用することは国家の転覆につながる。大津皇子が謀反とみなされて死罪になったのも私幣禁断の制を破ったからともいう（岡田精司『古代祭祀の史的研究』塙書房、一九九二年一〇月）。ちなみに倭建命のモデルとして大津皇子を想定する意見もある。

倭建命は天皇の許可を得ていない。『日本書紀』でも日本武尊は伊勢神宮参拝をしているが、『古事記』では伊勢参拝によって、天皇や朝廷からさらに離れていくという文脈が潜んでいるようだ。

本章段では、草那芸剣の由来が初めて明かされる。また野焼きは次段の歌謡の前提、美夜受比売の家に立ち寄るのは「49伊服岐山《いぶきやま》の神と尾津《をつ》の一つ松」段の伏線となっている。さまざまな要因をつなぐ、倭建命物語の要ともいえる章段である。

武人倭建命が人間的な感情を抱いて嘆く。父・神・女性等、悲劇にするための仕掛けを多く施す。

47 弟橘比売命《おとたちばなひめのみこと》

走水海《はしりみづのうみ》（浦賀水道）から舟で上総に向かう際、渡《わたり》の神が妨害する。后の弟橘比売命《おとたちばなひめ》は、倭建命の任務遂行のために人身御供となる。櫛だけが残る。無事平定を終えた倭建命は足柄峠で妻を慕う。

倭建命に「政《まつりごと》を遂げ」させるために、自らが犠牲となる弟橘比売命。妻の愛を実感する倭建命。天皇から与えられた任務のために別れなければならない、悲しい愛情物語である。『古事記』本章段の特徴は、①「政」の設定、②神との結婚、③死体消失、④愛情物語風の脚色という点にある。

①「政」は祭祀・賞罰・平定等、広く統治することを意味する。『古事記』では、天照大御神・天皇に命じられた神・者が、異国において行う平定等の統治を指すことが多い。絶対的な命令である。倭建命以外には、思金神《おもひかね》（天孫降臨）・神武天皇（東征）・大毘古命《おほびこ》（高志《こし》国平定）・建沼河別命《たけぬなかはわけ》（東方十二道平定）・神功皇后（新羅遠征）・大山守命《おほやまもり》（山海の政）・大雀命《おほさざき》（食国の政）・水歯別命《みづはわけ》（墨江中王《すみのえのなかつみこ》平定）が行う。倭建命の場合は、東の方十二道を「言向《ことむ》け和《や》平《は》せ」というものであった。

その絶対的な「政」を援助するために、弟橘比売命は、渡《わたり》の神を鎮める役を申し出る。この入水は人間世界からすれば死を意味するが、神の側からすれば神の世界に赴くことになる。つまり②神の嫁となったのだ。だから弟橘比売命は神の世界で生きている。『常陸国風土記』では、弟橘比売命とおぼしき人物として「后、大橘比売命《おほたちばなひめ》」（行方郡相鹿）、「橘《たちばな》の皇后」（多珂郡飽田村）が登場し、倭武《やまとたける》天皇と再会している。彼女が神の世界で生きており、時を経て戻ってきたと考えたことによる。

面白いことに、古代芸能を引き継ぐとされる筑紫舞でも同様の伝承がある。海の神を鎮めるために「姫」が「ホト」（女陰）を露わにしたので、タケルの后でいることができなくなる。そこで三年間身をかくしたというものである。この縁起に基づき、筑紫舞では海を鎮める舞がある。一生に一度だけ命をかけて舞うことができる。舞い終えたら引退して、うつし身を隠さなければならない（鈴鹿千代乃『古代からの風』日本国語国学研究所、二〇一八年七月、481頁、491頁、508頁）。

『古事記』本章段でも、弟橘比売命は神の嫁と理解される。菅畳《すがだたみ》・皮畳《かはだたみ》・絁畳《きぬだたみ》を敷いて入水する。歌舞伎の奈落を思わせる。神との婚姻を荘厳に脚色する。『日本書紀』には無い記述である。

③死体消失も神の嫁となったことを意味する。『播磨国風土記』（賀毛郡）に類話が載る。景行天皇妃の印南別嬢《いなみのわきいらつめ》が死ぬ。葬列が印南川を渡ると竜巻が起こり、遺体が川に巻き込まれる。残された褶《ひれ》を墓に埋葬した。人の嫁から、死後は川の神の嫁になった話と説かれる。褶はショールのようなもので、シャーマンの呪具。弟橘比売命が残した櫛もシャーマンの呪具。伊勢斎宮には櫛（別れの御櫛）が与えられる。シャーマンを嫁にするために、神が遺体を奪う。そこで遺品を葬ったという話である。『日本書紀』によれば日本武尊も死後、「明衣《みそ》」だけ残し「屍骨《みかばね》は無し」（景行紀四〇年是歳）と死体が消失している。この箇所は尸解仙《しかいせん》的な潤色とされる。尸解仙とは死から復活した仙人のこと。肉体

を残して魂だけが抜け出る、または肉体は滅ぼして魂を他のものに移す。後者は死体が消失する。

尸解仙説話としては聖徳太子の話が著名。太子が飢えた人に食料と衣を与える。その人が死ぬと「凡人《ただひと》に非じ。必ず真人《ひじり》ならむ」と告げる。後日、墓を開くと、死体はなく、衣が棺の上に置いてあった。(『日本書紀』推古二一年一二月、『万葉集』巻三・四一五、『日本霊異記』(上・四)等)。

先の印南別嬢は、倭建命の母(伊那毘能大郎女《いなびのおほいらつめ》)もしくは叔母(伊那毘能若郎女《いなびのわかいらつめ》)。倭建命をめぐり、本人・母(叔母)、妻の遺体が消える。尸解仙的な潤色が加えられたり、周囲の女性が神の嫁となるのは、倭建命自身が異界性を帯びていたからであろう。その異界性を『古事記』では大和に戻れない存在とし、『日本書紀』では「神人《かみ》」と解した。異人性に対する理解の違いであったのだろう。

『日本書紀』の日本武尊《やまとたけるのみこと》は「神人《かみ》」だから、神を恐れずに「飛び越えられそうな小さな海だ」と言う。暴風が起こり、航行不能となる。「王《みこ》に従ひまつる妾《をみな》」(弟橘媛)が、「神の心」によって海が荒れたと解説して、「王《みこ》の命《おほみいのち》」に代わり入水。弟橘媛はサニハ(神語解説者)的存在。「王に従ひまつる妾」という表現は『魏志倭人伝』の「持衰《じさい》」を想起させる。「持衰」は航海で海が荒れた時、人身御供として殺害される奴隷のこと。『日本書紀』は、①「政」、②神の嫁、③死体消失を記さない。

対して『古事記』は、②③の要素を取り入れて神の嫁となった弟橘比売命を描く。そして全体を④愛情物語としてまとめる。①「政」を遂げさせる愛情。入水時、弟橘比売命は「さねさし相模《さがむ》の小野《をの》に燃ゆる火の火中《ほなか》に立ちて問ひし君はも」と歌う。最期に弟橘比売命は、夫に愛されたことを思い出す（前段「46倭建命の東征」段）。女性の霊魂は、夫に愛されることによって鎮魂されると考えられていた。『万葉集』では、女性を葬る挽歌には、男性に愛された死者（女性）の様子を述べる傾向がある。中には架空の夫や恋人を詠んだと考えられる例（巻二・二一七、吉備津采女挽歌）もある。

そのような后の愛情に応えるべく、倭建命は、平定後にわざわざ相模に戻って、三度嘆いて「あづまはや」（ああ、妻よ）と述べる。「政」の遂行を報告して、感謝と愛とを伝える。妻を呼び戻すためであったか。あるいは魂を慰めるためであったか。いずれにしても妻は帰ってこない。「政」を終えた倭建命は、援助者弟橘比売命の魂に向かって愛を叫ぶ。悲劇的な離別を、愛情物語として描く。

『古事記』は愛情物語にするために、足柄峠以前に平定した具体的な地名を省略する。弟橘比売命の歌が、倭建命の「あづまはや」へとスムースに繋がる構成をとる。妻が入水した海を見ているかのように。次段の歌によって「新治《にひはり》、筑波《つくは》」を巡ったことが知られるが、地の文では具体的な道順を省く。『日本書紀』では上総から船で陸奥国に行き、日高見国、常陸国、甲斐国、武蔵国、上野国を経た後、碓日峠で「あづまはや」と述べる。碓日峠（群馬県碓氷峠）は相模国とは離れている。相模国は『古事記』が考えた東国の境界で、しかも妻が入水した国である。相模国で「あづまはや」を発する方が、愛情物語としては効果的である。『古事記』は愛情物語にするため、倭建命を相模国に戻す。「政」のために我が身を呈す妻と、それに応える夫の愛情を描く。父に疎まれた「礼無《ゐや》き」倭建命が人間的な愛を与えられ、人間的な愛の心を持つ。その愛を「政」が引き裂く。悲劇である。

48 筑波《つくは》問答・美夜受比売《みやずひめ》

倭建命は、甲斐で旅を振り返り「新治《にひはり》……」の句を詠む。御火焼《みひたき》の老人《おきな》が句を継ぐ。信濃経由で尾張に。訪れた美夜受比売《みやずひめ》は月の障りであった。歌問答の末に結ばれる。そこに草那芸剣《くさなぎのつるぎ》を置いていく。

甲斐国・酒折宮《さかをりのみや》、尾張国・美夜受比売の宅における、二つの歌問答。行動を地の文で、心情を歌で表す。地の文と歌という二つの文脈が重なり、歌で和み合う歌劇のようなシーンが展開される。

前半は筑波問答。倭建命が「新治筑波を過ぎて」と旅程を述べる。地の文では、相模国足柄から酒折宮（甲府市酒折）に入る。酒折宮は東海道と東山道との結節点。東海道と東山道という二重の東国平定を示すという（多田一臣『古事記私解』花鳥社、二〇二〇年一月）。歌では酒折宮に到着する以前に常陸国の新治と筑波を通過している。『古事記私解』は「新治筑波」を東山道における道順とする。筑波山の西側を巡るルートである。倭建命は「山河の荒ぶる神」を平定する。ならば「新治筑波」には、新治・筑波の山河神平定が暗示されていよう。関東平野に聳える筑波山、坂東太郎・利根川、暴れ川の小貝川、等の神々。「新治　筑波を過ぎて」は、関東平野の神々の平定を象徴的に表す。

「幾夜か寝つる」には、時を忘れて平定に集中する姿が読み取れる。平定してきた空間は異界である。「幾夜か」が分からなくなるのは、異界・異次元における時間、つまりこの世とは異なる時間を経験したことに対する感慨である。竜宮城での三年は、この世では三〇〇年（もしくは七〇〇年）にあたる（浦島太郎）。倭建命も、神々の平定という異次元体験によって、この世の時間を忘れている。

そこで御火焼《みひたき》の老人《おきな》が「夜《よ》には九夜《ここのよ》　日《ひ》には十日《とをか》を」と教える。「日《ひる》は人作り、夜は神作る」（崇神紀一〇年九月、箸墓伝承）とあるように、夜は神の時間、昼は人の時間。この世における時間を神と人とに分ける。『日本書紀』が日本武尊《やまとたけるのみこと》を「神人《かみ》」「現人神《あらひとがみ》の子」とすることとも関わるのであろう、神と人という二種類の時間で解き明かす。御火焼の老人は、倭建命を現実世界の時間に戻す役割を果たす。現代的にいえば、時差ボケ、宇宙ボケを治すといったところであろう。だから褒められる。

歌は異次元に通じる。歌によって異次元を現実世界に戻す。老人は異次元に通じる。御火焼の老人が東国造を賜わるのは、異次元の倭建命を現実世界に戻したからだろう。さらに荒ぶる神々の世界であった東国を天皇統治の現実の時間に組み込むことをも、この歌問答は暗示しているようだ。

『古事記』では、倭建命は、ポツリ「新治……」と歌う。答えを求めているのではない。時間の忘却に気づく。『日本書紀』では、家臣を試すように「歌を以《も》ちて侍者《さぶらひひと》に問」う。だが誰も答えられない。すると「秉燭者《ひともし》」が答える。『古事記』のような「時間を忘れた倭建命像」はない。

東国が天皇の統治世界になる。残る信濃を平定して終了する。そこで東国平定の拠点・尾張に戻る。

後半は尾張国の美夜受比売との歌問答。「月経《さはり》」をめぐり、歌で問答した後、「御合《みあひ》」（結婚）する。各諸伝「御合」は共通する。「御合」が重要であったことがわかる。「御合」を中心に、『古事記』

【美夜受比売伝承の比較】

	古事記	日本書紀	尾張国風土記
契りの約束	○	×	×
入居	○	○	○
大御食献上	○	×	×
大御酒盃献上	○	×	×
月経	○	×	×
歌謡	○	×	×
御合	◎	◎	◎
厠に行く	×	×	○
桑に剣を置く	×	×	○
剣が光る	×	×	○
剣祭祀の発言	×	×	○
置剣	○	○	○
伊吹への出立	○	○	×

（拙著『風土記の方法』おうふう、二〇一八年四月）

では「御合」までの過程が、『尾張国風土記』逸文（『釈日本紀』所引）では「御合」後、草薙剣が尾張国熱田社に置かれる過程が詳しい。『日本書紀』は要点のみ記す。

「御合」と「月経」との関係については諸説ある。大まかに分けて、A「月経」期間に「御合」した、B「月経」を避けて後日「御合」した、の二説に分かれる。A説では「御合」について、①倭建命が神の資格で「御合」した、②神の降臨期間である「月経」を冒して「御合」した、③「月経」の穢れを受けた、と意見が分かれる。またB説でも、④神の降臨期間である「月経」を避けた、⑤「月経」の穢れを避けた、というように諸説紛々としている。

『古事記』では「月経」と「御合」との間に「故尓《かれしか》して」とだけあるので、「後日」とするB説ではなく、A説で理解すべきであろう。さらに近年、民俗学・文化人類学の報告を重視して、「月経」を聖なる期間（神降臨期間）とする意見が支持されている。結局①説②説が妥当。①②の違いは、神を倭建命とするか、別の神とするかの差。別神②説では、神を冒したので倭建命が死ぬと見る。

ただし①②説は両立する。マレビト二元論（三谷栄一『古事記成立の研究』有精堂、一九八〇年七月）を援用すれば両立できる。訪れる神は、収穫時と正月等、季節を異にして複数いたという考え方。お盆に祖霊、正月に大歳神が訪れる。ところが気候や暦の関係で、異なる神が同時に来てしまった。新嘗祭の神と、祖霊とが同時に来てしまった話（『常陸国風土記』のフジとツクバ）が代表例である。

美夜受比売の祭る神が訪れる。それを「月経」が示す。倭建命は「さ寝むと我は思へど……」（あなたと寝ようと思ったが、月の障りとなってしまった）と自身以外の神の来臨を予感。対して美夜受比売は倭建命を神と考えて、その来臨の表示とする。「君待ちがたに……」（あなたを待ちきれず、月経となったのでしょう）。「高光《たかひか》る　日《ひ》の御子《みこ》」とは日の神の子孫の意。神たる倭建命と「御合」する。

歌謡において倭建命の理解と美夜受比売の理解とが齟齬する。他神との鉢合わせに戸惑う倭建命、倭建命との聖婚を望む美夜受比売。倭建命は神の待遇を受けたので草那芸剣を置いていく。『尾張国風土記』逸文はこの点に着目する。だが『古事記』では倭建命の予感が当たっていた。別神の降臨期間を冒し、しかも伊勢神宮の霊力が籠もる草那芸剣を手放してしまう。死に向かう伏線となっている。

地の文では述べない文脈が歌によって示される。歌と地の文とが食い違っているのではない。二つの形態の文を重ねることによって、互いに補完しながら、重層性のある世界を描いているのである。

歌を用いて、前半は関東平野の平定、異次元世界が現実の統治世界になったこと等を暗示する。また後半は、倭建命との聖婚、さらに誤解による死への伏線等を暗示する。歌が複数の文脈を提示する。

49 伊服岐能山《いふきのやま》の神と尾津前《をつのさき》の一《ひと》つ松《まつ》

倭建命は伊服岐能山《いふきのやま》の神退治に行く。神の化身の白猪を見過ごす。神の毒気に当たり、やっとのこと下山する。次第に体が弱ってくる。尾津前《をつのさき》で、以前置き忘れた剣を発見。感動して歌を詠む。

力尽き、死に向かう倭建命。東国への出発地点・尾津前《をつのさき》に戻る。待っていたのは松と刀。天からの援助もなく、松に呼びかける孤独な英雄の姿を描く。地名起源と歌とによって文学的な演出を施す。倭建命は素手で向かう。草那芸剣《くさなぎのつるぎ》はない。守ってくれる霊力がない。熊野山中で仮死状態の神武天皇を高天原の神は目覚めさせて助ける（「29高倉下」段）。倭建命も「居寤清水《ゐさめのしみづ》」で一度は目を覚ます。しかし高天原は助けない。父・景行天皇のみならず、天からも見放される。

倭建命は、刀剣によって平定を成功させてきた。熊曽建《くまそたける》を「剣を其の胸より刺し通し」、出雲建を「刀を抜きて……打ち殺し」、相模では国造等を「切り滅ぼし」た。草那芸剣に限らず、刀剣の霊力を駆使できる能力をもつ。換言すれば、刀剣が無ければ実力を発揮できない。援助も受けられない。刀剣が無いので特別な能力を発揮できない。普通の人間になる。そこで倭建命は二つの判断ミスをする。一は、神を「神の使い」と見誤ること。「牛の如」き猪、しかも白い猪は通常の猪ではない。神の化身であろうことは誰でも予想できる。しかし倭建命はそれが出来ない。判断する能力が欠けてしまっている。刀剣を所持している時ならば、見誤ることはなかったであろう。

二つ目は、「言挙《ことあ》げ」をしてしまうこと。「言挙げ」とは「言《こと》」として発された内容が「事《こと》」として実現するという信仰（『万葉語誌』筑摩書房、二〇一四年八月。大浦誠士執筆）のこと。言葉には言霊《ことだま》があるので、現実の事柄となってしまう。だから通常は「言挙げ」はしない。一世一代の特別な時にしか「言挙げ」はできない。誤用すれば我が身に災難がふりかかる。特別ではない（と思った）時に、倭建命は「今は殺さず」と「言挙げ」する。「今は殺さず」という言霊が発動してしまう。言挙げの誤用であるから、禍が身にかかる。「言挙げ」する時と場所を間違えている。

二つの判断ミスは、判断する能力が倭建命に欠けていたことによる。刀剣が無いと能力も失う。ところが倭建命は再び刀剣と出会う。それが尾津前《をつのさき》に忘れた「御刀《みはかし》」。「大刀佩《たちは》けましを」と松に大刀を付けようと思う。しかし「大刀」を佩かせることは出来ない。反実仮想「せば〜まし」は、現実不可能な願望。『伊勢物語』一四段にも見られる類想的な歌。松ができないように、倭建命も弱り切って御刀を腰に付けることができないことを暗示する。「松」に「待つ」を懸ける。倭建命を待つ「松」である。一つ松に親しみをもって「吾兄を《あせを》」と呼びかける。一本だけの松には、一人孤独な倭建命自身の姿も重ねられていよう。似た境遇にある。『日本書紀』には「尾津の埼なる」「吾兄を」の語はない。『古事記』歌謡では、尾津の一つ松への親しみを表現する。倭建命と一つ松とが重っていく。

「尾津前」は、三重県桑名市多度町戸津の尾津神社あたり。ほぼ東には美夜受比売が坐す熱田神社が鎮座する。愛し合った美夜受比売のいる尾張にまっすぐに向かう土地が尾津前である。美夜受比売の助けを待つかのように、一人、病に沈む倭建命の姿が「一つ松」に重ねられているようにも読める。「一つ松」＝倭建命は、大刀を身につけることができないほど衰弱している。または身に付けるだけの技量・能力を喪失している。再度、刀剣の力を得ることもない。

衰弱の様子は地名起源で語られる。当芸《たぎ》の地で足がギクシャクして「たぎたぎしく」なる。養老山脈の山裾が入り組んで凸凹していることを反映する。杖衝坂で杖をついてやっと歩く。尾津の岬でポツンと立っている「一つ松」に孤独を実感する。三重で足が曲がり餅のようにグニャグニャになった。

地名の語感と風土とを生かした地名起源で語る。地名は音だけではなく、実際の風土と関わる場合が多い。神が「スガスガし」と言ったので「スガ」と名づけた（「11須賀宮の聖婚」段）のも、菅の生えている土地が清々しいことによる。風土と音とが話に現前性を付与する。後世の死出《しで》の道行きを思わせる。杖衝坂の記載箇所は地理的には不自然だが、物語の展開に地名列挙は有効に機能している。

尾津前の地の眼前は、揖斐川と木曽川との合流地点。東には濃尾平野が広がる。豊かな東国を実感させる。東国経営の拠点地であったとも。倭建命がこの地に剣を置き忘れたのも、ただ食事をしていたのではあるまい。「忌瓮《いはひべ》」を据えて平定祈願の儀礼を行っていたのであろう。吉備平定の際に、

針間《はりま》の氷河之前《ひかはのさき》に忌瓮を居ゑ《す》て、針間を道の口として、吉備国を言向け和し《ことむやは》つ。（孝霊記）

とある。平定する空間の少し手前に、本陣・大本営を設置するように忌瓮を据える。氷河之前は、加

古川が平野部に流れ出るあたりの山の端を指すようだ。地形的には尾津前と似ている。川が氾濫する場所でもある。そのような場所に神を鎮めるためにシャーマンの墓を作る。氷河之前付近にある日岡御陵には印南別嬢を葬る（『播磨国風土記』）。彼女は川の神を鎮めるシャーマンであった。氾濫を起こす場所は、川の神の霊力を感じさせる場所である。強い神の霊力を利用して平定する。その神の霊力を身につけるのが「忌瓮」を据える儀式であったと考えられる。

尾津前で、倭建命は御刀を解き、忌瓮を据えて神祭りをした。神饌を捧げ、神と共食して強い霊力を身につける。儀式の成功に勝利を確信して、御刀を忘れてしまった、ということなのではないか。美夜受比売のところに草那芸剣を置き、尾津前に置き忘れた御刀と再会する。二本の刀剣を関連させて物語を読むならば、尾津で御刀を忘れるのが草那芸剣を手放す伏線となっていること、次第に刀剣の霊力を放棄していく様子、再度刀剣の霊力と出会っても身に付けることができない状態になってしまったこと、といったストーリーが浮かび上がる。倭建命の死を複数の観点から段階的に脚色する。

倭建命を弱らせる伊服岐能山の神は、難所に坐す神である。雪を冠し、冷たい伊吹おろしが吹く荒々しい神を実感させる山である。伊服岐能山の神は、唯一平定されない神。後世、大酒飲みの悪党「伊吹童子」（お伽草紙）が出現するのも、退治されていないことが前提となっているのであろう。

草那芸剣を放棄した倭建命は、剣の力を喪失し、判断ミスを犯して衰弱する。援助もなく孤独に死に向かう。その様を孤独な松になぞらえた歌謡と、風土・語感を生かした地名起源とで効果的に描く。

50　八尋白智鳥《やひろしろちとり》

困憊《こんぱい》の倭建命は能煩野《のぼの》で、国を偲び歌を詠む。病が急変、崩じる。都の妻子が駆け付けて墓を作る。霊魂は八尋白鳥《やひろしろちとり》となり飛び発つ。跡を追う。大和を過ぎて一旦は河内国に降りるが、天に飛び去る。

A倭建命が故郷を偲ぶ歌謡群と、B后と御子たちが霊魂を追いかける歌謡群とからなる。霊魂が倭に向かうものの、倭には戻れないという悲劇で一代記は終わる。

『日本書紀』では能褒野《のぼの》での無念の死を記述するが、歌謡物語ではない。故郷を偲ぶ「倭は……」歌は景行天皇が日向国で詠んだことになっている。白鳥も一度は倭の琴弾原《ことひきはら》に停まり、さらに飛んでいき、最終的には河内国旧市邑《ふるいちのむら》に降り立ったとする。霊魂はひとまず倭に戻ったとする（景行紀）。

『古事記』では、歌謡によって抒情的に英雄の最期を飾る。死後、霊魂でさえ倭に入ることはできない。のみならず河内からも立ち去る。河内を含む、都の文化圏である畿内からも追放される。最終的には「天《あめ》に翔《かけ》りて飛び行《い》でましき」とある。「天」は空、天空の意。『古事記』の「天」は文脈上、天上世界すなわち高天原を指すこともあるが、ここでは「翔レ天」とあり、空を駆け巡るの意である。倭建命の霊魂は死後も彷徨うことになる。特定の世界に帰属しない、できない存在となる。

A歌謡群では、故郷の力によって復活を願う倭建命の心を示す景を詠む。

①歌「倭は国のまほろば」30＝若く強い神霊が誕生するのに相応しい、倭の青々とした故郷の山。
②歌「命《いのち》の全《また》けむ人」31＝熊白檮《くまかし》の葉を髪に挿して生命力の充実をはかる儀式。
③歌「はしけやし」32＝我に鋭気を与えるかのように湧き上がる雲。
④歌「嬢子《をとめ》の床《とこ》の辺《べ》に」33＝美夜受比売のもとに置いてきた草那芸剣《くさなぎのつるぎ》。

①「青垣」「隠れる」場所は生成力を秘める場所。②常緑樹の「熊白檮」は生命力を表す。③「雲」も霊魂の現れ。④の草那芸剣（大刀）は、前段で述べたように、強い倭建命の資質・能力を象徴する存在である（「49伊服岐能山の神と尾津前の一つ松」段）。概して、若い力の誕生、生命力の充足、霊魂の出現、能力の復活というように復活したい旨を述べる。倭、平群、我が家は故郷を示し、草那芸剣も宮中ゆかりの品であるから、故郷の力による復活である。

倭建命は旅の途中である。沖縄の「オナリ神」に顕著に表れるように、旅人の安全は、旅人が帰属する故郷・家等の神が守ると考えられていた。他国を往来する者は、産土神の「社官」に幣を奉る（『令集解』儀制令春時祭田条の古記一云説）。というのも、所属する共同体の神の霊力が旅人を守ることによる。『万葉集』で、家なる母が「斎瓮《いはひへ》」を据えて、旅する息子の安全を祈るのも同じである（巻三・四四三）。守護してくれる霊力は、旅人の結び目等に籠もると考えられていた。

倭建命は、最期に故郷の山々や風習、我家、かつての所持品を思い出す。故郷を懐かしんで帰還を願うだけではあるまい。旅人を守護する霊力によって復活を願った歌なのであろう。

「思国歌《くにしのひうた》」（記）、「思邦歌《くにしのひうた》」（紀）という曲名のある歌謡は、宮中の雅楽寮あたりで伝承されていたとされる。本来は故郷を偲ぶ歌の意であろうが、そのように宮中で著名な歌を『古事記』では倭建命が復活を願う場面で使用し、『日本書紀』では、景行天皇が九州から故郷を偲ぶ場面で用いた。

B歌謡群は、崩御後に后と御子とが歌う。倭建命の鎮魂を願う歌謡となる。

⑤歌「なづきの」34＝グニャグニャと這いつくばって、魂を招く儀式を行う。

⑥歌「浅小竹原《あさじのはら》」35＝霊魂も私たちも、空を行かず、ゆっくりと歩いていく。

⑦歌「海処行《うみがゆ》けば」36＝海に着いても浮き草のように躊躇い、彼方の他界に直ぐには行かない。

⑧歌「浜《はま》つ千鳥《ちとり》」37＝浜にいる千鳥が、人が歩けない荒々しい磯伝いに、他界に行ってしまう。

⑤「なづき」は「脳」字が宛てられるように、絡まるようなグニャグニャした所作。魂を招く所作という。親が死ぬと子は「匍匐《ほふく》して之《これ》を哭《こく》し、将《まさ》に復生《またい》きんとする」（『礼記』問喪）。復活を願う匍匐礼（尾畑喜一郎『古事記の成立と構想』桜楓社、一九八五年九月）。⑥「虚空《そら》行かず　足よ行くな」は前段の「吾が心、恒《つね》に愈《やすら》けく虚《そら》より翔《かけ》り行きぬ。然あるに今吾が足え歩まず」と呼応している。ゆっくりと進むさまを述べる。⑦川が海に注ぐ辺りでふらふらとしている様子。海の彼方は他界。他界に赴くことを躊躇う姿である。⑧歩きやすい浜ではなく、ゴツゴツした岩場を飛んでいく千鳥。浜の千鳥なのに、岩場を通っていく。霊魂が他界に行き、これ以上、追いかけられないことを述べる。

通常、死者は自分が死んだことに気づかない。肉体を離れて霊魂だけが遊離する。そこで霊魂を肉体に戻す儀礼（魂呼《たまよ》ばひ）が行われる。泣いたり、名前を叫んだり、魂が寄りつくような所作をしたりして、遊離していることを霊魂に教えて、戻ることを促す。⑤の「蔓《は》ひもとほる」（グニャグニャする）のも招魂の所作であろう。招魂は、霊魂が慕われていることを示し、魂を肉体に戻す儀礼。ところが次第に肉体は腐敗する。そうなると霊魂を他界に送り出す儀礼（魂遣《たまや》らひ）を行う。床に草や土を置いて「戻る場所は荒野となった」と告げる。戻れないことを自覚させて他界に行かせる。⑤〜⑦で倭建命の霊魂を追いかけて慕う。しかし⑧止めることはできず、霊魂は他界に行ってしまう。慕われることによって死者が納得し他界する様子である。つまりは鎮魂。これらの歌が「大御葬《おほみはふり》」として天皇の葬儀で詠まれるのも、「魂呼ばひ」「魂遣らひ」によって鎮魂するためであったのだろう。

しかし倭建命の霊魂は天を彷徨う。後世、倭建命の墓が震動する（『続日本紀』大宝二年八月）。英雄の霊魂は鎮魂されていないと考えられた。御霊《ごりょう》的な存在となる。

悲劇のヒーローは鎮魂されず、後々までも人々の心の中で生き続けることになる。

これで倭建命物語は閉幕する。『古事記』の倭建命物語は全国に流布する。『常陸国風土記』をはじめ、各国風土記にヤマトタケルの伝承が載る。中には『古事記』の話を展開させた後日譚のようなものもある。建部《たけるべ》を中心とした各地の軍団で伝承され、広まっていったという意見がある。古代の軍団には士気を鼓舞するために楽団が設置された。音楽をともなう演劇の台本等が、『古事記』倭建命物語の基にあったか。各地の軍団をめぐる歌劇集団がいたのかもしれない。鎮魂のために。

51 倭建命《やまとたけるのみこと》の系譜

倭建命と六妃との間に生まれた六柱の皇子の系譜。中でも「一妻《あるみめ》」系譜は迦具漏比売《かぐろひめ》の異世代婚を再掲し、さらに継体天皇、反逆者の香坂王《かごさかのみこ》・忍熊王《おしくまのみこ》に繋がる重要な系譜。種々の意図が隠れる。

最大の問題は「一妻《あるみめ》」系譜。「若沼毛二俣王《わかぬけふたまた》〜継体天皇〜天武天皇」皇統譜に繋がる系譜。『古事記』帝紀の根幹の一翼を担う。その重要な系譜が無名の「一妻」で語られる。強《したた》かな操作がなされる。「一妻」の子に「息長田別王《おきながたわけ》」。息長氏の関与（吉井巌『天皇の系譜と神話』塙書房、一九六七年一一月）、息長氏系の女性（西條勉『古事記と王家の系譜学』笠間書院、二〇〇五年一一月）とも。

「一妻」に特定性はない。むしろ不特定性・無名性に注目すべきであろう。「一《ある》」は時間的な不特定性を示す「一時《ある》」の他、「一賤女《あるいやしきをみな》」「一賤夫《をとこ》」（「65天之日矛」段）のように低い身分的の者にも使用される。「一妻」には時間・空間・身分の制約がない。何時でも何処でも誰でも介入できる名称。制限のない「一妻」は系譜における自由記述空間とも呼ぶべき空白・間隙を作り出す。

同様の空白は、後の応神〜継体天皇系譜にも見られる。継体天皇は応神天皇の「五世孫」（継体記）。『上宮記』逸文（『釈日本紀』所引）には五世を記す（応神天皇・若野毛二俣王・意富々杼王《おほほどのみこ》・乎非王・汙斯王・継体天皇）。だが『古事記』は三・四世孫を書かない。継体天皇系譜は天武天皇に繋がる純粋皇統路線系譜。その系譜の始発に「一妻」がいる。『古事記』は重要な系譜に空白を設ける。

『古事記』は改竄された氏族系譜を糺すことを目的とする（序文）。しかし一つの系譜に限定することはかえって氏族の反発を招く。氏族にとって、重要な系譜に介入できるか否かは死活問題であるからだ。そこで系譜にある程度の空白・間隙を設けたのではないか。息長氏に限らず、伝説上の英雄・倭建命、及び『古事記』成立時の英雄・天武天皇と、誰でも血縁関係を築くことができる。

『古事記』編纂作業で「糺す」という名目で限定・特定された系譜が、空白・間隙を作ることよって一部が開かれる。『古事記』成立後の、氏族動向を見据えた措置であったのだろう。

「一妻」系譜は、「タケ」（武）を受け継ぐ若建《わかたける》王の系譜になる。須売伊呂大中日子《すめいろおほなかつひこ》王、迦具漏比売《かぐろひめ》命を経て、香坂《かごさか》王・忍熊《おしくま》王の御祖大中津比売《おほなかつひめ》命で締めくくる。「42景行天皇の系譜」段では、迦具漏比売命を「倭建命の曽孫」即ち景行天皇の四世孫、玄孫《やしゃご》とする。これは「弟橘比売《おとたちばなひめ》命」系譜で数えている。だが本章段の「一妻」系譜では、息長田別《おきながたわけ》王と杙俣長日子《くひまたながひこ》王の二世代を加えて、景行天皇の六世孫、昆孫《こんそん》（玄孫の孫）とする。律令では、六世孫は皇族の資格を失う。反逆者の香坂王《かごさかのみこ》・忍熊王《おしくまのみこ》に繋がる「一妻」系譜は、反逆者を天皇の血筋から引き離そうとしている。

『日本書紀』（景行五一年）では、稲依別王《いなよりわけのみこ》、稚武彦王《わかたけひこのみこ》、稚武王《わかたけるのみこ》に関する記述に多少の違いは見られるが、日本武尊と反逆者の麛坂《かごさか》皇子・忍熊《おしくま》皇子とを結び付ける系譜は見られない。

『古事記』は倭建命のみならず子孫も排除する。物語や氏族政策との関係で操作された系譜である。

【倭建命系譜（記）】

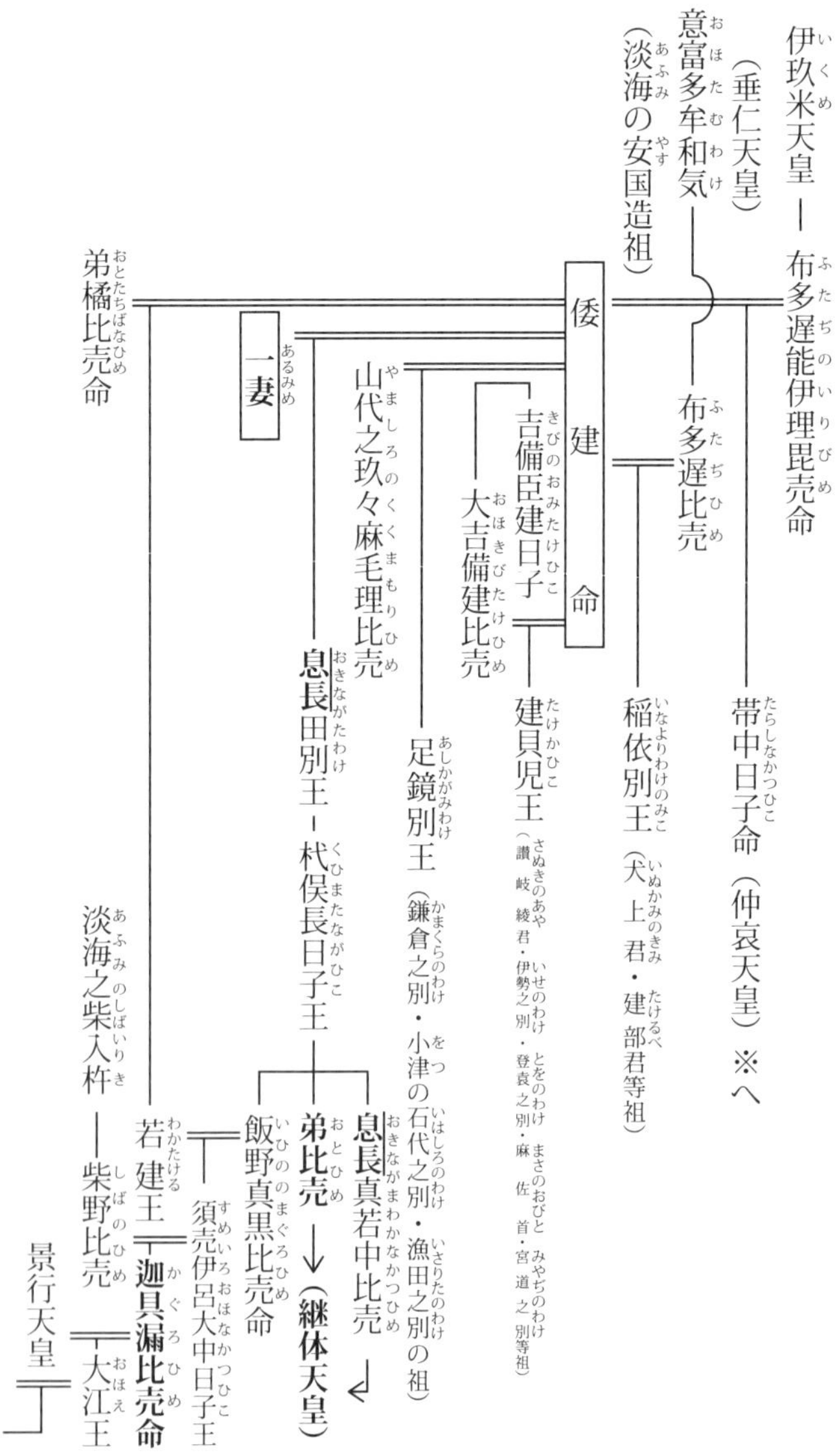
伊玖米天皇《いくめ》
（垂仁天皇）
布多遅能伊理毘売命《ふたぢのいりびめ》
意富多牟和気《おほたむわけ》
（淡海の安国造祖）《あふみのやす》
布多遅比売《ふたぢひめ》
倭建命
帯中日子命《たらしなかつひこ》（仲哀天皇）※へ
稲依別王《いなよりわけのみこ》
（犬上君《いぬかみのきみ》・建部君《たけるべ》等祖）
吉備臣建日子《きびのおみたけひこ》
大吉備建比売《おほきびたけひめ》
建貝児王《たけかひこ》
（讃岐綾君《さぬきのあや》・伊勢之別《いせのわけ》・登袁之別《とをのわけ》・麻佐首《まさのおびと》・宮道之別《みやぢのわけ》等祖）
山代之玖々麻毛理比売《やましろのくくまもりひめ》
足鏡別王《あしかがみわけ》
（鎌倉之別《かまくらのわけ》・小津《をつ》の石代之別《いはしろのわけ》・漁田之別《いさりたのわけ》の祖）
一妻《あるみめ》
息長田別王《おきながたわけ》
杙俣長日子王《くひまたながひこ》
息長真若中比売《おきながまわかなかつひめ》
弟比売《おとひめ》
→（継体天皇）
飯野真黒比売命《いひののまぐろひめ》
弟橘比売命《おとたちばなひめ》
若建王《わかたける》
須売伊呂大中日子王《すめいろおほなかつひこ》
迦具漏比売命《かぐろひめ》
淡海之柴入杵《あふみのしばいりき》
柴野比売《しばのひめ》
大江王《おほえ》
景行天皇

【日本武尊系譜（紀）】

日本武尊

両道入姫皇女《ふたぢいりびめ》
　┣ 稲依別王《いなよりわけのみこ》〔犬上君《いぬかみのきみ》・武部君《たけるべのきみ》の始祖〕
　┗ 足仲彦天皇《たらしなかつひこ》（仲哀天皇）

布忍入姫命《ぬのしいりひめ》
　┗ 稚武王《わかたけるのみこ》

吉備武彦《きびのたけひこ》―吉備穴戸武媛《きびのあなとのたけひめ》
　┣ 武卵王《たけかひごのみこ》〔讃岐綾君《さぬきあやのきみ》の始祖〕
　┗ 十城別王《とをきわけのみこ》〔伊予別君《いよのわけのきみ》の始祖〕

穂積氏忍山宿祢《ほづみのうぢのおしやまのすくね》―弟橘媛《おとたちばなひめ》
　┗ 稚武彦王《わかたけひこのみこ》

※（帯中日子《たらしなかつひこ》・仲哀天皇）＝大中津比売命《おほなかつひめ》〔香坂王《かごさか》・忍熊王《おしくま》の御祖〕
　┣ （香坂王《かごさか》）
　┗ （忍熊王《おしくま》）

大名方王《おほながた》

（庶妹）銀王《しろがね》

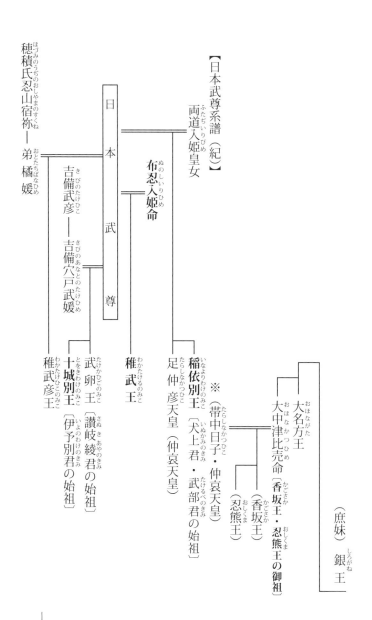

52 成務天皇《せいむてんわう》の系譜

景行天皇の崩後、成務天皇が即位。建内宿祢《たけしうちのすくね》を大臣として近淡海《ちかつあふみ》の高穴穂宮《たかあなほのみや》で政治を行う。景行朝の国内平定を受け、国境と国造《くにのみやつこ》・県主《あがたぬし》とを定める。御子は和訶奴気王《わかぬけのみこ》一人で、即位しない。

倭建命の国内平定を基に、国境を定め、各地を支配する国造と県主とを任命する。短いが、境界と国造の起源を記して支配秩序の確立を述べる点で、国作り上、重要な天皇記である。

建内宿祢《たけしうちのすくね》（タケ）とセットで政を行うタラシ天皇。穂積《ほづみ》氏（軍事氏族）の女性（弟財郎女）を娶るのも、タケ（武力）の霊力を手に入れるためであろう。穂積氏出身の弟橘媛《おとたちばなひめ》は若建《わかたける》王を生む（『日本書紀』は稚武彦王《わかたけひこのみこ》）。穂積氏が有するタケ（武力）の霊力を成務天皇も求めている。倭建命の平定後も、地方豪族を秩序化するために武力（タケ）は必要であった。その地方豪族が国造・県主である。

国造・県主とは、律令制以前から各地を支配していた在地豪族とされる。県《あがた》は、国郡制以前の行政単位ともいう。彼らは自分の領地を持っているので、独立志向が強い。時として反乱を起こす。著名なのは筑紫君石井《つくしのきみいはゐ》（継体記）の反乱である。『日本書紀』では「筑紫国造磐井《いはゐ》」（継体紀二一年六月）とあり、国造であった。磐井の乱が恐ろしかったのは、新羅と密約して反乱を起こしたことによる。九州の豪族が外国と手を結んで大和を攻めれば、朝廷は崩壊する。後に防人が東国人から指名されるのも、筑紫国造等の九州豪族が反乱を起こすことに対する警戒心が根底にあったようだ。

磐井は言う。朝廷に「私を従わせることが出来ない。」と。独立志向の表れである。

だが一方で、国造は朝廷に従順な側面も有する。『古事記』『日本書紀』に記載される国造の多くが天神（タケヒラトリ命・アメノホヒ・アマツヒコネ命）や、皇族（神武・孝昭・孝元・開化・景行天皇の皇子）を始祖とする。また『日本書紀』欽明一五年条、『日本書紀』斉明五年条、『常陸国風土記』新治郡条・行方郡条、『陸奥国風土記』逸文には、朝廷の使者として派遣される国造の伝えが載る。天皇の代行として地方に派遣される国造の姿が描かれる。天皇に忠誠を尽くす国造の一面である。

このように国造の伝承は、服従と反逆という二面性をもつ。諸刃の剣である。倭建命の全国平定後に国造を定めるというのは、地方豪族が朝廷の支配下になったことを意味する。反抗する神が国内にいなくなった起源として国譲り神話が作られた（「20国譲り」段）ように、本章段も国造が反乱しない起源として作られたようだ。朝廷に任命された国造は、天皇に忠誠を尽くさなければならない。

本章段を受けて多くの国造が成務朝を始祖年代として設定する。『先代旧事本紀』「国造本紀」に記載される国造134の内、成務朝を始祖とする国造は64。圧倒的に多い。『先代旧事本紀』自体は平安朝の成立であるが、「国造本紀」は奈良時代の資料を踏まえるとされる。工藤浩（「『国造本紀』の成立と構想」〈『記紀・風土記論究』おうふう、二〇〇九年三月〉）の調査を参考にまとめたのが次頁の表。

成務朝を祖とする国造の地域は、東海・関東甲信越・陸奥・北陸・山陰・山陽・南海・九州というように全国に分布する。国造たちも本章段における国造の任命を認めている。国造たちが成務朝を始祖年代とするのは『古事記』『日本書紀』の記事に基づく。国造たちは本章段を根拠とする。

【国造本紀における始祖の時代設定】

神武	開化	崇神	景行	**成務**	仲哀	神功	応神	仁徳	反正	允恭	雄略	継体	元明	元正	桓武	不明	計
9	1	12	6	**64**	1	2	20	7	1	1	3	1	3	1	1	1	134

朝廷配下の国造が全国にいるので、天皇は安心して大和を離れることができる。成務天皇は近淡海《ちかつあふみ》の高穴穂《たかあなほ》に宮を構える。『日本書紀』では、日本武尊《やまとたけるのみこと》の全国平定後に、景行天皇が近江国に行幸して高穴穂宮で崩御し、その宮で成務天皇は即位する。大和さらには畿内を飛び出して政治を行うことができるのも、天皇にとって地方が安全な状況になったからである。次代の仲哀天皇も穴戸《あなと》の豊浦宮《とゆらのみや》（山口県）と筑紫の訶志比宮《かしひのみや》（福岡県）に坐す。景行・成務朝によって全国の治安がよくなった。

本章段は短いが、短くとも地方豪族・国家秩序にとっては重要な意味があった。

本章段の本文は一〇二字、小書き注記の一二字を含めても一一四字しかない。旧辞（物語）はなく、系譜的な帝紀記事しかない。本章段の短さを『古事記』内で比較してみる。旧辞のない歴代天皇記の中で本文字数の少ない天皇を順にあげると次頁の表のようになる。成務天皇は7番目に少ない。もともと旧辞が無かったと考えられる欠史八代（4代懿徳〔11位〕・6代孝安〔4位〕）と、人の世の秩序作りが終了して旧辞を必要としない24代仁賢（8位）以降（25代武烈〔5位〕・27代安閑〔3位〕・28代宣化

〔6位〕・31代用明〔10位〕・32代崇峻〔1位〕・33代推古〔2位〕とを除くと、成務記が最も字数の少ない天皇記となる。短いながらも地方氏族にとって成務記の記述内容は重要であった。自家の起源に箔を付けようとする地方豪族にとってはバイブル的な天皇記となった。

【旧辞の無い天皇記の本文文字数】

順位	歴代	合計	大書	注記
1	32崇峻	38	27	11
2	33推古	46	34	12
3	27安閑	47	47	
4	6孝安	85	76	9
5	25武烈	90	90	
6	28宣化	110	93	17
7	**13成務**	**114**	**102**	**12**
8	24仁賢	115	115	
9	18反正	121	113	8
10	31用明	130	117	13
11	4懿徳	131	107	24

成務天皇の御子は和訶奴気王《わかぬけのみこ》一人。他には見えない。『日本書紀』には「男無《ひこみこましまさず》」(仲哀前紀)とある。和訶奴気王は即位しないで、成務天皇の甥で倭建命の子にあたる仲哀天皇が次の天皇となる。成務天皇は中継ぎ的な存在。成務天皇の母は八坂之入比売《やさかのいりひめ》命。「イリ」天皇は御真木入日子印恵《みまきいりひこいにゑ》命（崇神天皇）と伊久米伊理毘古伊佐知《いくめいりびこいさち》命（垂仁天皇）。母方に「イリ」をもつのは成務・仲哀天皇まで。

国境制定による全国の秩序化、国造・県主任命による地方豪族の支配、宮を畿外に移す治安の確立、「イリ」系天皇の終息期等、さまざまな区切りが成務天皇に設定される。国内の国作りが一応完了する御世である。次の仲哀朝では海外に進出する。国際的な国家作りの段階へと進んでいく。

53 仲哀天皇《ちゅうあいてんのう》の系譜

倭建命御子・仲哀天皇が即位。息長帯比売《おきながたらしひめ》との間に応神天皇が、大中津比売命《おほなかつひめ》との間（異世代婚）に香坂王《かごさか》・忍熊王《おしくま》が生まれる。豊浦宮《とよら》・訶志比宮《かしひ》に坐し、海の支配権を象徴する淡道屯家《あはぢのみやけ》を設置する。

仲哀天皇は、海に関わる事績を残す。父・倭建命の陸路平定、成務天皇の国内整備を受けて、海路を整備する。『日本書紀』では、死後霊魂が白鳥となって飛んだ日本武尊《やまとたける》を慕い、全国から白鳥を献上させている。日本武尊を「仰望《しの》」ぶ情《こころ》が一際強い天皇である。日本武尊の事績を継承して、次なる国作りをする。そのために、淡道《あはぢ》の屯家《みやけ》を定め、豊浦宮と訶志比宮とに居を構える。

淡道は淡路島。屯家は朝廷の直轄地。倉があったので「屯倉《みやけ》」とも記す。多くは田畑で採れた農作物を収める倉であった。ただし本章段では、海産物を収める倉の意であろう。淡路は、海産物を献上する「御食《みけ》つ国《くに》」である（『万葉集』巻六・九三三）。海産物を収納する国家施設のことと考えられる。農産物を献上する国を「食国《をすくに》」というのに対して、海産物を献上するのが「御食つ国」であった。海産物は海神が司る。特に淡路は海神と深く関わる。『万葉集』には、「霊妙な海神が、淡路島を真ん中に据え、白波で四国を囲み、夕に明石海峡から潮で満潮にした」という（『万葉集』巻三・三八八）。海神は、海の中心に淡路島を作ったと伝える。また『日本書紀』允恭一四年九月条には、深海の真珠で淡路島の神を祭ったとある。淡路島の神は海神であったことが分かる。

そのような海神が坐す淡路島は、瀬戸内海の海人族の拠点であったようだ。だから「淡道の屯倉」の設置は、淡路の海人族、さらには瀬戸内の海人族の服属を意味する。海人族は潮の流れを読み、安全に航海する技術と知識とをもつ。明石海峡の潮流の激しさと行路の難しさとは今日でも有名。沖と浜辺とは異なる潮の流れがあるという。また古代の瀬戸内海はたびたび遭難することがあった。

佐婆《さば》の海中《わたなか》にして忽《たちま》ちに逆風に遭ひ、漲《たた》へる浪に漂流す。（『万葉集』巻一五・三六四四題詞）

新羅に向かう役人が山口県防府市あたりの海上で遭難している。穏やかに見える瀬戸内行路だが、航行には危険が伴い、高度な知識を要する。淡路島の海人を中心とした瀬戸内海の海人の掌握、瀬戸内航路の確保という前提が、「淡道の屯家」設置には必要となる。

豊浦宮は山口県下関市長府豊浦町《ちょうふとようらちょう》の忌宮《いみのみや》神社という。関門海峡に面している。瀬戸内海から関門海峡への海路を支配するのに適した土地である。

訶志比《かしひ》宮は、福岡県東区香椎宮付近という。博多湾から海外への航路を支配するのに適する。博多湾の海上には志賀島《しかのしま》がある。江戸時代「漢委奴国王《かんのわのなのこくわう》印」の金印が出土したことで有名。海外との交流の起点となる島で、全国の海人族を統括する安曇氏の本貫とされる。志賀島から壱岐・対馬を経由して朝鮮（韓）半島に渡ることができる。後世の元寇もこのルートで志賀島までやってきている。訶志比に宮を建てたというのは、海人族の掌握と外国航路の整備とを示しているのであろう。

『古事記』本章段では、瀬戸内航路、関門海峡、そして外国航路の掌握が語られている。

『日本書紀』にはもう少し詳しく書かれている。最初、角鹿《つぬが》（福井県敦賀市）に宮を作る。角鹿の在地豪族には海人族の角鹿海 直《つぬがのあまのあたひ》がいた（孝霊記）。角鹿は大和から最も近い日本海である。琵琶湖を通りぬけて越前国に入るルートである。日本海航路の掌握を意味していよう。その後、「淡路の屯倉《みやけ》」を設置。紀伊国（和歌山県あたり）を巡る。熊野灘の掌握を意味しよう。そして豊浦宮に赴く。

そこから九州に渡る。その際、福岡県遠賀郡蘆屋町《おんがぐんあしやまち》辺りの海人族岡 県 主《おかのあがたぬし》が出迎えて、海路を先導する。港に入ろうとすると、神の仕業で船が進まなくなる。具体的に何があったかは書いていない。

『日本書紀』は「御船、進《ゆ》くこと得ず」とだけ記す。神を祭ると船は動いたという。船頭たちがストライキを起こし、金品を要求する習俗を反映しているようだ。近世、琉球人を乗せた船が本土に到着する寸前に船頭が船を揺らし、海の神の怒りと称して金品を要求した。『土佐日記』住吉明神の段で

　梶取《かぢと》りの心は、神の御心《みこころ》なり。（欲深い船頭の心は、神様の御心の表れである）

とあるのも同様の習俗による。海神や水神は金属を好むとされる。金物投供という。朝鮮（韓）半島に渡る際に、あまたの船が参拝した宗像大社の沖ノ島祭祀遺跡からも多くの金物が出土している。

日本海、熊野灘、瀬戸内海、関門海峡、外国航路。これで当時の海路は、ほぼ掌握したことになる。

黒潮は危険なので、東国へは東海道・東山道といった陸路を使ったのであろう。

『日本書紀』において海人族が先導役を務めるように、仲哀天皇は海人族の服属と、海路の確保を

果たした天皇であった。景行天皇・成務天皇の国譲りを一歩進める。

注釈書によっては、次段「54仲哀天皇の死と神託《しんたく》」段に基づいて「神罰によって殺された無能な天皇」といった解説をするものもあるが、仲哀天皇は無能ではない。国作りを段階的に発展させている。国内の海路を全て掌握したからこそ、神功皇后と応神天皇とは海外に進出することができる。

本章段の後半は応神天皇の話。応神天皇の和名・大鞆和気命《おほともわけ》の由来と、母・神功皇后の腹の中に坐して国を統治したとを記す。前者は「58気比大神」段、後者は「56鎮懐石」段の伏線となっている。鞆《とも》のような肉の塊が腕にあったことによる命名とする。鞆は弓返りを防ぐための防具で、左の肘につける籠手《こて》。東京国立博物館に鞆の埴輪が残っている。生まれながらにして武具を身に付けていることになるので、倭建命のタケ（武）の力を継承した天皇ということを暗示する。

「腹の中に坐して国を知りたまふ」ことを、『日本書紀』継体六年十二月条では「胎中《はらのうちにまします》誉田《ほむだ》天皇」と記す。母の胎内にいながら新羅遠征をしたことによる。天皇は、平定されていない土地には足を踏み入れない。信仰的には穢れを避けることによる。出雲大社の神在《かみあり》祭りで、神様の通り道に菰《こも》を敷くのも穢れを避けるため。『竹取物語』で、かぐや姫を迎えに来た天女が、地に足を付けずに「土より五尺」の所に浮いているのも、地上の穢れに触れないようにしている。新羅は外国であるから、穢れを受けないよう、天皇は地に足を付けない。だから「腹の中」に坐す。神武東征は即位前のこと。

仲哀天皇の功績を述べ、応神天皇の話の伏線となっている帝紀記事である。

54 仲哀天皇《ちゅうあいてんのう》の死と神託《しんたく》

熊曽《くまそ》征伐の可否を占う。神功皇后に憑いた神は西方に宝の国があると教える。神を疑った天皇は祟りで崩御。国内の罪穢《つみけが》れを祓い、再度神意を問う。神は墨吉《すみのえ》三神を名告り、西方への渡り方を教える。

天照大御神は、墨江三神を通じて金銀を献上する蕃国の存在を知らせる。蕃国を得ることによって、日本は帝国になり、大君は聖王となる。国際的な国家の誕生に伴い、天皇も変身することが迫られる。本章段の主要素は、①神懸かりと祭祀、②天皇の崩御、③金銀の輝く国といったところであろう。

①は具体的な神祭りの様子。「火を挙げて見れば」とあるように祭祀は夜に行われる。東京都府中市の大国魂《おおくにたま》神社・くらやみ祭りは典型例。夜は神の時間。神の依り代となる者を選び、神を呼び出す。神降ろしには琴や太鼓等の音楽を使用する。梓巫女《あずさみこ》は梓弓《あずさゆみ》を琴のように横に置いて叩き、神を招く。神は右の弭《ゆはず》(弦を弓に繋ぐ部位)に降臨して、巫女の体内に入って言葉を発する。託宣が終わると左の弭から帰っていくとも。『豊受皇大神御鎮座本紀』や『無名抄』に、琴の起源は弓と伝える。

神が降臨する。その時、依り代は旋回運動をしたり、ゲップや嘔吐をしたりすることが多い。そして口を開く。しかし神の言葉は凡人には分からない。例えば、沖縄県石垣島川平《かびら》の仮装神「まゆんがなし」は「ウッフーン」と返事する。そこで神の言葉を解釈する者が必要となる。サニハである。『古事記』は神事空間＝「庭」に着目して「沙庭《さには》」、『日本書紀』は神語解説者の意で「審神者《さには》」と表記。

失礼があると神は怒り、無礼者を殺すことも。仲哀天皇も死んでしまう。過ちを改めて身を清めて再度神を招く。本書段では「国の大祓《おほはら》へ」をする。「生剥《いきはぎ》」〜「屎戸《くそへ》」は自然（農耕・動物・神）を冒瀆《ぼうとく》する罪で、『延喜式』祝詞「六月晦《みなづきのつごもり》の大祓《おおはらへ》」の「天《あま》つ罪《つみ》」にあたる（「8天の石屋」段）。「上通下通婚《おやこたはけ》」〜「犬婚《いぬたはけ》」は人間倫理に反する罪で、「六月晦の大祓」の「国《くに》つ罪《つみ》」にあたる。全ての罪穢れを祓う。

再度神の教えを乞う。神の名や祭祀方法を聞き出す。何回も「これで良いか」と確認する。『日本書紀』でも「復《また》神《かみ》有《ま》すや」と何度も聞き直す。本章段では「底筒男《そこつつのを》・中筒男《なかつつのを》・上筒男《うはつつのを》」神と名告る。住吉大社の祭神で航海神。「筒」は「星《つつ》」とも、「つ津」とも。「星」は星を目印にした航海を想定する。「つ津」は津＝港の海中を三分割して神格化したと見る。この神と一緒に生まれた海神「底津綿津見《そこつわたつみ》神・中津《なかつ》綿津見神・上津《うはつ》綿津見神」（「6禊ぎ」段）も、海中を三分割する。「つ津」の方が穏当か。いずれにしても海外への航海に必要な霊力を持つ神で遣唐使も祭っている。民俗でいう舟魂《ふなだま》にあたる。

祭祀方法の「灰」「瓠《ひさご》」は、諸注「未詳」とするものが多い。「灰」は紺染めや酒造りでアクを取ることから水質を操作する霊力の象徴、「瓠」は浮力があることから船の霊力の象徴なのではないか。

神託が終わると神を帰す。中にはなかなか帰らない神もいる。島根県の佐太《さだ》神社では居残る神を送る「止神《しわがみ》送り」を行う。静岡県水窪町《みさくぼちょう》西浦《にしうれ》の田楽では、朝方なかなか帰らない神（鬼）に「帰れー」と告げて、無理矢理に帰してしまう。本章段の神は「天照大御神の御心」であるから、素直に帰る。

本章段は神降ろしの具体的な様子を描く。『日本書紀』の方が詳しい。②祟りによる天皇の崩御は、衝撃的な事件である。この死は、宝の国が見えないので詐りの神と述べることに起因する。宝の国が見えないのは、見る能力の欠如という（多田一臣『古事記私解』花鳥社、二〇二〇年一月）。

しかし仲哀天皇には「見る」能力がなかったのであろうか。天皇の「見る」能力とは、国見において通常では見えない国土の霊魂や海の霊魂を幻視するような能力である（『万葉集』巻一・二）。幻視するのは、「**我が国**見れば　淡島《あはしま》　おのごろ島」（仁徳記53歌謡）というように、「我が国」の範囲内の島々である。西の方に金銀が輝く宝の国は、この時点では日本の領土ではない。この宝の国を、次段では新羅国とする。現実世界でも新羅は日本の領土ではない。「我が国」ではないので見えない。仲哀天皇が「見えない」のも当然である。仲哀天皇が「見る」能力に欠けていたとは言い切れない。

ならば②天皇の死は何を意味するのか。前段で述べたように、仲哀天皇は国内の海世界を掌握した。その天皇の死後、外国を掌握して③宝の国＝新羅国が服属。天皇の交替によって支配領域が拡大する。

外国の服属とは、天子の徳を慕って朝貢すること。朝貢国は野蛮な蕃国なので、優れた天子の徳によって教化される。換言すれば、蕃国が出現することによって天子の徳が保証され、国際的な帝国になる。一国の大君から帝国の聖王となる。それが独立天子国。日本は中国と対等な独立天子国であることを標榜する（辰巳正明「百済王制と古代日本王権の形成―独立天子国から天皇王制へ」〔『國學院雑誌』101―10、二〇〇〇年一〇月〕）。隋の煬帝《ようだい》に「日出づる処の天子、書を日没する処の天子に致す」（『隋書』

東夷伝倭国条）と送ったのも、独立天子国として中国と対等な立場をとったからだ。中国にとって自国以外は蕃国で、中国以外に天子は存在しない。だから煬帝は怒る。

仲哀天皇の死も日本が独立天子国を標榜することと関わろう。独立天子国には天子の徳を慕う蕃国の存在が必要である。そのために天子も一国の大君から国際的な聖王へと変身しなければならない。聖王は徳があるので武力を用いなくても熊襲《くまそ》のように自ずと服属する（『日本書紀』神功皇后前紀）。

大君から聖王に変身する。大君の仲哀天皇は退場しなければならない。それが「一道《ひとみち》に向かひたまへ」の意味なのであろう。「一道」とは「飛騨人《ひだひと》の打つ墨縄《すみなは》のただ一道」（『万葉集』巻一一・二六四八）とあるように、墨縄で引いた線のような「直線」。また『新撰字鏡』で脈管を「血之美知《ちのみち》」と訓読するように血の流れを「道」という。「海路《うみぢ》に乗る」（『万葉集』巻一一・二三六七）というのも船を自然と目的地に運ぶ潮流を指す（『万葉語誌』筑摩書房、二〇一四年八月、「乗る」多田一臣執筆）。古代官路は直線道路。現代の高速道路のように乗れば自動的に目的地に着くことができる。血流・潮流・官道に乗るように、自動的に古い大君を葬るといったニュアンスであろう。天皇の質が転換する。

この天皇の質の転換は、天照大御神の御心によって行われる。国作りが帝国作りの段階に入り、天皇が聖王となる。これは高天原の神の意向であった。『古事記』の国作りは高天原の命令に基づく。

仲哀天皇は海世界の掌握により国内の統治を完成させ、大君の役目を終えて崩御する。そして蕃国が慕う徳を備えた聖王・応神天皇が誕生する。そのような帝国への移行を物語化しているのであろう。

55 新羅《しらき》遠征

神の教え通りにすると、神・魚の援助で順風満帆に新羅国に着く。波は船を国中まで押し上げた。新羅国王は戦々恐々として服属を誓う。百済も従う。墨江《すみのえ》大神の荒御魂《あらみたま》を国王の門に鎮めて帰国する。

新羅との関係を優位にするために作られた、外交上の支柱となる起源神話である。天照大御神の御心を背景に、航海神の墨江三神をはじめ全ての神々の加護を得て、あっという間に新羅国に到着したように描く。『日本書紀』には「天神地祇の悉く助けたまへるか」と記す。

非現実的な描写で潤色する。『日本書紀』の記述をおってみる。船は魚の背に乗り、大波に運ばれるサーフィンのように新羅国内に押し上げられる。新羅国王は津波のような水量と大軍の船とを見て、国が沈没して滅亡するかのような恐怖感を抱く。気を取り戻して考えてみるに、東に日本という神国があり、聖王がいると聞いたことを思い出す。抵抗もせずに降参し、地図と戸籍を献上し、統治権を委譲する。半永久的に朝貢国となることを誓う。違えれば死をも辞さないと言う。

戦わずして勝利を収めるのは、天皇が放つ威光と神秘的な力とに屈服したから。同じような降伏は、鹿児島県沖永良部島《おきのえらぶ》に伝わる「世の主《よぬし》」伝説にも伝わる。新羅国王は、天皇のことを「神国」の「聖王」と述べる。徳をもつ聖王であるから徳を慕って朝貢国となる。天皇は「聖王」として、世界の中心（中華）に君臨する存在となる。中国と肩を並べるような独立天子国になったことを述べる。高句麗の「好太王《こうたいおう》碑文」（広開土王《こうかいどおう》碑文）には、三九九年頃に倭が新羅に侵略したとある。仁徳朝にあたるが、この碑文により神功皇后遠征を史実とみる説もある。対馬を中心とした倭寇は頻繁に朝鮮（韓）半島を侵害。『日本書紀』「一云《あるにいはく》」には新羅王の膝骨を抜いて腹ばわせた後、斬り殺して埋めた、という残酷な行為が記される。その後国王の妻の「恨《ハン》」も描く。倭寇の侵略は史実であろう。

しかし神功皇后の遠征については、史実とは断定できない。本章段には残酷さはなく、神々の霊力を背後に、平和裏に平定を成し遂げたように描く。このような描写には虚構性が感じられる。史実ではないからこそ、神話的な話が必要であったのではないか。

非現実的な描写は、逆に史実ではないことを暗示する。「腹の中に坐して」国を統治したというのも（「53仲哀天皇の系譜」段）、事実というより神話的に理解する必要があろう。信仰的には、領土ではない異国に足を付けるのは穢れを受けることになるので、応神天皇は「腹の中」に坐したと理解できる。さらに前段で仲哀天皇が新羅を見ることができないのも、「我が国」でないことを前提としている。はからずも『古事記』の叙述自体が、史実ではないことを露呈している。加えて百済国が「渡りの屯家《みやけ》」（直轄地）となること（記）、百済・高句麗が服属すること（紀）を記すものの、記述の大半は新羅国王の服属場面である。記紀成立時、百済は滅亡しており、半島は新羅が統一しているからである。記紀編纂の頃の世界情勢を反映していることも、この話の新しさをうかがわせる。

新羅国は高句麗・百済との争いを繰り返す。六六〇年には唐と組んで百済を滅ぼし、白村江《はくすきのえ》で日本からの援軍も退ける。ただし唐と対立した時期もあり、その際には、日本に使者を派遣して友好関係を築こうする（『国史大事典』「新羅」の項、井上秀雄執筆。吉川弘文館、一九八六年一一月。）。

朝鮮（韓）半島における力関係、唐との関係性といった外交的な問題から、日本との関係も友好と対立とを繰り返す。天平五（七三三）年に新羅と唐との関係が良好になると、日本との関係は悪化する。すると日本は渤海《ぼっかい》国と友好関係を結ぶ。天平八（七三六）年には、関係改善のために日本が新羅に使者を送る。その時の使節団の歌が『万葉集』巻一五に伝わる。敵の敵は味方とばかりに外交戦が繰り広げられる。唐を中心に新羅・渤海・日本が、表面下で火花を散らす。

新羅からの使者に対して孝謙《こうけん》天皇は「気長足媛《おきながたらしひめ》皇太后の彼の国を平定《たひら》げたまひしより始まりて、今に至るまで、我が蕃屏《ばんへい》（蕃国）となる」と詔する（『続日本紀』天平勝宝四歳〔七五二年〕六月条）。気長足媛（神功皇后）の新羅遠征物語を、外交上優位に立つための根拠として用いる。

つまり本章段は、新羅との関係において優位性を示す目的で作られた話なのである。大和朝廷にとっては外交上重要な話であった。史実云々というより、対新羅政策上、必要な話であった。

新羅国王は「御馬甘《みまかひ》」となって馬や馬具の献上を約束する。新羅は優秀な馬の産地。高度な馬具作りの技術も持つ。埼玉県の稲荷山古墳からは馬の尻に旗を付ける馬具が出土している。朝鮮（韓）半島から輸入されたという。大和朝廷は、壬申の乱の経験等から、馬術戦の重要さを痛感していたようだ。また新羅は金属加工の高い技術も有する。金銀輝く宝の国であった。そのような新羅の物を手に入れる起源となっている。換言すれば、大和朝廷は馬・馬具・金銀を望んでいたことがわかる。

本章段では、最終的に新羅国王の門に杖を立てて、「国守る神」として墨江大神の荒御魂《あらみたま》を鎮める。「国守る」の「国」については、諸注「その国」すなわち「新羅国」とする。だが航海神の墨江大神の荒御魂が何故「国」を守ることになるのか。ここでの杖は『日本書紀』に「後葉《のちのよ》の印《しるし》」とあるように標示である。杖を立てるのは、神が占有した「御志《しるし》」であり（『播磨国風土記』揖保郡林田里）、人間が田として占有する境界の「標《しるし》」となる（『常陸国風土記』行方郡夜刀《やと》神）。占有の標示である。航海神の荒々しい霊魂による新羅の占有を標示している。要するにいつでも航海神の霊力によって渡ってくることができるという主張なのであろう。望むときにいつでも新羅に渡ることが可能となる。それが国を守ることになる。この「国守る」とは、恒久的に新羅が蕃国として財宝を献上することによって、日本が安泰になるということなのであろう。「国」は「日本」の意で理解すべきであろう。白村江での敗北後、日本は新羅からの攻撃に怯える。日本と同じように独立天子国を主張した百済が、唐・新羅に滅ぼされた。日本も滅びる可能性がある。友好関係を結ぼうと画策する。

新羅の財宝を欲する願望の表れであったと同時に、日本を守るために必要な国防神話でもあったのだろう。本章段には、隣国に対するさまざまな思惑が潜む。非現実的で神話的な虚構の裏側に、国運に関わる現実問題が横たわる。

56 鎮懐石《ちんくわいせき》

遠征前に神功皇后が行った霊威譚二話。一は産気づいた時、腰に石を挿み、遠征後まで出産を延期したこと。二は糸と飯だけで鮎を釣ったこと。その事績が地名「宇美《うみ》」と、鮎釣りの習俗とに伝わる。

筑前国・肥前国の在地信仰を踏まえた二伝承（①鎮懐石伝承、②鮎釣り伝承）を用いて、遠征を神秘的に脚色する。霊威を強調し、神に選ばれた者による国作りであるかのように新羅遠征を描く。

「故其《かれ》の政《まつりごと》いまだ竟《を》へぬ間《あひだ》に」で始まる。「故」は、前の事柄を受けていることを示す接続語。「其の政」は新羅遠征。「政」は、天照大御神・天皇に命じられた神・者が、異国において行う平定等の統治で、絶対的な命令（「47弟橘比売命」段）。「故其の政」とは、新羅遠征が天照大御神の意志に基づく「政」であったことを示す。霊威譚は新羅遠征と深く関わることを示唆する。鮎釣りを成功させた儀の名を「勝戸比売《かちとひめ》を謂《い》ふ」とする注記も、新羅遠征の勝利に結び付けようとしている。霊威譚は、挿入された逸話ではない。政＝新羅遠征＝高天原の命令＝国作りに機能する事柄として位置づけようとする意図を『古事記』はもっている。二つの霊威譚が新羅遠征の妥当性を保証する。

①鎮懐石伝承と②鮎釣り伝承は『日本書紀』にも載る。だが『古事記』とは異なり、時間軸に沿って新羅遠征の前に記載する。『日本書紀』では「祈《うけ》ひて曰《のたま》はく」として、新羅遠征の成否を占う行為

として記す。ウケヒとはaならばA、bならばBということを予め決めておく占い（「7誓約」段）。つまり石を腰に挿むことで出産時期を延期できたのならば、また針を曲げただけの道具で鮎を釣ることができたのならば、新羅遠征が成功するという前提を設けて神意を問う。鮎釣りは占いに使用されることがあった（林田洋子「鮎をめぐる伝承」『國學院雑誌』七二―一二、一九七一年一二月）。

対して『古事記』では「ウケヒ」とはしない。占いではなく、通常ではあり得ないことを為す神功皇后の霊威譚として描く。特別な霊力をもつから、当然のことながら新羅遠征も成功した、というニュアンスである。遠征の後に記載するのは、遠征が成功した跡付けとして、神功皇后の優れた霊力を語るのであろう。「故」という接続詞には、そのような意味合いが込められているようだ。『古事記』が「希見《めづら》し」＝「梅豆羅《めずら》国」＝「松浦《まつら》」という地名起源（『日本書紀』）を省くのも、神功皇后の鮎釣りは「珍しい」ことではなく、皇后ならば当然のことである、ということなのであろう。

『日本書紀』では、針を曲げて釣り針を作り、米粒を餌にして鮎を釣ったという。三浦佑之によれば、針を曲げただけの釣り針というのは、鮎釣りの針に「もどり」（魚が逃げられないようにするトゲ）がないことの起源であるという。鮎を傷つけないようにするために、背ヒレに引っかけて釣るので「もどり」はつけない。友釣りに使用する友鮎を傷つけないためにも「もどり」はない方が良いとする（『古代研究』青土社、二〇一二年一〇月）。針に「もどり」がないのは「珍しい」ので、「希見《めづら》し」＝「梅豆羅国《めずらこく》」＝「松浦《まつら》」という地名起源（『日本書紀』）が成り立っていることになる。

ところが『古事記』では針の記述がない。針は用いないで糸と飯粒だけで鮎を釣る。糸に飯粒が着くという不可思議な現象が起こる。神功皇后の特別な力を強調する。景行天皇が投げた縵《かづら》（髪飾り）が渡し料となった話（『播磨国風土記』賀古郡）とも通じる。『古事記』は神功皇后の霊威を示す。

新羅遠征は神の意志だけではなく、特別な神功皇后であるから成し遂げられたのである。『古事記』中巻の主題は「神の助力を得た人の国作り」。上巻の「神による国作り」と、下巻の「人の知恵による国作り」との間をとりもつ国作りになっている。国作りを成し遂げるのは普通の人ではない。神の助力を得るに相応しい資質をもつ人でなければならない。神功皇后が神に選ばれたことを意味する。

本章段にはもう一つの文脈がある。応神天皇は「宇美《うみ》」で生まる。これは応神天皇が「腹《はら》の中《なか》に坐《いま》して国を知《し》りたまふ」（「53仲哀天皇の系譜」段）ことを受けている。「宇美」の地名起源によって、帰還して生まれたことを強調する。『日本書紀』には「宇瀰《うみ》」と「松浦」との二つの地名起源を載せる。一方『古事記』は「宇美」だけを載せる。「宇美」以前は「腹の中」で治めることを強調する。

応神天皇は「腹の中」で統治することができる特別な力をもつ。しかも未平定の地には足を付けないという神聖性をもつ（「53仲哀天皇の系譜」段）。特別な力を持つ神聖な天皇だから「聖王」となる。よって新羅国王は、その徳を慕って無条件に降伏する。応神天皇も神の助力を得ることができる特別な天皇なのだ。特別な霊威をもつ神功皇后と、聖王・応神天皇とによる国作りということになる。

①鎮懐石伝承と②鮎釣り伝承の基には地方の習俗が存する。鎮懐石伝承は『筑前国風土記』・『筑紫

国風土記』（『釈日本紀』所引逸文）、『万葉集』（巻五・八一三題詞）に載る。丸い鎮懐石が二つあるという。具体的な大きさと重さとを記し、通行する人々がこの石を拝むという。山梨県や和歌山県熊野には丸石を拝む信仰がある（中沢厚（『石にやどるもの』平凡社、一九八八年一二月）。『信貴山縁起絵巻《しぎさんえんぎえまき》』（尼君巻）にも幣帛を供えられる丸石が描かれる。丸石信仰は全国的に存在したようだ。

民俗には「子生み石」（牧之原市《まきのはらし》大興寺）、「孕石」（掛川市、備前市）がある。崖から石がポトリと落ちることに、子が生まれることを見立てて、子宝信仰となっている。子生みにまつわる筑前国の丸石信仰が神功皇后伝説と結びついたのであろう。『古事記伝』は成長する石の話であったと推測する。

②鮎釣り伝承も、『肥前国風土記』に鮎を釣りの習俗を記す。男は釣れず、女子が鮎釣りで占うという在地の神事を記す。このような地方の習俗・信仰を取り入れて記紀伝承は成り立っている。

そして記紀の話が地方に伝わり、風土記に載る。さらにその地方話が中央官人に伝わる。『万葉集』（巻五・八一四左注）では、筑前国那珂《なか》郡伊知郷簑島《いちのさとみのしま》の住人「建部牛麻呂《たけべのうしまろ》」が鎮懐石伝承を伝誦しており、中央官僚の山上憶良に話している。『古事記』『日本書紀』伝承を地方から逆輸入している。地方から中央へ、中央から地方へ、再度地方から中央へ、という循環（文学サイクル）がおこっている。

地方習俗や地名を取り入れて、新羅遠征が事実であるかのように装う。そして新羅遠征伝承は、地方と中央とを循環して事実として流布する。新羅遠征を歴史的事実にしたい朝廷の目論みは成功する。

『古事記』は、一連の新羅遠征物語を用いて、国作り、帝国作り、聖王作りを脚色する。

57 香坂王《かごさかのみこ》と忍熊王《おしくまのみこ》

太子《ひつぎのみこ》の異母兄香坂《かごさか》王・忍熊《おしくま》王が反乱。占いは凶と出るが、無視して兵をあげる。神功皇后軍は「太子と皇后は崩じた」という嘘の情報を流し、油断させて奇襲をしかける。反乱者は琵琶湖に入水する。

太子（応神天皇）・神功皇后軍が、知略によって反乱を鎮める。神のバックアップを得た知恵者が勝利する話であるが、最終的には、自害する敗者・忍熊王の死に様をもって物語は締めくくられる。

香坂王・忍熊王は、仲哀天皇と大中津比売《おほなかつひめ》命との間の子。大中津比売命は、景行天皇と玄孫《やしゃご》（曽孫の子）の迦具漏比売《かぐろひめ》命とが異世代婚して生まれた皇女（「51倭建命の系譜」段）。系譜的な操作が指摘される。香坂王・忍熊王は応神天皇の異母兄。「弟に従わない」と言って挙兵する（『日本書紀』）。

香坂王・忍熊王は、応神天皇より年長者である。皇位継承者としては有力であった。しかし即位できないのは、「天照大御神の御心」として「神功皇后の御腹に坐す御子が日本を統治せよ」という託宣があったからだ（「54仲哀天皇の死と神託」段）。挙兵しても天照大御神の意向に反するので勝てない。だから反乱の可否を占うと凶とでる。香坂王は、大きな猪（神の化身）に食い殺される。

ウケヒ狩は、良い獲物が得られるか否かによって、これから行う出来事の成否を占う狩である。狩は神意を問う儀式であった。長野県の諏訪大社上社で行われる御射山《みさやま》祭りは、大規模な狩で、本来は「大祝《おほはふり》」と称する八歳の童子を依り代にして神意を問う儀式であったとされる（室町期成立『諏訪大明神絵詞』）。オホアナムヂも狩を行った（「13キサガヒヒメとウムガヒヒメ」段）。皇族は、儀礼的な狩によって為政者としての資質がある否かを神に尋ねる儀式を行う。

矢の当否により占う儀式もある。熱田神宮正月一五日の歩射会で射損ねた者は「神慮に適わない」として出奔せざるを得ない（柳田国男「伝説と習俗」〔『底本柳田国男集　第五巻』筑摩書房、一九六八年一〇月〕）。矢が当たらない者、獲物を仕留められない者は、神に認められていないことを示す。

香坂王が猪に食い殺されたのは、反乱が失敗に終わること、為政者に相応しくないことを意味する。『日本書紀』で、忍熊王は「是の事、大きなる怪《しるまし》なり」と神意であることを認めつつも、「此《ここ》にして敵を待つべからず」と言い直す。言い直しによって、神意を好転させようとする。縁起の良くない物事を言い直すことによって、事態を好転させる習俗がある。掏《す》るを思わせる「スルメ」を「当たり目」に言い換えるのと同じ。だが神慮に適わない忍熊王の言い直しには効果がなく、反乱は失敗する。

太子と神功皇后の軍は神威だけで勝ったのではない。騙し討ちという知恵を用いて勝つ。中巻の主題である「神の助力を得た人の国作り」とも合致する。

騙し討ちは、「30久米歌」段にも見られるように知恵ある者の証である。『日本書紀』にも見られる。忍熊王に対して「幼い御子と一緒に従います」と嘘を述べて武器を捨てる。忍熊王軍が武装解除したところを見て、隠し持っていた武器を取り出して奇襲する。

『古事記』では騙し討ちを強調するために、二回も嘘の情報を流す。最初は「御子（応神天皇）は死んだ」という情報。だがこの情報だけでは、忍熊王は兵を収めない。神功皇后を「待ち取らむと思ひ」戦いに臨む。二回目の「神功皇后が死んだ」という情報を聞いて戦いを止める。開化天皇皇女の息長帯比売命《おきながたらしひめ》＝神功皇后が即位する可能性があったことをうかがわせる。古代の律令は「女帝」の存在を認めている（継嗣令）。忍熊王はライバルが存在しなくなったと思い、戦いを止める。武装を解除させる情報としては、『古事記』の方が説得力をもつ。情報戦としての知恵を描く。

『古事記』と『日本書紀』との違いは歌謡にも見られる。最も異なる点は、『古事記』では敗者の歌一首だけを載せるのに、『日本書紀』では敗者二首、勝者二首の合計四首を載せることである。

『日本書紀』では、概して合戦記のように具体的な様子を描く。忍熊王軍が士気を鼓舞するように「彼方《をちかた》の……」（紀28）を歌い、敵の辱めを受けないように入水を促す歌謡「いざ吾君《あぎ》　五十狭茅《いさち》宿祢《すくね》……」（紀29番歌謡）を詠む。敗者の言動を細かく描く。その後、勝者は、敗者の死体が見つからないことを憤慨する歌「淡海《おふみ》の海《み》……　憤《いきどほろ》しも」（紀30）を詠む。最終的には死体を発見したことを示す歌謡「淡海の海……菟道《うぢ》に捕《とら》へつ」（紀31）を詠んで、一連の反乱物語は幕を閉じる。

『日本書紀』は、戦闘場面を詳しく記述することがある。著名なのは、壬申の乱（巻28天武紀上）で、その記述には『安斗宿祢《あとのすくね》智徳《ちとこ》日記』『調連《つきのむらじ》淡海《あふみ》日記』（『釈日本紀』所引用）等の個人的な記録を用いている。忍熊王の反乱が史実か否かということではなく、『日本書紀』が戦闘場面を詳細に描こうとする姿勢をもっているのは注目に値する。安斗宿祢《あとのすくね》智徳《ちとこ》・調連《つきのむらじ》淡海《あふみ》は勝利した天武方に従軍した。『日本書紀』は、勝者の正当性を説くために、敗者の言動を記すという姿勢を持つようだ。

そのような観点から再度『日本書紀』の歌謡を読む。忍熊軍が士気を鼓舞する（紀28）。敵方の戦闘能力が高いことが示される。そこで神功皇后軍が知恵を絞って騙し討ち作戦に出る。敗者の入水後は、死体が見つからないことに憤慨して（紀30）、数日の捜索をへてやっと死体を発見する（紀31）。死体が見つかることによって敗者は現世から消え、潜伏の可能性も無くなり、戦いは完全に終結する。『古事記』38番歌謡とほぼ同じ内容の「いざ吾君《あぎ》　五十狭茅宿祢《いさちすくね》……」（紀29）であっても、『日本書紀』は将軍名「五十狭茅宿祢」をあえて詠み込む。そのことによって忍熊王と将軍とが共に入水したことを明確にする。紀29歌が二人の入水を宣言して、死体発見（紀31）によって敗者が生存していないことを印象づけようとする。紀28・紀29において「内《うち》の朝臣《あそ》」を詠み込むのも、忠臣の象徴たる武内宿祢が将軍を務める神功皇后・応神天皇軍に、正当性があることを描こうとしているのであろう。

一方『古事記』では死体の発見を記述しない。「共に死にき」で終わるが、死体は上がってこない。生存の余地が残る。敗者は完全には消滅しない。よって死者の霊魂や念はこの世に残る。「いざ我君《あぎ》　振熊《ふるくま》が痛手《いたで》……」（記38）だけを載せて、『古事記』は敗者が抱く、最期の意地と無念とを強調する。

『古事記』は敗者にスポットライトをあてる。倭建命（「54八尋白智鳥」段）同様、去りゆく者への眼差しをもつ。無念な気持ち（魂）だけは残す、それが『古事記』の鎮魂方法であったのだろう。

58 気比大神《けひのおほかみ》

太子は禊《みそ》ぎの旅に出る。角鹿《つぬが》に宿泊中、夢で土地神が名易えを申し出る。太子は承諾。翌朝、お礼として神から鼻の折れた魚《な》（海豚）が献上される。鼻の血からその地を血浦《チノウラ》→チヌラ→ツヌガという。

身を清めた太子（応神天皇）が、海産物を支配する御食津大神《みけつおほかみ》（気比大神）と交流して海の力を掌中に収める。誕生後、初めて神の助力を得て、父・仲哀天皇が掌握した海の支配権を継承する。

従来、本章段の理解には、①禊ぎの目的、②名易えの内容に関して解釈が分かれている。

①禊ぎの目的については、A香坂王・忍熊王の反乱で受けた穢れを祓うため、B喪船に乗った穢れを祓うため、C気比大神を参拝するため、D成人式のため、E即位儀礼のため、等の諸説がある。

②名易えの内容については、a神の名を太子に献上、b太子の名を神が賜る、c神と太子が互いに名を交換、d未詳、e名《な》と魚《な》を交換、等の説がある。いずれも記載がないので文脈で考えるしかない。

①禊ぎとは、「身を清めて、罪や穢れを祓うこと」で、そのことが将来の好転へと繋がると考えられていた。単純化すれば、過去を清算して、未来を開くために禊ぎをする。ならばA～Eの全てを含めて理解すべきであろう。太子は、過去にA反乱の穢れ、B喪船に乗った穢れ等を受ける。そして現在C気比大神を拝むために身を清める。さらに太子は将来、D成人してE即位し、聖王となる。

世が治まり、幼少の太子が成人して即位する、という文脈に機能する要素として「禊ぎ」も読み取るべきであろう。一つに限定すると、かえって『古事記』の文脈を見誤ることになるのではないか。

②名易えについては、「吾が名を以ち御子の御名に易《か》へまく欲《ほ》し」の理解の違いによる。『日本書紀』では「大神と太子と名を**相**易へたまふ」とあり、「相」の字によってお互いに交換したとする。だが『日本書紀』では、太子の本来の名がイザサワケ、大神の本来の名がホンダワケであることに疑問を抱き、「未だ詳らかならず」と注記する。『日本書紀』成立時期においても、神の名の献上なのか、太子の名を賜うのか、名前の相互交換なのか、よくわかっていないことになる。

そこで『古事記』に戻ると、おそらく『古事記』の編纂者も同じような状況であろう。既に松本弘毅が指摘するように、『古事記』が名の交換を明示しないのは、名前の交換結果を示すつもりがなかったことによろう（「品陀和気命と神」（『国文学研究』171、二〇一三年一〇月））。『古事記』編纂者も原伝承での「名易え」に疑問をもっていたために、断定することを保留していると考えられる。

では『古事記』は、この話で何を語ろうとしているのか。成立時に既にd「未詳」であったのならば、換わった名が神なのか太子なのか両者なのかという問題は重要ではなかったのであろう。むしろ神と太子とが「易へる」＝交換したこと自体に意味があったのではなかろうか。前掲松本弘毅論文によれば、「太子が神との交渉能力をもつこと」に『古事記』は意義を認めていたという。神と関係性を持つことに『古事記』の意義があったことは、「易」＝交換という表記からも妥当性をもつ。

「易」＝交換は、「45出雲建」段の「太刀易説話」にもあったように、信頼関係＝交友関係の構築、さらに同じ霊魂の共有を意味する。太子が気比大神と同じ霊魂をもつ。

気比大神について『古事記』は「御食津大神《みけつおほかみ》と号《なづ》く」とする。御食津大神は御食津国《みけつくに》を支配する神で、朝廷に海産物を献上する国々を支配する神の意。『日本書紀』が「笥飯《けひ》大神」と表記するのも、「御食津大神」が海産物の神であったことによる。つまり気比大神の霊魂とは、海産物を支配する霊力ということになる。また気比とは、西郷信綱『古事記注釈』（平凡社、一九八八年八月）によれば、贄を献上する海人部がいた土地の名という。角鹿には、角鹿海直（孝霊記）を中心とする海人族がいた。

太子の霊魂と気比大神の霊魂（海産物）とを交換する。太子が海産物の霊力を所有することになる。イルカは神の「使わしめ」（能登地方）という。その点で②e「名《な》と魚《な》の交換」という指摘（阪下圭八『古事記の語り口』笠間書院、二〇〇二年四月）は、『古事記』の文脈上、的を射た解釈と言える。

そして応神天皇が海産物の霊力を獲得することは、仲哀天皇が海路を整備して、海人族を支配したのと通じる（「53仲哀天皇の系譜」段）。応神天皇は、父・仲哀天皇と同じ海の支配権を有する。つまり仲哀天皇の遺志を継ぐ能力を持ち、皇位継承者として相応しい人物になる。香坂王と忍熊王には無い資質である。「天照大御神の御心」だけではなく、天皇の資質を有することが証明される。

海人族の拠点は淡路や志賀島にもあった（「53仲哀天皇の系譜」段）。それらの地ではなく、太子が淡海《あふみ》、若狭《わかさ》、越前《えちぜん》という国々を巡るのは、都からみて「北」の方角に位置することによるのであろう。

沖縄では祖霊の国を北に幻想する傾向がある。本土でも祖霊の地を北西とする（三谷栄一『日本文学の民俗学的研究』有精堂、一九八七年八月）。角鹿と同じ若狭国小浜《おばま》は、東大寺に水を送る「お水送り」の地。小浜で入水した死体が大和の井戸から現れたという話（『西鶴諸国話』巻二「水筋の抜け道」）もある。大和と若狭が地下通路で通じるのも、北方の若狭に祖霊の国を幻想したからだろう。『古事記』の文脈からすれば祖霊たる父・仲哀天皇の霊を彷彿とさせる方角なのであろう。仲哀天皇は最初に角鹿に行幸して、笥飯《けひ》宮に坐す（『日本書紀』仲哀二年三月）。仲哀天皇が、その父・日本武尊を慕うように、応神天皇も父の仲哀天皇を慕うことから始める。よって祖霊の坐す北方を巡る。

要するに太子（応神天皇）は、即位前に身を清める際、父・仲哀天皇の霊がいるであろう北の国をめぐる。そして仲哀天皇が最初に宮を設けた気比で、海産物を支配する神と交流して父と同じ能力（海路と海産物を支配する力）を所有する。そのことによって太子は、仲哀天皇の正当な後継者になる。

応神天皇は気比大神の助力を得て国作りを継承する。中巻の主題「神の助力を得た人の国作り」と合致する。「腹の中」ではなく、この世に誕生しても、神の助力を得ることのできる聖王となる。

本章段では、チノウラ→チヌラ→ツヌガという地名起源、名《な》と魚《な》、ミ食《け》と食《け》ヒ（気比）等、類似音による言語遊戯を用いる。言葉遊びは、原伝承の不明瞭さを逆手に利用した知恵なのであろう。

中巻の主題に適う応神天皇の資質を述べる。一方で言語遊戯を用いる。『古事記』にはゆとりがある。そのゆとりが表現に広がりをもたせ、読者介入領域を生む。『古事記』の文学性の一端である。

59 酒楽《さかくら》の歌

太子が帰京。母の神功皇后は酒を醸して奉る。その際「神が造った特別な酒を召し上がれ」と歌う。太子に代わり建内宿祢《たけしうちのすくね》が歌で酒宴の楽しさを述べる。天皇の崩御年と御陵を記し、仲哀記が終わる。

気比大神と交流した太子は、神の霊魂・資質を備えて帰京する。太子を現人神として待遇する酒席によって、聖王たる応神天皇の誕生を描く。

本章段の記39番歌謡・記40番歌謡は、勧酒歌と謝酒歌と呼ばれている（土橋寛『古代歌謡全注釈　古事記編』角川書店、一九七二年一月）。主人が客人に酒を勧める歌と、客人が主人に感謝する歌という対応関係にある。謝酒歌は『常陸国風土記』香島郡（風6番歌謡）、『古事記』「63吉野国主と百済朝貢」段（記49番歌謡）にも載る。古代の酒宴は、神祭りの直会《なおらい》（神と睦ぶために共食する神事）を継承して、客神《まれびとがみ》を装う客人と、客人＝客神を迎える主人との交歓の場であった（近藤信義『万葉遊宴』若草書房、二〇〇三年二月）。勧酒歌・謝酒歌という構造からすると、太子は神の立場にある。

太子（応神天皇）は神として都に迎えられる。太子の代わりに謝酒歌を詠むのは、忠臣の建内宿《たけしうちのすく》祢《ね》。太子が幼かったから建内宿祢が詠んだという解釈もあるが、前段「58気比大神」段で太子は大神と会話をしている。意思を伝えることのできる年齢という設定になっている。建内宿祢は、太子の意思・言葉を歌にして詠んだと理解すべきであろう。太子＝神の言葉を、人々に分かるように翻訳するサニハ的役割を建内宿祢は担っている（「54仲哀天皇の死と神託」段）。

ここでの酒宴は太子を神として扱うために設けられたと理解すべきであろう。だから神に捧げる酒を意味する「大御酒《おほみき》」と記される。貴い神として太子を処遇する。気比大神と同じ霊魂を有する現人神であるからだ。本章段のキーワードは「酒」。上手な発酵は人智でははかりがたい。まさに神業。特に「一夜」という短期間で発酵する「一夜酒」は神の所業による。「米を醸みて、酒船に吐き入れて」造る醸酒《かみざけ》（『塵袋』所引『大隅国風土記』逸文）が出来上がる不思議さは、まさに神業である。

今日でも一夜酒が出来上がることに神意を読み取る神事がある。「我が御酒《みき》」ではなく「少名御神《すくなみかみ》」が醸した酒ということになる。「狂《くる》ほし」とは神懸りの様であろう。「鼓《つづみ》を臼《うす》に立て」とあるのも、鼓が神降ろしの道具であることによろう。神が降臨した結果、出来上がった酒なのである。

上手く醸造できたというのは、神＝少名御神の来臨を表す。理想郷の「常世」から神がやってくる。「石立たす」というのは、遠来の神が寄りつく場所の景。岬の先端にそそり立つ岩を「立神」といって、神の寄りつく場所とする信仰が全国に残る。

この酒は「待酒《まちざけ》」として用意された。待酒とは一般に「無事に帰ってくることを願ったり、祝ったりする酒」の意とされるが、上述の酒と神との関係を考慮する必要がある。『万葉集』にも見える。

　君がため　醸《か》みし待ち酒　安《やす》の野に　ひとりや飲まむ　友なしにして　（巻四・五五五）

（あなたと飲もうと思って造った酒なのに、あなたがいないので一人寂しく飲むことよ。）

味飯《うまいひ》を　水に醸《か》みなし　我が待ちし　かひはさねなし　直《ただ》にしあらねば　（巻一六・三八一〇）

（美味しいお米で造ったお酒。あなたのために造ったのに、あなたは来ない。造った意味がない。）

ここでは待ち人は来ない。逆にいえば、来る可能性の低い人を呼び寄せるため造られた酒が、待酒ということになる。来るか来ないか分からない、だから酒を用いた呪《まじな》いをする。神が来て酒が上手く醸造できたら待ち人が来る予兆とする。人智を超えた神の来臨が酒に表れる。そのような神の来臨にあやかって、来ることを祈念して造る酒が待酒なのであろう。つまり滅多に来ない人と、寄り付くか否か不確実な醸造神とを重ねる。遠方からやってくるマレビト（客）神の姿を彷彿とさせる。

類似歌謡が『日本書紀』崇神八年一二月条に載る。

此の神酒《みき》は　我が神酒ならず　倭《やまと》成《な》す　大物主《おほものぬし》の　醸みし神酒　幾久《いくひさ》　幾久　（紀15番歌謡）

（聖なるこの酒は、人間の私が造ったのではない。大物主神が醸した酒ぞ。長く栄えるための酒ぞ。）

酒を造った高橋活日《いくひ》が天皇に酒を捧げて歌った歌謡である。酒を造ったのは神であるとする点で、本章段の記39番歌謡と共通する。『日本書紀』の紀15番歌謡は、祟り神の大物主神が静まった後に、大物主神と天皇とが饗宴する場で詠まれる。大物主神が訪れたことを酒が示す。酒が醸されなければ、大物主神は来ていないことになる。祟りが鎮まり、国が安泰になった状況で、大物主神は来臨する。そもそも宴は安定した状態でなければ開催できない。地方監督官として派遣される「節度使」に対して天皇は「酒」を賜い「帰り来む日に　相飲《あひの》まむ酒《き》ぞ　この豊御酒《とよみき》は」と歌う（『万葉集』六・九七三）。遣唐使に対しても「返り言《かへりこと》　奏《まを》さむ日に　相飲まむ酒そ　この豊御酒は」（一九・四二六四）と歌う。地方・外国から無事に帰ってきたら酒を飲む。節度使・遣唐使は、国が安定しなければ帰還できない。だから疫病や旱魃などで国が乱れると禁酒令が出される（『続日本紀』天平九年五月一九日、『万葉集』八・一六五七）。酒席の背景には国の安定がある。酒は安定・平和の象徴なのである。

本章段でも新羅遠征が無事に終わり、忍熊王の反乱も平定され、国が安定した状態で宴が開催される。紀15番歌謡同様、安定した状況で少名御神は来臨する。面白いことに、紀15番歌謡の「大物主神」も、記39番歌謡の「少名御神＝スクナヒコナ」も、大国主神のもとにやってきて国作りをする神である（「17大国主神の国作り」段）。国の安定時期に、大物主神・少名御神という国作り神が来臨する。本章段の宴での歌謡は、国作りの場面を思い起こさせる。

国を安定させた太子は、来臨した少名御神の祝福を受ける。その姿は、スクナヒコナ神と共に国作りをした大国主神と重なる。現人神として扱われる。「腹の中」で新羅遠征を成功させ、父・仲哀天皇の持つ海の支配権を継承するのは、国作りと言えよう。応神天皇も国作りの一端を担う。なお、仲哀天皇が崩御した「壬戌《みづのえいぬ》の年」は、西暦一八二年とも、三六二年とも。実年を当てはめることによって、人の世であることを示す。神と人とが共存する世界が中巻なのである。

現人神、聖王として国作りを成し遂げ、国を安定させた太子が、神の祝福を受けて即位する。

60 応神天皇《おうじんてんわう》の系譜・三皇子分掌

九妃との間に26皇子女が生まれる。反乱を起こす大山守命《おほやまもり》と女鳥王《めどりのみこ》・速総別命《はやぶさわけ》、継体天皇系譜に繋がる若野毛二俣王《わかぬけふたまたのみこ》もいる。有力な三皇子に山海《やまうみ》の政《まつりごと》・食国《をすくに》の政・天津日継《あまつひつぎ》を分掌させる。

聖王・応神天皇を取り巻き、種々の思惑が介入した結果、些か混乱を含む系譜記事となっている。ここでは「三皇子分掌」及び応神記末（中巻末）の「若野毛二俣王系譜《わかぬけふたまた》」も取り上げる。

まず応神天皇の皇子女系譜。多少の混乱がある。①皇子女数の不一致。『古事記』では「廿《にじゆう》六の王。男王十一、女王十五」とする。しかし実際に記載された数は27柱。原系譜では二人のイザノマワカ（高木之入日売《たかきのいりひめ》の子「伊奢之真若命《いざのまわか》」と、葛城《かづらき》の野伊呂売《ののいろめ》の子「伊奢能麻和迦王《いざのまわか》」）が同一人物であったとされる。イザノマワカが二人に増えるのは、尾張氏系（高木之入日売）、葛城氏系（野伊呂売）による二方面からの介入があったようだ。「廿六」と記載した後に、二人になったのかもしれない。

②皇子女数の増加。『古事記』は妃ごとに「〇柱」と皇子女の小計を注記する。弟日売命《おとひめ》の皇子女として四柱の名を記すが、小計の注は「五柱」とする（諸本異同無し）。『日本書紀』で同一人物とされる「弟媛《おとひめ》」の子は三柱（「三野郎女《みののいらつめ》」がいない）。『古事記』本文では『日本書紀』より増えて四柱、さらに『古事記』小計注記では五柱に増える。皇子女の数が増える。同様の現象は『日本書紀』にも見られ

る。『日本書紀』は一九皇子女の名を記すが、合計を「二十王」と注記する。

皇子女数の多さは、その皇子女を支える氏族の多さを反映する。①における氏族介入を考慮すると、皇子女数が増えるのも氏族の介入と関わろう。時とともに介入氏族が増えたことになる。応神天皇は聖王として氏族からの人気が高い。因みに『日本書紀』の始祖注は、応神天皇代が21氏で最多。

記紀ともに編纂者の注記では数を多く記す。これは見方を変えれば、氏族の介入によって今後増えるであろう数を予想した上での数なのではないか。『日本書紀』の物語部では、系譜記事には記されない吉備の「弟媛《おとひめ》」が登場する。物語においても、応神天皇の妃や子が増加していく傾向が見られる。『古事記』の「五柱」、『日本書紀』の「二十王」は、編者が今後の増加を許容した数なのではないか。

皇子女の増加傾向は『古事記』の方が顕著。『古事記』は『日本書紀』よりも皇子女が七柱多い（三野郎女・幡日之若郎女《はたひのわかいらつめ》と、迦具漏比売《かぐろひめ》の子の五柱）。このうち迦具漏比売は景行天皇妃にも同名の妃がいる。景行天皇と異世代婚している（「42景行天皇系譜」段、「51倭建命」段）。同一人物ならば応神天皇と再婚したことになる。異世代婚であり、身元不詳の「一妻」系譜に位置するので氏族による系譜操作が行われたとされる人物。本章段も、氏族による大胆な系譜操作が行われた可能性が高い。

応神天皇系譜への介入として、まず考えられるのは尾張氏。付け足し的に妃の父・品它真若王《ほむだのまわか》（母は尾張連祖の建伊那陀《たけいいなだ》宿祢の娘、父は五百木入之入日子《いほきのいりひこ》）を記す。仁徳天皇につながる系譜である。

次に丸迩《わに》氏。丸迩系皇子女には宇遅能和紀郎子《うぢのわきいらつこ》・八田若郎女《やたのわかいらつめ》・女鳥《めどり》王がいる。この三柱は後の物語ではアウトサイダー的存在。宇遅能和紀郎子は天津日継を授かるが即位しない。八田若郎女は石之日売命《いはのひめ》の嫉妬のため「独《ひと》り居《を》る」（「70八田若郎女」段）。女鳥王は反乱者（「71速総別王と女鳥王」段）。

単純化すれば、尾張氏系皇子の仁徳天皇が即位して、丸迩氏系の皇子女は排除される。丸迩氏は、第15代・応神天皇〜第30代・敏達天皇の間に九人の妃を出した家柄。尾張氏は壬申の乱（第40代天武天皇が制した乱）での活躍後に勢力を強めたという。丸迩氏から尾張氏への転換が系譜上でなされる。

だが状況は今すこし込み入っている。尾張氏系の皇子には、後に反乱を起こす大山守命もいる。ただし尾張氏系といっても、大山守命の母は「高木之入比売」であり、「イリ」を名に負う系統の皇子である。「イリ」は、崇神・垂仁天皇代の人物に多く含まれる名である（「37垂仁天皇の系譜」段）。応神朝からすれば、いわば前時代的な名が「イリ」である。「イリ」系の大山守命も排除される。崇神・垂仁朝から応神朝へ、丸迩氏から尾張氏へと時代が変わる中、排除される皇子女が描かれる。

三皇子分掌は権力の分割であるが（この分割は後に一本化される。「64大山守命」段）、その背後には皇子同士の対立と排除があったのかもしれない。大雀命（仁徳天皇）が食国《をすくに》の政、大山守命が山海《やまうみ》の政《まつりごと》、宇遅能和紀郎子が天津日継《あまつひつぎ》を司る背景には、出身氏族の異なる三皇子の鼎立があったともいう。三皇子分掌は、スサノヲ・天照大御神・月読命による三界分治（「6禊ぎ」段）の類話である。三界分治神話は、月（月夜見尊）を憎んで太陽（天照大神）が別居する起源（『日本書紀』五段一書一一）を踏まえている。三分掌の背景にも三皇子の鼎立が想定される。

即位争いの中、応神天皇の意向を察知して、謙譲の徳を備える大雀命（仁徳天皇）が即位する。仁徳天皇が天皇に相応しい資質をもつ。だから他の二皇子は即位できない。結果的に排除される。

三皇子の中で宇遅能和紀郎子の呼称「郎子《いらつこ》」は、他の皇子とは趣きを異にする。「郎子」という呼称は、「命《みこと》」「王《みこ》」よりも皇位継承の順位が低いとも。母が皇族ではなく、丸迩氏であったことによる。応神天皇は、皇位継承順位の低い宇遅能和紀郎子に天津日継を継がせようとする。それを受け入れる大雀命（仁徳天皇）には徳があり、受け入れない大山守命には徳がない、という対比がなされる。「郎子」を名告る人物は、他に若野毛二俣王《わかぬけふたまた》の子「大郎子《おほいらつこ》」、継体天皇の子「大郎子」、仁徳天皇の子「波多毘能大郎子《はたびのおほいらつこ》」。若野毛二俣王と継体天皇系譜に「郎子」が登場するのは興味深い。

若野毛二俣王系譜は応神天皇と継体天皇とを繋ぐ系譜。「品太王《ほむだのみこ》（応神天皇）の五世の孫、袁本杼命《をほど》（継体天皇）」（継体記）とある「五世」を埋める系譜で、『上宮記』逸文（『釈日本紀』所引）には「応神天皇・若野毛二俣王・意富々杼王《おほほどのみこ》・乎非王・汙斯王・継体天皇」という五世の系譜を載せる。天武天皇に繋がる重要な系譜である。倭建命妃の「一妻」に端を発する（「51倭建命の系譜」段）ことから、様々な系譜操作が指摘される。そこに「郎子」が登場する。

聖王・応神天皇から、継体・舒明天皇を経て天武天皇に繋がる皇統譜観が基にある。その系譜に氏族が介入。有力皇子及び前時代の排除といった思惑が駆け巡る。またそのことに編纂者も考慮する。混乱の様相を呈する系譜の背後に、皇統譜観、氏族の駆け引き、加えて編纂者の配慮が想定される。

61 矢河枝比売《やかはえひめ》

応神天皇による宇治での歌謡物語が二つ。一は国見の話。国魂を服従させた歌を詠む。二は矢河枝比売と聖婚をして宇遅和気郎子《うぢのわきいらつこ》が生まれる話。自身を遠来の蟹《かに》＝マレビト神に擬えて、祝福する。

国見と聖婚とを描く。豊作を予祝する儀礼が国見。遠来の神が訪れて結ばれる聖なる婚姻が聖婚。国見は、国土の精霊を叱咤激励して稔りを予祝する儀礼。苗や種を植えただけでは、作物は成長しない。地力が必要となる。その地力が大地の精霊。豊かな稔りを精霊に誓わせる儀礼が国見とされる。「丘に立たして、地形《くにがた》を見たまふ」(『播磨国風土記』飾磨郡大立《おほたち》の丘)というように、国見では「立つ」所作をする。迩々芸命《ににぎのみこと》が「天の浮橋に、うきじまり、そそりたたして」(「21天孫降臨」段)とあるように、身をそらしながら見渡して威厳を示す。本章段の「御立《みた》ちし」も、精霊を威嚇する所作。国見歌には、「倭《やまと》し麗《うるは》し」(「50八尋白智鳥」段)のように讃美するⅠ「対象称揚型」と、「夜迩波《やには》も見ゆ　国の秀《ほ》も見ゆ」(本章段、記41番歌謡)のように景を並べるⅡ「景物列叙型」とがある(森朝男『古代和歌の成立』勉誠社、一九九三年五月)。Ⅱでは「見れば〜見ゆ」構文を用いる。「見れ」は上一段動詞の他動詞で意識的に「見る」。「見ゆ」は下二段動詞の自動詞で自然と「見えてくる」。儀礼的な「立つ」所作をして威嚇するようにじっと「見る」と、大地の精霊が「見えて」くる。「煙《けぶり》立ち立つ」

「鷗《かまめ》立ち立つ」（『万葉集』巻一・二）の「煙」や「鷗」も精霊が立ち現れた光景とされる。

本章段では意識的に「見る」と、「夜迩波《やには》」と「国《くに》の秀《ほ》」とが見えてくる。「夜迩波」は「家庭《やには》」の意とする注釈書が多いが、「矢庭《やには》」説の方がよさそうである。「矢」という理解は契沖『厚顔抄』による。その後、高崎正秀は、棒状のもの（矢）を聖なる「斎庭《ゆには》」に建て連ねているとする（『文学以前』195頁、桜楓社、一九八三年四月）。中国少数民族の習俗でも、祭りの場にたくさんの棒を突き立てることがある。棒状の物は、神霊を呼び寄せる装置（諏訪の御柱等）。たくさんの意の「千葉」が「葛野」に冠せられるのは、たくさんの棒が突き立てられた光景と合致する。「矢」が立てられた「矢庭」で、大地の精霊を出現させる儀礼であったのだろう。精霊たちは大地を豊かにするために活動する。だから「国の秀」となる。「秀《ほ》」とは優れた点が外部に現れた状態。稲の優れた点が見える形となったのが「稲の秀《ほ》（稲穂《いなほ》）」。「矢」によって呼び出された精霊たちが「秀」となって出現する。『日本書紀』神武三一年四月でも、「細戈《くはしほこ》の千足《ちだ》る国《くに》　磯輪上《しわかみ》の秀真国《ほつまくに》」と、やはり棒状の「戈」がたくさん（千足る）ある風景と、「秀」とが対比される。「矢庭」説の方が、国見儀礼に沿った解釈といえる。

要するに前半は、国見によって大地の霊を服従させたことを述べる。そのような神を、折口信夫はマレビト神と称した（『折口信夫全集　第一巻』中央公論社、一九七五年九月）。遠い祖霊の国から訪れ、精霊を圧服し、人間生活を良くするために働くことを誓わせ、人々を祝福する。沖縄の仮装神マユンガナシやアカマタ・クロマタがモデルとされる。応神天皇はマレビト神の立場を得たことになる。

後半は、宮主矢河枝比売《みやぬしやかはえひめ》との聖婚を地の文と歌謡とで繰り返す。

地の文では応神天皇が近江行幸の後に、木幡《こはた》村で矢河枝比売と出会う。歌謡でも角鹿の蟹が、近江の「佐佐那美《ささなみ》」を通り、木幡にやってきて矢河枝比売と出会う。応神天皇と蟹とが重なる。二人が出会う「木幡村」は異界性をもつ地。大和から近江・北陸に通じる交通の要所で、異質なモノ・人が出会う。お伽草子『木幡狐《こはたきつね》』は、木幡の狐（稲荷明神の使者）の娘が人に化けて貴族と恋する話。

宮主矢河枝比売も異界性をもつ女性である。「宮主」は神の宮の意という。偶然の出会いも異界性を示す。偶然の出会いは「邂逅型」と呼ばれ（冨士原伸弘「古事記における婚姻伝承」『古事記年報』36、一九九四年一月）。「15八千矛神」段）、異類や神仙と出会う際に多く用いられる話型である。

『古事記』の邂逅型では結婚の判断を父がする（「23木花之佐久夜毘売」段、「24海佐知と山佐知」段）。本章段でも父が娘に「仕《つか》へ奉《まつ》れ」と指示する。服属である。地の文では異界性をもつ「宮主矢河枝比売」の服属によって、異界の霊力が天皇に付与されたこと語る。宮主矢河枝比売の霊力については、丸迩氏が所有する「航海に関わって降臨した、神聖な風の力」とする意見がある（尾畑喜一郎『古代文学序説』桜楓社、一九六八年四月）。「矢（神の降臨）＋か（助詞）＋南風《はえ》＋ひめ」の意とする。「航海」という点では、応神天皇が角鹿で継承した「海の力」とも通じる（「58気比大神《けひのおほかみ》」段）。

一方歌謡物語「この蟹《かに》や……」（記42番歌謡）は本来、丸迩氏の神事伝承であったようだ。矢河枝比売は、丸迩《わに》氏の本拠地・丸迩坂《わにさ》の青丹《あおに》で作った眉墨《まゆずみ》で化粧をする。眉墨の生産過程を述べる（生産叙事）のは、作られた物の神聖性を示す表現様式（古橋信孝『古代和歌の発生』東京大学出版会、一九八八年一月）。神聖な化粧を施す矢河枝比売は神の嫁、訪れる蟹＝天皇はマレビト神なのであろう。

記42番歌謡の後に「御合《みあひ》して」宇遅能和紀郎子《うぢのわきいらつこ》が生まれる。「御合い」を行うのは伊耶那岐と伊耶那美（「2島生み」段）、八千矛神《やちほこ》と沼河比売《ぬなかはひめ》（「15八千矛神」段）、天忍穂耳命《あめのおしほみみ》と幡豊秋津師比売命《はたとよあきつしひめ》（「21天孫降臨」段）、倭建命《やまとたける》と美夜受比売《みやずひめ》（「48筑波問答と美夜受比売」段）。いずれも聖婚である。

歌謡に詠まれる「蟹」は水の精霊を意味するという。「乞食人《ほかひひと》」＝下級神人が、「大君」の食卓に「塩漬け」として献上された「蟹」の様子を、蟹になり代わって詠む歌がある（『万葉集』一六・三八八六歌）。この蟹について高崎正秀（前掲書240頁）は、水の精霊と理解する。水の精霊が服従する様子を乞食人が自ら演じて歌い、大君を祝福する歌という解釈である。

本章段における歌謡伝承の「蟹」も、水の精霊の象徴なのであろう。横這い等、苦労しながら歩く蟹（水の精霊）にマレビト神が扮する。そしてマレビト神は、長い道のりを経て神の嫁を訪れ、祝福する、という神事歌謡ということになる。本来は丸迩氏の神事伝承であったと考えられる。

国見と聖婚（記42）によって、蟹が応神天皇になり、応神天皇はマレビト神の立場に立つことになる。マレビト神は祖霊でもある。応神天皇が祖となる新たな時代が到来したことになる。

62 髪長比売《かみながひめ》

応神天皇は日向国《ひむかのくに》の髪長比売《かみながひめ》を召し上げる。太子《ひつぎのみこ》の大雀《おほさざき》命は、髪長比売に一目惚れしてしまう。建内宿祢《たけしうちのすくね》を介して下賜を願い出る。宴席で天皇は歌によって下賜を告げ、太子は賜った喜びを歌う。

髪長比売を下賜される大雀命に、皇位継承がなされることを暗示する歌謡物語である。

前章段までは宇遅能和紀郎子が主役であった。宇遅能和紀郎子は聖婚によって誕生し（「61矢河枝比売《やかはえひめ》」段）、「天津日継《あまつひつぎ》」を宇遅能和紀郎子《うぢのわきいらつこ》が継承する（「60応神天皇《おうじんてんのう》の系譜・三皇子分掌」段）。ところが本章段になると、突然、大雀命が皇位継承者たる「太子《ひつぎのみこ》」として登場する。実際に皇位を継承する大雀命の、天皇として資質を述べる。本章段と次段は大雀命の話となる。

本章段で、大雀命（後の仁徳天皇）の即位を暗示させる要素としては、①難波に拠点があったこと、②日向の女性と結ばれること、③大雀命の恋心を応神天皇が察知できなかったこと、④建内宿祢が協力することを挙げることが出来る。

①仁徳天皇は難波に宮を構える。『日本書紀』仁徳即位前紀によれば、即位前も難波にいる。日向の髪長比売は難波から大和に入る。難波にいる大雀命は、彼女をいち早く目撃して一目惚れする。難波津は、国内外の船が集合する国際ターミナル的な存在。神武天皇も最初、難波から大和入りを

目指す。多くの人や物が集まることと関わろう、難波では八十島祭が行われる。八十島祭とは、大嘗祭の翌年、難波津で天子の衣を振り、全国の国魂を天皇に身に付ける祭儀とされる（岡田精司『古代王権の祭祀と神話』塙書房、一九七〇年四月）。全国の国魂も難波に集まる。

つまり難波を本拠とすることによって、国際的な中枢にいる環境が整う。応神天皇は、蕃国を持つ聖王である。難波は、独立天子国として中国と肩を並べる国際国家を統治するのに相応しい立地条件をもつ。難波を支配する大雀命は、応神天皇が作った国を継承するのに適した環境にある。

②応神天皇は日向の髪長比売を召し上げる。地方豪族は、土地神の祭祀権をもつ女性を献上する。天皇がその国の国魂を掌握することを意味する。采女制度はその代表例。采女は天皇以外とは結婚できない。采女と関係をもつと処罰される（『日本書紀』允恭四二年一一月）。

日向国の女性の献上は天孫降臨の再現とされる。皇位継承資質を表す「日の御子」の祖である迩々芸命《ににぎ》は、日向国に降臨した後、大山津見神《おほやまつみ》の娘である木花之佐久夜毘売《このはなのさくやびめ》と結婚する。蕃国を得て聖王となった応神天皇も、新たな時代の幕開けであるから、始原の状態つまり天孫降臨の状況を再現しようとした（『日本書紀【歌】全注釈』138頁、牧野正文執筆。笠間書院、二〇〇八年三月）。国際国家・日本《やまと》の誕生に際して、迩々芸命の行為を再現するために、応神天皇は日向の美人と結婚しようとする。

そのような髪長比売を大雀命が手に入れる。「日の御子」迩々芸命の行為を大雀命が再現する。大雀命は「日の御子」と称される（「72雁の卵」段）。「日の御子」の資質が大雀命に移譲されることになる

（青木周平『古代の歌と散文の研究』おうふう、二〇一五年一一月）。

③『古事記』の応神天皇は、「髪長比売を賜りたい」という大雀命の恋心を、本人の申し出によって知る。『日本書紀』では天皇が事前に、髪長媛を「感《め》づる」大鷦鷯尊《おほさざきのみこと》の心を察知して、「配《あは》せむと欲《おもほ》す」。『古事記』の応神天皇は、大雀命の心を事前に察知できない。だから「我が心」が「愚《をこ》」であることを「悔し」と後悔する（記43番歌謡）。ほぼ同じ文言をもつ紀36番歌謡では、大鷦鷯尊が詠んだことになっている。自分の恋心を察知してくれた応神天皇の心を知らなかったことが「愚」であったと、大鷦鷯尊が嘆く。『日本書紀』では、臣下の心を察知する寛大な応神天皇に徳があるように描く。対して『古事記』の応神天皇は「今ぞ悔しき」と後悔する。これは息子の恋心を察知出来なかったことに加えて、髪長比売を得られなかったことに対する悔しさも重ねられている。応神天皇の欲したものを大雀命が奪い取る。妻争いはないが、妻の争奪戦の勝敗に権力の移行が暗示される。

④『古事記』では、建内宿祢が大雀命の意向を天皇に伝える。建内宿祢は仲介役（媒《なかだち》）。大雀命の恋心を尊重した上で任務を果たす。婚姻に際して「仲介役」は、相手方に嘘を告げる等、裏切ることがある（「77安康天皇と目弱王」段の「根臣」等）。仮に建内宿祢が「大雀命は、あなたの位を狙って、髪長比売を横取りしようとしています」と天皇に報告すれば、大雀命は反乱者となる。

『日本書紀』では髪長媛の話（応神一一年）の前に、武内宿祢《たけしうちのすくね》の弟・甘味内宿祢《うましうちのすくね》が、兄の失脚を狙って天皇に讒言する話（応神九年）が載る。嘘か否か占う「探湯《くがたち》」によって、武内宿祢の潔白が証明される。武内宿祢は、心の清い忠臣なのである。そのような忠臣が大雀命に忠実に仕えるのは、大雀命の徳による。「72雁の卵」段でも建内宿祢は仁徳天皇をサポートする。建内宿祢は、神功皇后と応神天皇の新羅遠征でも活躍する。大雀命に忠実な建内宿祢は、応神天皇から大雀命に仕える対象を変更したような感を与える。忠臣に慕われるのは天子の徳である。大雀命には徳がある。

以上のように、①〜④を捉えると、応神天皇から大雀命（仁徳天皇）へと時代が移っていくように書かれている。大雀命は天皇になるのに相応しい資質・徳を有している。

では、何故、宇遅能和紀郎子が「天津日継」を継承する話が必要だったのか。最初から大雀命に「天津日継」を譲ってもよかったろう。おそらく下巻の構想と関わる。下巻の主題は「人の知恵による国作り」。中巻のような神の援助は無くなる。人は人の知恵と力で国作りをしなければならない。神の援助が無くなると、人は欲望をむき出しにして、自己中心的で勝手な行動をとるようになる。そのような人の欲望を抑えて、秩序を齎《もたら》すためには為政者による「教化」が必要となる。「教化」するのは「徳」を有する天子。下巻で最初の天皇である仁徳天皇には、「徳」が備わっていければならない。先帝からの指名ではなく、下巻は個人の資質・徳が問われる世の中。世襲制から能力制へと変わる。

まずは前時代的に先帝による皇位継承が行われる。よって一度は宇遅能和紀郎子が天津日継を継承することにする。しかし下巻の天皇は、個として人間の徳・資質が求められる。

即位者が宇遅能和紀郎子から大雀命に変更するのは、中巻から下巻への移行と連動していよう。

63 吉野《えしの》の国主《くにす》と百済《くだら》朝貢《ちようこう》

吉野の国主《くにす》が、歌で大雀《おほさざき》命を称え、天皇に服属を誓う大御酒《おほみき》を献上する。山海の民の税制も整う。また新羅《しらぎ》・百済《くだら》も朝貢して服属を誓う。その際、さまざまな文化（技術・文字・教養等）が伝来する。

大雀《おほさざき》命を皇太子として扱い、皇位継承の安定を暗示する。とともに農耕民ではない吉野の国主や山海の民を掌握し、外国の儀礼的な服属も記す。安定世界を支配する聖王たる応神天皇が誕生する。聖王の誕生を①大雀命を称える歌謡、②異民族の掌握、③外国の朝貢、④須々許理《すすこり》の酒献上によって描く。①大雀命を称える歌謡（記47番歌謡）については、「太刀」の解釈をめぐり意見が分かれる。一は石上神宮の七支刀《ななさやのたち》のような形状とする説。剣の左右に三本ずつ鋒が、枝のように付けられている。束は通常の剣だが、先端が分れる太刀。「もとつるぎ」を「本剣《もとつるぎ》」、「すゑふゆ」を「末増《すゑふ》ゆ」の義とする。二は、大雀命が鞘を吊《つ》るし佩《は》き、その太刀の先端が揺れているとする。御物「聖徳太子二王子像」に描かれた太刀のような状態とする。「本吊《もとつ》るき（吊《つ》る佩《は》き）」「末振《すゑふ》ゆ」とする。「振る」は生命力・霊魂の発動（魂ふり）（土橋寛『古代歌謡全注釈　古事記編』角川書店、一九七二年一月）。

ただし、前説七支刀の枝分かれも、太刀の先端が「増える」状態に、霊魂が増える姿すなわち霊魂の発動（魂ふり）を表しているとも理解できる。両説ともに大雀命の霊魂の活発化を意味していよう。

「ふゆきのすから」についても「冬木《ふゆき》如《の》す枯《から》の下木《したき》」、「冬木の素幹《すから》の下木」の二説あるが、「冬木」（落葉した冬木）の幹に七支刀の姿を重ね、その枝が分かれて広がっている形状に「増える」「振える」ことを見立てたのであろう。大雀命の霊魂が活発化して、人民に例えられた「下木」が「さやさや」と反応する。「さやさや」は「73枯野」段の74番歌謡にも詠まれる。琴の音に反応した木（海藻）の様子を「さやさや」といっている。春宮《とうぐう》（皇太子）になる直前の大雀命を冬木に譬えるか。

要するに記47番歌謡は、大雀命の霊魂に臣民が反応している様、教化を受けている様を詠んでいる。前段同様、皇位継承に関する大雀命（仁徳天皇）の資質を称えている歌謡。因みに北極星が天子、北斗七星は皇太子の例えとも。聖徳太子の七星剣もある。「七」＝皇太子＝大雀命ということか。

②国主が大御酒を献上して服属を誓う（記48番歌謡、大嘗祭で歌われたとも（『延喜式』『西宮記』等））。同歌謡（紀39番歌謡）を『日本書紀』では大鷦鷯《おほさざき》尊とは結びつけない（一九年一〇月）。『古事記』では「大雀　大雀」（記47番歌謡）の直後に記し、大雀命への服属、大雀命の即位を予感させる。大雀命の霊力の発動（記47番歌謡）、即位の予感（記48番歌謡）によって即位の正当性が暗示される。

記47・48番歌謡は吉野の国主によって歌われる。吉野の国主は「尾生ふる人」（「29高倉下」段）であり、異民族として認識されている。異民族までもが服する「徳」を持つ天皇ということになる。

この後に「海部《あまべ》・山部《やまべ》・山守部《やまもりべ》・磯部《いそべ》」の制定を記す。「山海の　政《まつりごと》」（「60応神天皇の系譜・三皇子分掌」段）に呼応して、山海の産物の献上ルート、山海の民による納税システムが整う。農耕民に加えて、非定住民の山海の民を掌握して、税制度が一段落する。国内の制度的な国作りが完成する。さらに③外国の朝貢が行われる。百済が雌雄の馬を献上する。良い物の献上は恭順の意を表す。遠征で蕃国（外国）を平定し、朝貢が実行される。蕃国を有する独立天子国となった証である（「54仲哀天皇の死と神託」段）。国内の国作りにとどまらず、国際国家としての「帝国作り」が説話上、実現する。空間的な国作りが完結し、これ以降、下巻では「徳」（倫理観）による国作りに移る。

ただし、本章段の朝貢は「文化の渡来」という側面ももつ。朝貢とは、天子の徳を慕って外国（蕃国）が恭順の意を示すこと。朝貢の見返りに天子は恩恵を与え、朝貢国は感謝して自国で天子の徳を広める。ところが『古事記』では恩恵を与えることを記さない。逆に朝貢国がさまざまな文化を齎《もたら》す。「天子の文化が蕃国に流れる」のではなく、「天子のもとに文化が集まる」。ここにネジレがある。

独立天子国は、大和朝廷が理想とした国家である。独立天子国は文化国なので、発信する文化を蕃国が求めて朝貢する。しかし現実的には、世界をリードする文化は日本にない。先進文化の多くは中国・朝鮮（韓）半島から伝わる。現実（文化の輸入）と理想（文化の発信）とにギャップがある。『古事記』は文化の流れる方向を逆転させて、日本が文化を有する独立天子国であるかのように描く。

独立天子国は、国際的な文化を持つ必要がある。治水、鍛冶、機織り、醸造（技術文化）、『論語《ろんご》』・『千字文《せんじもん》』（教養文化）の保有を主張する。下巻の前提となる教養や倫理観を設定しているのだろう。

『千字文』は梁《りょう》・周興嗣《しゅうこうし》の『千字文』（六世紀成立）ではなく、魏《ぎ》・鍾繇《しょうよう》の『千字文』とも。紛失しているので内容は不明だが、周興嗣の『千字文』のように天地の法則・王の徳・道徳・忠孝・善悪・生き方等が書いてあったか。『日本書紀』では「典籍」とだけ記して書名はない。『古事記』があえて『論語』『千字文』という書名を記載するのも、中巻最後の応神天皇代に教養と倫理観が存在したことを提示して、「人の知恵」を主題とする下巻に繋げようとしているのであろう。

二書を伝えた和迩吉師《わにきし》は、人口に膾炙《かいしや》した手習い歌の作者（王仁《わに》、『古今集』仮名序）とされる。『千字文』は初学書だから、学び始め（手習い）の歌の作者であるという伝承が派生したようだ。

④醸造の名人・須々許理《すすこり》が酒を献上。天皇は酔って平安を実感して歌う（記49番歌謡）。この酒は麹《こうじ》で醸造した酒ともいうが、日本にも麹による酒造りは古来存した（『播磨国風土記』宍禾郡庭音村）。本章段では、新しい醸造法の伝来ということよりも、天皇が酔って歌うことに意味があったのだろう。

天皇が酒を飲むことは、「平《たひ》らけく我は遊《あそ》ばむ」（『万葉集』六・九七三）というように、平和を意味する（「59酒楽の歌」段）。朝貢国が服属を表す大御酒を献上する。蕃国の服属儀礼によって、帝国の完成が象徴的に描かれる。須々許理は、秦《しん》の始皇帝の末裔を主張する秦《はた(だ)》氏の祖。中国の服属をも暗に語るか。聖王として応神天皇が君臨する。満足して酔った天皇によって、平和の訪れを描く。

「大坂《おほさか》の道中《みちなか》の大石《おほいし》」は穴虫《あなむし》峠の巨石。石切場の巨石を動かす力を応神天皇は有する。聖王の偉大な力を当時の諺によって締めくくる。応神天皇最後の言動として平和と偉大とを記す。

後継者を暗示し、国内外の安定により帝国が完成。応神天皇によって中巻の国作りは完了する。

64 大山守命《おほやまもりのみこと》

応神天皇の崩後、兄の大山守命が、弟の宇遅能和紀郎子《うぢのわきいらつこ》殺害を計画する。弟は知略で兄を討つ。その後、宇遅能和紀郎子と大雀命《おほさざき》とは皇位を譲り合うが、宇遅和紀郎子は早世し、大雀命が即位する。

応神天皇が定めた三皇子の分掌体制が崩れる。「食国《をすくに》の政《まつりごと》」を司る大雀命は父の遺志を守る。だが「山海《やまうみ》の政」を司る大山守命は「天津日継《あまつひつぎ》（皇位）」を狙い、宇遅能和紀郎子を殺そうとする。知恵を有する宇遅能和紀郎子が大山守命を滅ぼして、その「政」を手に入れるが、早世することによって二つの権力は大雀命に移る。分割された「山海の政」「天津日継」「食国の政」が一本化する。宇遅能和紀郎子は知略によって大山守命を倒す。『古事記』は知略の内容を細かく記す。①川辺に兵を潜伏させる、②身代わりの舎人を配置する、③船内の簀の子が滑るように細工する、④船頭に変装する、⑤鎧を隠し着る。『日本書紀』では①④のみ記す。他の章段に比しても知略の数が多い。親しくなり（宴の席等で）、隠し持っていた武器で殺害したり（「10八俣のヲロチ」段、「30久米歌」段、「44倭建命の西征」段、「45出雲建」段）、嘘の情報を流したり（「57香坂王と忍熊王」段）というように、騙し討ちに用いる仕掛けは一つか二つである。本章段では、宇遅能和紀郎子が極めて知略に長けていることを①〜⑤によって表現する。宇遅能和紀郎子の母は丸迩《わに》氏出身。丸迩氏の祖・建振熊《たけふるくま》命は将軍となって、やはり知略で忍熊王《おしくまのみこ》を倒す。宇遅能和紀郎子は知恵者という設定になっている。

宇遅能和紀郎子の勝利は、大山守命の「政」の獲得を物語っているのだろう。『古事記』が宇遅能和紀郎子に「山の神」を重ねるような描き方をしているのも、「山の政」の獲得を暗示する。「山の上」の「呉床《あぐら》」に坐して（実は②身代わりの舎人）、百官《ももつかさ》に往来させて敬わせる。山頂に坐す山の神のような姿である。また大山守命は勝利を占うウケヒ狩り（「57香坂王と忍熊王」段）を行うのであろう、「怒れる大猪《おほゐ》」を獲《え》ることができるか否かを尋ねる。すると④「執檝者《かぢとり》」（宇遅能和紀郎子が扮する）は獲られないと答える。狩りの失敗を予告する宇遅能和紀郎子は、猪を司る山の神的な存在。狩りの失敗は、クーデターの失敗、即位の資格がないことを意味する。山を司る大山守命は山神からの承認が得られない。「山の政」を喪失し、山の神に重ねられた宇遅能和紀郎子が「山の政」を獲得する。

本章段前半には二つの歌謡が載る。記50番歌謡「ちはやぶる宇治の渡《わたり》に……」では大山守命が助けを求める。「棹取《さを と》り速《はや》けむ人」（棹の操作が素早い名人）とは、流れる自分を救出してくれる人。この「棹取り」とは地の文の「執檝者《かぢとり》」に対応している。棹で舟を操作して激流を下りながら渡る。

『日本書紀』では複数の「度子《わたしもり》に接《まじ》」っていた菟道稚郎子《うぢのわきいらつこ》が、別の「度子」に頼んで船を傾ける。「棹取り」は何人もいる。対して『古事記』は、太子が「都《かつ》て（全ての）檝《かぢ》を取り」とある。「棹取り」は宇遅能和紀郎子一人である。ならば大山守命が呼びかける「棹取りに速けむ人」とは、文脈上、目の前にいる「檝取り」＝宇遅能和紀郎子を指していることになる。

記50番歌謡（紀42番歌謡）の原型に、昔話「猿婿入《さるむこい》り」を想定する意見がある（尾畑喜一郎『古代文学序説』桜楓社、一九六八年四月）。騙されたことに気づかない猿が、川に流されながら娘を想う歌を詠む。『古事記』でも③船内が滑りやすく仕掛けられていることに大山守命は気づいていない。記51番歌謡も、騙されたことを知らない兄が、弟に助け呼びかける歌と理解できる。

それに対して弟は、記51番歌謡「ちはや人宇治の渡に……」を歌う。「梓弓檀《あづさゆみまゆみ》」を「伐る」ことに躊躇する。「君」「妹」が誰を指すのかという議論もあり、地の文との不一致が指摘される。居駒永幸は「君」を大山守命として「大山守の死を哀惜する歌」とする（『古代の歌と叙事文芸史』笠間書院、二〇〇三年三月）。西宮一民も「殺したくなかった弟王の気持ちに基づく物語歌」とする（『古事記』新潮社、一九七九年六月）。歌謡を中心に読めば、「大山守命」と理解するのが良かろう。つまり記51番歌謡には、兄殺害を躊躇う宇遅能和紀郎子の苦悩が表現されている。兄を殺す弟の苦悩である。

このように記50・51番歌謡を理解すると、兄弟は睦み合っている。地の文と異なる、歌謡による文脈が現れる。この睦みに、二皇子に分掌された権力を重ねると、「山の政」と「天津日継」との融合を読み取ることができる。歌謡でも「山の政」が宇遅能和紀郎子に移譲されたことを述べている。

後半は大雀命との皇位の譲り合い。「天津日継」と「山の政」とを獲た宇遅能和紀郎子が、大雀命に位を譲る。『日本書紀』仁徳前紀では、太子の菟道稚郎子《うぢのわきいらつこ》が「兄（大鷦鷯尊《おほさざきのみこと》）の志を奪うべからず」と述べて自害する。宇遅能和紀郎子の死によって「天津日継」と「山の政」が大雀命に譲られる。

「譲る」は謙譲の美徳。譲り合った宇遅能和紀郎子と大雀命とは徳を有する。最終的に皇位を「譲られた」大雀命は、「譲った」宇遅能和紀郎子がもつ「天津日継」と「山の政」とを獲得する。そして海人《あま》の「大贄《おほにへ》」献上によって「海の政」も獲得し、大雀命は三つの権力と徳とを備えて即位する。

では何故、最初から大雀命に位を継がせなかったのか。おそらく応神天皇のもつ権力は一度分割されなければならなかったのであろう。神の助力を得て、蕃国を有する聖王となった応神天皇は、絶大な権力をもつ。その権力を具体化したのが、「天津日継」「山海の政」「食国の政」であった。次期天皇はこの三権力を継承することになる。神の援助があるから、応神天皇は絶大な権力も維持できた。

しかし次の天皇は下巻「人の世」の天皇である。神の助力を得ずに、人の知恵によって権力を維持しなければならない。人間天皇一人では荷が重すぎる。だから権力を三分割して協力体制を整える。

下巻の天皇が聖帝となるためには、権力をも自らの知恵と徳とによって獲得する必要があったのだろう。徳のない大山守命の権力が有徳の知恵者・宇遅能和紀郎子に移譲される。そして有徳の二皇子が譲り合う。最終的には、人が抗えない「死」が訪れ、三権力は大雀命のもとで一本化される。聖王・応神天皇の権力が、聖帝・仁徳天皇に継承される。中巻の聖王（神の助力）から下巻の聖帝（知恵と徳）に変わるための手続きとして、権力の三分割と一本化とが必要であったのだろう。

三皇子分掌、宇遅能和紀郎子、大山守命等々、全てが聖帝・仁徳天皇を誕生させるために設けられた布石であった。歌謡の文脈を活用しながら、仁徳天皇即位前記的な役割を果たしている。

65 天之日矛《あめのひほこ》

新羅国王子・天之日矛が日光感精で生まれた嬢子《をとめ》と婚する。あるとき夫に罵られて妻は祖国に逃げる。夫は追うが、難波に上陸できず、但馬《たぢま》に住む。宝を持参。子孫に多遅麻毛理《たぢまもり》・神功皇后がいる。

「又昔」で始まる本章段は、一般に挿入的な逸話とされる。しかし『日本書紀』が類話を垂仁朝の出来事とするのに対して、『古事記』が応神朝しかも中巻最終部に置くのには、意味があるはずだ。結論を先に言えば、蕃国・新羅王子が太陽の力（天照大御神）の化身を慕い、天皇に仕えるようになった起源説話なのであろう。聖王・応神天皇の徳を保証するための挿入と考えられる。

『日本書紀』では、日本の聖皇に仕えるために天日槍《あめのひぼこ》は来日したとする（垂仁三年三月条「一云」）。都怒我阿羅斯等《つぬがあらしと》も同様の理由で来日する。『古事記』でも蕃国が聖皇の徳を慕うことが重要だったのだろう。「昔、天之日矛が徳を慕って天皇に仕えた。故に新羅が日本に朝貢するのは正当である」と。

しかも新羅王子の子孫には葛城之高額比売命《かづらきのたかぬかひめ》とその娘の息長帯《おきながたらし》比売《ひめ》命（神功皇后）とがいる。新羅と同化して、神功皇后による新羅遠征の正当性を語ろうとしていたとされる。

ただし天之日矛と神功皇后とを繋ぐ系譜には疑問がある。『日本書紀』には無い系譜であるからだ。新羅王子と神功皇后との関係は、父方では六世孫、母方でも七世孫。「五世孫までを皇族とする」律令を参考とするならば、六世孫・七世孫は血縁関係としては離れすぎている。系譜的な操作があったようだ。神功皇后と新羅との関係性を薄める系譜となっている（折原佑美「応神記ヒボコ系譜をめぐって」〔上代文学会大会発表、二〇二一年五月〕）。単純に新羅との同化とは言えない。

『日本書紀』では任那の都怒我阿羅斯等の話として類話が載る（垂仁二年是歳条）。都怒我阿羅斯等は逃げた牛を追って郡役所に入る。すると役人は牛を食べてしまう。役人は代償として「白き石」を与える。白石が童女に変身したので、童女と結婚する。だが童女は日本に逃げて「比売語曽社《ひめごそ》」の神となる。都怒我阿羅斯等は追いかけて来日する、という内容。

『古事記』では天之日矛に「徳」が無いように描く。食事を運ぶ男に対して、天之日矛は「牛を殺して食べようとしている」と疑う。『日本書紀』の類話では、農耕具を所持しているので牛を殺すことができる。だが『古事記』のように「飲食《くらひもの》」に牛殺害を感じ取るのは難癖としか言いようがない。また「幣《まひなひ》」（賄賂）を受け取り罪を許す。結婚すると妻を罵倒して愛想を尽かされる。蕃国の王子だから「徳」が無い。だから有徳の天皇に仕えて教化される、ということなのであろう。『日本書紀』における「聖皇を慕う天日槍像」を捉え返して、「教化」「徳化」されるべき存在に変える。

一方妻となった「嬢子」（阿加流比売神《あかるひめ》）は聖なる存在として描かれる。太陽の光によって妊娠して子を産むのは、「日光感精」説話と呼ばれる。また「玉」を生むのは、卵を産む「卵生説話」との類似が指摘される（三品彰英『増補 日鮮神話伝説の研究（論文集第四巻）』平凡社、一九七二年四月）。東アジアに広く分布するという。始祖が聖なる太陽神の御子であることを語る話型である。「赤き玉」は太陽神の象徴なのであろう。「床《とこ》の辺《べ》」においた玉が「美麗《うるは》しき嬢子《をとめ》」に変身するは丹塗矢説話と呼ばれ、神聖な御子の誕生を語る話型である（「31富登多々良伊須々岐比売」段）。

阿加流比売神の「祖《おや》の国」は日本であるから、ここでの太陽神は天照大御神《あまてらすおほみかみ》ということになる。天照大御神の霊力によって新羅遠征は成功する。本章段でも天照大御神の霊力によって聖なる女神が生まれ、その女神を慕って新羅王子がやってくるという文脈なのであろう。女神は新羅王子に「珍《よ》き味《あぢは》ひ」の食べ物を与える。しかしその恩恵を感じないで罵倒する。「徳」「礼」の無い人物なのである。

天之日矛は女神を追って来日するが、太陽神の子を追うというのは、東アジアに流布する東方憧憬の考え方を踏まえる。太陽の出現する方角＝東を聖なる方角とする考え方である。神武天皇・倭建命や「むかし男」（在原業平・『伊勢物語』）も東方憧憬に基づいて東に赴く（「27神武天皇の東征」段）。

ところが、難波の渡《わたり》の神は、天之日矛の上陸を認めず、やむを得ず但馬に滞在する。『日本書紀』では、最初天皇は天日槍に「播磨国宍粟邑《しさはのむら》と淡路島の出浅邑《いでさのむら》」を与えるが、天日槍は自分で住む土地を選ぶことを願い、許される。そして諸国を巡り、但馬国を選んで住む。

『古事記』で難波に入れないのは、新羅国と難波との関係性を反映しているのだろう。難波は外国に向かうための国際ターミナルであった。難波に入れば、陸路で大和まではすぐ。これが軍隊ならば、難波の陥落は亡国を意味する。日本は白村江の戦い（六六三年）に敗北して、唐・新羅軍からの襲撃に怯える。その恐怖は『古事記』編纂時にも存在した。難波に新羅王子を入れないのも、新羅が攻めてくることへの恐怖感と警戒心の表れなのであろう。『播磨国風土記』でも、宿を求める天日槍命に対して、国主・葦原志挙乎命《あしはらのしこを》は上陸を許さない（揖保郡《いひぼ》粒丘《いひぼをか》）。比売碁曽社は難波の他に豊後国姫島（『摂津国風土記』逸文（『万葉集註釈』所引））にもある。瀬戸内航路の要衝に坐す社である。

ただし天之日矛は海を渡るための呪具をもたらす。『日本書紀』でも献上する（垂仁八八年七月）。海の彼方から宝がもたらされるという幻想をもとにしながらも、新羅の朝貢の起源記事になっている。

要するに、徳と礼の無い蕃国・新羅が、天皇の徳を慕い教化を受けに朝貢する起源を述べているものと考えられる。多遅麻毛理が忠臣なのも天皇の教化によるとするのであろう（「41多遅摩毛理」段）。

新羅国との微妙な関係を背景に、天皇の徳によって蕃国を支配したいという希望的観測が隠見する。

【天之日矛系譜】

多遅摩《たぢま》の俣尾《またを》─前津見《さきつみ》

新羅国王《しらき》─**天之日矛**《あめのひほこ》

一賤《ひとりのいやしきをみな》女─阿加流比売神《あかるひめ》（難波《なには》の比売碁曽社《ひめごそ》に坐す）

天之日矛＝前津見─1多遅摩母呂須玖《たぢまもろすく》─2多遅摩斐泥《たぢまひね》─3多遅摩比那良岐《たぢまひならき》

3多遅摩比那良岐─**多遅麻毛理**《たぢまもり》／4多遅摩比多訶《たぢまひたか》／4清日子《きよひこ》

清日子＝当摩之咩斐《たぎまのめひ》─酢鹿之諸男《すかのもろを》／5菅竈由良度美《すがかまゆらどみ》

多遅摩比多訶＝菅竈由良度美─5 or 6 **葛城之高額比売命**《かづらきのたかぬかひめ》→6 or 7（**息長帯比売命**《おきながたらしひめ》）

66 秋山《あきやま》の下氷壮夫《したひをとこ》と春山《はるやま》の霞壮夫《かすみをとこ》

兄弟が、伊豆志袁登売《いづしをとめ》神と結婚出来るか否かを賭《か》ける。母の助力もあり、弟（春山の霞壮夫《かすみをとこ》）が婚する。兄（秋山の下氷壮夫《したひをとこ》）は嫉み、賭け物を払わない。母は兄を呪詛し、病んだ兄は許しを請う。

御祖《みおや》（母）神の援助を受けた弟（春の象徴）と、人（うつしき青人草《あをひとくさ》）の汚れた心をもつ兄（秋の象徴）とを対比して描く。神の援助を受ける者と、人の心を持つ者とを春秋優劣になぞらえる。

中巻の主題は「神の援助を受けた人の国作り」、下巻の主題は「人の知恵による、世の秩序作り」。本章段における兄弟争いも、神から人への移行と関わるものと考えられる。『日本書紀』には見られない。『古事記』独自の構想に基づくはずである。「茲《こ》の神」（天之日矛《あめのひほこ》か伊豆志八前大神《いづしのやまへ》）という曖昧な書き出しにも、別説話の継ぎ接ぎを感じさせる。本章段の意義は、御祖の発言に集約される。

「我が御世《みよ》の事、能《よ》くこそ神習《なら》はめ。またうつしき青人草《あをひとくさ》習へや、其《そ》の物を償《つくの》はぬ」

（我々神世の出来事は、神の慣習に従へ。兄は人間の振る舞いを真似て、賭けた物を払わない。）

神の世と人の世との対比を述べる。神＝約束を守る、人＝裏切りという構図がある。神＝信、人＝疑い（「23木花之佐久夜毘売」段）とも通じる。神と人との違いを前提とする。

そもそも賭《かけ》は神意による。本章段で「神のうれづく（賭物）」という当時の言葉をあげるのも、賭が神意であったことに基づく。神の意向で勝負がつくから公平性は保たれる。よって賭や籤《くじ》は、本来、寺社で行われた。神意だから勝った者も負けた者も素直に従わなければならない。神意に適《かな》った者が勝ち、適わない者が負ける。弟の春山の霞壮夫《かすみをとこ》は神意に適っているから御祖神の援助を受けて伊豆志袁登売神と結婚できた。対して兄の秋山の下氷壮夫《したひをとこ》は、神意に適わないので結婚できない。神意に適う弟は、御祖の援助を受ける。神の時間「一夜《ひとよ》」で縫った呪力の籠もる服をもらう。妻訪《つまど》うと、服と弓矢が藤の花に変わる。霞によって隠されていた春山の霞壮夫の本性が現れたのであろう。本性を見せることによって嬢子は「異《あや》し」(神秘的な不思議さ)を感じて、求婚を受け入れる。

春山の霞壮夫の神秘性は、丹塗《にぬ》り矢伝説における大物主神《おほものぬし》(「31富登多々良伊須々岐比売」段)、火雷神《ほのいかづち》(『釈日本紀』所引『山城国風土記』逸文)の姿と重なる点にもみられる。本章段は、丹塗り矢伝説同様、厠《かはや》で出会う。厠は異界に通じる空間で下半身を露わにする場所。嬢子も本質を露わにする。本質を露わした神と神の嫁との神婚。神婚=一夜婚を証明するように「一《ひとりの》子」が生まれる。

一方、兄の秋山の下氷壮夫は、賭の結果=神意を無視して負けを認めない。のみならず弟の成功を「慷慨《うれた》む」(ねたましく思う)。妬む感情を優先させて、神を信じない人間の姿が映し出される。そのような「うつしき青人草」=人間的な兄に対して、神は罰として呪詛をかける。常緑の竹の葉を塩付けして目の粗い籠に入れる。石を重しにして籠の目から水分を絞る。葉を枯らす感染呪術である。

秋山の下氷壮夫の「下氷《したひ》」とは、美しく色づく紅葉のこと。秋山の下氷壮夫の本質を示す。紅葉が枯れるように呪詛をかける。兄は病気になる。御祖に懇願して、「安平」（健康）を戻してもらう。人は神に逆らえない。神優位を提示する。中巻が神主導の世界であったことを象徴する説話である。しかし、『古事記』は神の圧倒的な強さを語るためだけに本章段を挿入しているのではなかろう。「うつしき青人草習へや」とあるように神が人間的な心をもってしまうことをも述べている。本章段における兄から読み取れる人間の心とは、疑い、嫉み、嘘である。人は疑い、嫉み、嘘によって争いを始める。下巻が描く愛憎劇や争いは人の心に起因する。神の世が終わり人間の心が台頭してくる。中巻から下巻への移行が暗示される。なお観点は異なるものの、村上桃子『古事記の構想と神話論的主題』（塙書房、二〇一三年四月）も下巻への移行的な役割を前段「65天之日矛」段と本章段とに見いだす。

本章段は春秋優劣論と関わる。春と秋どちらが優れているかを争う議論。夙に小島憲之『上代日本文学と中国文学』（塙書房、一九六四年三月）、中西進『万葉史の研究』（桜楓社、一九六八年七月）が指摘するように中国から輸入された。日本でも額田王の「春秋優劣歌」（『万葉集』一・一六）、『源氏物語』（薄雲、胡蝶、若菜下）、『宇津保物語』（吹上）、『更級日記』等で話題になる。結論はでない。

春秋に 思ひみだれて 分きかねつ 時につけつつ 移る心は（『拾遺集』巻九・五〇九、紀貫之）

（春か秋の優劣は決めかねる。私の心は季節と共に移るので、春は春、秋は秋が良い。）

畢竟、断定せずに保留するのが賢明ということになる。結論のでない命題である。

本章段では春が勝ったように見える。だが中巻から下巻という流れからみれば、勝負よりも神と人との対比に目的はあったようだ。神か人、どちらを優位とすべきか。これも断定できない命題である。紆余曲折を経て「安平」になる人の世（下巻）を、人の心をもった兄神に譬える。春秋優劣論になぞらえて、神の援助を受ける世（中巻）から、人の世（下巻）への移行を表しているのであろう。

本章段後「若野毛二俣王《わかのけふたまた》系譜」（「60応神天皇の系譜・三皇子分掌」段）で中巻は終わる。

【中巻まとめ】

1代「神武天皇」＝都作り。日向以北の九州と瀬戸内の武力平定。大和入り。

2〜9代「欠史八代」＝一時の安定時代。吉備の平定。

10代「崇神天皇」＝大和の国作り。大和周辺の信仰的平定。税制度（男女の生業による税）の開始。

11代「垂仁天皇」＝朝廷の制度作り。政・武・祭が整う。地方祭祀との連携体制が確立。

12代「景行天皇」＝全国（陸路）の国作り。神武天皇がやり残した西国と、未知の東国とを平定。

13代「成務天皇」＝秩序による国作り。国境制定、地方豪族の秩序化。

14代「仲哀天皇」＝海の国作り。海人・海産物・海路の掌握。

15代「応神天皇」＝帝国作り。海外平定、聖王の徳を慕う蕃国の出現。

これらは高天原の天照大御神を中心とした、神々の助力を得て達成される。段階的に着々と国を作る。帝国になるまでは神の援助が必要であった。天皇は天つ神の御子。日本は神国として独立天子国となる。神の援助で空間的な国作りを終え、次は精神的な国作りの段階（下巻）へと入っていく。

下巻――人の知恵と徳による国作り

聖帝・仁徳天皇
石之日売大后の嫉妬
女鳥王と速総別王
履中天皇と、墨江中王の反乱
允恭天皇の氏姓制定
軽太子と軽大郎女
目弱王の反乱
雄略天皇と吉野・葛城一言主神
意祁・袁祁王の発見と即位
武烈天皇～推古天皇の系譜　等

67 仁徳天皇《にんとくてんわう》の系譜・聖《ひじり》の御世《みよ》

大雀命《おほさざき》が即位。皇子女は四妃との間に六柱。茨田堤《うまらたのつつみ》等の治水事業を行う。ある時、国内に炊煙が立たないことから民の困窮を知る。ボロボロの宮殿でも民が富むまで税を免除。聖帝の世と呼ぶ。

系譜とともに聖帝・仁徳天皇の仁政を、A「知恵による工事事業」とB「徳による撫民」とで示す。下巻は人の世。骨肉の争いの幕開けとなる。その争いの世を知恵と徳によって収めて秩序を作るのが下巻の主題。系譜部分では、仁徳天皇の死後、骨肉の争いに登場する人物が名を連ねる。石之日売《いはのひめ》命の子、墨江之中王《すみのえのなかつみこ》は反乱を起こして殺害される（「74履中天皇（墨江之中王）と反正天皇」段）。髪長比売《かみながひめ》の子の大日下王《おほくさかのみこ》（波多毘能大郎子《はたびのおほいらつこ》）も讒言《ざんげん》により殺害される（「77安康天皇と目弱王」段）。また八田若郎女《やたのわかいらつめ》（宇遅能和紀郎子《うぢのわきいらつこ》の妹）は、大后石之日売の嫉妬の為に、一人寂しい思いをする（「70八田若郎女」段）。殺意、嫉妬という人間の欲望が露骨に表面化する。そのような欲望を収める「徳」を仁徳天皇は有している。これも「聖帝」の一面。次段以降、人の欲望を収める仁徳天皇の話になる。

A「知恵による工事事業」には①造池事業、②治水事業がある。①池作りは、崇神朝「依網池《よさみのいけ》」「軽の酒折池《かるのさかをりのいけ》」、垂仁朝「血沼池《ちぬのいけ》」「狭山江《さやまのいけ》」、景行朝「坂手池《さかてのいけ》」、応神朝「百済池《くだらのいけ》」等、以前にも行われた。ただし仁徳朝の工事は「秦人《はだひと》」（秦氏）が行う。秦氏は古代における最新の土木技術を有する開拓民であった。京都太秦周辺の開拓・治水も秦氏が手掛ける（『政事要略』所引「秦氏本計帳」）。崇神朝の「依網池」が本章段に再登場するのも、秦氏の最新技法による改良工事であったのだろう。

【仁徳天皇系譜】

建内宿祢《たけしうちのすくね》－葛城之曽都毘古《かづらきのそつびこ》－石之日売《いはのひめ》（大后。葛城部《かづらきべ》）

応神天皇－宇遅能和気郎子《うぢのわきいらつこ》
仁徳天皇[16]
八田若郎女《やたのわかいらつめ》
宇遅之若郎女《うぢのわかいらつめ》
（吉備《きび》の黒日売《くろひめ》）
髪長比売《かみながひめ》

大江之伊耶本和気命《おほえのいざほわけ》（履中天皇[17]。壬生部《みぶべ》）
墨江之中王《すみのえのなかつみこ》
蝮之水歯別命《たぢひのみづはわけ》（反正天皇[18]。蝮部《たぢひべ》）
男浅間若子宿祢命《をあさづまわくごのすくね》（允恭天皇[19]）
安康天皇[20]
雄略天皇[21]
波多能大郎子《はたびのおほいらつこ》（大日下王《おほくさかのみこ》。大日下部《おほくさかべ》）
波多毘能若郎女《はたびのわかいらつめ》（若日下部命《わかくさかべ》・長目比売命《ながめひめ》。若日下部《わかくさかべ》）

②治水事業は「難波《なには》の堀江《ほりえ》」「小椅江《をばしえ》」（旧淀川・大和川）の氾濫対策。堀江は川の増水、海水の逆流によって貯まった古代河内湖の水を海に排出するためとされる。「茨田《うまらた》堤」（ウマラタ→マラタ→マッタ。『新編全集』）は旧淀川の堤防。門真《かどま》市堤根《つつみね》神社に遺跡が残る。各時代の銭等が出土。水神祭祀が継続的に行われた。『日本書紀』には「茨田堤」の人身御供譚が載る。川神が夢で強頸《こはくび》と茨田連衫子《まむたのむらじころものこ》

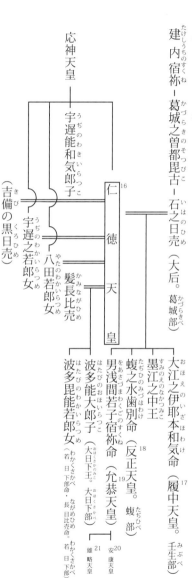

の二人を人柱に要求する。強頸は泣く泣く犠牲に。しかし衫子は神に向かって宣言する。「この瓢箪《ひょうたん》（匏《ひさご》）を沈めることが出来なければ偽りの神である」と。神の霊力を試す。神は突風を起こして瓢箪を沈めようとするが沈めることはできない。結果、衫子が犠牲にならずとも治水事業は成功した。

神の霊力よりも人の知恵と技術の有効性、及び人命の優先を描く。同様の行為を律令官人も行う。無給工事に従事したくない地元民が神の祟りを言い訳に反対する。官人は地元民の眼前で神と呼ばれる生物を殺して、神の力よりも天皇が勝ることを証明する。そのような官人の姿が良吏伝に描かれる。治水工事は神との戦いである。仁徳朝は、神の援助に頼らない、人の知恵による国作りの時代となる。

B「徳による撫民」は民の生活を最優先する天皇像である。この話は国見儀礼の形式を踏まえる。国見は土地の精霊を叱咤激励して豊穣を約束させる儀礼（「61矢河枝比売」段）。地霊は煙となって現れる。その地霊の煙を本章段では炊飯の煙に変える。神vs地霊の構図を利用しながら、天皇が民の実情を判断する儀式に置き換える。神の行為が天皇の行為に替わり、国見の意義も変更される。

ABは総じて霊威よりも「徳・知恵」を重要視した、人力による国作りの段階に入ったことを描く。

これらの仁政を支える背後には賢臣・忠臣がいた。『日本書紀』では、武内宿祢《たけしうちのすくね》の子の木菟宿祢《つくのすくね》。仁徳天皇と同じ日に生まれた。仁徳天皇の産屋には木菟《つく》（みみずく）が、木菟宿祢の産屋には鷦鷯《さざき》（みそさざい）が入ってきた。そこで父の応神天皇は鳥の名を交換して「後葉《のちのよ》の契《しるし》」にする。同じ日に生まれた者は同じ霊魂をもち、名の交換は堅い絆を示す。木菟宿祢が仁徳天皇を支える。賢臣・忠臣が仕えるのは「徳」を有する天子の証《あかし》である。ちなみに漢籍の注釈世界では、「木菟」と「鷦鷯」とは同じ鳥で、ともに「仁」に関わるとされる（山田純『日本書紀典拠論』新典社、二〇一八年五月）。一方『古事記』に木菟宿祢は登場しない。おそらく本来は大后・石之日売命の出身氏族である葛城氏のバックアップがあったのであろう。記紀ともに「御名代《みなしろ》」の「葛城部《かづらきべ》」が設置されるからだ。

本章段で「御名代」を賜るのは、子が即位しない人物である。壬生部《みぶべ》（伊耶本和気命＝履中天皇。子の市之辺忍歯王は殺害されて即位しない）、蝮部《たぢひべ》（水歯別命＝反正天皇。皇女だけで皇子をもたない）、大日下部《おほくさかべ》（大日下部王。後に殺害される。子の目弱王も殺害される）、若日下部《わかくさかべ》（若日下部王。子がいない）。「御名代」とは皇族が私領する部民。皇族の経済的な基盤であるが、説話的には「子無き」皇族の名を後世に伝えるための部民とする（「82 袁祁命と歌垣」段）。本章段で、三人の天皇を生む石之日売命が「葛城部」を賜るのは、やや趣を異にする。「葛城部」の設置は、葛城氏の功績によるのであろう。仁徳天皇を支える賢臣・忠臣は、本来的には葛城氏であったと考えられる。

徳と知恵とを有する聖帝・仁徳天皇崩御後には、再び欲望による争いが起こる。仁徳天皇は、中巻の「神の助力を得た」応神天皇の子である。系譜上、神との関係性を引きずる。そこで神世界とは完全に切り離された人の世を設定する必要性が生じる。人の欲望が渦巻く世界である。そのような世を「徳」「知恵」によって治めて人間秩序を確立する経緯が下巻の物語ということになる。

仁徳天皇の仁政は、序文「稽古照今」の「古」（規範）の典型例。本章段は人の代の第一歩を示す。

68 吉備《きび》の黒日売《くろひめ》

大后《おほきさき》・石之日売命《いはのひめ》が激しく嫉妬する。嫉妬を恐れた吉備《きび》の黒日売《くろひめ》は、本国に帰る。天皇は追いかけて吉備に赴く。服属を示す食事を献上して睦み合う。愛を確認する歌を詠み合い、天皇は都に戻る。

大后から嫉まれた女性に対して、仁徳天皇がフォローする。色好み、後妻《うはなり》ねたみの話型を用いつつも、事態収拾をはかる天皇の徳を描く。

先妻が後妻に嫉妬するのは「後妻ねたみ」である。女性の嫉妬は「怒り」とされる。細かく言えば、自分以外の恋人を作るパートナーに裏切りを感じる。裏切られると、パートナーとの一体感が欠如する。上代ではそのような状態を「恥」と表現する。「恥」を感じると、内向的な人物は「恨んで」自己否定（自害等）をしたり、呪詛（間接的な攻撃）をしたりする。一方外向的な人物は怒って攻撃をする。石之日売命は怒って攻撃するタイプ。「足もあがかに」嫉妬し、本国に逃げる黒日売を強引に舟から降ろさせて徒歩で帰国させる。次段では、怒りのあまり大切な祭祀具を廃棄してしまう。

『古事記』の仁徳天皇は、嫉妬する石之日売命と和解して怒りを鎮めさせる。この点『日本書紀』とは異なる（「69石之日売大后の嫉妬」段）。嫉妬は過度の愛情表現。夫は先妻に愛されていることを知っているから、先妻が後妻に酷い仕打ちをしても先妻に愛想を尽かさない。だから和解できる。

多数の異性から愛されることを「色ごのみ」という。『源氏物語』の光源氏が代表。『伊勢物語』には「色好みなりける女」も登場する。天皇・大王の色好みは、信仰的には女性の所有する霊魂を身につけて、強大なパワーを保持することを意味する。ただ現代でいう「好色」とは異なる。「色好み」と呼ばれる人々は、一人一人に対する真摯な対応と、一人の異性に偏らない平等性とを有する。

一人一人を愛し、かつ平等性を保つのは天子の「徳」。異性を愛するように民を愛する。個人を大切にするのが撫民である。偏愛は白居易「長恨歌」の楊貴妃に代表されるように、騒乱の種となる。

本章段で仁徳天皇は、激しく嫉妬する石之日売命を責めない。また帰国する黒日売を追いかける。一見、弱々しい夫に見える。しかしそうではない。石之日売命と黒日売の双方に対する気配りである。石之日売命は、黒日売を舟から引きずり降ろす。黒日売は「吉備の海部直《あまべのあたひ》」の出身であるから、舟に乗るのは当然の行為である。吉備の海部直は、外国に出兵・派遣されるので（雄略紀・敏達紀）、航海力と海軍力とをもつ海の民とされる。黒日売の帰国は、海の力、特に瀬戸内海の勢力を失うことを示唆する。石之日売命の行動によって、その吉備の海部直との関係も悪化する。

そこで仁徳天皇は、黒日売を想う歌を詠み、後を追いかける。途中、淡道島《あはぢしま》に立ち寄る。「大后を欺《あざむ》」くためと記されるが、淡道島に寄港するのには意味がある。淡道島は海神の坐す島であり、瀬戸内の海人族の拠点であった（「53仲哀天皇の系譜」段）。海人族を掌握する目論みがあったのであろう。

さらに淡道島では「おしてるや…」（記53番歌謡）の国見歌を詠む。53番歌謡は、国生み神話に登場する「淡島《あはしま》」「おのごろ島」(「2島生み」段)を詠み込む。国生み神話の再現である。また「難波の埼《さき》」からの光景を詠むのは八十島《やそしま》祭と関わるという意見がある。八十島祭は大嘗祭の翌年に行われ、難波で天子の衣を振ることによって、全国の国魂を天子に付着させる儀式である。国土の統治権を呪的に保証するものとされる(岡田精司『古代王権の祭祀と神話』塙書房、一九七〇年四月)。

文脈からすれば、国見歌の53番歌謡は、喪失しかけた海の統治権の回復を祈念して、神話的に再現した「我が国」を詠んだ歌謡ということになる。そして仁徳天皇は吉備に着き、黒日売からの「大御食《おほみけ》」を奉られる。これは吉備の海部直の服属を意味する。海の力の掌握に成功する。

神話=起源を用いて事態を好転させようとする。神話を再現して始原の状態に戻す。そうして人間にとって都合の良いように神霊を操作する。神の教えに唯々諾々と従うのではない。人が主体となった神霊への働きかけである。この点が中巻とは異なる、下巻「人の世」の神霊観となる。

海の力を掌握したことは、本章段が豊玉毘売《とよたまびめ》神話に類似する点からもうかがえる。海神の娘である豊玉毘売は、海の力をもつ子(鵜葺草不合命《うがやふきあへず》)を残して海の世界に帰って行く。異類婚の話型とされる。異類の呪力を授けて本国に帰っていく女性の話である(「25豊玉毘売命」段)。

海の力のみならず、山の力の掌握も語られている。「大御食」が奉られる場所を「山方《やまがた》」とするからである。「大御羹《おほみあつもの》」とは肉や山菜を入れた吸い物。山の幸を献上して服属する。天皇は山の力も手中に収める。「64大山守命」段で宇遅能和紀郎子《うぢのわきいらつこ》経由で何となく継承した「山海の政」を再度確認するように掌握する。吉備の山からは鉄も産出する（「ま鉄《かね》ふく吉備」『古今集』二〇・一〇八二）。

最終的には豊玉毘売命と同様に訣別する。豊玉毘売命と夫とが永遠の愛を誓う歌問答を繰り広げるように、本章段でも天皇が帰京する際に「倭方《やまとへ》に……」（記55・56番歌謡）を歌う。55番歌謡の類歌（『釈日本紀』所引『丹後国風土記』逸文）も、別れを惜しむ場面の歌となっている。ともに離れても相手を忘れない旨を誓う歌。56番歌謡については「誰《た》か夫《つま》」を第三者として、夫に慕われる他の女性を羨む歌とする理解もあるが、文脈と類歌から考えて「我が夫の天皇」と理解すべきであろう。

この歌謡問答にも天皇の「徳」を読み取ることができる。54番歌謡「山方に…」で天皇が「共《とも》にし採《つ》めば楽しくもあるか」と詠み、55・56番歌謡で黒日売が天皇を慕う。天皇と臣下が和気藹々とするのは君臣和楽。君臣和楽とは、天子の徳によって民と国が栄え、君臣がともに楽しむ様子のことである。

仁徳天皇は、嫉妬を怖れて逃げる黒日売を慰め、ともに楽しい時を過ごす。黒日売を大切に処遇する。撫民である。黒日売に慕われる仁徳天皇には「徳」がある。その徳によって吉備の海部直の力（海の力）を掌握する。『日本書紀』には黒日売の話はない。代わりに天皇を慕う玖賀媛《くがひめ》の話が載る。

黒日売を追い出した石之日売命を天皇は責めない。大后の強い愛を知っているから。石之日売命も平等に愛する。これも世の秩序を守るために大切な「徳」である。偏愛は背後氏族の恨みを買い、乱世の原因となる。石之日売命の背後には天皇を支える葛城氏がいる。氏族勢力の均整化でもある。

色好み、博愛、平等、撫民、君臣和楽。知恵と徳とを持つ聖帝・仁徳天皇の一面である。

69 石之日売《いはのひめ》大后《おほきさき》の嫉妬《しつと》

大后石之日売命《いはのひめ》は八田若郎女《やたのわかいらつめ》に嫉妬して、祭祀具の御綱柏《みつながしは》を海に捨てる。恨み怒り、山城の奴理《ぬり》能美《のみ》の家に籠もる。臣下の計らいもあり、天皇が山城を訪れて和解する。その様を歌謡物語で語る。

大后石之日売命《いはのひめ》との和解と通して、嫉妬という情を上手く和《やわ》す天皇の徳が描かれる。全ての要素が和解の伏線となるよう、巧妙に構成・配列する。演劇的要因を多く含む、オペラのような歌謡劇。『日本書紀』が和解せずに、最終的に天皇と皇后とが決別するように配列するのとは対照的である。

『古事記』では、天皇が八田若郎女と婚したという情報源を、「吉備児島《きびのこしま》の仕丁《よほろ》」に設定する。この仕丁（地方から出仕した労役者）は日常の飲料水を献上する「水取司《もひとりのつかさ》」であるから、天皇・皇后に近侍している。なので天皇の恋愛事情にも通じている。注目したいのは、「吉備児島」、すなわち前段・吉備黒日売と同郷とする点である。この仕丁の発言には悪意が読み取れる。

「天皇は、此日《このごろ》八田若郎女を婚《ま》きたまひて昼夜戯遊《たはぶ》れます。もし大后は此の事を聞《き》こし看《め》さねかも、静かに遊《あそ》び幸行《い》でます」

何も知らない石之日売命を皮肉る。黒日売に向けられていた嫉妬の矛先を、八田若郎女に向けさせる。『古事記』は、第三者の悪意を原因に設定するので、和解の可能性を含ませる。

石之日売命は御綱柏《みつながしは》（新嘗祭・大嘗祭で使用する祭祀具）を投げ捨てる。天皇家の重要な儀礼を放棄する。激しい嫉妬として著名な場面。石之日売命は難波には帰らず、山城に向かう。この点は記紀で共通する。ただしその際、『古事記』では「堀江」を遡る。「堀江」は「67仁徳天皇の系譜・聖の御世」段で、仁徳天皇が作らせた堀だ。右手には天皇の坐す皇居も見えたであろう。激しく嫉妬したものの、天皇を愛する心を思い出す。天皇への愛情歌（記57番歌謡）を詠む。そして実家のある「葛城《かづらき》」に帰りたいとも詠む（記58番歌謡）。家を飛び出し、実家に帰るのは、今日でもあり得る。

しかし石之日売命は実家には戻らない。実家に戻れば、父葛城之曽都毘古《かづらきのそつびこ》が怒り、天皇との間に確執が生まれてしまう。嫉妬と愛情との間で揺れ動きつつも、冷静に状況を判断する姿がある。

記紀はほぼ同じ歌謡を載せるが、配置・構成が違う。『古事記』では、使者（鳥山《とりやま》と口子臣《くちこのおみ》）は、愛情を伝えるために有効に機能している。まずは大后が天皇への愛情歌「つぎねふ……大君ろかも」（記57番歌謡）を詠む。その愛を受けて天皇は使者（鳥山。鳥は使者の意）を派遣する。同様に天皇の愛情歌「つぎねふ…知らずといはめ」（記61番歌謡）を受けて、使者（口子臣。伝言を伝える者）が赴く。両者の愛情を前提とする派遣なので、和解のための使者であることをわかる。対して『日本書紀』では、同じ歌謡を使者派遣の後に載せる。使者（鳥山）の後に皇后への愛情歌（「つぎねふ……大君ろかも」紀53番歌謡）、使者（口子臣）の後に愛情歌（「つぎねふ…知らずといはめ」紀58番歌謡）という具合である。使者が愛情を伝言するという構成をとらない（紀51番歌謡は愛情を詠んだ歌ではない）。天皇と皇后の心がすれ違う。対して『古事記』では使者が和解への布石として機能する。

使者の口子臣に対して『日本書紀』の磐之媛命《いはのひめ》は「黙《もだ》をりて　答《かへりことまう》したまはず」と拒絶の姿勢を貫く。一方『古事記』では、石之日売命と口子臣とが御殿の表口と裏口とですれ違い、会わないように叙述する。このあたりは演劇的。観客をやきもきさせ、笑いを誘う演出。兄の口子臣は大后に会えない。そのことを嘆く妹の口比売《くちひめ》の歌謡（記62番歌謡）が石之日売命の心を動かす。『日本書紀』も同じ歌謡（紀55番歌謡）を載せるが、使者は天皇の気持ちを伝えられない。

『古事記』ではこの後、臣下（口子臣、口比売、奴理能美）が、天皇と大后とを和解させるための方策を協議する。『日本書紀』にはない。「石之日売命は、三度変わる珍しい虫（蚕）を見に来られたのです」と奏上して、天皇の来駕を促す。人の知恵が事態を解決させる。

訪れた天皇が歌（記63番歌謡）を詠んで物語は幕を閉じる。記63番歌謡の「さわさわ」について『古事記伝』は「清々《さやさや》」の意とする。「菅畳《すがたたみ》いや**清敷《さやし》きて**我が二人寝《ふたりね》し」（記19番歌謡。「31富登多々良伊須々岐比売」段）のごとき聖婚をイメージさせる語である。また本章段は、嫉妬する須勢理毘売《すせりびめ》を鎮める八千矛神の話（神語。「15八千矛神」段）と類似する。女性の「白き腕《ただむき》」という官能的な表現の歌謡をもつ点でも似る。明記はしないが、天皇と大后とが和解したことをほのめかす。演劇的叙述からすると、天皇と大后とが肩寄せ合って幕が下りるというような結末場面が思い浮かぶ。

本章段には「嫉妬する后を和す天皇像」以外に、もう一つ、皇后と養蚕という文脈が存する。養蚕は皇后の仕事。養蚕と農業＝「農桑」こそが律令政治の目指す世界であった。つまり蚕を所持する石之日売命が天皇と和解するのは、農＝天皇、桑＝皇后という理想的な為政者の姿を表す。奴理能美は百済系の渡来人とされる。大陸から伝わった農桑技術によって山城を開拓したのであろう。同じように農桑を用いた開拓民に秦氏がいる。渡来系氏族の技術によって、農桑体制は実現したようである。

聖帝と大后が「農桑」を司る理想的な国が誕生する。それが人の知恵と徳によって成し遂げられる。聖なる君主には聖なる后が求められる。奈良時代、その嚆矢を仁徳天皇と石之日売命とに求めていた。

聖武天皇は光明子《こうみょうし》立后の際、皇后の必要性を説き、前例として伊波乃比売《いはのひめ》（石之日売命）をあげる（『続日本紀』天平元年八月）。聖武天皇は、二后に「父の功績、周囲の勧め、皇后の適正」という共通点があることを指摘する。聖武天皇によって奈良時代の政治体制は一応完成する。聖武天皇は聖帝仁徳天皇にあやかろうとしたのであろう。伊波乃比売は聖なる皇后でもあった。

石之比売命の伝承像は、記紀万葉で大きく異なる。その差異は、誰の「愛情」かという違いに起因する。『古事記』は愛情を天皇・大后両者に見いだすので和解する。『日本書紀』の天皇は「猶《なほ》し恋《しの》び思《おもほ》す」と愛情を持ち続ける。天皇の愛情に着目する（皇后については次段参照）。『万葉集』では磐姫《いはのひめ》皇后の愛情に焦点化する（巻二巻頭）。三書は、「愛情」という点で通底する。

仁徳朝は人の情が浮上する時代である。『古事記』は、そのうち激しい愛情を上手く和す徳を持つ聖帝として仁徳天皇を表現する。規範とすべき理想的な天皇像、そして皇后像であった。

70 八田若郎女《やたのわかいらつめ》

天皇と大后とが和解すると八田若郎女《やたのわかいらつめ》は独りになる。天皇は、美しい郎女が子を持たずに独り寂しく老いることを嘆き、御名代《みなしろ》を設置する。郎女は天皇の愛が確認できれば独りでも構わない、と歌う。

逢えずに、陰ながら天皇を慕う八田若郎女との歌謡問答。天皇は、八田若郎女を経済的に支えるために御名代《みなしろ》の「八田部《やたべ》」を設置。別れ離れになっても、愛し合う様子が語られる。精神的な愛を述べ、聖女たる八田若郎女とのプラトニック風の愛を脚色する。「色好み」は多くの愛を保持・継続させ得る徳（仁）がなければ出来ない。具体的には、個人への細やかな対応と、偏愛しない平等性とである。

仁徳天皇は、黒日売《くろひめ》、石之日売命《いはのひめ》、八田若郎女に対してそれぞれ異なる対応と気配りを施す。激しく嫉妬する石之日売命には冷却期間を設けるように使者を派遣する。大后の嫉妬から逃げる黒日売には後を追って行く。そして独りぼっちを覚悟する八田若郎女には御名代を設置する。経済的な基盤を与えて、かつその名を後世に残すための配慮である。三者三様の対応。これが徳のある「色好み」。

八田若郎女が他の女性と異なるのは、「独り」を強調する点である。天皇が独りでいることを案じると、郎女は「天皇が良いと仰るのならば、独りであっても大丈夫です」と答える。この場合の「独り」は、天皇の歌「子持たず」（記64番歌謡）からすると、子どもがいないことを指す。ただし前段からの繋がりからすると、大后石之日売命の嫉妬により天皇と会えなくなる「独り」の意も含まれる。次段では「石之日売命の嫉妬が激しいので、天皇は八田若郎女を後宮に迎え入れることができない」とある。『古事記』では、この後、八田若郎女は姿を消す。「独り」寂しい女性を演じきる。

ところが『日本書紀』では、皇后磐之媛《いはのひめ》命の薨去後に、八田皇女（八田若郎女）は皇后になる。『古事記』でも系譜には、仁徳天皇が「八田若郎女に娶《あ》ひ」「御子無し」（67仁徳天皇の系譜・聖の御世）とある。しかし物語上では八田若郎女＝「独り」という設定を強調している。これはどういうことか。

物語において「独り」の女性には聖女のイメージが付与されることが多い。『竹取物語』のかぐや姫、『源氏物語』の朝顔などである。『万葉集』でも独り身には「神がつく」と詠まれる。

①玉葛《たまかづら》　実《み》ならぬ木には　ちはやぶる　神そつくといふ　成《な》らぬ木ごとに　（二・一〇一）

（実のならない木＝結婚しない女性には、神さまが取り憑くと言いますよ。）

②玉葛　花のみ咲きて　成らざるは　誰が恋ならめ　我は恋ひ思ふ　（二・一〇二）

（実がならないのは、誰のせい。私はあなたを慕っておりますのに（あなただけを待っています）。）

信仰的には、聖女であるから神以外の男性との関係を絶つ。かぐや姫は聖なる月の世界の人、朝顔は賀茂神社に仕える斎院。人間との婚姻は穢れなので拒絶する。「独り」の女性は聖女の心象をもつ。

本章段でも天皇は、八田若郎女を「清《すが》し女《め》」（清々しい女性＝聖女）と呼ぶ。さらに「菅原」を比喩に用いる（記64番歌謡）。「菅」が生える場所は清々しいので神聖な原というニュアンスをもつ（近藤信義『音喩論』おうふう、一九九七年一二月、46頁）。天皇は、独り寂しい八田若郎女を「聖女」に譬える。その上で、このまま血が絶えることを「あたら」（もったいない）と述べる。天皇は「独り」寂しい状態を、前向きに捉え返して「聖女」と表現する。これも天皇の優しさであろう。

そんな気配りに対して、八田若郎女も歌で答える。

八田《やた》の　一本菅《ひともとすげ》は　独《ひと》り居《を》りとも　大君《おほきみ》し　よしと聞《き》こさば　独り居りとも　（記65番歌謡）

この歌謡は、前掲②歌における「実はあなたを愛している」という切り返しを参考とすべきであろう。つまり、私は大君を愛しているので「大君＝神が私を占有して続けるのならば、それで構わない」という意になる。天皇が「聖女」として待遇したの対して、郎女は「私に憑いた神は天皇、あなたですよ。聖女の私は神（あなた）専属なのだから、独りでも構いません」と切り返している。

このように理解すると、天皇は八田若郎女に配慮し、八田若郎女は天皇に愛を誓った問答となる。後宮での地位を与えられなくとも、鎹《かすがい》となる子がいなくても、相思相愛を宣言する。まさに純愛。『古事記』は歌によって、愛をプラトニックなものとする。「色好み」の究極とも言える。

八田若郎女は、仁徳天皇に皇位を譲った宇遅和紀郎子の妹。『日本書紀』では、皇位を譲るために自害した菟道稚郎子《うぢのわきいらつこ》が生き返り、「同母妹の八田皇女を後宮に加えて欲しい」と遺言を残す。仁徳天皇は遺言を守って八田皇女を入内させる。皇女であるから、民間（葛城氏）出身の磐之媛命より地位は高くなる。よって磐之媛命は反対する。そのあたりを『日本書紀』では歌謡物語（紀46～50番歌謡）で表現する。天皇は皇后の並立を可とし、磐之媛命皇后は二人の皇后と同衾することを不可とする。

仁徳天皇は「仁孝」（おもいやり）の徳をもつ天皇である（大館真晴「『日本書紀』にみる仁徳天皇像―『仁孝』という視点から」（『國學院大學大学院紀要』34、二〇〇三年三月））。異母弟の菟道稚郎子との約束を守る。また兄弟愛をもち、「友于《このかみおとと》の義《ことわり》に敦《あつ》くまして」（仁徳四〇年二月条）とも記される。『日本書紀』の仁徳天皇は、仁（おもいやり）という徳を有する天皇として造形されている。

対して磐之媛命は、皇后併存の非を唱える。皇后併存は後宮の秩序すわなち礼を乱す。つまり『日本書紀』における天皇と皇后の対立は、仁と礼とが抱える矛盾に基づく。仁を重んじれば礼が立たない、礼を重んじれば仁が廃る。仁も礼も天子が持つべき徳である。律令官人たちもこの矛盾に悩む。

律令政治が内包する矛盾でもある。にわかには結論はでない。『日本書紀』で仁徳天皇と磐之媛皇后とが和解しないのも、道徳上の矛盾に起因するからであろう。

『日本書紀』では、人の世になって浮き彫りになった、道徳上の矛盾に着目する。一方『古事記』は、全ての愛を平等に受け入れ、性格の異なる女性毎に対応する天皇に徳（仁）を見いだす。

人の世には多様な愛が立ち現れる。愛という欲望は、神仏に念じても抑制できない。人の知恵と徳によって解決させるしかない。そして人の欲望は愛以外にも多々ある。それが次段以降の話となる。

71 速総別王《はやぶさわけのみこ》と女鳥王《めどりのみこ》

天皇は女鳥王《めどり》に求婚する。女鳥王は拒否し、速総別王《はやぶさわけ》を選ぶ。最初天皇は黙認するが、女鳥王に反乱の意があることを知り殺害する。その際、遺体から腕飾りを盗む者がいた。後日大后が処罰する。

情を理解する「仁」（思いやり。徳）をもちつつも、社会秩序を保つために「礼」（徳）を尊重する天皇・皇后像を描く。世の中を乱す反乱者を処罰して、秩序ある社会が訪れたことを語る。

『古事記』本章段で最も大きな特徴は、女鳥王が主導して反乱を企てる点である。「雀《さざき》取らさね」（記68番歌謡）と、仁徳天皇（大雀命《おほさざき》）殺害を速総別王に依頼する。『日本書紀』では隼別《はやぶさわけ》皇子が首謀者。女鳥王は、宇遅能和紀郎子《うぢのわきいらつこ》・八田若郎女《やたのわかいらつめ》の同母妹。『古事記』の文脈上、前段で姉が宮中に入れず、独り寂しい境遇に置かれたことに対する復讐ともいえる。女鳥王の死によって、宇遅和紀郎子系の血は断絶する。「天津日継《あまつひつぎ》」（天皇霊の後継者、皇位）が完全に大雀命（仁徳天皇）に移る。

「天津日継」の移譲のみならず、仁徳天皇が天皇に相応しい徳を有していることについても述べる。

天皇は「媒《なかだち》」の任務を遂行せず恋に走る速総別王に対して、追求も処罰もしない。媒は任務を遂行しないことがある。『日本書紀』では、大碓皇子《おほうす》（景行四年二月）、住吉仲皇子《すみのえのなかつ》（履中前紀）が「媒」すべき女性と密通してしまう。裏切り行為であり、反逆にあたる。復命しないのも罪である。だが天皇は黙認する。さらに速総別王を想う女鳥王の「情」が判明（記67番歌謡）しても、黙って退出しようとする。愛という「情」には極めて寛容である。各人の「情」を尊重する。このあたりは、前段で触れた、個人を尊重する「色好み」像とも重なる。愛のための裏切りを容認する。「仁」の徳である。ところが、天皇に刃を向けることが判明するや否や、二人の殺害を即決する。『日本書紀』では、個人的感情から異母弟を殺害するのではない、天皇殺害計画は、「社稷《くに》」＝国家の秩序を乱すから、やむなく異母弟を殺害する、と記す（仁徳四〇年二月）。個人と公とを峻別する。

反乱は社会秩序を乱す。だから反乱者は容赦なく殺害する。秩序＝礼を重んじる天皇像である。

礼を重んじるのは、大后《おほきさき》の石之日売命《いはのひめ》も同じである。女鳥王が身につけていた腕飾りを略奪した山部大楯《やまべのおほだて》を処刑する。死者の膚が温かいうちに略奪するのは、死者に対する非礼である。芥川龍之介《あくたがわりゅうのすけ》『羅生門《らしょうもん》』で、老婆が死人の髪の毛を抜き取り、下人が老婆の衣をはぎ取る場面が思いおこされる。

また大楯を「奴《やつこ》」と呼び、女鳥王を「君」と呼ぶのは、両者が直接の主従関係にあったというよりも、皇族（君）に対する臣下（奴）の非礼に基づくのであろう。皇族と臣下の区別も礼である。

大后石之日売命が略奪に気づいたのは、臣下の妻たちが服属を誓う儀式（豊楽《とよのあかり》）の場。非礼行為は反逆を意味する。よって夫は処刑される。前段で和解して理想的な為政者となった天皇・皇后は、ともに礼を重んじる。礼によって人間世界の秩序は保たれ、世の中は安泰となる。個人の「情」に関しては寛大であっても、国家転覆に発展する非礼は見逃さない。これも有徳の天皇ということになる。

以上のような物語を『古事記』は歌謡によって演劇的に表現する。以下、演劇的な要素をあげる。まず天皇が、女鳥王と速総別王との関係を知る場所を「閾《しきみ》（敷居か）」とする。閾は境界。ある種の垣間見《かいまみ》。天皇が見ているのに、女鳥王は天皇の存在に気づいていない。「瘤《こぶ》取りジイさん」（『宇治拾遺物語』「鬼に瘤とらるる事」）が、木の洞で鬼を見ているような状態である。鬼は、木の洞にいるジイさんの存在に気づかない。隠れ蓑を着ているかのような設定である。天皇の声は聞こえるが、存在には気づかない。あたかも天の声に応えるかのように、女鳥王は歌う。姿を見せずに質問する天皇（記66番歌謡）と、その問いに答える女鳥王（記67番歌謡）という設定には、演劇的な雰囲気が漂う。

女鳥王が機織りをしているのもよく出来た設定である。機織りは女性を象徴する仕事。恋人の服を織る。牽牛と織女、神（男）と巫女のイメージを、速総別王を待つ女鳥王に重ねる。

そして待っていた男（速総別王）がやってくると、女鳥王は「雀取らさね」（記68番歌謡）と天皇の殺害を依頼する歌を詠む。天皇は既に「宮に還りましき」とあるが、「此の時」とあることから、速総別王の来訪を天皇は目撃したことになる。そして「天皇此の歌を聞きたまひて」と、反逆は直ぐさま天皇の知るところとなる。宮に還ろうとして踵《きびす》を返した瞬間、男がやってくる。しかし歌を聞き、立ち止まり、話が急展開する。そのような演劇的な描き方になっている。

さらに女鳥王と速総別王が逃げる場面では、急峻な山道で、男性の手助けを求める女性の姿（記69番歌謡）、逃避行する恋人の様子（記70番歌謡）を歌謡で表現する。謡《うたい》をバックコーラスにした「死出の道行き」を連想させる。浄瑠璃等、近世の演劇を思わせる。

この記69番歌謡は人口に膾炙する歌謡であった。『肥前国風土記』逸文、『万葉集』（巻三・三八五）に類歌。類歌では、急な山道を登る際に、草をつかみそこねたふりをして、ちゃっかり女性の手を握る。ピクニックでどさくさに紛れて女性の手を握る歌である。笑いのうちに伝播した歌謡のようだ。

そのような著名な歌謡を『古事記』は改作する。類歌では男が女の手を握るとするが、『古事記』は女鳥王が首謀犯であるから、「我が手取らすも」というように女が主体となって男の手を握る。速総別王を頼って女鳥王が反乱を起こす。「手」によって愛と反乱とを示す。ここも演劇的である。

礼に厳しく情に篤い天皇・皇后の鑑となる伝承。人民教化のための演劇であったのかもしれない。

『日本書紀』で『古事記』と異なる点は、①首謀は隼別皇子、②隼別皇子の密通、③舎人が煽動、④殺害者（吉備品遅部雄鯽《きびのほむちべをふな》。播磨佐伯直《はりまのさへきのあたひ》阿俄能胡《あがのこ》）、⑤伊勢神宮への逃亡計画、⑥殺害前に八田皇后が雌鳥《めどり》皇女の玉を略奪するなと進言、⑦殺害地（伊勢の蔣代野《こもしろのの》）、⑧玉を身につける者（近江《あふみ》の山君《やまのきみ》稚守山《わかもりやま》の妻、采女磐坂媛《うねめいはさかひめ》）、⑨阿俄能胡の贖罪、⑩略奪者を処罰するのが八田皇后、等である。

『日本書紀』で処罰を下す八田皇后（⑧）は雌鳥《めどり》皇女の同母姉。故に雌鳥皇女を首謀者にしない（①）。⑤伊勢神宮逃亡は、天皇霊を奪うためか。個人的な参拝は「私幣禁断」の罪（「46倭建命の東征」段）。

人の情が表面化する。欲望を制御するために「礼」が必要となる。情に寛大である反面、礼によって秩序を守る徳が為政者に求められる。これらの徳による治世を行ったので「聖帝の世」と呼ばれる。

72 雁《かり》の卵《こ》

日女島《ひめしま》に行幸した天皇は、雁が卵を生むのを見つける。その意味を「世《よ》の長人《ながひと》」建内宿祢《たけしうちのすくね》に歌で問う。未曾有のことだと答える。だが琴を弾くと、子孫が為政者として繁栄する兆であると判明する。

仁徳天皇の政治が天から認められ、今後の天皇家に継承されることを語る。渡り鳥の雁が日本で卵を生むのは珍しい。産卵は夏に北方で行うからだ。珍しい自然現象は天からのご褒美。良い政治に天は珍しいもの祥瑞《しょうずい》（瑞祥《ずいしょう》）を授け、逆に悪い政治には災害や不気味な現象（災異《さいい》）を与える。『礼記《らいき》』（礼運《らいうん》）では聖王の政治に対する祥瑞として「余鳥獣《よてうじう》の卵胎《らんたい》」（珍獣霊鳥の子や卵）をあげる。本章段はこれに当たるという（長野一雄「仁徳聖帝記と中国思想」〈『古事記説話の表現と構想の研究』おうふう、一九九八年五月〉）。常住しない渡り鳥の雁を珍しい鳥としたのであろう。

『日本書紀』では、産卵場所を「茨田堤《まむたのつつみ》」とする。「茨田堤」の造営は仁徳天皇の代表的な事績。治水工事の功績を天が称える。またこの伝承（仁徳五〇年三月条）の前に、未だ見たことのない百済の鳥「倶知《くち》」（鷹）の発見記事（仁徳四三年九月条）を載せる。鳥関係の珍しいこと出来事が続く。

『古事記』では、卵を生む場所を「日女島《ひめしま》」とする。放牧場が設置された島である（『日本書紀』安閑二年九月。霊亀二年二月二日に廃止〈『続日本紀』〉）。開けた広い牧草地に、目立つ形で雁の卵が発見されたイメージか。日女島は新羅の女神が渡ってきた島でもある（『万葉集註釈』所引『摂津国風土記』逸文）。仁徳天皇の徳が外国にも広まっているかのような脚色をする。

【雁の卵・記紀対照表】

要素	『古事記』	『日本書紀』
出現地	姫島（放牛地）	茨田堤（治水）
発見者	天皇	河内の人
発見状況	行幸	地方からの報告
発見場所の暗示	外国にも広まる徳	治水の功績
讃美語句	**72 高光る日の御子 そらみつ やまと**	63 やすみしし わが大君 62 あきつしま やまと
（讃美対象）	天照大御神の威光	天子・国が安寧・充足
判断の観点	時間的な観点（世の長人）	時空からの観点（世・国の長人）
対処	**琴を弾き、天の判断を仰ぐ**	×
最終的な判断	天皇家の繁栄	仁徳天皇の徳と政治力を称える
説話意義	人の世の天皇（下巻）の繁栄	仁徳天皇の治世を讃美
掲載の意図	人の世の天皇の継続	仁徳天皇一代の祥瑞記事

祥瑞は地方から発見されることが多い。天皇の徳が地方にも伝わっていることを示すためである。地方官人は祥瑞や災異を報告する義務を負う。発見者（里人）↓里長↓郡司↓国司↓朝廷↓天皇という経路で報告される。『日本書紀』が「河内の人、奏《まを》して言《まを》さく」と記すのは、このような経緯があったのだろう。一方『古事記』では天皇自身が発見したかのように記す。天皇への直接的なメッセージとも読める。改元等によって全国民に周知する祥瑞とはやや趣を異にする。このことは記72番歌謡で「汝が御子やつひに知らむ」（あなたの子孫が栄えて統治する）と歌うことと連動していよう。

朝廷では、祥瑞なのか災異なのかを調べて検討する。祥瑞と判定されれば、出現地には恩恵が施される。よって時には、恩恵ほしさに紛い物を献上することもあった。祥瑞か否かは、すぐには分からない。本章段で「雁の卵」を建内宿祢に尋ねるのも、祥瑞か否かの判定を委ねたのだろう。

建内宿祢は「世の長人」。景行・成務・仲哀・応神・仁徳天皇に仕える長寿の忠臣。人の世になり、知恵と徳とを兼ね備えた初めての聖帝を言祝ぐ祥瑞であるから、未曾有であると答える。

その後『古事記』では「雁が卵を生んだ」ことの意味を解読する。『日本書紀』には無い場面である。その際、「琴」を賜る。「54仲哀天皇の死と神託」段で、琴を弾いて神を降ろし、サニハの建内宿祢が神の言葉を解説するという場面を思わせる。祥瑞は天の意思を示す。だから天の声を聞くために、天皇は琴を渡す。神降ろしの呪具を天とのツールに代用する。神が天に変わる。神を頼りにする人の世（中巻）から、天に監視される人の世（下巻）へと移る。

天は「仁徳天皇の子孫が、末永くこの国を治める」予兆と告げる（記72番歌謡）。これは祥瑞とはやや異なる。祥瑞は天人相関説に基づくので、当代の天子（今上天皇）へのメッセージである。本来、祥瑞は、将来を示すものではない。だから祥瑞として扱う『日本書紀』は、この歌謡を載せない。

このような記紀の違いは歌謡における文言の違いにもみてとれる。天皇への賛美を、記72番歌謡では「天照大御神の子孫」を意識して「高光《たかひか》る日《ひ》の御子《みこ》」とするが、紀63番歌謡では「安寧に治める天皇」を意味する「やすみしし我が大君」とする。大和の枕詞も記72番歌謡は「そらみつ」と天照大御神のいる天上世界を意識するが、紀62番歌謡は「あきつしま」と天皇が統治する充足した国を意識する。さらに記71・72番歌謡では「世の長人」のみ記すが、紀62番歌謡では「世の長人」と「国の長人」とを併記する。『日本書紀』は天皇が治める時間と空間を知る武内宿祢《たけしうちのすくね》という設定をとる。『古事記』にとって重要なのは、過去から現在そして将来という時間なのである。総じて『古事記』では天皇家の時間を、『日本書紀』では天皇の治世（時間と空間）を意識した、歌謡の文言となっている。

要するに『古事記』の本章段は、祥瑞記事を装って天皇家の歴史と未来を示そうとしている。人の世において、天照大御神の血を受けた天子が知恵と徳で治める。そのような聖王たる天皇が今後も続いて繁栄することを予祝する。記73番歌謡の歌曲名「本岐歌《ほきうた》」は天皇家を「祝《ほ》ぐ歌」の意。

次代・履中天皇以降も人の欲望に端を発する争いは続く。しかし天皇家は君主として治める知恵と徳とを持ち続ける。聖帝・仁徳天皇という「古」の規範は次世代に継続される。

73 枯野《からの》

巨木で船を作ると、たいそう速かった。枯野と名付ける。朝夕、淡道島《あはぢしま》から天皇の飲料水を運ぶ。枯野が壊れると、廃材で塩を焼き、焼け残りを琴にした。琴の音は遠くまで響く。天皇は83歳で崩御。

仁徳天皇の徳が空間的に広がることを、巨木と琴の音によって示す。巨木の陰は太陽が照らす世界を、琴の音は徳の素晴らしさを意味する。巨木から作った船の名により「枯野《からの》伝承」と呼ばれる。

巨木伝承には、「朝日の陰が○○に至る（及ぶ）…夕日の陰が○○に至る（及ぶ）」という定型表現が用いられることが多い。『日本書紀』景行一八年条、『肥前国風土記』佐嘉郡首、『筑前国風土記』逸文（『釈日本紀』所引）等にみられる。定型文言はないが、『豊後国風土記』直入郡首にも巨木伝承が載る。「神秘的な木」「繁栄の木」「美しい木」とされる。江戸中期の地誌『国花万葉記』には、総国《ふさのくに》の巨木を「天下の大凶事」とする記述もあるが、この記事は古風土記逸文ではないとされている。

太陽が東にある扶桑《ふそう》の木を登って西に移動するという話（『山海経《せんがいきょう》』）があるように、巨木は太陽と結びつけられて語られる。巨木の頂は、いち早く朝日に照らされ、夕日を最後まで浴びる。太陽の移動空間を実感させるのが巨木である。「朝日の陰～至る」「夕日の陰～至る」という定型文言の「陰」には、太陽が照らす範囲、天照大御神の支配領域、すなわち全世界ということになる。

本章段は「此の御世に」で書き出されるので、巨木は仁徳天皇の世を象徴している。天皇の威光（徳）を象徴する巨木であるから公のために船にする。『日本書紀』応神三一年八月条に載る枯野伝承では、「枯野」という船は「官用《おほやけもの》」であり、後世に名が伝わるように廃船後は、塩を焼くための薪として船材を全国に配ったという。船としての任務を終えてもなお人民の役にたつ木であった。塩つくりには大量の燃料が必要となる。一山（塩木山）をまるまる確保・保有する場合もあった。

「枯野」は軽く速いので、もと「軽野《かるの》」と呼んでいたのが訛った（応神紀二年一〇月条）。また船木は乾燥しているので「乾野《からぬ》」の義とも（辰巳正明監修『古事記歌謡注釈』新典社、二〇一四年三月）。ただ説話的には「枯れた」（廃船）後も利用したという意味合いを含んでいよう。「野」（傾斜地とも）は木の生えていた場所で船名に付けられる。伊豆国奥野《おきの》の巨木も大船となる（『鎌倉実記』）。

燃え遺った廃材で琴を作る。琴の音は異界に通じるので、神降ろしに使用される。特に美しい音色は、異界のモノを感動させる。笛の音も同じで、龍神を感動させる（『毘沙門堂古今集註』所引『山城国風土記』逸文「宇治の橋姫」条）。『宇津保物語』でも「琴」は異界性をもつ。

枯野で作った琴の音は「七里に響《とよ》む」。「七」は「神世七代《かみよななよ》」（「1天地初発」段）同様に聖数。実際の距離ではなく、「遥か彼方の遠く」の意。記74番歌謡では淡道島の東端「由良《ゆら》」まで届いたとする。「さやさや」とは、琴の音色が振動として伝わり「なづの木」が揺れる様子を表現している。

琴の音色が異界に通じる様子と、速い船が異国を往来する様子とが重なる。琴の音の様は、天皇の教えと徳が異国に伝わることの譬えとなっている。すばらしい音楽は人の心を穏やかにするので、天子は音楽をもって人民に礼を示して教化する。礼楽思想である。琴の音色は天皇の教えを譬える。良い教えは、風のように遍《あまね》く伝わるので「風化」ともいう。律令政治は、全国一律。中央から発せられた法律はいち早く地方に伝わらなければならない。まさに「急々如律令《きゅうきゅうにょりつりょう》」（律令が普及するように極めて急げ。陰陽師の呪文）である。だから律令では交通網を整備する。古代道路は直線道路。

速船の枯野も、いち速く地方と中央とを結ぶ。速いから朝夕、淡道島の水を天皇に届ける。本章段の影響を受けた速鳥伝承では、ある日、天皇の食事に間に合わなかったので船を責める歌を詠んで任務を終了させる（『釈日本紀』所引『播磨国風土記』逸文）。速鳥伝承は明石駅家《あかしのうまや》に伝えられたので、速く移動することに重点を置く。中央と地方とを速く結ぶのが「駅家」の役割であるからだ。

「枯野」船の原材料（巨木）が生えていた「兎木《とのき》」（大阪府高石《たかいし》市の富木《とのき》）は旧南海道沿線の地。東に一キロほど行くと「日下部駅家《くさかべのうまや》」があった。交通の要所。古代官道・駅家関連で巨木伝承が伝播したことを考えさせる。兎木の西の海は皇室用の禁漁区「高脚海《たかしのうみ》」（『日本書紀』持統三年八月条）。天皇家とも縁が深い。海を渡れば淡路・播磨・四国・山陽にも近い。兎木は、陸路・海路によって西の諸国と結ばれた土地。加えて陰が東の「高安山《たかやすやま》を越ゆ」とあるので東の諸国をも視野に入れている。

要するに、本章段における兎木は全国に通じる場所というイメージをもっており、いち早く天皇の教えと徳とが全国に届くかのような特別な土地（トポス）となっている。

仁徳天皇の徳について、前段では時間的に捉えていた。本章段では空間的な広がりを表現する。聖帝の徳を、時間と空間とで説話的に物語る。仁徳天皇記の最後を飾るに相応しい章段といえる。

『日本書紀』仁徳紀の末尾（仁徳六七年）には二つの逸話が載る。一つはA仁徳天皇の御陵を建造すると鹿が現れる。次の瞬間、鹿は倒れて死んでしまう。百舌《もず》が鹿の耳に入り食い殺したのであった。もう一つは、B通行人を害していた大虬《みつち》（水の精）を、笠臣《かさのおみ》の祖・県守《あがたもり》が退治する話。大虬に向かって言う。「瓠《ひさご》を沈められなければ、あなたを殺す」。大虬は鹿に変じて瓠を水中に引き込もうとする。しかし沈まない。そこで県守が大虬を殺害する。この後、悪い妖気が動き、悪いことをするもの（反乱者）が一人二人出てきたが、天皇が昼夜人民のために努めると、太平の世が二〇数年続いた。

ABの鹿は、土地の神霊の化身であり、天皇の政治に刃向かうモノである。そのモノどもを天皇、及び天皇を支えるモノ（臣下・百舌）が退治するという点で共通する。

『日本書紀』は、天皇の徳を慕うモノと、人民を大事にする天皇とが平和をもたらした話で締めくくる。人の世の知恵と徳が安らかな国を作るとする点は、『古事記』と同じである。

仁徳天皇は丁卯《ひのとう》（四二七）年八月一五日に八三歳で崩御する。父・応神天皇が一三〇歳だったのに比べて人間的な寿命である。元嘉二（四二五）年（『宋書』夷蛮伝倭国条）に死んだ倭国王「讃」とも。御陵とされる大仙古墳は国内最大。人の世の聖帝は実在した、という心象をもって語られる。規範となる天皇は実在するから後世の失《あやま》り（頽《すた》れ）も縄《ただ》すことができる。序文の意図を反映する。

74 履中天皇《りちうてんわう》（墨江之中王《すみのえのなかつみこ》の反逆）と反正天皇《はんぜいてんわう》

墨江之中王《すみのえのなかつみこ》が反乱。履中天皇は危機一髪、阿知直《あちのあたひ》に救出されて石上《いそのかみ》神宮に避難。天皇は弟たちに猜疑心を抱く。水歯別命《みづはわけ》（反正天皇）は隼人《はやと》を利用して墨江之中王を殺害。これにより疑いを晴らす。

聖帝・仁徳天皇の崩御後、世の中が乱れる。弟が同母の兄に殺意を抱き、近侍する者が裏切る。「信《まこと》」の心が失われ、身内さえ信じられない「疑い」の世となってしまう。聖帝の世の中が崩れる。17代〜19代天皇（履中・反正・允恭）は兄弟相続の初見。これ以前は父子相続。聖帝崩御により、皇位継承方法も変わる。石之日売《いはのひめ》命の長男・伊耶本和気王《いざほわけのみこ》（履中天皇）が即位。同母弟墨江之中王《すみのえのなかつみこ》（次男）が命を狙う。以前にも異母兄弟の皇位争いはあったが（「32当芸志美々命の反逆」段、「36建波迩安王の反逆」、「57香坂王と忍熊王」）、同母兄弟が争うようになる。世の中に不信感が溢れる。

履中天皇は、三男の水歯別王（反正天皇）をも疑う。「人が信じられない」「疑い」の世の中になる。「穢耶《きたな》（邪）き心」がないことの証明として、墨江之中王殺害を求める。「疑い」は人の世の常である（「23木花之佐久夜毘売」段）が、肉親までも疑うのは戦乱の世を思わせる。人間の心が荒《すさ》ぶ。

墨江之中王は、何故兄を殺そうとしたのか。『日本書紀』では、住吉仲皇子《すみのえのなかつみこ》が履中天皇妃の黒媛《くろひめ》（羽田矢代宿祢《はたのやしろのすくね》の娘）を犯す。それを天皇に知られて殺害を決意。恋愛関係の縺《もつ》れという設定。

ところが『古事記』では天皇が「大嘗に坐《おほにへいま》して豊明《とよのあかり》」している最中に命を狙う。「大嘗」とは即位の儀礼「大嘗祭」のこと。天照大御神から引き継いだ天皇霊を付着させる儀式とされる。

この「大嘗」を新嘗（収穫祭）と理解する注釈もある。だが文脈からすれば大嘗祭とすべきであろう。本章段では「大御酒《おほみき》にうらげて」（捧げられた酒に愉快になって）、天皇は寝ている。大嘗祭の宮殿には寝台が置かれる。天皇は寝ることによって天皇霊を身につけるともいう。信仰的に即位を確定させる「大嘗祭」であるから、墨江之中王は即位を妨害するために「大殿」に火をつける。

『古事記』で「大嘗」を催すのは、天照大御神と履中天皇だけ。天照大御神は天皇家の始祖であるから、即位儀礼の起源として「大嘗」を行う必要がある。履中天皇が行うのは、兄弟相続の初見だからであろう。相続方法が父子から兄弟に移行するにあたり、即位儀礼を明記する必要性が生じる。信仰的には「天皇霊」の継承を明確にするためである。皇族は、皆、皇位継承資格者。天皇霊を付着した者が天皇になる。極端にいえば天皇霊を奪えば即位できる（「32当芸志美々命の反逆」段）。履中天皇即位の正当化のために、『古事記』では兄弟相続の初見に「大嘗」を記したのであろう。

履中天皇崩後、長男・市辺之忍歯王《いちのべのおしはのみこ》は即位せず、弟の反正天皇が即位。以降、兄弟相続が頻発。

20安康天皇と21雄略天皇、23顕宗天皇と24仁賢天皇、27安閑天皇と28宣化天皇と29欽明天皇、

30皇極天皇と31孝徳天皇、38天智天皇と39天武天皇、等。

兄弟相続は争いも多い。38天智天皇から39天武天皇への代替わりは骨肉の争い（壬申の乱）を経る。

履中天皇の後、天皇は允恭系（安康・雄略・清寧天皇）に移るが、再度、履中系（顕宗・仁賢天皇）に戻る。後世、二派を行き来する皇位（もしくは継承争い）のあり方にも通じる。

30敏達天皇系（押坂彦人大兄・34舒明天皇）と、31用明天皇系（聖徳太子・山背大兄）
34舒明天皇系（38天智天皇・39天武天皇）と、36孝徳天皇系（有間皇子）
38天智天皇系（40持統天皇・42元明天皇）と、40天武天皇系（41文武天皇・43元正天皇）

兄弟相続は欲望を噴出させる。墨江之中王の側近・曽婆訶理《そばかり》が、大臣の座ほしさに主人を殺す。厠での殺害は、倭建命同様の凶暴性を示す。欲望のための暴力である。「義《ことわり》」（道徳）、君臣の礼に背く。よって処刑するが、曽婆訶理の功績を認めないのも「信《まこと》」（誠実）、信賞必罰の礼を欠く。欲望によって乱れた状況を水歯別命が矯正する。功績を評価しつつも、不義を排除して秩序が回復。水歯別命が弟だから即位するのではない、徳をもつから天皇（反正天皇）になれるのである。

反正天皇に比べて、履中天皇は暢気である。泥酔して謀反に気づかない。助け出されても寝ている。目が覚めると、燃え盛る宮殿の様子を歌う（記75・76番歌謡）。平和な時代の天皇を象徴する暢気さである。その平和が乱される。暢気な履中天皇は、乱世を強調するために人物造形されたのだろう。

下巻は人の世。下巻らしい場面がある。逃げる途中、見知らぬ「女人《をみな》」が迂回路を教える（記77番歌謡）。同様に反乱時、アドバイスする女性と出会う話が中巻に載る（「36建波迩安王の反逆」段）。そこでは少女が神のお告げ（童謡《わざうた》）のような歌謡（記22番歌謡）を歌う。だが下巻の本章段では天皇自身が歌い（記77番歌謡）、神のお告げはない。この点、神の助力を得た人の世（中巻）とは異なる。

人が乱した世の中を、人の知恵によって糺《ただ》す。履中天皇が石上神宮に逃げ込むのも神の力を頼るためではない。石上神宮は武器庫・神宝庫であった。闘いに備えて、まずは武器と財とを確保する。

皇位継承方法が変わる。欲望の噴出。信・義の喪失。人は知恵と徳によって世を糺さねばならない。


【履中・反正・允恭天皇系譜】

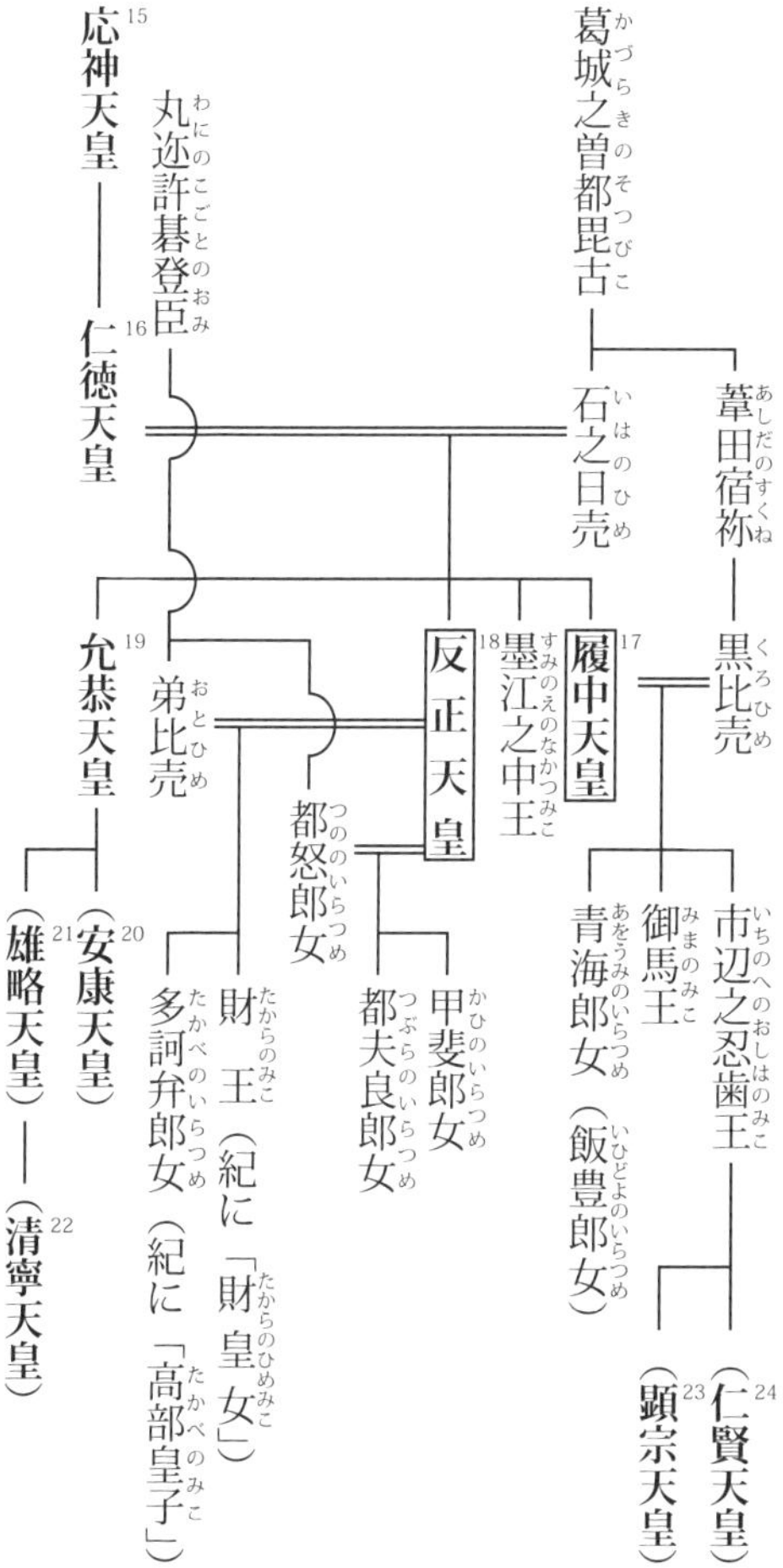

75 允恭天皇《いんぎようてんわう》の系譜

反正天皇の崩後、弟の允恭天皇が即位。最初、天皇は病を理由に辞退するが、周囲の強い勧めに応じる。玖訶瓮《くがへ》（盟神探湯《くかたち》）により氏姓の誤りを糺《ただ》す。即位しない皇子は結果的に不孝な死を迎える。

世の中が安定し、謙譲の徳を持つ允恭天皇によって氏族の秩序作りが行われる。記述は少ないが、『古事記』の国作りにおいては、氏族支配の根本ともなる重要な章段である。

『古事記』本文に記される天皇三三代の内、序文で功績を取り上げられる天皇は、初代（神武）、賢后（崇神）、聖帝（仁徳）と、国境を定めた成務天皇、姓を正した允恭天皇のみ。成務・允恭天皇は、物語（旧辞）的には目立つ存在ではないが、『古事記』編纂者にとっては重要な事績を残した。

成務天皇が行った国境制定は空間的な秩序作り。地方氏族の支配領域を定める。允恭天皇の氏《うじ》・姓《かばね》の制定は、朝廷内でのランキング。氏の歴史を基にして地位を決める。空間と時間とによる秩序作りという点で、特筆すべき功績を残した天皇であった。なので序文は成務・允恭天皇を取り上げる。

允恭天皇は「氏姓《うじかばね》の忤《たが》ひ過《あやま》てるを愁《うれ》へ」て盟神探湯《くかたち》を行う。天武天皇も氏族の歴史が「正実《まこと》に違《たが》ひ、多《さは》に虚偽《いつはり》を加」へたので「失《あやまり》を改め」ようとし、元明天皇も「誤《あやま》り忤《たが》へるを惜《を》しみ」「謬《あやま》り錯《まじ》ふるを正《ただ》」そうとする（序文）。『古事記』の目的に一つに、氏族の歴史を糺すことがあった。

天武・元明天皇が行おうとした事業の先例が允恭天皇の事績である。規範となる「古」である。天武天皇は八色《やくさ》の姓《かばね》（真人《まひと》・朝臣《あそみ》・宿祢《すくね》・忌寸《いみき》・道師《みちのし》・臣《おみ》・連《むらじ》・稲置《いなき》）を制定（天武一三年一〇月）。『日本書紀』（允恭四年九月）では、「氏・姓が混乱して人々が争う」と記す。氏族連合社会は、氏単位で利権を争う。姓が高ければ、能力がなくとも良い地位を得る。死活問題であるから、自家がいかに立派な先祖をもち優秀であるかを主張する。他家の伝承を真似したり、虚偽を作ったりする。

虚偽を標榜する者を見つけるために盟神探湯を行う。「玖訶瓮《くかへ》」（允恭記）は湯を沸かす器。クカ（「潜《く》く」＝熱湯に手を潜らせて）＋タチ（「裁《た》つ」＝裁《さば》く）の意（新編日本文学全集『日本書紀一』四七六頁）。『日本書紀』には「泥が煮立つ釜に手を入れて探る、また斧を赤く焼き、掌に置くこと」と注する（允恭四年九月）。『隋書』倭国伝にも「沸騰する湯の中から小石を探させて、手が爛れたら嘘として裁いた」とある。「探湯《くかたち》」（応神紀九年四月条）、「誓湯《うけひゆ》」（継体紀二四年九月条）とも記される。また前掲・新編日本古典文学全集が指摘するように、『捜神記』他の中国文献にも類似の記述がある。東アジアに広くあった嘘発見方法であった。実際には、「詐《うつは》る者は愕然《お》ぢて、予《あらかじ》め退《しりぞ》き」（允恭紀四年九月条）とあるように、嘘つき者は煮立つ釜を前にして怯えてしまうので、嘘が判明するという仕組み。神意ではなく、人間心理を利用した嘘発見機が「クカタチ」である。古人の知恵である。

允恭天皇は徳を有する。その一つが、即位を辞退する謙譲の美徳。辞退の理由として「長い病」をあげる。病は、朝貢にきた大使が薬を処方して治す。徳があるから外国の大使がやってくる。『古事記』が、允恭天皇を「帝皇《すめらみこと》」と表記するのも、蕃国に慕われる有徳の天皇（帝国の皇帝）であることを示そうとしているのであろう。『古事記』が「帝皇」と表記するのは本章段の一例だけ。

『日本書紀』では、病気以外に、仁徳天皇が「病は不孝」と述べたこと、兄弟が愚者と軽蔑したことを辞退の理由にあげる。これは「仁恵倹下」（思いやりと慎み深さ。允恭即位前紀）の譬えである。

「仁」（思いやり）の徳もあるから、色好みの逸話がある。衣通郎女《そとほしのいらつめ》を寵愛し、皇后を嫉妬させる（『日本書紀』）。「仁」の徳をもつ仁徳天皇が、大后を嫉妬させる姿と重なる（「69石之日売大后の嫉妬」段）。「色好み」は思いやり「仁」の表れでもある。好色の天子に対して、孟子が「愛人を慈しむあなたならば、人民も慈しむことができるはず」と進言する話（『孟子』梁恵王）もある。

「衣通《そとほし》」とは、美しさが衣を通り越して光って見えることによる別名（渾名）。『古事記』では、娘の軽大郎女《かるのおほいらつめ》の別名とする。後に軽大郎女は同母兄・木梨之軽王《きなしのかるのみこ》との恋により流罪。最期は兄と共に自害する。木梨之軽王同様即位しない皇子は、境之黒日子王《さかひのくろひこのみこ》・八苽之白日子王《やつりのしろひこのみこ》。ともに弟の大長谷《おほはつせ》命（雄略天皇）に殺害される。允恭天皇が崩御すると同母の兄弟妹による不幸が続く。再び世が乱れる。

『日本書紀』には、『古事記』にない話が載る。A即位を決断させる話（妃の忍坂大中姫《おさかのおほなかつひめ》が、寒い中、死も辞さないで水を捧げ続ける話）、B天子の資格を狩で占う話（淡路島の狩。一四年九月条）。

A妃の忍坂大中姫が臣下の意見を代弁する。妃の父は応神天皇の皇子・若野毛二俣王《わかのけふたまたおう》（この王の四世孫が26代継体天皇）。皇統譜上の重要人物。水を捧げるのは詐りのない忠誠心を意味する。信仰的には水に映った姿（霊魂）を捧げ、命を差し出すことになる（類例は『万葉集』巻一六・三八〇七）。
B狩で獲物を得るのは望む資格が備わることを意味する（「13キサガヒヒメとウムガヒヒメ」段、「57香坂王と忍熊王」段）。Bの狩は天皇に相応しいか否かの占い。ABは允恭天皇即位の妥当性を描く。
允恭天皇は氏の秩序を作る。この後も世の乱れと秩序回復とを繰り返し、人の世の国作りは続く。

【允恭天皇系譜】

応神天皇—若野毛二俣王《わかのけふたまたのみこ》
＝百師木伊呂弁《ももしきいろべ》（弟日売真若比売命《おとひめまわかひめのみこと》）
- 意富々杼王《おほどのみこ》（大郎子）……→（継体天皇[26]）
- 忍坂之大中津比売命《おしさかのおほなかつひめのみこと》（大后）
- 田井之中比売《たゐのなかつひめ》
- 田宮之中比売《たみやのなかつひめ》
- 藤原之琴節郎女《ふぢはらのことふしのいらつめ》
- 取売王《とりめのみこ》
- 沙祢王《さねのみこ》

允恭天皇[19]（男浅津間若子宿祢王《をあさつまわくごのすくねのみこ》）＝忍坂之大中津比売命
- 木梨之軽王《きなしのかるのみこ》（太子）
- 長田大郎女《ながたのおほいらつめ》
- 境之黒日子王《さかひのくろひこのみこ》
- **穴穂命**《あなほのみこと》（**安康天皇**[20]）
- 軽大郎女《かるのおほいらつめ》（衣通郎女《そとほしのいらつめ》）
- 八苽之白日子王《やつりのしろひこのみこ》
- **大長谷命**《おほはつせのみこと》（**雄略天皇**[21]）
- 橘大郎女《たちばなのおほいらつめ》
- 酒見郎女《さかみのいらつめ》〔九柱。男五女四〕

76 軽太子《かるのひつぎのみこ》と軽大郎女《かるのおほいらつめ》

次の天皇候補・軽太子《かるのひつぎのみこ》は、同母妹・軽大郎女《かるのおほいらつめ》に姦通する。国民の心が離れる。穴穂命《あなほ》が太子を攻撃。大前小前宿祢《おほまへをまへのすくね》の諫言により戦闘は回避。太子は伊予湯《いよのゆ》に流罪。大郎女が追いかけ、二人は自害。

木梨之軽王《きなしのかるのみこ》が皇位継承者（太子《ひつぎのみこ》）になる。允恭天皇のように徳による皇位継承ではなくなる。欲望・武力が表面化する乱れた世。前半は武力衝突の回避、後半は愛に突き進む欲望を描く。

軽太子は人民より愛情を優先する。愛自体が悪いのではなく、人の世では、愛情に関する倫理が問われる。同母の兄妹が関係をもつことを『古事記』は「奸《たはけ》」と記し、犯罪性を含ませる。『日本書紀』でも、「罪」とし、二人の関係を「竊《ひそか》に通《たは》けぬ」と記す。同母婚は倫理的に問題があるとする。

しかし兄妹婚を罪とする確例はなく、本章段を基に兄妹婚の不可を指摘する注釈が多い。兄妹婚の可否は表裏の関係にある。兄妹とされる伊耶那岐神《いざなきのかみ》（男神）と伊耶那美神《いざなみのかみ》（女神）は結婚して国生み、神生みをする（「2島生み」段、「3神生み」段）。兄妹の婚姻は原初の神聖な行為であった。恋人を「兄《せ》」「妹《いも》」と呼び合うのも、恋人関係を兄妹になぞらえて聖なる二人を装うためである（神婚幻想）。にもかかわらず、本章段で兄妹婚を不可とするのは、人間だからである。兄妹婚は神にのみ許される。本章段が不可とするのは、神の世とは切り離された、倫理観に基づく人間の世であることを提示する。

下巻は人の世。人の徳や倫理観が世を支配する。だから兄妹婚をしてしまった軽太子は徳と倫理観がないので、臣下や人民から見放される。兄妹婚は軽太子が徳と倫理観を持たないことを意味する。

徳がないから、個人的な欲望が剥き出しになる。太子は恋の成就を「安《やす》く肌触《はだふ》れ」と喜び（記78番歌謡）、「乱れば乱れ」（記79番歌謡）と世の秩序を無視して恋に没頭する。この「乱れ」を恋人の別離とする説もあるが、文脈上は人民が軽太子に背いた原因と理解すべきであろう。人民軽視の太子像を描く。『日本書紀』でも「刑《つみ》になっても我慢できない」とコントロールできない恋心を述べる。

軽太子は一人の女性に入れ込み、為政者がもつべき平等愛をもたない。かといって人民が寄った穴穂命にも徳はない。徳のない者同士が力で皇位を争う。軽太子と穴穂命は武装する。注記で「軽箭《かるや》」「穴穂箭《あなほや》」の起源を記して武力衝突を強調する。為政者が武力を求める中巻世界に戻ってしまう。ちなみに銅鏃「軽箭」は弥生～古墳中期、以降は鉄鏃が主流になる。武器の新旧交替に勝敗を重ねる。

そのような両御子であっても人の世は存続しなければならない。そこで知恵をもつ臣下が登場する。軽太子は大前小前宿祢《おほまへをまへのすくね》の家に逃げ込む。大前小前宿祢は軍事氏族（物部氏《もののべ》）なので御子は戦いに備えて飛び込む。対して穴穂命も武装して屋敷を囲む。その様を氷雨に譬える。壬申の乱における戦闘風景を「弓弭《ゆはず》の騒き　み雪降る」「引き放つ　矢のしげけく　大雪の乱れ来れ」（『万葉集』巻二・一九九、高市皇子挽歌）と「雪」で表現する。嵐のように矢が降りそうな雰囲気を「氷雨」が代弁する。

大前小前宿祢は、冷静に舞いながら登場する。歌と踊りは荒ぶる心を和ませる。音楽のもつ非武装性によって穴穂命軍の激高を鎮める。そして大前小前宿祢が歌う。「小鈴（小さな存在の太子）が、宮中から蹴り出されるように、落ちてきた（勝手にやってきた）」（記81番歌謡）と。王族が臣下の家に逃げ込むのは、異例なことで迷惑でもあっただろう（「77安康天皇と目弱王」段）。抵抗の意思がないことを述べる。歌謡は続けて「宮中の人も、一般人も騒ぐではない」と制止する。同母兄弟の戦いは「かならず人咲《わら》はむ」と諫める。穴穂命は武装解除する。危機一髪、戦闘は回避される。武力を用いない知恵による解決法である。賢臣の諫言が戦闘を止めさせる。天子の不徳を補う臣下がいる。

捕縛された軽太子はなおも愛に盲進する。後半は反社会的な恋の逃避行を演劇的に描く。

太子は改めて軽大郎女との愛を確認し（記82番歌謡）、二人の世界に入ることを呼びかける（記83番歌謡）。流罪で離れればなれになっても鳥を介して心は通じる（記84番歌謡）。『伊勢物語』の「いざこと問はむ都鳥」歌を思わせる。そして都に戻ることを祈って待っていてほしいと詠む（記85番歌謡）。

軽大郎女（衣通王）が答える。道中の無事を願うも（記86番歌謡）、恋心を抑えられずに追いかける（記87番歌謡）。『古事記』が「やまたづ」に「造木《みやつこぎ》」と注記するのは、「造木」に「女貞」（『新撰字鏡』）の意があることによるか。軽太子に対する一途な愛である。相思相愛であることが判明する。

最後、軽太子は「思ひ妻あはれ」（記88番歌謡）、「我が思ふ妹・妻」（記89番歌謡）と述べて、二人だけの世界を宣言して、共に自害する。この歌謡群は本来は歌垣等で詠まれた民間歌謡を再利用しているという（土橋寛『古代歌謡全注釈　古事記編』角川書店、一九七二年一月）。『古事記』は演劇的な仕立てにするので、原資料が演劇的な歌謡物語であったようだ。原資料の物語展開を推測してみる。

①男が女に声をかける。付き合ってもいないのに「あなたは、ひそかに私に恋している」（記82番歌謡）と。さらに「私の家に寄って愛し合おう」（記83番歌謡）と、強引な口説きをする。

②女は自分の家を知るヒントを出す（記84番歌謡）。催馬楽《さいばら》「我門《わがかど》」に「我が名を　知らまくほしからば　御園生《みそのふ》の御園生の」（私の名を知りたいのならば「御園生」がヒントですよ）に通じる。

③二人は結ばれるが、世間から追放される。離ればなれになっても愛を誓う（記85・86番歌謡）

④女が追いかけて再会。愛を確認して二人の世界（死）に行く（記88・89番歌謡）。

『日本書紀』が異なるのは、允恭天皇生前の出来事、姦通によって異変が起こる、流されるのが軽大娘《かるのおほいらつめ》皇女（太子は特権により処罰されない）、物部大前宿祢《もののべのおほまへのすくね》の家で太子が自害（一云には伊予国に流す）等。総じて『日本書紀』は、軽皇子が太子に相応しくないことを中心に廃太子の過程を描く。

一方『古事記』は、『日本書紀』が載せない後半歌謡群（記86〜89番歌謡）を中心に、悲恋物語風に描く。前半は徳の無い太子を表現するが、後半は軽太子・軽大郎女側に立って恋人の心情を述べる。これは太子の霊を鎮魂するためであるという。廃太子は祟りを起こす（後世の御霊《ごりょう》）可能性がある。ただし『古事記』は、鎮魂ということ以上に、個人的な欲望（愛欲）に血迷う太子を描こうとしたのであろう。「愛」に生きる。それ自体は悪ではない。しかし徳をもつべき天皇の偏愛は許されない。

有徳天皇の不在、欲望の露出と武力の再発。それを賢臣がフォロー。だが乱れた世はまだ続く。

77 安康天皇《あんこうてんわう》と目弱王《まよわのみこ》

安康天皇が即位。根臣《ねのおみ》の讒言《ざんげん》を信じて大日下王《おほくさかのみこ》を殺害。王の妻を奪い皇后にする。後日、王の遺児目弱王《まよわのみこ》が父殺害の経緯を知り天皇を殺す。大長谷王子《おほはつせのみこ》は仇討ちに消極的な兄二人と、目弱王とを殺害。

暴力と殺戮の世になってしまう。誠意がねじ曲げられ、真実が伝わらない。不徳の天皇の世となる。安康天皇は、善悪を見極める眼力がないので三つの過ちを犯す。一は讒言《ざんげん》を鵜呑みにすること。根臣《ねのおみ》は「押木《おしき》の玉縵《たまかづら》」ほしさに嘘をつく。「押木の玉縵」は樹枝状の冠とされるが、未詳。高価な装飾品なのであろう。任務不履行のみならず、私服を肥す臣下。讒言する邪臣はいるが、諫言《かんげん》する賢臣はいない。悪帝は善悪を見極めることが出来ないから悪臣が侍る。徳のある仁徳天皇の世、女鳥王《めどりのみこ》の遺品を略奪した山部大楯《やまべのおほだて》は処罰される。反対に徳のない安康天皇の世では、悪が制裁を受けない（ちなみに『日本書紀』によれば、雄略朝にこの悪事は露見し、根使主《ねのおみ》は処罰される〔雄略一四年四月〕）。

過ちの二は大日下王の殺害。王は仁徳天皇の御子。天皇の使者（根臣）に対して誠実に対応する。言葉だけでなく、「押木の玉縵」を添えて礼を表す。大日下王も皇位継承資格をもつので、反抗の意が無いことを態度で示す。父から徳を受け継いでいる。讒言をする根臣とは対照的な存在といえよう。礼をもつ者を認めないのは、天子に礼が無いからである。天皇は人の資質を見抜く能力に欠ける。

【安康天皇関係の系図（『古事記』）】

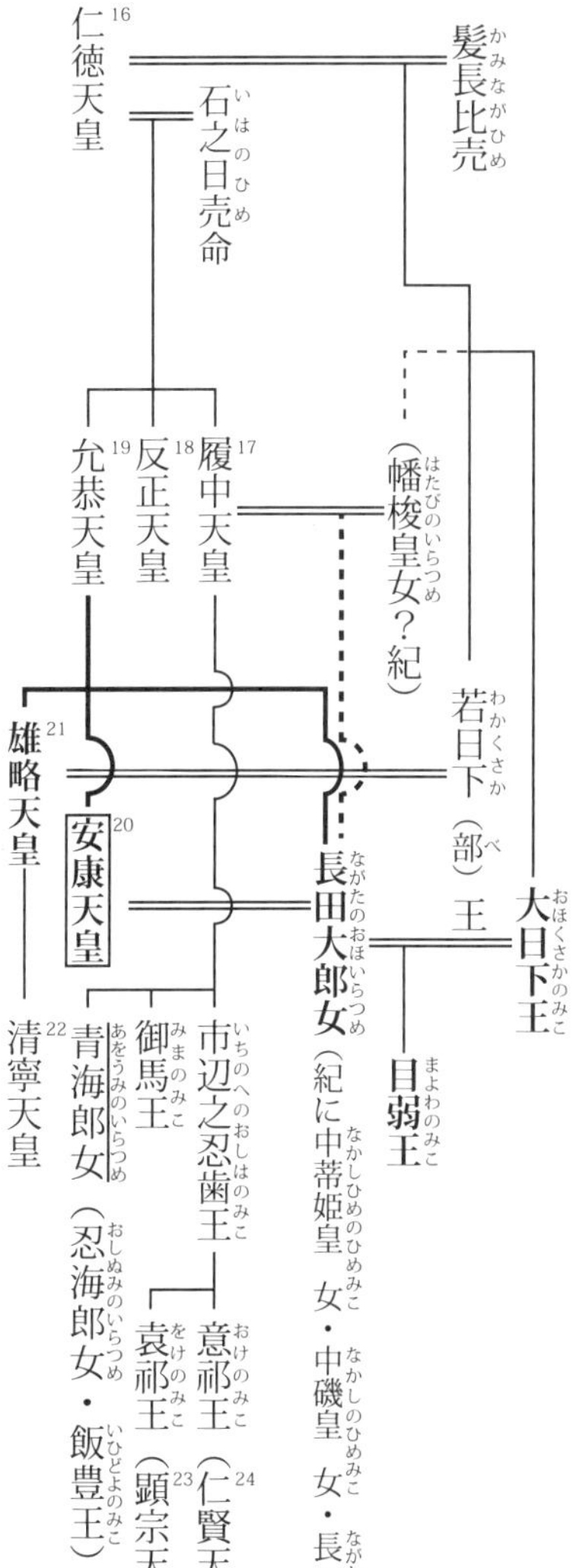

過ちの三は長田大郎女《ながたのおほいらつめ》を娶ること。殺害した者の妻を娶るのは尋常ではない。新羅の闘将《いくさのきみ》が、捕虜になった河辺臣瓊岳《かはべのおみにへ》の妻を自分の妾《め》にして「奸《をか》」す（『日本書紀』欽明二三年七月条）。それに類する非人道的な行為である。天皇霊獲得のために先帝の妻を娶ることはあったが（「32当芸志美々命の反逆」段）、本章段には当てはまらない。「取り持ち来《き》、皇后と為《し》たまふ」のは略奪である。長田大郎女が「天皇の敦《あつ》き沢《めぐみ》を被《かがふ》り」と述べるのは、息子の目弱王を助けるための口実であろう。『日本書紀』では眉輪王《まよわのおほきみ》（目弱王）は「母に依りて罪を免《まぬか》るる」とある。心の底では天皇を恨んでいよう。

『古事記』系譜では「長田大郎女」を安康天皇の同母姉（允恭天皇皇女）とする。一方『日本書紀』では、履中天皇と幡梭皇女《はたびのいらつめ》との間の皇女「中蒂姫皇女《なかしひめのひめみこ》」（中磯皇女《なかしのひめみこ》）の別名として「長田皇女《ながたのひめみこ》」を注する。諸注、同母姉弟の婚姻を不可として『日本書紀』に記す履中天皇皇女「中蒂姫皇女」とする。しかし『古事記』に記載される「長田大郎女」は安康天皇の同母姉だけである。履中天皇の皇女に「長田大郎女」も「中蒂姫皇女」・「中磯皇女」も記さない（履中天皇皇女は青海郎女《あをうみのいらつめ》のみ）。『古事記』を素直に読めば、略奪したのは姉であり、同母の姉との婚姻ということになる。倫理観のない安康天皇を強調するために、『古事記』は「中蒂姫皇女」（中磯皇女）を削除したのかもしれない。

安康天皇には徳がない。ただし一段落すると過ちに気づき「神牀《かむとこ》」に入る。「神牀」は神と交信する空間（「34崇神天皇の祭祀」段）。神に聞きたいことがある。文脈からすれば長田大郎女と目弱王の本音を聞きたかったのであろう。自分をどう思うか、復讐されるか、殺されるか等を心配する。

しかし天皇に神託は降らない。中巻の天皇とは異なり、下巻の天皇は神と交流ができない（雄略天皇については「80段」で後述）。かわりに目弱王が神託を聞くかのような演出を施す。

目弱王は七歳。今日でも「七歳までは神のうち」という。目弱王は神託を聞くように父殺害の経緯を知る。「殿の下」は異界に通じる空間。強い霊力をもつ若宮が籠もる場所でもある。神罰によって安康天皇が殺害されたかのような設定である。「目が弱い」という名もシャーマンを連想させる。巫覡《ふげき》には視覚障害者が多い。神の声を聞いた王が、聞けない安康天皇を殺す、との装いなのだろう。

目弱王は都夫良意美《つぶらおみ》の家に逃げ込む。都夫良意美は「頼ってきた王を、死んでも見放さない」と断言する忠臣である。矢も力も尽きた時、目弱王は「自分を殺せ」と都夫良意美に告げる。中世軍記物語のような臨場感がある。状況を正視した冷静な判断。目弱王に徳と知恵が備わるような描写をする。

賢い王と忠臣とが暴力に滅ぼされる。大長谷王《おほはつせのみこ》（雄略天皇）は暴力を躊躇《ためら》う兄たち（黒日子王・白日子王）も殺害してしまう。しかも白日子王は残虐な方法で。暴力が支配する世の中に突入する。

暴力という点で大長谷王（雄略天皇）と安康天皇とは相通じる。『日本書紀』では大泊瀬皇子《おほはつせのみこ》（雄略天皇）が「暴《あら》く強《こは》く」激怒してすぐに人を殺す、と記す。よって多くの皇女が大泊瀬皇子との結婚を拒む。讒言を信じて直ぐさま大日下王を殺す安康天皇と似る。凶暴性で共通する安康天皇は弟のために結婚相手を探す。また雄略天皇も兄の仇討ちのために奔走する。凶暴な兄弟には絆がある。

凶暴な天皇は乱世では力のある天皇となる。古代的な大王の姿。だが聖帝・仁徳天皇の世の如き秩序ある平和な世の中になると、暴力は「悪」であり反社会的な存在となる。戦地の英雄は、平和な町では荒くれ者になる。前時代的な大王（天皇）は、人の世においては礼と徳の無い為政者とされる。

雄略天皇は日向《ひむか》の髪長比売《かみながひめ》の娘（若日下王《わかくさかのみこ》）と結婚する。日向は迩々芸命《ににぎのみこと》が降臨し、初代神武天皇が生まれた地。日向の血を引く皇女との結婚は、雄略天皇が前時代的な天皇を志向していたからか。

礼と徳による治世が一旦途絶える。腕力を重視する古き天皇の時代に戻ってしまう。

しかしこのような過程を経るからこそ、知恵と徳の重要性と必要性を実感することができる。

78 意祁王《おけのみこ》と袁祁王《をけのみこ》

雄略天皇が市辺之忍歯王《いちのへのおしはのみこ》を殺害。忍歯王の遺児の意祁王《おけのみこ》と袁祁王《をけのみこ》は危険を感じ、針間国《はりまのくに》に潜伏。後、都では天皇位を継ぐ王がいなくなる。皇統の危機。意祁王・袁祁王が名告りをあげ、上京する。

武力を誇る古代的な大王の世には、徳をもつ皇位継承者は姿を隠す。武力の時代が絶えると、謙譲の美徳を有する天皇が姿を現す。だが出現するまでには苦労が重なる。意《お》は大（兄）、袁《を》は小（弟）。

『古事記』では、雄略記と清寧記とに分割して記載されるが、ここでは一括して扱う。

意祁王《おけのみこ》・袁祁王《をけのみこ》の話は『古事記』『日本書紀』『播磨国風土記』に載る、広く流布した伝承。ただし三書間では表記上の類似は少なく、書承上での影響関係はみられない。各々口承伝承を基にする。

三書を比較すると『古事記』の特徴が明確になる。①市辺之忍歯王が挑発したと解する。②死骸は馬棺《うまふね》（飼い葉桶）。屈辱的な葬り。③二王子は一旦、山代《やましろ》へ逃げる。④猪甘《ゐかひ》が食料を奪う。⑤馬甘《うまかひ》・牛甘《うしかひ》となる（①～⑤安康記）。⑥二王の譲り合う態度を人々が笑う。⑦（名告りの詞章）。⑧山部小楯《やまべのをたて》が人払い。⑨二王を膝の上にのせて泣く。⑩嫗《をば》・飯豊王《いひどよのみこ》が喜ぶ。（⑥～⑩清寧記）。概して『古事記』では①市辺之忍歯王の挑発、②死後の屈辱、④⑤⑥二王子の苦労、⑩嫗の登場という点に特徴がある。

①忍歯王が早く起きるように促した発言を、従者は「うたて物云う（変なことを言う）」と曲解する。

「うたて」とは、『万葉集』に「うたてこのごろ（近頃、変な私）」（一〇・一八八九、一一・二四六四、一二・二八七七）、「うたて異《け》に」（変にいつもと違い）（一二・二九四九）とあるように、「いつもと違う奇妙さ」を意味する。『古事記』では、忍歯王はいつも通りの「平《たひ》らけき心」で発言する。従者が曲解したのは、雄略天皇と忍歯王とが皇位継承をめぐって対立関係にあったからであろう。

対して『日本書紀』では、雄略天皇は計画的に殺害する。安康天皇は市辺之押磐皇子《いちのへのおしはのみこ》に位を譲ろうとする。それを雄略天皇は恨む。偽って狩りに誘い、「猪がいる」と嘘を言い、突如弓を押磐皇子に向けて射殺する。『日本書紀』では、私恨をもつ雄略天皇が押磐皇子を騙して計画的に殺害する。

『古事記』は皇位継承争いとして捉え、『日本書紀』は皇位略奪として捉える。ともに雄略天皇の即位前記（紀）的な様相を帯びるが、両書は雄略天皇の皇位継承の捉え方に違いが見られる。

『古事記』では、御子のいない清寧天皇の死後に二王子が名告り出る。清寧天皇の父は雄略天皇。雄略天皇の血が完全に絶える。よって⑩姨・飯豊王が皇位を仲介する。空位が生じている。皇統が一度途絶える。その危機を救うように二王子が登場する。前王朝に敗れた王の息子が皇位を奪回して新たな世を作るのである。王朝交替したかのように描く。『日本書紀』では清寧天皇生存中に名告るので空位はない。略奪された天皇位が清寧天皇によって戻されたといったところか。

そして『古事記』は即位を劇的に演出するために苦労譚を挿入する。②父の遺体が粗末に扱われ、埋葬場所も分からなくなる。そのような辱めをうける。二王子は④食料を奪われたり、⑤卑しい職になったりして苦労する。⑥で笑われるのも、身分の低い子どもが高貴な大人のする譲り合いを真似る様子が可笑しかったのであろう。人に笑われるのも苦労の一つである。折口信夫《おりくちしのぶ》がいう「貴種流離《きしゆりゆうり》譚《たん》」（貴い人物が苦労の末に成功する話）の典型になる。従者もなく、幼い王子たちは孤独な流浪をする。『日本書紀』には支える臣下が存在する。狩に行く父には従者がおり、二王子が逃亡する時にも従者がいる。そして名告りの宴に出席していた国司は、二王子が貴人であることを推察する能力をもつ。忠臣・賢臣の存在が描かれる。二王子は名告りと舞との二回に渡って譲り合う。謙譲の美徳を強調する。つまり『日本書紀』は、徳を持つ王子と忠臣・賢臣という理想的君臣像をもって脚色する。

ちなみに『播磨国風土記』では、都で二王子を迎えるのは、母の手白髪命《たしらかのみこと》。寝食を忘れて案じていた母は、対面すると喜び泣く。母子の愛情物語風に脚色する。その後二王子は播磨に戻り、宮を作る。その宮は「高野宮《たかののみや》・少野宮《をののみや》・川村宮《かはむらのみや》・池野宮《いけののみや》」で『日本書紀』「或本」にも同名の宮が記される。中央の伝承が地方に流れて脚色され、その伝承が再度中央に伝わる。伝承が都鄙を循環している。

本章段における一番の見せ場は名告りの場面である。二王子が素姓を名告る場面に、歌謡的な詞章（「詠」）が用いられている点は、三書に共通する。だが、その文言は三書で全く異なる。

『古事記』では「伊耶本和気《いざほわけの》天皇《すめらみこと》の御子《みこ》、市辺之押歯王《いちのへのおしはのみこ》の奴末《やつこすゑ》」と名告る。この詞章＝「詠」は、「声を長く引いて歌うこと」ともいう。歌謡とはやや趣を異にした唱詠法のようだ。

みすぼらしい童子が声色と姿勢を変え、堂々と身分を名告る。詞章の内容に相応しい威厳があったのだろう、播磨国の長官（国の宰《みこともち》）である山部小楯は、慌てて席から転び落ちる。演劇的な語り口なので、原資料に演劇の台本を想定する意見も多い。歌舞伎の一幕を思わせる。

『古事記』の「詠」は三段からなる。第一段は「物部《もののへ》の我が夫子《せこ》が～立てて見れば」。立派な武人の装束を述べる。武人の「赤幡」は、壬申の乱における天武軍の旗を想起させる（『古事記』序文「絳《あか》き旗」。漢の高祖の赤旗）。正当な軍隊（官軍）を暗示する。第二段は「い隠《かく》る～天下《あめのした》治らし賜《たま》へる」。全国を竹に見立てて、根元から葉の先まで行き渡る琴の音色のように、礼楽によって全国の隅々まで天皇の徳が広がる様子を表現する。理想的な天皇像である。第三段は「伊耶本和気天皇の御子、市辺之押歯王の奴末」。祖父の履中天皇、父の市辺之忍歯王という系譜を述べて、自身の素姓を明かす。

暴力ではなく、正規軍の武人を従えて理想的な統治を継承する天皇の子孫と宣言する。新しい時代の幕開けである。『古事記』の「詠」の特徴は三つの段に渡る長い詞章を用いることである。『日本書紀』『播磨国風土記』は第三段に当たる詞章のみで、父の名を修飾する程度の短い文言にとどまる。

『古事記』の二王子は徳治主義を宣言して出現し、前帝との違いが明らかになる。『古事記』が空位を設定するのも、雄略朝とは異なる治世の天皇を明確にするためなのであろう。空位のない『日本書紀』とは異なる。前時代の安康天皇・雄略天皇にはなかった徳と知恵を有する天皇が現れる。それを強調するために、暴力的な安康・雄略天皇の時代、さらに空位が設けられているものと考えられる。

飯豊王の喜びは、甥との再会、履中系天皇の即位、加えて聖帝の世の復活を実感してのことだろう。

79 雄略天皇《ゆうりやくてんわう》と若日下部王《わかくさかべのみこ》、赤猪子《あかゐこ》

色好みで暴力的な雄略天皇が即位。若日下部王《わかくさかべのみこ》に求婚する。志幾大県主《しきのおほあがたぬし》が献上した謝罪の品を求婚の品に用いる。また邂逅した赤猪子《あかゐこ》に求婚するが、失念する。後年、年老いた赤猪子が推参する。

話は戻って清寧記の前、雄略天皇の世。武力で抑える、古いタイプの中巻的天皇が復活する。人間的な感情を露わにするが、周囲の知恵に支えられる。周囲の感情・欲望を和す仁徳天皇とは対照的な存在である。世の中の感情・欲望・人間心理を一身に担った天皇ともいえる。

『古事記』における雄略天皇は、神・異界と交流し（「80吉野の童女と葛城の一言主大神」段）、色好みで暴力的（「81金鉏岡と天語歌」段）。反面、約束を忘れるという人間的な側面も持つ（本章段）。神と交信し、武力を恃《たの》む（中巻的な天皇）一方で、人間的感情（下巻のテーマ）をもつ。

『日本書紀』の雄略天皇も、すぐに怒って人を殺そうとする（雄略二年七月、同年一〇月、五年二月、七年八月、九年二月、一二年一〇月、一四年四月等）。また外国に派遣した将軍の妻を娶る（七年是歳）等、色好みぶりも発揮する。「大悪天皇」（二年一〇月）、「悪行の主」（一一年一〇月）と誹謗される、色好みで暴力的な天皇。しかし皇后や臣下の諫言で行動を改めることも多い（雄略元年三月、五年二月、一二年一〇月、一三年九月等）。極めて感情的な天皇が賢臣によって矯正される。

『日本書紀』の雄略天皇は遺言で「教化政刑」と述べる。この遺詔は『書紀集解』が指摘するように、『隋書』高祖紀の遺詔をほぼ踏襲する。「教化政刑」とは刑罰による人民教化。すぐに怒って暴力的なのは教化の一環で「刑罰によって邪を正す」ためと天皇は言う。だが、感情的な天皇像は払拭しきれない。諫言する賢臣の存在、暴力を糊塗して刑罰とする点、先帝の安康天皇とはやや異なる。

本章段ではA若日下部王の求婚譚とB赤猪子物語とを取り上げる。ともに『日本書紀』にはない話。

A若日下部王のもとを訪れる際に、天皇は志幾《しき》の大県主《おほあがたぬし》の屋敷を目撃する。天皇の御殿に似た立派な建物に住む。天皇家への対抗心と受け取られる。蘇我蝦夷が天皇を軽んじて自分の屋敷を「宮門《みかど》」と呼び、子どもたちを「王子《みこ》」と呼ばせたのに通じる（『日本書紀』皇極四年六月）。天皇は焼き払おうとする。雄略天皇の暴力的な面である。志幾の大県主は謝罪の品として「布を白き犬に懸け、鈴を着けて」「腰佩《こしはき》」に縄を持たせて献上する。天皇軽視という文脈からするに、服属の意を表している。「清らかな鈴の音のようにやましい気持ちはなく、白色の如く存在感（自己顕示）を示すこともなく、犬のように従順に、腰を低くして仕えます」というメッセージなのかもしれない。

そのような謝罪の品を天皇は「つまどひの物」にする。受け取る若日下部王は、これを不適切と考える。兄の大日下王《おほくさかのみこ》は婚礼の「礼物《ゐやしろ》」を重んじた（「77安康天皇と目弱王」段）。妹の若日下部王も礼を重視する。反逆の容疑者が献上した恭順の意を示す品は、婚礼品としては相応しくない。

また恭順を示す品では、天皇が若日下部王に服属することになってしまう。そのことを婉曲に天皇に伝える。「日の御子たる天皇が、夕刻、西日に向かって我が家に来られるのは恐れ多い」と。神武軍が「日に向かひて戦ふこと良からず」（「28五瀬命」段）としたのと同じ理屈である。日の御子がとるべき礼に反する。若日下部王は礼を示す。その品は意味が違う、「私が参るのが筋です」と。

天皇は会えないことを嘆く歌謡を詠む（記90番歌謡）。求婚の道中で、大きく立派な白檮《かし》の根元でひっそり生える竹を見る。その風景と共寝出来ないこととを重ねる。心躍りながら山越えしてきた道の風景が、一転して落胆した心を比喩する。共寝を期待してきたのに会えない。そのように女性を慕って「思ひ妻あはれ」と詠むのは、普通の男性心理である。雄略天皇の人間らしい一面を表している。

B赤猪子の物語で天皇は求婚したことを忘れる。古代において婚姻が成立する要件は、名告《なの》り、共寝、公言（露顕）（「31富登多々良伊須々岐比売」段）であった。このうち婚姻を確定させるのは公言であるから、名告りだけでは婚姻は確定しない。実際、女が名告りをしても、男は訪れないことがあった（『万葉集』一二・三〇七六）。簡単に名を教えると男は興味を失ったり、心変わりをしたりする。名告りを引き延ばして男をじらすのが恋上手な女性のテクニック。そのほうが男の恋心は燃える。

赤猪子はすぐに名を教える。その時点で雄略天皇は満足して忘れてしまったのであろう。ただし『古事記』の文脈からすると、約束を守らない天皇の徳の無さを示す逸話となっている。

待ちあぐねた赤猪子は皇居にやってくる。「八十歳」後、老婆となって推参する。諸注指摘するように雄略天皇は年老いていない。『古事記』ではこの後も多くの女性と恋をするからである。しかしここでの「八十歳」には文学的な脚色が働いていると考えられる。「推参する女性を老婆」とする、文学上の型があるからだ。石川女郎《いしかはのいらつめ》は大伴田主《おほとものたぬし》の家に押しかける際、老婆に変装する（『万葉集』二・一二六左注）。在五中将の家に押しかける女は、九九歳（「百年《ももとせ》に一年《ひととせ》たらぬつくも髪」）と呼ばれる（『伊勢物語』つくも髪）。通常は男が女の家を訪れる。逆に女が男の家に行く場合、特別な装置が必要であった。それが「老婆」の姿であったのだろう。老婆は異界性をもつので何処でも自由に行き来できる。「八十」年後の老婆とすることによって、『古事記』は赤猪子の推参を効果的に表現する。

老婆のもつ異界性に加えて赤猪子は「ゆゆしきかも白檮《かし》原嬢子《はらをとめ》」（記91番歌謡）、「神の宮人」（記93番歌謡）と神聖な女性として詠まれる。三輪神に仕えるシャーマンとも。赤猪子は神聖な女性であるから、本来、人間の男とは結婚できない。聖女と結婚しない雄略天皇は、人間の男ということになる。「忘れる」というのも人間的である。生きる上で「忘れる」ことは重要。「忘れる」ことにより記憶が更新され、過去に縛られずに先に進める。全てを覚えていることが不幸を招く場合もある。「忘れる」のは円満な人間関係を継続するためにも重要な現象である。「忘れた」天皇は人間的である。

武力で治める雄略天皇は、中巻に見られた古いタイプの大王であった。暴力的であるから人間的な感情を露わにする。人間がもつ負の感情や心理を代弁するかのような天皇である。

中巻が英雄とした武力的な天皇は、下巻では感情的な人間に扱われる。感情的で、人間の負の面が露出した天皇を賢臣が支える。「武力の世」を「知恵の世」に移行させるためには必要な過程である。

80 吉野《えしの》の童女《をとめ》と葛城《かづらき》の一言主大神《ひとことぬしのおほかみ》

雄略天皇は吉野《えしの》と葛城《かづらき》に行幸する。吉野では仙女的な童女《をとめ》が舞を披露し、虻《あむ》に噛まれそうになった天皇を蜻蛉《あきづ》が守る。葛城では狩の際、猪に追われて木に登ったり、一言主大神《ひとことぬしのおほかみ》と出会ったりする。

武力を恃《たの》む古いタイプの大王、雄略天皇が異界と交流する。大和盆地からみて、吉野は神仙郷、葛城は「高天原《たかあまのはら》」を想像させる地。異界のモノと接することは、逆に人間世界を自覚させることになる。ここでは、A吉野童女の舞、B蜻蛉の虻喰い、C葛城山の猪、D一言主大神の四話を取り上げる。

ABは吉野での話。吉野は天武天皇が潜伏した地で、挙兵（壬申の乱）を決意した地。乱後に、天武系皇子と天智系皇子、併せて六皇子が団結を誓ったのも吉野（『日本書紀』天武八年五月）。天武天皇崩御後、皇后だった持統天皇は三〇数回も吉野を訪れる。神格化された天武天皇を慕うとともに、その威光をもって人心を掌握したとされる。『古事記』の編纂当時、吉野は聖なる地であった。

柿本人麻呂は、吉野において山川の神が現人神《あらひとがみ》たる天皇に仕える姿が現出したと歌う（『万葉集』一・三九）。天子南面ということもあり、飛鳥・大和からすると、吉野は理想郷を感じさせる良い方角であった。吉野で仙女と出会う仙柘《つみのえ》伝説も発生する（『万葉集』三・三八五、〜三八七、『懐風藻』、『続日本後紀』）。吉野は、神仙と出会える場所であり、異界を感じさせる土地であった。

A童女《をとめ》と出会うのも吉野の風土に基づく。童女の舞を五節舞《ごせちのまい》の起源とする意見もある。五節舞は新嘗祭《しんじょうさい》・大嘗祭《だいじょうさい》で奏上する舞。天武天皇が舞で人心を和らげ、平穏な世にするために始めた（『続日本紀』天平一五年五月五日。『年中行事秘抄』所引「本朝月令」）。五節舞姫同様（『古今集』一七・八七二）に、異界性をもつ童女が人の心を和す。暴力的な雄略天皇が和される。礼楽の力である。

B蜻蛉の虻喰い話でも天皇は穏やかである。蜻蛉に神秘的な力を感じる。怒ることはない。『日本書紀』では臣下に歌を求める。だが誰も詠めないので、天皇自身が歌う。通常ならば怒っても良さそうだが、ここでの天皇は怒らない。この蜻蛉には怒りを忘れさせるくらいの特別な意味があった。

蜻蛉はトンボのこと。トンボは銅鐸にも描かれる。田んぼの害虫を食べることから豊穣の象徴とされる。またトンボが出現するのは秋。秋の語源は「飽《あ》き」という。満足するまで食する「飽き食い」の季節。「あきづ」「秋《あき》つ」という音の類推もあり、蜻蛉は豊かな国「あきづしま」を実感させる。同じように蜻蛉に「あきつしま」を感じたのが初代神武天皇である。国見の際に美しい山並みを「蜻蛉が連なる様子」に見立てたので「秋津州《あきづしま》」（日本）の名の起源となった（『日本書紀』）。神武天皇の見た風景が再現される。雄略天皇は、初代天皇の時代、始原の世界を体験する。

また天皇を守る蜻蛉は忠誠心の表れでもある。忠臣を得た有徳天皇のイメージが付与される。武士がひたすら前に進むトンボを「勝ち虫」として好むように、蜻蛉は忠実に戦う心象をもつ。

異界性はCD葛城の話にも表れる。葛城山頂付近に「葛城天神社」、金剛山中腹に「高天彦《たかまひこ》神社」（式内社）が鎮座。金剛山はもと「高天山《たかま》」呼ばれていた。天孫降臨、高天原世界を思わせる山脈なのだ。

その葛城山で雄略天皇は大猪に追いかけられて木の上に避難する（C）。弱々しい姿を初めて見せる。『日本書紀』では木に登って逃げるのは「舎人《とねり》」となっており、天皇はその様子を見て猪を踏み殺す。その後、臆病な舎人を斬ろうするが、皇后の諫めにより取りやめる。

『古事記』の雄略天皇は弱々しい。人間的な恐怖心を抱く。舞によって心が和み、蜻蛉によって満たされ、荒々しい心が消えたかのようである。『日本書紀』の雄略天皇が周囲に矯正されるのに対して、『古事記』では異界のモノによって天皇自身が穏やかな人間に変化するような文脈である。

D 一言主大神《ひとことぬしのおほかみ》の話でも天皇は人間的な言動をとる。神に対して「恐《かしこ》し、我が大神」と敬意を表し、神を拝む。「うつしおみにあれば覚《さと》らず」の部分については、「神が人の姿で現れることを私は知らない」もしくは「私はこの世の人間なので神とは分からなかった」の二通りの解釈がある。どちらにしても神とは別次元で生きる天皇の姿である。「奉物《まつりもの》」を受け取った大神は、天皇を守るように見送る。

ここでの天皇の姿を思わせる神事芸能がある。宮崎県西都《さいと》市の銀鏡《しろみ》神社で行われる「シシトギリ」。翁・嫗が狩をしに山に入る。神主（山の神）が翁と嫗を見守る。猪を見つけると、翁は恐がり、弓矢を投げ出して木に登る。その後、勇気を出して二人で猪を仕留める。最後は山の神が麓まで見送る。

雄略天皇は山では神に従わなければならない。逆にいえば、天皇が治める世界の理屈や秩序は通じない。朝廷での礼を示す衣、秩序を表す「鹵簿《みゆきのつら》」（行列の順番）を嘲笑うかのように、神は装束と鹵簿を真似る。異界であると同時に、天皇の支配領域ではないこと、神の世界は支配できないことを意味する。神の世界と天皇の世界とが峻別される。神世界と交信して神の助力を得る中巻の天皇とは、この点で異なる。下巻の天皇は神とは異なる世界で生きる。葛城は現世と異なる神々の世界を想起させる山であった。また神を一言主大神とするのも、神世との区別を暗示する。神との交信が「一言《ひとこと》」に限られる。神は多くを語らない。「一言」だけで「言ひ離《はな》つ」。そもそも神の言葉＝託宣とは分かりにくい。なので解説者（サニハ）が必要となる。ましてや「一言」では神から多くの情報を得られない。神世との違いが浮き彫りになる。後世、一言主神の発言は「不遜の言」と理解されたり（『釈日本紀』）、讒言とされたりする（『日本霊異記』上・二八、『今昔物語集』一一・三）。それは丁寧な説明のない「一言」の異質性を負のイメージで捉えたからである。『古事記』の一言主大神の話は、神と天皇とが別次元であることを示している。

一方『日本書紀』の「一事主神」には「一言」のイメージはない。神は天皇と同格。一緒に狩を楽しむ。衣の献上、装束・鹵簿を真似る話もない。神と同格の天皇像なので「有徳天皇」と称える。この『日本書紀』伝承は、後世「狩で天皇を怒らせた高鴨神《たかかものかみ》が土佐に流される」伝承に繋がる（『続日本紀』天平宝字八年一一月七日）。土佐の高鴨神は一言主神（『釈日本紀』引所『土左国風土記』逸文）。

『古事記』は異界性をもつ葛城と吉野で、天皇が異界のモノ（童女・蜻蛉・大猪・神）と出会い、人間性を獲得するように描く。それは神世と離れて、中巻から下巻の天皇になる過程でもある。

81 金鉏岡《かなすきのをか》と天語歌《あまがたりうた》

天皇に求婚された袁杼比売《をどひめ》が逃げ隠れる。後に豊楽《とよのあかり》時、伊勢采女《いせのうねめ》が献じる杯に槻《つき》の葉が落ちる。天皇は激怒。殺されそうになった采女は天語歌《あまがたりうた》によって許される。袁杼比売も登場して歌を詠む。

人間性をもった天皇が祝福を受ける。国生み神話を交えて、全国土をゆったりと支配する様子を、歌と語りとで祝福する。怒りの心を捨て去り、大王として君臨する姿を皇后・臣下・神も祝福する。

本章段で問題にしたいのが、A天語歌《あまがたりうた》の意義、B袁杼比売《をどひめ》の話を分割して掲載する意味、C雄略天皇の皇統譜上での意義、の三点である。

まずはA天語歌の意義。天語歌の内容は、多田一臣が指摘するように、槻の木の枝が象徴する世界（天・鄙・東）支配の正当性を、根源（国土創世神話）に遡って確認している（『古事記私解』花鳥社、二〇二〇年一月、288頁）。多田は「偉大な帝王」の造型とも述べる（275頁）。天皇の怒りが解ける。

「天語歌」とは語りと歌を合わせた名称である。「うた」の語源は「訴《うつた》ふ」という。他者の心に訴えかけることを目的とした言葉。「かたり」の語源は「型《かた》あり」「克《か》たり」等というが、未詳。

ただし「神語《かむがたり》」（「15八千矛神」段）から推すに、怒れるモノを鎮める効果をもつ言葉と考えられる。語臣《かたりべ》の伝承とされる話でも怒るモノを鎮める。ワニに娘を殺されて怒った父親（語臣《かたりのおみ》猪麻呂《ゐまろ》）が天地の神の協力を得て、当該のワニに復讐する（『出雲国風土記』意宇《おう》郡毘売埼《ひめさき》）。天皇霊を天皇に付着させる儀礼という大嘗祭でも、語部《かたりべ》は古詞を奏上する。「語り」が、非日常的な世界・状態のモノを動かすという点で共通する。怒るモノは非日常的な状態。天皇霊も非日常世界から降りてくる。

「天語歌」も天皇の怒りを鎮める（記99番歌謡）。皇后は天皇の「広《ひろ》りいま」す状態を述べる（記100番歌謡）。すぐに激怒する天皇は「広りいま」す存在ではない。采女を許した天皇が寛大な心を継続するのを期待しているのであろう。そして天皇自身も、臣下が楽しく酒盛りするのを喜ぶ（記101番歌謡）。臣下に慕われる天皇像である。「天語歌」三首によって、暴力的だった雄略天皇は温厚で慕われる天皇へと変わる。「天語歌」は天皇に訴えかけることを目的にして（歌）、怒る天皇を鎮める効果（語り）をもつ。「暴力的天皇」を「臣下に慕われる天皇」へ変身させるのが、A「天語歌」の意義。

このことはB袁杼比売《をどひめ》の話が分割掲載されることとも関わる。求婚の際に①女性が逃げ隠れ、②その後発見されて③結婚するという話を「隠《な》び妻型」と呼ぶ。『播磨国風土記』（賀古郡・印南郡）、『日本書紀』（景行四年二月）、『出雲国風土記』（出雲郡宇賀郷）等に見られる。「神の嫁が人間の嫁になるために、一旦神と結婚した後に人間と結婚する」遁走婚の習俗を反映した話とされる。婚姻に際して嫁が聖域（御嶽《うたき》）に逃げる「刀自《とじ》求め」（沖縄県久高島《くだかじま》）、婿を逃がして嫁が第三者と三三九度を行う「婿逃がし」（群馬県）、初夜に嫁が第三者と過ごす「初夜の忌み」等の習俗を基にした意見である。

ところが本章段では、②女性の発見と③結婚の部分が記されていない。諸注「省略」とするが、ここに『古事記』の意図が働いている。袁杼比売は神の嫁になるために、一旦隠れる。その状態のイメージを保ちつつ、天皇を祝福するという設定なのだ。つまり神の嫁が神の祝福を伝えるように大御酒《おほみき》を献上して、天皇を慕う（記103番歌謡）。②③の省略は意図的。神も祝福する天皇へと変身する。

以上を踏まえて、『古事記』における雄略天皇の皇統譜上での存在意義（C）について考えてみる。

凶暴で武力を恃む古いタイプの天皇が周囲の力によって穏やかになる。臣下に慕われ、神からも祝福される。『古事記』は、力を誇る中巻的な天皇から、知恵と徳とによって治める下巻の天皇へ移行する。その過程で「徳のない天皇」を「徳のある天皇」に変身させる。「天皇が行う国作り」から、「臣下による天皇作り、国作り」に移る。君臣が協力して国を作る。これが下巻の構想なのであろう。

「徳のある者が天から選ばれて天子になる」のが中国的な天子観であった。対して『古事記』の雄略天皇は、「徳のない者に徳を身につけさせる」という天子観になっている。天皇の肉体（容器）に、大嘗祭で天皇霊を付着させるという信仰的な天子観（『折口信夫全集　三』中央公論社、一九五五年九月）と連動していよう。徳という霊魂を天子の身に付着させるといったイメージなのであろう。

中巻の「神の助力による国作り」は、下巻の雄略天皇条では「周囲の助力による国作り」に変わる。だが外部の助力によって国を作る点では共通する。助力がなければ天皇は国を治めることが出来ない。

主体性のない天皇像になってしまうが、そもそも日本の天皇は外部援助によって成り立っていた。古く日本は中国に庇護される朝貢国であった。雄略天皇は『宋書』夷蛮国伝倭国条の倭王「武」とされる。高句麗が他国に侵略すると記す「武」の上表文は、『日本書紀』雄略二〇年条とも符合する。実在の天皇とされる。「武」は、日本と朝鮮（韓）半島南部を支配する「使持節都督倭《しじせつととくわ》・新羅《しらぎ》・任那《みまな》・加《か》羅《ら》・秦韓《しんかん》・慕韓六国諸軍事《ぼかんろつかこくしょぐんじ》、安東大将軍《あんとうたいしやうぐん》、倭王《わわう》」に中国から除せられる。中国の傘下で東アジアを治める。外部援助による政を行う姿は、周囲の援助によって徳を身につけた雄略天皇像と重なる。

しかし推古朝あたりから中国の天子と対等な「独立天子国」を標榜するようになる（辰巳正明「百済王制と古代日本王権の形成―独立天子国から天皇王制へ―」（『國學院雑誌』101―10、二〇〇〇年一〇月））。「日の出《いづ》る処の天子」を名告る（『隋書』東夷伝倭国条）。中国の援助を求めた天皇は過去の存在となる。外国の庇護を受けた雄略天皇は古い時代の天皇ということになる。『古事記』が雄略天皇を前時代的な天皇として描くのは、『古事記』編纂時における雄略天皇のイメージであったのだろう。『万葉集』『日本霊異記』が雄略天皇の御代から始まるのも、前時代を象徴する天皇だからであろう。

前時代の大王が終焉を迎え、知恵と徳とを有する顕宗・仁賢天皇による秩序ある時代が始まる。

【『宋書』夷蛮国伝倭国条】

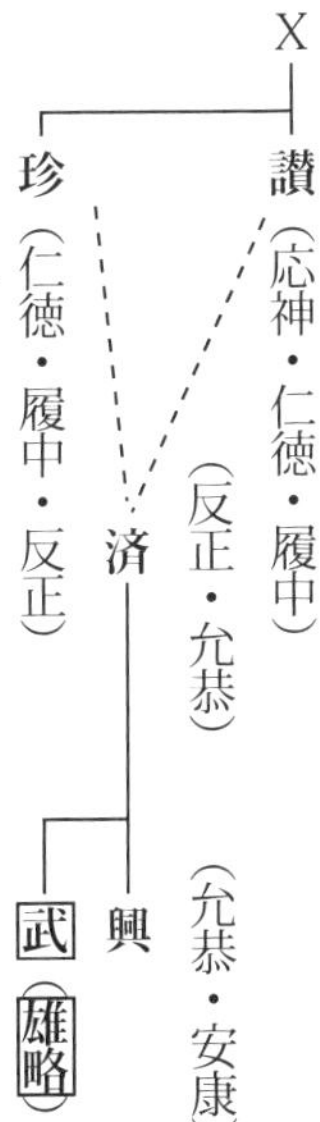

【『古事記』・『日本書紀』系譜】

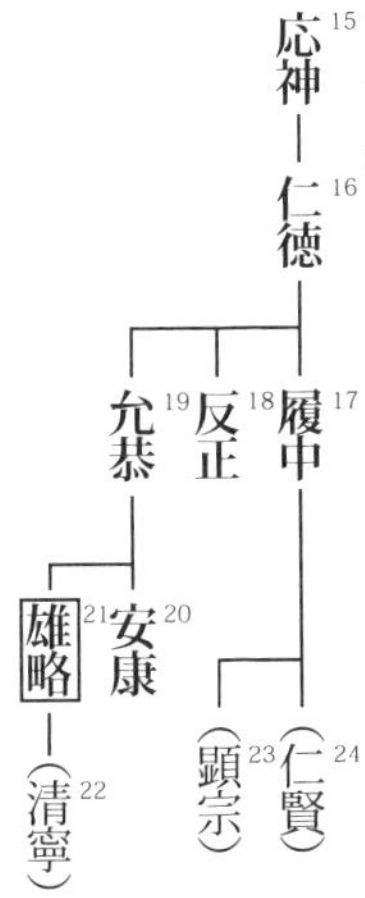

82 袁祁命《をけのみこと》と歌垣《うたがき》

御子の無い清寧天皇崩後の話。弟の袁祁命《をけのみこと》が平群臣志毘《へぐりのおみしび》と美人《をとめ》を奪いあう。志毘は権勢をふるい天皇家を脅かす。兄意祁《おけ》命と志毘を討つ。兄弟は位を譲り合う。兄の勧めで弟（顕宗天皇）が即位する。

御子のない清寧天皇が崩御。皇位継承者は不在。忍歯別王《おしはわけのみこ》の妹・飯豊王《いひどよのみこ》が中継ぎをする。空位の間隙を突くように豪族平群臣志毘《へぐりのおみしび》が台頭してくる。播磨国で意祁《おけ》命・袁祁《をけ》王が発見される。二王子は、皇位継承の力量を証明するかのように志毘を討ち取る。謙譲の美徳をもつ者が即位する世となる。

本章段で一番の問題となるのが、何故、志毘との争いが清寧記に記されるのかということ。この話、『日本書紀』では武烈紀に掲載されるからである。まずは『日本書紀』武烈即位前紀をみてみよう。

『日本書紀』では武烈天皇が影媛をめぐって平群鮪《しび》と争う。『古事記』同様歌謡を掛け合う。実は鮪と影媛は相思相愛という設定になっている（紀94番歌謡）。武烈天皇はそのことを知らないで影媛を求める。歌を掛け合う中で二人の関係に気づき、激怒する。武烈天皇は敗北の悔しさから鮪を殺す。『日本書紀』は武烈天皇を「頻《しきり》に諸悪《もろもろのあしきこと》を造《し》たまふ。一《ひとつ》も善《よきこと》を修《をさ》めたまはず」と評す。悪逆天皇とされる。残酷な極刑（「酷刑《からきのり》」「刑理《つみなへことわること》」）を好む。平群真鳥《へぐりのまとり》・鮪親子の驕慢を征伐するという名目はあるものの、敗北者が腹いせから殺害するという文脈になっている。横恋慕した武烈天皇が夫婦の間を切り裂く。『日本書紀』では、「即位後に悪逆の限りを尽くす武烈天皇の人物造形の一端を担う話」となっている（『日本書紀【歌】注釈』笠間書院、二〇〇八年三月、谷口雅博執筆）。対して『古事記』は、袁祁命の武勇譚として清寧記に記す。『古事記』の二王子は、清寧天皇の崩御後に発見されて上京する。この点、清寧天皇の生存中に発見される『日本書紀』とは大きく異なる。『古事記』においては空位が生じている（「78意祁王と袁祁王」段）。飯豊王が中継ぎ役になっているものの、「太子」とはなっていない。『日本書紀』では、清寧天皇によって、正式に億計王《おけのみこ》（仁賢天皇）は「皇太子」に、弘計王《をけのみこ》（顕宗天皇）は「皇子」に任命されているので、空位はない。

つまり『古事記』において「意祁王・袁祁王は皇位継承資格者である」という認定を前天皇から受けていない。そこで自らの資質を自分で証明しなければならなかった。

役人たちは朝に朝廷へ参上するが、昼になると志毘の家に集まっていたという。志毘は天皇家の存在を脅かす。謀反を起こす危機的な状況であった。征伐する契機として『古事記』では志毘との争いが記される。袁祁命が求めた「大魚《おふを》」という「美人《をとめ》」を、志毘が横取りして手を握る。争いが勃発する。「美人」を得るか否かは問題ではない。志毘の死後も顕宗天皇は「大魚」とは結婚していない。

傲慢な志毘を殺害するための動機として歌争いがある。殺害は、天皇家を危機から守るための正当な行為であるとする。よって二王子は皇位継承の資格を有する、ということを『古事記』では述べる。

氏族連合国家では、天皇家以外の氏族でも天子になれる可能性がある。平群氏にも即位の可能性があった。『日本書紀』では思うように国を操り、宮殿に住むと記す。平群真鳥・鮪親子は蘇我蝦夷《そがのえみし》・入鹿《いるか》親子と似る。また傲慢さは反乱者の筑紫国造《つくしのくにのみやつこ》磐井《いはゐ》とも重なる（『日本書紀』継体二一年六月）。

暴力的な雄略天皇は臣下に支えられていた（79〜81段）。諫言という形で臣下が政治に介入しなければ雄略朝は成り立たない。氏族は政治的な力を蓄える。ただし暴力的な天皇のもとで、氏族は反乱を起こせない。ところが雄略天皇がいなくなると、氏族が台頭して天皇家を飲み込もうとする。そのような状況から、意祁王・袁祁王は天皇家を救済する、というのが『古事記』の歴史観なのであろう。

二王子は武勇だけではなく、徳をも有する。兄弟が譲り合う。謙譲の美徳をもつ天皇が誕生する。仁徳天皇代の「知恵と徳による国作り」が復活する。暴力ではなく知恵と徳を重視するので、具体的な戦闘場面を詳述しない。歌垣での争いに紙面を費やすのは戦闘を文化的に表現しているのであろう。

本来歌垣は共同体レベルの行事であった。『常陸国風土記』（筑波山）、『肥前国風土記』逸文（『万葉集註釈』所引「杵島山《きしま》」）、『摂津国風土記』逸文（『釈日本紀』所引「歌垣山」）に記される。

国土の精霊に豊穣を誓わせる国見儀礼の周辺で、人間の男女が愛し合って精霊を刺激する。精霊を交歓させる感染呪術が「歌垣」の原型という。『万葉集』で「人妻に我も交《まじ》はらむ　我が妻に人も言問へ」（巻九・一七五九）と詠まれるのも、「濃厚な恋愛歌に触発された精霊が稔りを導く」という儀礼的な行為であった。性の解放ではない。激しい愛の歌が精霊を感化する。あくまでも言葉・歌世界での擬似的な恋愛なのである。そのような様子が、中国の少数民族における歌垣行事にも伝わっている。

初対面にもかかわらず、旧知の恋人であるかのような、濃厚な愛の言葉が行《ゆ》き交《か》う（工藤隆・岡部隆志『中国少数民族歌垣全記録1998』（大修館、二〇〇〇年六月）。

その農耕儀礼としての歌垣が市中で行われるようになる。著名なのは、大和の海石榴市《つばいち》での歌垣。『万葉集』に見られる。男が女性の名を聞いて求婚する（一一・三一〇一）。多くの共同体を結ぶ道の衢《ちまた》が、男女の出会う舞台となる。男女の駆け引きのみならず、ライバルとの歌合戦も行われる。本章段での歌垣はこの段階のものと考えられる。「建物」を比喩として恋敵を揶揄したり（記105～107、109番歌謡）、相手を小馬鹿にして攻撃したりする（記108、110番歌謡）。

観客も多くいたであろう。志毘と意祁命との対立は、多くの民衆が知るところとなる。『古事記』で翌朝、志毘征伐を即決するのも、目撃した人民が志毘の支持に回ることを恐れたからであろう。

歌垣には多くの民衆が集まる。よって奈良時代、都の大路等で国家による大規模な歌垣が催される（『続日本紀』天平六年二月、宝亀元年三月等）。楽器の伴奏で歌を詠む。民謡をオーケストラで演奏するように、雅な音楽を奏でる。音楽の力で人民を和して教化する。礼楽思想の一環である。本章段が歌垣の場を設定するのも、礼楽的なイメージを顕宗天皇に付与しようとしているのであろう。なお歌垣の変遷については土橋寛『古代歌謡の儀礼と研究』（岩波書店、一九六五年一二月）に詳しい。

謙譲の美徳を有する天皇の時代がやってくる。武力的な前時代とは異なる世だから、天皇即位の正当性を文化的な雰囲気の中で語る。『古事記』が目指す国作りはいよいよ最終段階に入る。

83 顕宗天皇《けんそうてんわう》と置目老媼《おきめのおみな》

置目老媼《おきめのおみな》の情報で、天皇は父の遺体を発見する。老媼を厚遇する一方で、かつて二王の食料を奪った猪甘《ゐかひ》を処罰。父を殺した雄略天皇の墓を壊そうと思う。兄は墓の土を少し削るに止め、諫言をする。

父・忍歯王《おしはのみこ》殺害事件を精算する。A遺体探しの功労者を褒め、B理不尽な者を処罰する。C親の孝・怨と、君主への忠・恩とを両立させる。信賞必罰が実行され、道理を重視する世の中となる。『日本書紀』でもほぼ同内容のA「置目老媼《おきめのおみな》の功績」とC「雄略天皇陵の破壊」とが載る。だがB「猪甘《ゐかひ》」の話は載せない。この相違点に『古事記』が目指した顕宗朝観の一端がうかがえる。

B「猪甘」を処罰する話は復讐譚のように見えるが、A「置目老媼」と並んで記されると、別の文脈が発生する。B「猪甘」と、A「置目老媼」とは、身分の低い老人、「見る」「目」に関わる命名という点で共通する。老人・低い身分の者とはアウトサイダー的存在。天皇が末端の者と接触する。Aは「見置く」老媼を「置目《おきめ》」と名付ける。Bは子孫に「見しめ」た地名「志米須《しめす》」の起源を語る。「見る」と「老人」という共通点をもちつつも、『古事記』では両者を対照的な存在として描く。

A置目老媼は見る力を持つ女性老人なので、褒められる善の存在。B猪甘は見る力のない男性老人で、罰せられる存在。置目老媼は通常では見えない遺骸を見つける力をもっている。対して猪甘は、二王が貴人であることを見抜けなかった。だから食料を奪うという無礼な行為を行う。天皇は、A見る力を持つ者を褒め、B見る力が無い者の子孫に「見させ」て教える。信賞必罰を実行して善悪を明確にする。人民を教化する天皇の様子を描こうとしているのであろう。アウトサイダー的な者（身分の低い老人）を例にするのは、教化が隅々まで及んだことを暗示する。

信賞必罰、善悪の明確化は、秩序ある社会になったことを表している。AとBとを並べて対照的に描くことによって、秩序化された顕宗朝のあり方が示される。

そしてA置目老媼は、さらにC「雄略天皇陵の破壊」の伏線となっていく。

『古事記』はAで、忍歯王が八重歯であったことによる遺体確認方法を、置目老媼が教える。歯は生え代わって伸びるので、視覚的に生命力を感じさせる。「歯固め」の儀式があるように、髪の毛同様、生命力の象徴である。よってその人の霊魂の一部と認識される。特に特徴ある体の部位は、その人を彷彿とさせるので、忍歯王の八重歯は、忍歯王の霊魂そのものを実感させる。『日本書紀』では、父王の歯には触れず、従者の仲子《なかちこ》（佐伯部売輪《さえきべのうるわ》）には上歯がなかったことを乳母が教える。父王の霊魂を実感させる遺体の特徴に関する記述は『日本書紀』にはない。『日本書紀』では髑髏は判明するものの、それ以外は判別出来なかったので、遺体を近江国に埋めて帰京する。

対して『古事記』では、忍歯王の骨を都に持ち帰る。忍歯王の骨＝霊魂が帰京する。『古事記』で墓を作った後にさらに「御骨」を都に持ち帰るのは、両墓制における「埋め墓」と「参り墓」との関係で理解すると分かりやすい。地に残る霊（魄・肉体・埋め墓）と、天に行く霊（魂・参り墓）をそれぞれ祭る。遺体のほとんどは淡海国《あふみのくに》の蚊屋野《かやの》に埋葬し、一部の骨を都に持ち帰る。おそらく八重歯もしくは頭蓋骨を持ち帰ったのであろう。父の霊魂との対面し、父の無念を痛感する。

無念さは「怨」となり、C「雄略天皇陵の破壊」計画に発展する。「怨」＝怨恨は争いの発端となり、世を乱す恐れがある。新羅の「怨曠《うら》み」は長期間、戦乱の世を招く（『日本書紀』欽明元年九月）。

社会秩序を乱す根底には人の欲望や感情がある。雄略天皇は即位したいという欲望のために、忍歯王を殺害する。父王を殺した雄略天皇の墓を破壊したいという顕宗天皇の「怨」も感情である。親孝行という名目であっても、「怨」を晴らしたいという感情が基底に存する。

兄の意祁《おけ》命は、弟の「怨」の感情を理解しつつも、先帝への不忠を行えば後世に「誹謗《そしり》」を受けると諫める。『日本書紀』では兄の諫言のみで顕宗天皇は破壊計画を止める。孝か忠かという、律令官人が悩んだ難題を意識した書き方となっている。一方『古事記』では「傍らの土を少し堀《ほ》」る。理屈だけではなく、実際に僅かな破壊行為を行い、天皇の「怨」を鎮める。意祁命は「孝」と「忠」とを両立させ、「怨」を鎮める。知恵を持つ臣下が天皇を支える。天皇が諫言に従うのも徳の一つ。

『古事記』は本章段で「理《ことわり》」という表現を二回にわたり用いる。一は兄の意祁命の諫言。二は弟の顕宗天皇が兄の諫言に納得した時の発言。道理によって天皇は行動するようになる。感情や欲望よりも、人としての道理が最優先される。「理」が無ければ天皇であっても反省して言動を改める。

徳と知恵によって秩序と平和が保たれる。人の欲望や感情を人が制御して平和な世を作る。神からの援助を受けた中巻とは異なり、人が能動的・主体的に治める時代となる。

『古事記』で鐸《ぬて》を鳴らす主体が天皇であるのも、人の主体性を感じさせる。天皇が呼ぶ音である。『日本書紀』では老媼が鳴らす音とする。「鐸」の音を鳴らす主体の違いには、能動的に訪れさせる天皇像と、受動的に訪れを待つ天皇像という違いが見られる。鐸の音は神霊の来臨を思わせる。『古事記』は神霊操作を行う天皇のイメージをもつか。ちなみに記111番歌謡「置目来《く》らしも」を死霊の出現、記112番歌謡「み山隠れて見えずかも」を死霊の退散として原歌を亡霊供養と見る意見もある（尾畑喜一郎『古代文学序説』桜楓社、一九六八年四月）。原歌も神霊操作と関わるようだ。

礼と知恵によって、人の欲望や感情を制御して、秩序をもたらす天皇。そのような徳をもつ天皇の時代になった。『古事記』の物語（旧辞）は本章段で終わる。以下は系譜記述（帝紀）となる。『古事記』が本章段で物語が終わらせるのには意図がある。顕宗朝は「八歳」。『日本書紀』でも二年四ヶ月。極めて短い。仁徳朝のように平和な世が長く続くことを、顕宗朝では求めていない。むしろ、履中・反正・允恭朝の内乱、雄略朝の暴力的な古代性を克服することに意義があったのであろう。

乱れの基となる暴力・欲望・感情は人の本能である。本能は神の力では抑えられない。人の知恵と徳とによって人を制御して国を治める。これが『古事記』の求めた国作りであったと考えられる。顕宗朝は人が自立した時代。鑑《かがみ》となる「古《いにしへ》」が完成する。よって『古事記』の物語も幕を閉じる。

84　仁賢《にんけん》・武烈《ぶれつ》・継体《けいたい》・安閑《あんかん》・宣化天皇《せんくわてんわう》

御子のいない武烈天皇の後、応神天皇の五世孫・継体天皇が即位。継体天皇は仁賢天皇皇女と結婚して安閑・宣化・欽明天皇が生まれる。継体天皇は伊勢神宮を祭り、礼のない筑紫君石井《つくしのきみいはゐ》を殺害する。

武烈天皇系の断絶と、継体天皇の皇位継承を語る系譜記事。王朝交替の正当性を主張する。

中国では王朝が交替する時、旧王朝の悪逆と新王朝の徳とを強調する。天子の姓が易《かわ》り、天命が革《あらた》まるので「易姓革命《えきせいかくめい》」という。悪帝の代表は殷《いん》の末王桀《けつ》、夏《か》の末王紂《ちゅう》。徳のある聖帝の代表は暁《ぎょう》・舜《しゅん》。日本もこの思想を導入。武烈天皇を悪帝、仁徳天皇を聖帝に造形する。『日本書紀』の武烈天皇条では、①妊婦の腹を割く（二年九月）、②指の爪を抜いて芋掘りをさせる（三年一〇月）、③髪の毛を抜いた人を木に登らせ、木を伐り倒して殺す（四年四月）。④樋に人を入らせ、水で流し出して矛で刺し殺す（五年六月）。⑤木に登った人を射落とす（七年二月）。⑥馬と女性を交接させる（八年三月）。

しかし『古事記』は悪逆を書かない。後継者の不在のみ記す。鈴鹿千代乃は、『日本書紀』で悪行が行われるのが農耕にとって重要な月であることから、①～⑥は農耕儀礼を基に発想された記事と説く（『古代からの風』日本国語国学研究所、二〇一八年七月）。即ち①穂の実りの検証、②③農耕の妨害者を裁く、④田に豊穣力を注ぐ、⑤果物に豊穣を約束させる（成木責め）、⑥家畜を犯す罪を祓う、とする。①〜⑥は『日本書紀』が武烈天皇を悪帝とするため捏造した説話と考えられる。実態は『古事記』のように御子がいないので、別系統の天皇が即位する王朝交替であったようだ。

対して王朝交替した継体天皇については、即位の正当性を四点述べる。一は武烈記・継体記の二回にわたり「応神天皇の五世孫」を強調すること。律令では五世孫までが皇族。継体天皇はぎりぎりの立場にある。しかも『古事記』は応神天皇から継体天皇の間の四世を明記しない。『上宮記』逸文（『釈日本紀』所引）には「応神天皇・若野毛二俣王・意富々杼王《おほほどのみこ》・乎非王・汗斯王・継体天皇」と五世の系譜を載せる（「60応神天皇系譜と三皇子分掌」段）。継体天皇を「品太天皇の五世の孫」とだけ記し、その間の系譜を記さないのは、応神天皇を始原として語って継承を保証する目的があったという（加藤清「継体天皇出自『応神天皇五世孫』考」（『古事記研究大系 6』高科書店、一九九四年八月））。

継体天皇即位の正当性を語る二番目の記述は、仁賢皇女との婚姻。継体天皇は手白髪郎女《たしらかのいらつめ》と結婚する。宣化天皇も、仁賢皇女の橘之中比売《たちばなのなかつひめ》命と結婚する。徳のある仁賢天皇の血を受け継ぎ、継体天皇の子孫が正当な天皇であることを主張する。『日本書紀』では安閑天皇も仁賢皇女の春日皇女と結婚する。その際、相思相愛を演出する愛情歌謡を詠み合う（紀96・97番歌謡）。この歌謡問答は、安閑天皇が皇位継承資格を得たことを語る目的で作られたという（北村進『古代和歌の享受』おうふう、二〇〇〇年一一月）。だが『古事記』は安閑天皇と仁賢皇女との関係には触れない。『古事記』では、仁賢天皇の血を欽明天皇に継がせることが重要であった。継体〜舒明・天武天皇という純粋皇統路線が、仁賢天皇の血を継承する。『古事記』の発案者天武天皇の資質を保証する系譜である。

三は佐々宜王《ささげのみこ》が「伊勢神宮を拝《いつ》きまつりき」とする記述。伊勢神宮祭祀は天皇霊の継承を意味していよう。『古事記』において、伊勢神宮を祭祀した女性は三名。他に崇神朝の豊鉏比売《とよすきひめ》と垂仁朝の倭比売《やまとひめ》だけ。佐々宜王は特別な位置を与えられている。伊勢神宮は天武朝に天照大御神の祭祀機関として整備されたとされる。継体天皇の天皇霊継承は天武朝にとっても重要な案件であった。

正当性の四は、筑紫君石井《つくしのきみいはゐ》を「礼无《ゐやな》きこと多し」と記すこと。『日本書紀』では新羅と密約して反乱を起こすが、『古事記』では「反乱」とは記さない。「礼」が無い者を誅殺する。継体天皇が、礼を守る治世を継続していることを主張しているのであろう。

黒比売《くろひめ》系譜等錯乱はあるものの、天武天皇に続く継体王朝の正当性を語る重要な系譜記事である。

【仁賢〜宣化天皇系譜】

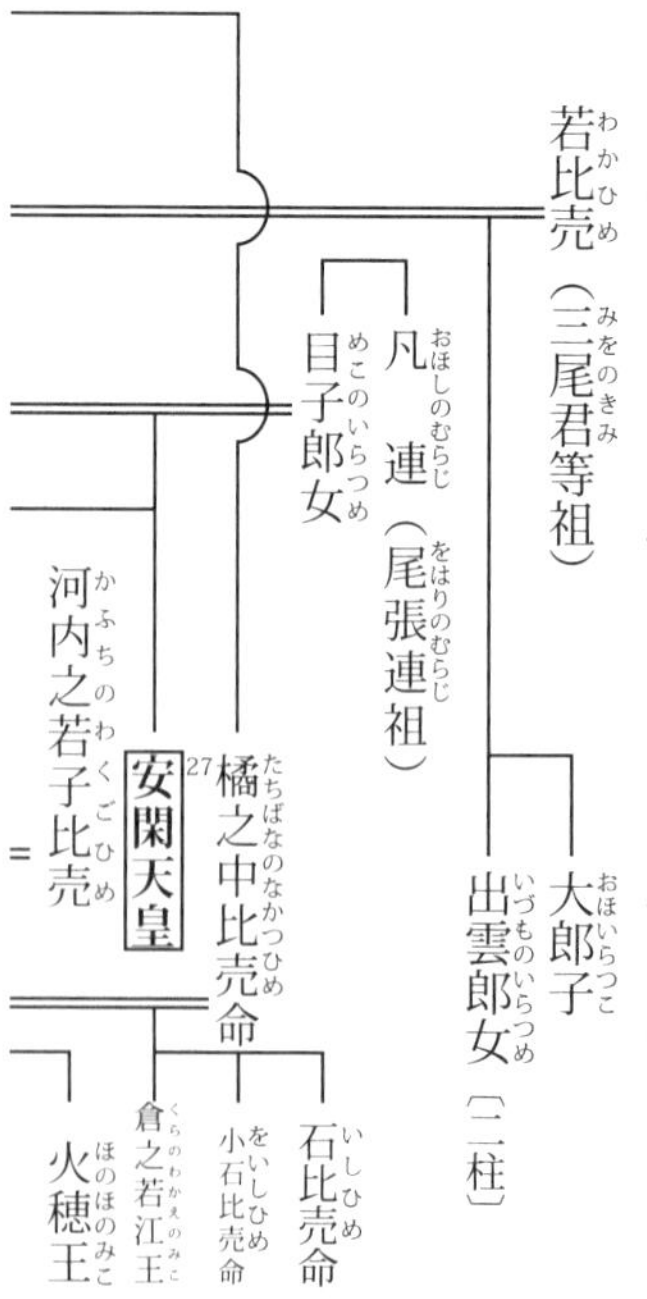

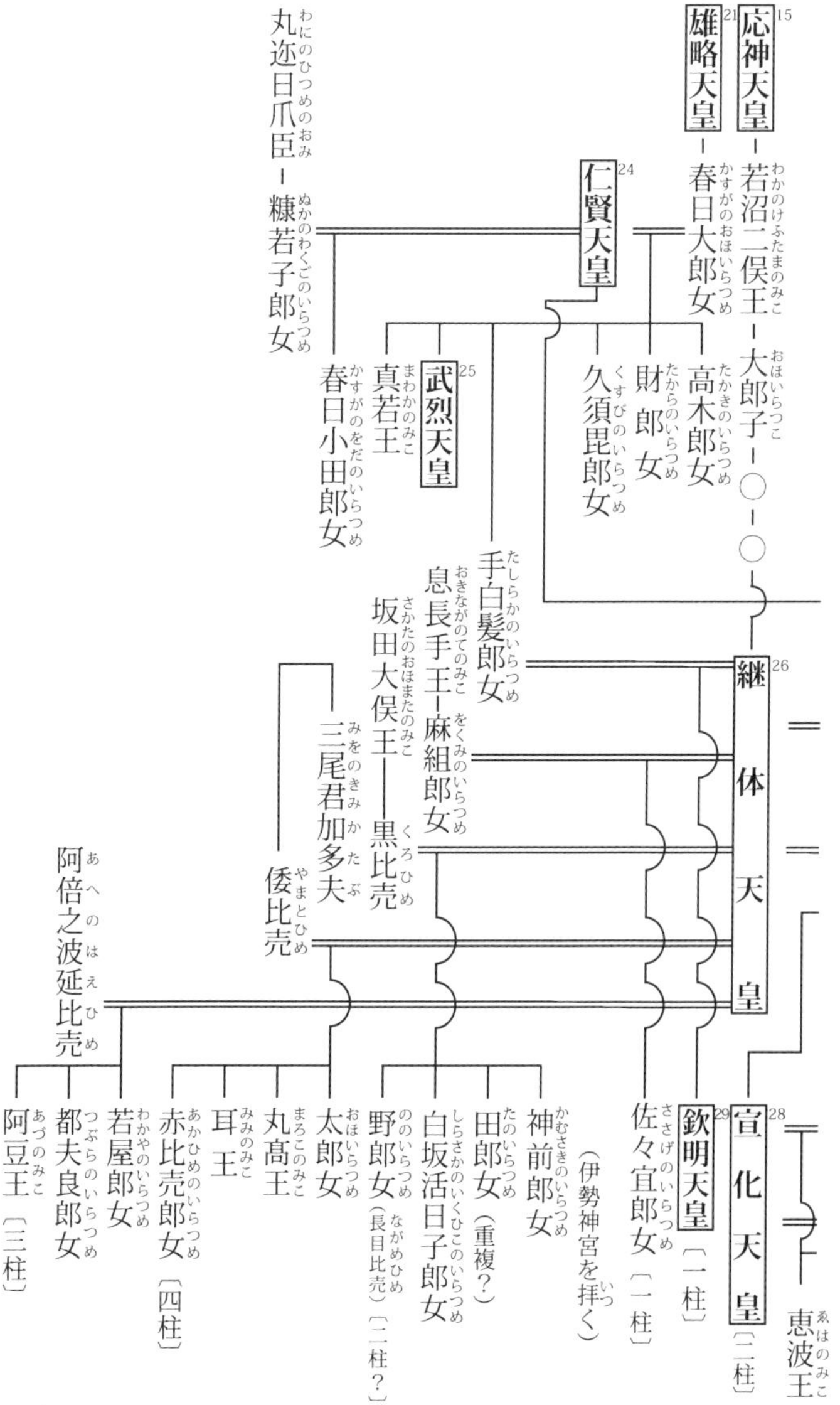
15 応神天皇
若沼二俣王《わかのけふたまのみこ》
大郎子《おほいらつこ》
◯
◯
21 雄略天皇
春日大郎女《かすがのおほいらつめ》
高木郎女《たかきのいらつめ》
財郎女《たからのいらつめ》
久須毘郎女《くすびのいらつめ》
24 仁賢天皇
25 武烈天皇
真若王《まわかのみこ》
春日小田郎女《かすがのをだのいらつめ》
丸迩日爪臣《わにのひつめのおみ》
糠若子郎女《ぬかのわくごのいらつめ》
手白髪郎女《たしらかのいらつめ》
息長手王《おきながのてのみこ》
麻組郎女《をくみのいらつめ》
坂田大俣王《さかたのおほまたのみこ》
黒比売《くろひめ》
三尾君加多夫《みをのきみかたぶ》
倭比売《やまとひめ》
阿倍之波延比売《あへのはえひめ》
26 継体天皇
28 宣化天皇〔二柱〕
恵波王《ゑはのみこ》
29 欽明天皇〔一柱〕
佐々宜郎女《ささげのいらつめ》〔一柱〕
（伊勢神宮を拝《いつ》く）
神前郎女《かむさきのいらつめ》
田郎女《たのいらつめ》（重複？）
白坂活日子郎女《しらさかのいくひこのいらつめ》
野郎女《ののいらつめ》（長目比売《ながめひめ》）〔二柱？〕
太郎女《おほいらつめ》
丸高王《まろこのみこ》
耳王《みみのみこ》
赤比売郎女《あかひめのいらつめ》〔四柱〕
若屋郎女《わかやのいらつめ》
都夫良郎女《つぶらのいらつめ》
阿豆王《あづのみこ》〔三柱〕

85 欽明《きんめい》・敏達《びたつ》・用明《ようめい》・崇峻《すしゅん》・推古天皇《すいこてんわう》

欽明・敏達・舒明天皇という天武天皇に至る純粋皇統路線。一方で路線外の用明天皇系譜も丁寧に記す。初代女帝・推古天皇の「治天下」は、『古事記』を作らせた元明天皇の存在意義とも関わる。

『古事記』成立期の「今」に繋がる系譜記事で、舒明天皇の出生を記し、その父である忍坂日子人《おしさかのひこひとの》太子の系譜も載せる。連綿と続く皇位が、天武天皇の父・舒明天皇に継承されたことを示す系譜。即位しない王の系譜には、倭建命《やまとたける》系譜（51段）、若野毛二俣王《わかのけふたまたのみこ》系譜（60段）がある。いずれも皇統譜上、重要な皇子系譜。舒明天皇即位までの歴史（推古天皇まで）を記すのが、『古事記』の目的であったことがわかる。天武天皇に直結する「邦家《くにいへ》の経緯《たてぬき》」（序文）である。

『古事記』が推古天皇で終わる意義は他にも考えられる。その一は新王朝の継体天皇以降で最も長い治世が、推古天皇の「治㆓天下㆒卌七歳」であったことによる。『日本書紀』によれば継体天皇以降で推古天皇の次に長いのは、欽明天皇の32年間。天皇の「御年」を記すのは『古事記』帝紀の定型であるが、「治天下」記事を記す天皇は多くない。仁賢天皇と武烈天皇が各8年、敏達天皇が14年、用明天皇が3年、崇峻天皇が4年という程度である。治世37年という数字は、推古天皇の御代が群を抜いて長期政権であることを示している。安定した秩序世界という印象を与える。

【忍坂日子人系譜】

（継体天皇[26]―欽明天皇[29]）―敏達天皇[30]
- 田村王《たむらのみこ》（糠代比売命《ぬかでひめ》、庶妹）＝忍坂日子人太子
  - 舒明天皇[34]―天武天皇[39]
  - 中津王《なかつみこ》
  - 多良王《たらのみこ》〔三柱〕
- 忍坂日子人太子（麻呂古王《まろこのみこ》）
  - ＝大俣王《おほまたのみこ》（漢王《あやのみこ》）
    - 知奴王《ちぬのみこ》
    - 桑田王《くはたのみこ》〔二柱〕
  - ＝玄王《ゆみはりのみこ》（庶妹）
    - 山代王《やましろのみこ》
    - 笠縫王《かさぬひのみこ》〔二柱、計七柱〕

推古天皇で終わる理由その二。推古朝に十七条憲法ができる。社会生活に肝要な事項を決める。下巻「知恵と徳による秩序作り」を明文化にしたのが推古朝。「古《いにしへ》」の鑑《かがみ》となる御世である。

理由その三は、初代女性天皇が元明女帝の先例となる点。元明天皇の異母姉（持統天皇）、娘（元正天皇）も女帝。文武天皇が早世、聖武天皇は幼いという状況では、女帝の中継ぎが必要であった。しかし女帝の歴史は浅い。初代推古天皇が秩序ある37年間の長期政権を維持したことは、女帝に資質があることを証明する。推古天皇に冠される「庶妹」を本章段が四名（他に忍坂日子人妃二名・用明妃）に使用するのも、女性の存在をアピールしようとしたか。「庶妹」の語は『古事記』に全九例。

元明天皇が治める「今」の根拠となる「古」が推古天皇なのだ。まさに「稽古照今」（序文）であ

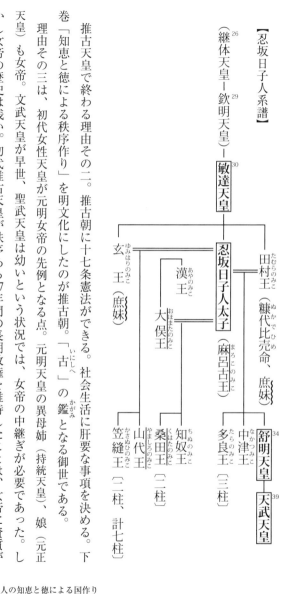

る。『古事記』は「今」に活用できる書。このことは、本章段系譜のあり方にもうかがえる。

欽明天皇、敏達天皇、忍坂日子人太子の系譜には同名人物が多い。麻呂古王《まろこのみこ》（欽明子、敏達子（忍坂日子人太子）、用明子、忍坂日子人太子の子）、葛城王《かづらきのみこ》（敏達子、用明子）、多米王《ためのみこ》（敏達子、用明子。田眼皇女）、山代王《やましろのみこ》（用明子、忍坂日子人太子の子）、桜井玄王《さくらゐのゆみはりのみこ》（敏達子、用明子）、大俣王《おほまたのみこ》（敏達子、忍坂日子人太子の子）、桑田王《くはたのみこ》（敏達子、忍坂日子人太子の子等）。一見して錯乱、不整備とも受け取れる。しかし天武天皇に繋がる純粋皇統路線に同名の皇子女が多いのには意味があろう。

ここで思い起こされるのは、『古事記』が氏族の追加書き入れを容認していたことである（中村啓信『古事記の本性』おうふう、二〇〇〇年一月）。皇子女を始祖とする氏族、また養育氏族がいる。皇子女との関係は、氏族が朝廷内の地位を確保するために重要。同名の皇子女を複数記載することは、氏族が皇統譜に介入する幅を広げる。『古事記』成立後の将来をも見通して、あえて未整備のまま同名の皇子女を多く記しているのではないか。氏族の「今」に配慮した系譜記事なのであろう。

さらに『古事記』は将来をも見据える。それは用明天皇系譜から伺える。用明天皇の皇子女七柱を記す。『日本書紀』もほぼ同じ系譜だが、純粋皇統路線から外れた用明天皇の皇子女を省略せずに記載するのは、皇統が途絶える危機に備えたのではないか。元明天皇は敏達天皇の四世孫。元明天皇の次の世代から五世遡ると用明天皇がいる。顕宗・継体天皇の前例を教訓に、純粋皇統路線以外に、五世孫（聖徳太子の子孫等）が即位できる余地を残したのであろう（後掲【天武・元明天皇関係系譜】）。

「古」・「今」・将来を繋ぐことを『古事記』は考えている。そのことを系譜記事で語る。実際にはさまざまな出来事が起こった。欽明〜推古朝、古代における近代化が始まる。『日本書紀』によれば、欽明・敏達朝、朝鮮（韓）半島との国家外交が本格的に始まる。推古朝には、十七条憲法と冠位十二階が施行。だが近代化の裏で、さまざまな問題が勃発する。仏教が伝来すると、政治・宗教理念をめぐり、蘇我氏と物部氏との対立が顕在化する。物部氏を制した蘇我馬子《そがのうまこ》は、崇峻天皇・三枝部穴太部王《さきくさべあなほべのみこ》を殺害する。遣隋使を派遣して中国との外交を始めるが、隋の煬帝《ようだい》の怒りを買う。『隋書』東夷伝倭国条よれば、国書に「日出づる処の天子、書を日没する処の天子に致す」と記したという。日本が中国と対等な独立天子国であると宣言した無礼を煬帝は怒る（「81金鉏岡と天語歌」段）。

『古事記』が十七条憲法に触れないのは、おそらく白村江での敗北を期に再燃した独立天子国志向が、中国儒教的な内容を是としなかったのであろう。十七条憲法は、1和、2仏教、3詔、4礼、5裁判、6勧善懲悪、7適材適所、8勤勉、9信義、10協調、11信賞必罰、12搾取禁止、13職務理解、14嫉妬禁止、15公私の区別、16民の使役、17衆議というように儒教的な内容が多い。

また701年には大宝律令が施行され、718年には養老律令も撰定される。唐の律令を踏まえつつも、日本人の生活に合う形の法律が作られる。中国臭のする古い法律をあえて記す必要もなかったのだろう。

『古事記』は近代における負の歴史を書かない。「今」と将来とに有益に働く可能性のある「古」に重点をおいていたために書かなかったと考えられる。

【欽明～推古天皇系譜】

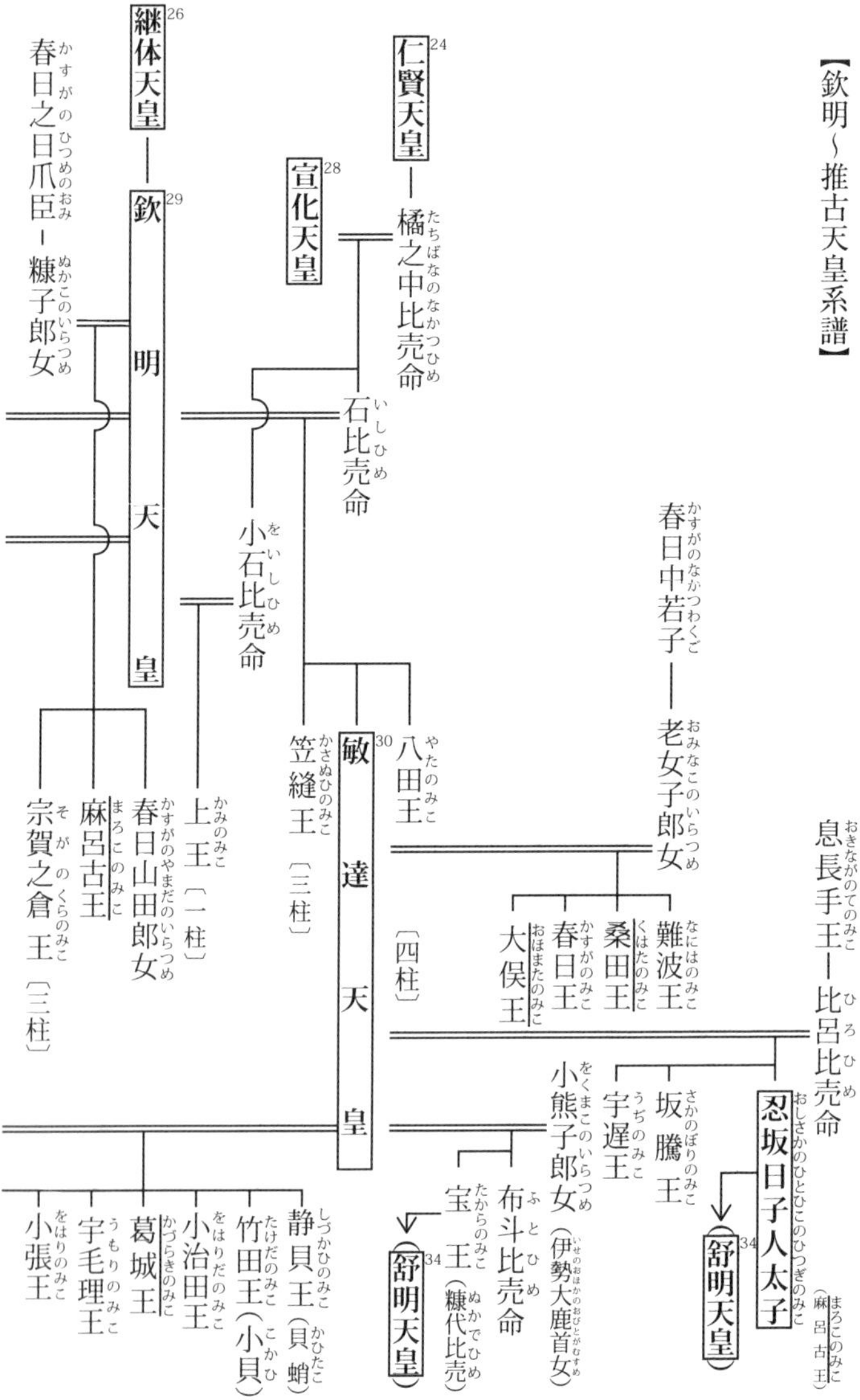
継体天皇 26
春日之日爪臣《かすがのひつめのおみ》
糠子郎女《ぬかこのいらつめ》
欽明天皇 29
仁賢天皇 24
宣化天皇 28
橘之中比売命《たちばなのなかつひめ》
石比売命《いしひめ》
小石比売命《をいしひめ》
春日中若子《かすがのなかつわくご》
老女子郎女《おみなこのいらつめ》
息長手王《おきながのてのみこ》
比呂比売命《ひろひめ》
宗賀之倉王《そがのくらのみこ》〔三柱〕
麻呂古王《まろこのみこ》
春日山田郎女《かすがのやまだのいらつめ》
上王《かみのみこ》〔一柱〕
笠縫王《かさぬひのみこ》〔三柱〕
敏達天皇 30
八田王《やたのみこ》〔四柱〕
難波王《なにはのみこ》
桑田王《くはたのみこ》
春日王《かすがのみこ》
大俣王《おほまたのみこ》
忍坂日子人太子《おしさかのひとひこのひつぎのみこ》（麻呂古王《まろこのみこ》）
舒明天皇 34
坂騰王《さかのぼりのみこ》
宇遅王《うぢのみこ》
小熊子郎女《をくまこのいらつめ》（伊勢大鹿首女《いせのおほかのおびとがむすめ》）
布斗比売命《ふとひめ》
宝王《たからのみこ》（糠代比売《ぬかでひめ》）
舒明天皇 34
静貝王《しづかひのみこ》（貝蛸《かひたこ》）
竹田王《たけだのみこ》（小貝《こかひ》）
小治田王《をはりだのみこ》
葛城王《かづらきのみこ》
宇毛理王《うもりのみこ》
小張王《をはりのみこ》

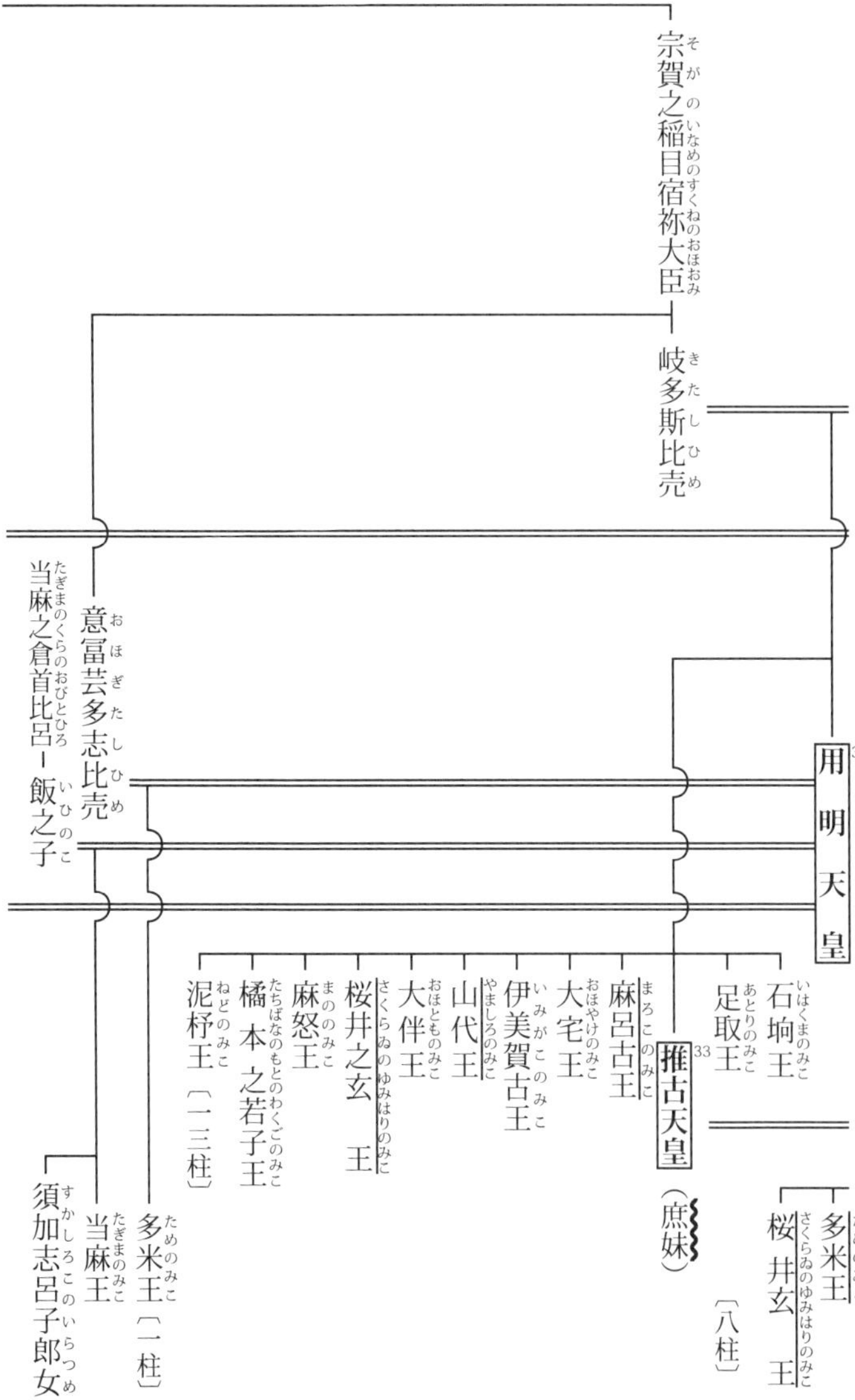
宗賀之稲目宿祢大臣《そがのいなめのすくねのおほおみ》
岐多斯比売《きたしひめ》
用明天皇 31
意富芸多志比売《おほぎたしひめ》
当麻之倉首比呂《たぎまのくらのおびとひろ》
飯之子《いひのこ》
石坰王《いはくまのみこ》
足取王《あとりのみこ》
推古天皇 33
（庶妹）
麻呂古王《まろこのみこ》
大宅王《おほやけのみこ》
伊美賀古王《いみがこのみこ》
山代王《やましろのみこ》
大伴王《おほとものみこ》
桜井之玄王《さくらゐのゆみはりのみこ》
麻怒王《まののみこ》
橘本之若子王《たちばなのもとのわくごのみこ》
泥杼王《ねどのみこ》
〔一三柱〕
多米王《ためのみこ》
桜井玄王《さくらゐのゆみはりのみこ》
〔八柱〕
多米王《ためのみこ》
〔一柱〕
当麻王《たぎまのみこ》
須加志呂古郎女《すかしろこのいらつめ》

【天武・元明天皇関係系譜】

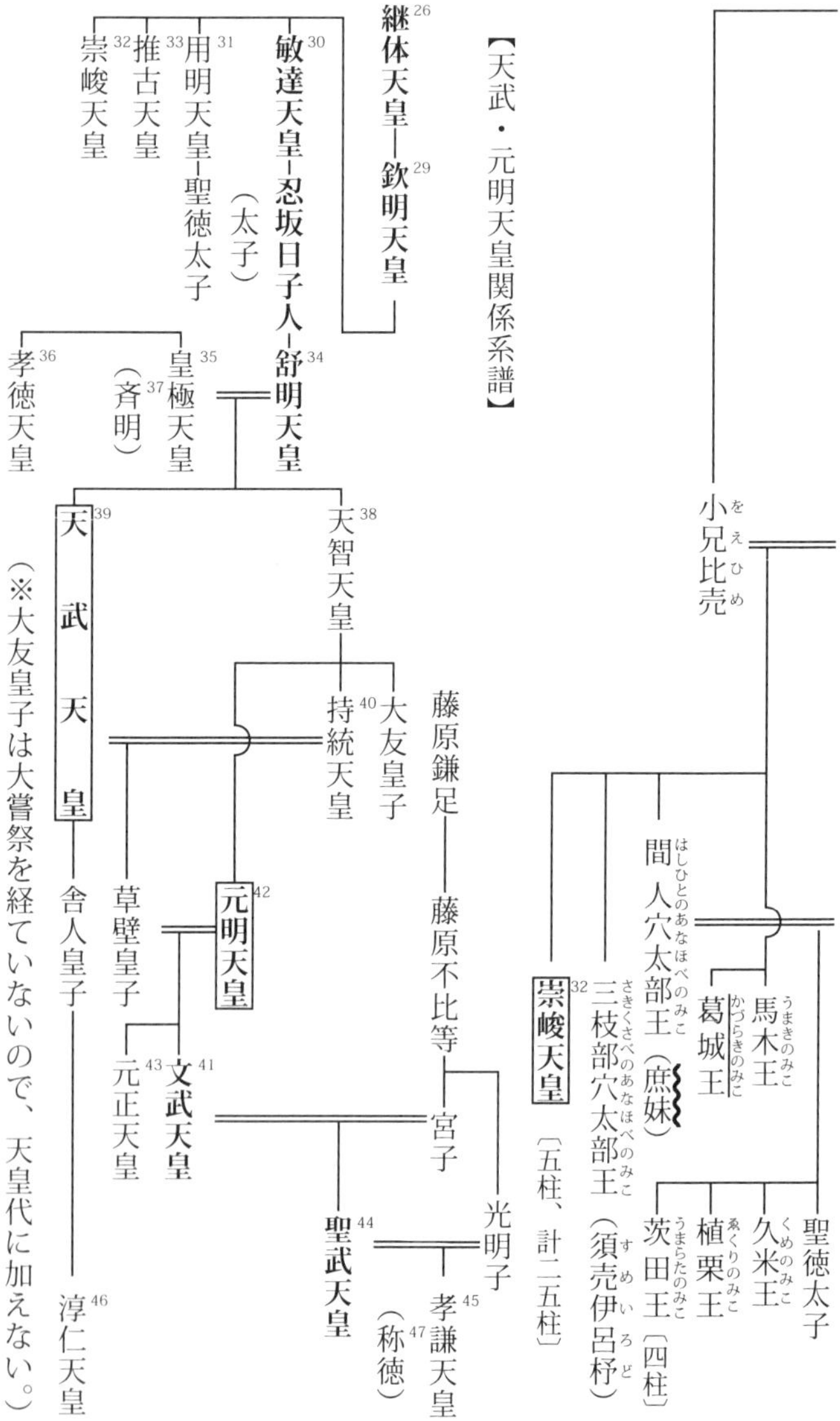

小兄比売《をえひめ》
間人穴太部王《はしひとのあなほべのみこ》（庶妹）
馬木王《うまきのみこ》
葛城王《かづらきのみこ》
聖徳太子
久米王《くめのみこ》
植栗王《ゑくりのみこ》
茨田王《うまらたのみこ》〔四柱〕
三枝部穴太部王《さきくさべのあなほべのみこ》（須売伊呂杼《すめいろど》）
崇峻天皇 32
〔五柱、計二五柱〕
継体天皇 26
欽明天皇 29
敏達天皇 30
忍坂日子人（太子）
舒明天皇 34
用明天皇 31
聖徳太子
推古天皇 33
崇峻天皇 32
皇極天皇 35（斉明 37）
孝徳天皇 36
天智天皇 38
大友皇子
持統天皇 40
天武天皇 39
藤原鎌足
藤原不比等
宮子
光明子
草壁皇子
元明天皇 42
文武天皇 41
元正天皇 43
聖武天皇 44
孝謙天皇 45（称徳 47）
舎人皇子
淳仁天皇 46
（※大友皇子は大嘗祭を経ていないので、天皇代に加えない。）

【下巻まとめ】以上で下巻が終わる。下巻世界をまとめておく。

下巻は概して、人が抱く本能的な負の要素を克服して、人の力で国を作る時代であった。蕃国を得て徳のある仁徳天皇の世になると、人は欲望や感情を露骨に表すようになる。神の援助を受けなくなったので、人は欲望のままに争うようになる。嫉妬（石之日売命）、孤独（八田若郎女）、裏切り（速総別王と女鳥王）、近親婚（軽太子と軽大郎女）、猜疑（履中天皇）、名誉・出世欲（墨江之中王）、怯え（安康）、怨恨・敵討ち（目弱王）、暴力・忘却（雄略）、……。そうなると秩序も乱れ、世の中が荒れる。

最終的には、怨恨を許す寛大さをもつ顕宗・仁賢天皇が出現して、徳と知恵の世が出来上がる。徳によって治める御世が復活。人の知恵と徳とによる国作りが出来て、物語（旧辞）は終わる。

その後は系譜記事（帝紀）によって天武天皇系の正当性を示す。悪逆の武烈天皇から、礼を守る継体天皇へと交替する。前王朝の血を取り込み、伊勢祭祀によって天皇霊を身につける。継体天皇から舒明天皇へと皇位は継承される。舒明天皇皇子の天武天皇が正当な皇位継承者であることを示す。

推古女帝の安定した御世（37年間）が、女性天皇の資質を証明する。よって、『古事記』成立時の女帝・元明天皇の存在（今）が保証される。また将来の皇位継承問題に備え、用明天皇の五世孫が即位できる余地を残す。さらに不満を抱きそうな氏族が系譜介入できるよう、配慮も施す。

『古事記』は「古」を規範として邪を糺して「今」の根拠とする。さらに将来をも視野に入れる。

おわりに

神聖な高天原の命令と支援とを受けた「国作り」から、人の知恵と徳による秩序ある「国作り」へと展開して、『古事記』の「国作り」は完了する。曲折はあったものの、理想的な天皇と臣下が平和な世の中を運営する。そのような「古」の歴史を手本として「今」を治める指針とするのが『古事記』の目的であった。「稽古照今」による「邦家《くにいへ》の経緯《たてぬき》」「王化《おもぶけ》の鴻基《おほきもとゐ》」（序文）を宣言した書である。

古代の人が考えた歴史。無の状態から国を作り、人の世の中が出来上がるまでの文化史でもある。

『古事記』が素晴らしいのは、漢文によるギスギス感がないところである。

『日本書紀』は漢文典拠の潤色を多く施す。近年、山田純が精力的に研究しているように、典拠には注釈世界に基づく知のネットワークがある。知者だけが知り得る、隠された真髄の文脈が存する。対して『古事記』には間隙が多い。歌と地の文、系譜の未整備等、行間からさまざまな文脈が生成する。読者の介入領域を設けている。中村啓信が「古事記の本性」として氏族介入領域を想定するように、後世の読者も『古事記』の行間に入り込み、想像しながら楽しむことができる。

『古事記』には目指す意図があった。その意図は、間隙＝行間から読み取ることができる。そして行間は、『古事記』の意図を遥かに超えて、新たな世界を作り出す。まさに〈文学〉である。

索　引

※１論述に不可欠な事項の索引で網羅的なものではない。
※２引用歌は作品毎にまとめて、各々、歌番号で記した。
※３神人名・古語は原則、歴史的仮名遣いを用いた。
　ただし検索の便宜を考慮して、一部現代仮名遣いで立項した。
　（例：「孝徳（かうとく）」→「こうとく」等）

【あ】

【い】

【う】

【え】

【お】

【か】

【き】

【く】

【け】

【こ】

【さ】

【し】

【す】

【せ】

【そ】

【た】

【ち】

【つ】

【な】

【に】

【ぬ】

【ね】

【の】

【は】

【ひ】

【ふ】

【へ】

【ほ】

【ま】

【み】

【む】

【め】

【も】

【や】

著者紹介

飯泉健司（いいいづみ　けんじ）

1962 年　東京都渋谷区代々木山谷町に生まれる。
1990 年　國學院大學大学院文学研究科博士課程後期日本文学専攻単位取得退学。
現　在　埼玉大学教育学部教授。博士（文学）（國學院大學）。

著書　『播磨国風土記神話の研究―神と人の文学』（おうふう、2017 年 3 月）
『風土記の方法―文学の知恵』（おうふう、2018 年 4 月）
『王権と民の文学―記紀の論理と万葉人の生き様』
（武蔵野書院、2020 年 10 月）
『文学に旅する』（武蔵野書院、2021 年 7 月）

古事記全講義―意図と文学

2022 年 6 月 28 日 初版第 1 刷発行

著　　者：飯泉 健司
発 行 者：前田 智彦
装　　幀：武蔵野書院装幀室
発 行 所：武蔵野書院
〒101-0054
東京都千代田区神田錦町 3-11 電話 03-3291-4859　FAX 03-3291-4839

印刷製本：シナノ印刷㈱

ISBN 978-4-8386-1001-3 Printed in Japan